NO ME LLAMES TRAIDOR

FERNANDO RUEDA

NO ME LLAMES TRAIDOR

HarperCollins

Editado por HarperCollins Ibérica, S. A.
Avenida de Burgos, 8B - Planta 18
28036 Madrid
www.harpercollinsiberica.com

No me llames traidor
© 2026, Fernando Rueda Rieu
© 2026, para esta edición HarperCollins Ibérica, S. A.

Diseño de cubierta: CalderónStudio
Imagen de cubierta: Shutterstock
Maquetación: J. A. Diseño Editorial, S. L.
Fotografía del autor: Alicia Gil y Sandra Rueda

ISBN: 978-84-1064-563-9
Depósito legal: M-27686-2025
Impreso en España por Unigraf

Para Alicia, Elena, Sandra y Jaime.
Qué bonito es saber que siempre estáis ahí.

«—No es un puto juego.

—Sí, exactamente eso es lo que es y ningún juego de niños. Es un juego peligroso en el que no puedes perder».

El agente Tom Bishop (Brad Pitt) a su jefe Nathan Muir (Robert Redford) en la película *Spy games*.

«El interés del ciudadano debe pesar más que la confidencialidad con la que trabajan los servicios de inteligencia».

Sentencia del Tribunal Supremo de Dinamarca en el caso de Ahmed Samsam, condenado en 2018 por la Audiencia Nacional española a ocho años de cárcel por terrorismo yihadista, ante la negativa del PET, el espionaje danés, a reconocer que trabajaba para ellos como agente secreto en Siria.

Esta historia está inspirada en hechos reales.

1

Moscú, día y mes desconocidos, 2004

La voz del hombre del otro lado del teléfono sonaba seca y desganada. Pronunció Oleg Kovalev como si lo estuviera leyendo en una hoja y le costase entender la letra. Le confirmó que era él y le acució a explicar el motivo de la llamada. El viejo despertador sobre la mesita de noche del dormitorio marcaba la una de la madrugada, a esas horas intempestivas no podía querer nada bueno.

—Es por su hijo Dimitri —dijo y se paró. Unos puntos suspensivos intencionados para darle a entender que le había pasado una desgracia. Al no escuchar ningún comentario, continuó—: Ha fallecido en el hospital, se ha suicidado.

Oleg notó una corriente helada, como si le atravesara un fantasma. Sintió pararse las manillas del reloj de su vida. Tardó unos segundos en responder, la voz no quería salir.

—¿Qué hacía en el hospital?

—No tengo ni idea, señor. Me han pedido que le llame para que venga a recoger sus pertenencias.

—¿Quién le ha dado mi número de teléfono?

—Está en la hoja de ingreso.

—¿Ha llamado a su esposa?

—No, señor, ella no aparece. Si usted no quiere venir, avísela y que venga ella.

—¿De qué ha muerto?

—Ya se lo he dicho, se ha suicidado.

—¿Cómo?

—No tengo esa información, señor.

—¿Cuándo?

—Lo desconozco, señor.

—¿Ha sido hace poco?

—No sé nada. Puede pasarse por aquí cuando quiera. Pregunte en recepción.

El funcionario colgó. Oleg se quedó con el teléfono en la mano reflexionando sobre su único hijo. Era una suerte que su madre no estuviese viva, no sabría cómo darle la noticia. Le culparía a él, su relación distante con Dimitri, la escasa confianza mutua, lo demasiado exigente que había sido siempre con su hijo, sus discusiones sobre la mierda de la política. Tenían agarradas en la época de Gorbachov y ahora con Putin. Oleg creía más en la Rusia épica y grandiosa; Dimitri soñaba con la libertad de hacer lo que le diera la gana. El padre nunca había comprendido al hijo; si no creía en su país y estaba disconforme con él, no debía haber seguido sus pasos: primero se había hecho militar y más tarde había entrado en el GRU, el servicio secreto del ejército.

Dimitri cumpliría pronto cuarenta y cinco años y era feliz, al menos a él se lo parecía. Su mujer, Olga, tenía un carácter complicado, le pedía mucho a su nieta, no le pasaba una, defendía que si se lo ponían difícil en casa no sufriría tanto en el colegio con maestros estrictos. A él le encantaba mal educarla y Olga no se lo permitía. Dimitri se interponía en sus discusiones: «De niño a mí nunca me regalabas nada, sigues siendo un padre frío y de repente te conviertes en abuelo y no paras de darle caprichos a tu nieta».

Se había quedado abstraído con el auricular en la mano y lo colgó. Hizo un esfuerzo por procesar la escasa información recibida. El suicidio de Dimitri carecía de sentido, no había una causa espinosa que le hubiera podido incitar a arrancarse la vida de forma voluntaria. Desde que había regresado de su destino en la embajada en Madrid, le notaba menos entusiasmado con la vida en Rusia. Hablaba maravillas de España, echaba de menos la simpatía de su gente, la posibilidad de moverse con libertad; recordaba con entusiasmo los viajes de fin de semana a Andalucía, la paella, el tablao flamenco. Carecía de motivos poderosos para quitarse la vida. Habían estado juntos cinco días atrás, no le había notado extraño, sino feliz con su mujer y su hija, y tranquilo en el trabajo.

La llamada había sido enigmática. Si, como creía, no había sido un suicidio, no entendía que Dimitri hubiera ingresado en el hospital sin avisarle antes. Quizás le atacó un virus traicionero o el corazón le falló como a su abuelo materno, pero entonces Olga le habría pedido a él que se quedara a cuidar de la niña. Se lo pasaba mejor con su abuelo jubilado que con la vecina, una mujer amable con tres hijos chillones, nada afables con ella.

Menos lógica tenía que al rellenar la hoja de ingreso hubiera escrito únicamente su teléfono. ¿Estaría enfadado con Olga? ¿Tanto como para no compartir una hospitalización con ella? ¿Qué había pasado en los últimos días para que la vida de su hijo hubiera cambiado tan radicalmente y hubiera muerto en soledad en una cama de hospital? El siguiente pensamiento lo rechazó incluso antes de asentarse en su mente: «¿No será cierto que te has suicidado, verdad, hijo?».

Se quitó el pijama, recogió del suelo la ropa del día anterior y se la puso. Siempre había sido muy analítico, parecía despistado, pero no se le escapaba un detalle. Buscaba la información imprescindible, la pasaba por la batidora y solo después actuaba. Era como un témpano de hielo, su mujer siempre se lo echaba en cara, le habría encantado que mostrara más sus sentimientos, pero nunca lo consiguió. Si estuviera viva le miraría con los ojos acuosos y le echaría en cara que no vertiera una lágrima por Dimitri. Le quería más que a su vida, pero no podía permitir que el sufrimiento le frenara.

Oleg había sido durante treinta años agente del Directorio Principal de Inteligencia, el GRU, el mejor servicio secreto primero de la URSS y luego de Rusia. Había entregado esos años a su patria y después, ya jubilado, había decidido dedicar sus energías a cuidar de su hijo y de su nieta. Eso se había terminado: debía descubrir lo que le había pasado a Dimitri. Era un chico feliz cinco días antes y ahora estaba muerto y solo en una sala fría.

Cogió el coche y tomó el camino del hospital. Mientras conducía se formulaba las preguntas del espía, no del padre. Dejó para más adelante avisar a su nuera, podía convertirse en un estorbo para su investigación si, como imaginaba, aparecían aspectos siniestros: los suicidios de los espías podían ser por presión o depresión, como la de otros muchos, pero también podía haber descubierto algo peligroso ocultado por el poder debajo de una alfombra.

En ningún caso aceptaría la versión del suicidio. Se preparó para lo peor, había visto tanta inmundicia en su amado país que nada podía sorprenderle. Debería andar con pies de plomo, no era un anciano, pero había pasado los setenta y ya no era el cachas que encandiló a su mujer y despertaba las miradas encendidas de muchas chicas.

Entró en el hospital por la puerta principal, no había nadie en el recibidor e imaginó que los pacientes de urgencia entrarían por otro lado. Se dirigió a la recepción, donde vio a una enfermera mayor, con la cara demacrada de un zombi, leyendo un libro. Ni siquiera levantó los ojos cuando le oyó aproximarse.

—Me han telefoneado hace un rato. Mi hijo acaba de morir.

No lo dijo afligido ni nervioso, le facilitó una información previa para que ella le preguntara el nombre del chico, lo buscara en un listado y le explicara lo que debía hacer para verle.

—¿Qué quiere que haga? Vaya a la habitación si es lo que desea.

—Le acabo de decir que me han llamado —dijo subiendo el tono y añadiendo una dosis de gravedad—, no que supiera que mi hijo estaba ingresado y, por lo tanto, que conociera el número de su habitación.

—¿Cómo se llamaba? —preguntó displicente.

—Dimitri Kovalev.

Tecleó el nombre en un ordenador con apariencia de haber sido adquirido en la época de los zares.

—En este hospital no tiene habitación.

—Le digo que me acaban de llamar, vuelva a buscarlo.

La enfermera posó su mirada aburrida en Oleg y tecleó de nuevo.

—No se puede haber muerto hace un rato porque no está registrado.

—A lo mejor le han llevado a la morgue.

Por tercera vez pulsó las teclas del ordenador. Estaba cada vez más harta.

—Tampoco está ahí. Se habrá confundido de hospital.

—Quiero hablar con su supervisor.

—Vuelva mañana, ¿le parece que podría haber algún jefe esperando toda la noche a que venga usted para escuchar sus quejas? Ya le he dicho que el nombre de su hijo no está en el sistema.

Oleg le pidió indicaciones para ir al baño. Tomó un pasillo a la derecha del mostrador, lo recorrió con lentitud, volvió la cabeza, vio despistada a la enfermera y giró a la derecha para subir por unas escaleras. Al llegar a la primera planta, caminó por una zona de despachos, se acercó a la puerta del primero, presionó la manilla, no cedió; lo intentó con la siguiente y tampoco tuvo suerte. A la tercera consiguió entrar. No había visto personal sanitario cerca y encendió la luz. Se encerró, vio un escritorio con una silla a cada lado y, sin sentarse, descolgó el teléfono, un modelo góndola tan antiguo como el decrépito edificio. Marcó el número de su nuera. Tardó en descolgar, escuchó una voz pastosa, apenas audible.

—Olga, dile a Dimitri que se ponga, es urgente.

—Oleg, ¿eres tú?

—Sí, no os llamaría a estas horas si no fuera importante.

—No está, se fue hace unos días.

—¿Dónde?

—Yo qué sé.

—Algo te diría.

—Nada.

—Piénsalo, Olga, es importante.

—¿Qué hora es? —dijo ella sentándose en la cama y cogiendo la goma que había en la mesilla para recogerse el pelo.

—Cerca de las dos y media.

—¿No puedes esperar a mañana?

—Necesito saber dónde se ha ido mi hijo —respondió Oleg impaciente.

—No lo sé, ya te lo he dicho.

—¿Recuerdas qué te dijo?

—Me llamó desde la oficina, había surgido algo, le mandaban de viaje. Añadió que cuando pudiera, me llamaría. No es la primera vez. ¿Le ha pasado algo?

—¿Estaba preocupado últimamente?

—Para nada, ya sabes cómo es. Solo le altera la niña y muy pocas veces. Oleg —la preocupación estaba invadiéndola—, dime qué ocurre.

—Nada por lo que tengas que preocuparte —mintió con la frialdad que había heredado su hijo—. ¿Te ha llamado alguien de su trabajo? ¿Has notado algo raro últimamente?

—Oleg, me estás asustando. ¿Dimitri está bien?

—Contéstame tú —insistió enérgico tras detectar en su nuera una creciente tensión—: ¿Hay algo que me tengas que contar en relación con mi hijo? Es importante, Olga.

La mujer supo en ese momento que algo grave le había pasado a su marido. Oleg lo sabía, pero no tenía intención de contárselo; esa maldita manía de los que trabajaban en el GRU de no compartir información. Pero esta vez estaban hablando de la vida de su esposo.

—No sé nada, pero tú sí. Cuéntamelo, Oleg, cuéntamelo por tu nieta.

—Mañana iré a verte y hablamos.

Colgó el teléfono. Se acercó a la puerta, apagó la luz y volvió a sentarse tras la mesa desde la que durante el día un médico atendía a sus pacientes. Necesitaba unos minutos para reflexionar. Si le hubieran mandado a alguna misión y hubiera salido mal, no simularían un suicidio. Habrían inventado una historia y le habrían dado trato de héroe.

Tampoco entendía que le hubieran avisado del fallecimiento para que fuera al hospital y no hubiera rastro de su presencia. Excepto que la llamada la hubiera realizado alguien con intención de alertarle.

Un resplandor iluminó el pasillo exterior, se tiró al suelo detrás de la mesa de hierro en la posición de cuerpo a tierra, aprendida en su etapa de soldado. A la luz de una linterna le acompañó el taconeo de los zapatos de dos hombres. Permaneció inmóvil, quizás la enfermera de recepción había avisado a seguridad o tal vez eran dos médicos. Esperó cinco minutos, justo cuando su reloj de muñeca indicaba las tres en punto.

Volvió a sentarse y marcó otro número de teléfono. Iba a seguir la única pista que se le ocurría. La respuesta que escuchó pertenecía a un hombre más habituado a una llamada intempestiva.

—Ya sabes quién soy.

—Dime, te escucho.

—Estaré junto al portal de tu casa en cuarenta minutos.

Colgó sin esperar respuesta. Había enviado el mensaje a un mando del GRU en activo y no quería discusiones. Salió del despacho tras mirar antes a ambos lados del pasillo. Bajó las escaleras sin cruzarse con nadie, hizo un gesto con la mano a la enfermera cuando le miró con cara de haber visto una aparición y salió en busca de su coche. La calle estaba tranquila. Emprendió el camino en dirección al piso de su viejo amigo y no tardó mucho en ver un vehículo de la nada que aparecía y desaparecía de su espejo retrovisor. Le estaban siguiendo.

* * *

Durante veinte minutos dirigió su coche a un punto de desenganche que llevaba años sin utilizar, una técnica de los viejos tiempos para despistar al perseguidor. En un momento sin visual entre los vehículos, entró en un *parking* que contaba con dos salidas. Lo hizo con diligencia para que cuando el perseguidor pasara por ese punto siguiera hacia delante y él pudiera salir por la calle paralela en sentido contrario. Un rato conduciendo en zigzag le ofreció las máximas garantías de anonimato para retomar el camino en dirección a su cita.

Media hora después paró el coche cerca de un portal, su amigo Pavel le identificó y se subió. Oleg condujo diez minutos hasta un callejón abandonado y aparcó junto a la acera, sacó un paquete de tabaco y una caja de cerillas. Ambos encendieron sus pitillos y permanecieron mirando al frente. Oleg era diez años mayor, llevaba seis fuera de las lides del espionaje y conocía a Pavel desde que entró en el GRU siendo un joven inexperto que pusieron bajo su manto para que aprendiera la disciplina y las técnicas del que llamaban el acuario. Desde entonces, estuvieron tanto tiempo juntos, sufrieron tantas penalidades, compartieron tantas botellas de vodka, contaron tantas mentiras a sus mujeres inventadas por los dos, que no hacía falta que se miraran para saber lo que pensaba el otro.

Su relación se convirtió en indisoluble al compartir un secreto del que jamás habían vuelto a hablar y que nunca habían desvelado. Tras el ingreso de Pavel en el espionaje militar, tardaron poco en conectar y unos meses más en incluir a sus mujeres en las cenas de compadreo. La pareja de Pavel era especialmente simpática y agradable, pero nada mona. Estaba loca por su marido y le miraba sin disimulo con la misma pasión del primer día. En los inicios de la amistad, al final de cada cena en una de las casas, la esposa de Oleg le transmitía su extrañeza por la relación de Pavel con su mujer, había algo extraño en él. No era antipático con ella, pero no mostraba una atracción tan enloquecedora como la de ella. Oleg discrepaba: «Siempre habla de ella con cariño y, que yo sepa, no tiene ninguna aventura. Si la tuviera, lo sabría».

Se equivocaba doblemente. Pavel tenía una aventura y, además, se cuidaba mucho de que nadie, y especialmente él, se enterara. En el acuario esperaban que sus agentes se casaran y tuvieran hijos, y aunque tendían a mirar para otro lado en las relaciones extramatrimoniales, no aceptaban las separaciones. Los agentes casados eran menos proclives a las deserciones.

Moverse en el mundo de los secretos y esperar que nadie se enterara era una muestra de inocencia. La gravedad del problema estuvo en que la información comprometida le llegó a un confidente de un agente del KGB llamado Petrov. Este optó por no denunciar a Pavel ante sus jefes y, a cambio, sacar un rendimiento económico. Un día lo abordó por la calle, se identificó, le dijo lo que sabía y le dio veinticuatro horas para que en ese mismo lugar pagara por su silencio. No era mucho dinero, una cantidad accesible, pero era el primer pago de otros muchos que terminarían desangrándole económicamente.

Pavel entró en pánico. Solo tenía a Oleg para ayudarle. Posiblemente le costaría su amistad, pero carecía de alternativa. Fue a verle a su casa y bajaron a un bar cercano. Contar temas desagradables en un ambiente concurrido era la mejor opción para que las reacciones fueran más contenidas. Sentados en una esquina, fue directo al grano.

—Mi mujer lo lleva sospechando casi desde que te conoció —rio Oleg—. Yo le decía que no, que no tenía ni idea. Lo mejor es que lo cuentes con discreción, o que lo cuente yo. Quien más quien menos se ha acostado alguna vez con otra mujer.

—Puede acabar con mi carrera.

—¿Por acostarte con una chica? Anda ya. —Oleg hizo una pausa y recapacitó—. ¿No estarás pensando en divorciarte?

—Aunque quisiera no podría: no es ella, es él.

Oleg recapacitó. Eso encajaba mejor en la frialdad percibida por su mujer. En Rusia había mucha homofobia, los gais no contaban con el aprecio popular, los despreciaban. Pavel no parecía uno de ellos, pero no estaba obligado a dar la cara por él.

—Sí que es una sorpresa. Siento la vida que te ves obligado a llevar. Ese Petrov tiene material para un chantaje perfecto. Si se enteran en el acuario te echarán de inmediato. Al margen de que no les

gustan los maricas, llevas una doble vida y lo considerarán un engaño, una traición. No podrán confiar en ti.

—¿Qué hago? —preguntó Pavel, sorprendido por la nula curiosidad de su amigo sobre la identidad de su amante.

—Acabar con el chantaje lo antes posible.

—¿Cómo?

Urdieron un plan en las dos horas siguientes. Era arriesgado y
entrañaba el peligro de enfrentarse, nada más y nada menos, que al
todopoderoso KGB; también espías, pero con muy malas relaciones
con el GRU. Debían buscar un momento propicio, evitar los peligros y llegar cada uno a su casa a tiempo para cenar como si nada
hubiera pasado, al menos nada de lo que pudieran acusarles a ellos.

Al día siguiente, Pavel repitió el camino de la oficina a casa y en
un punto distinto al del día anterior apareció Petrov y se puso a caminar a su lado. Perdió los nervios mientras mencionaba a su ignorante mujer, a sus ignorantes padres, a sus ignorantes amigos y a su
ignorante servicio secreto. Le notó seguro del valor de su información, no dudó ni un momento en que obtendría el primero de un
montón de sobres que le garantizaría un aumento en su nivel de vida durante una larga temporada, quizás eternamente. Un agente
del GRU homosexual carecía de opciones para evitar el escándalo.
Le suplicó silencio, le pagaría, pero nadie debía enterarse. Vio la cara de felicidad del chantajista al notarle acobardado.

Petrov recibió de Pavel el sobre con el dinero, lo guardó en el
bolsillo interior de la cazadora y se quedó quieto mientras su víctima
seguía caminando, cumpliendo la orden de no volver la vista atrás.
Esperó hasta verle desaparecer y después giró en la primera calle.
No tardó en entrar en el metro, feliz por haber cazado a ese perverti-
do sexual y por su aceptación de lo inevitable. Se lo merecía. Cerca
ya de su casa, decidió celebrarlo con una botella de vino. Entró a
comprarla en una pequeña tienda, la cogió de un estante y, sin nadie
más alrededor, se dirigió a la caja a pagar. No se fijó en la llegada de
dos encapuchados armados que cerraron la puerta del local. Uno

de ellos se dirigió a donde él estaba, junto al cajero, a quien encañonó mientras le pedía la recaudación. Petrov levantó las manos por instinto y, sin mediar gesto o advertencia, la pistola cambió su rumbo hacia a él y recibió un tiro en la cabeza. Tras disparar, el asesino se agachó para registrar su cuerpo tendido en el suelo y le quitó la cartera y un sobre. Después cogió los billetes que le ofrecía el empleado y le advirtió de que no diera la alarma hasta que hubieran pasado diez minutos o volverían para matarle. Los dos asaltantes salieron corriendo.

Se separaron unos minutos después. Pavel le dio las gracias a Oleg por haber apretado el gatillo y jamás volvieron a mencionar el asunto. Los dos leyeron la noticia en los periódicos y la vieron en la televisión, pero nunca nadie sospechó de ellos.

Muchos años después, estaban en ese callejón solitario, con el coche lleno de humo y las ventanas subidas para evitar el frío helador. Oleg dejó que hablara su amigo.

—¿Vienes directamente del hospital?

La contestación fue una inclinación de cabeza.

—¿Lo sabe tu nuera?

—Todavía no se lo he dicho, lo haré cuando amanezca y mi nieta esté en el colegio.

—Lo he sabido esta mañana, en realidad nos hemos enterado todos en el acuario. Fingen discreción, aunque pretenden que se entere hasta el conserje. Lo acusaban de traición, de venderse a Estados Unidos, Gran Bretaña o España.

—Estuvo destinado en España, es una deducción lógica. Debiste llamarme cuando se lo llevaron detenido —dijo Oleg sin alterarse, con suavidad, sabiendo que sus palabras iban acompañadas de una evidente reprimenda.

—No lo supimos. Le enviaron a una misión secreta, de la que yo no sabía nada, y los del FSB le debieron detener en algún lugar discreto.

—¿Dónde tienen su cuerpo?

—Creemos que en el hospital.

—Allí me lo han negado. ¿Me lo entregarán?

—Me temo que no. Le espera una tumba desconocida, como a todos los que consideran traidores.

—Cuéntamelo todo, Pavel, no me hagas interrogarte.

—Durante una reunión de la cúpula, enseñaron la foto del cadáver de Dimitri. Repitieron la información oficial: se ha suicidado ahorcándose. La marca en el cuello la tiene, aunque en la imagen no se ve con claridad si fue una cuerda o alguien le cortó el cuello.

Pavel miró a su antiguo jefe, duro como una piedra; no expresaría ningún sentimiento delante de él y dudaba que, al llegar a casa, en soledad, se rompiera. Quizás en unos días no aguantara más y estallara. A otro no le daría el resto de detalles, pero él debía conocerlos.

—En la foto que han enseñado está tendido desnudo en una camilla y le faltaban varios dedos de la mano más próxima al fotógrafo.

—Si creían que era un traidor, no quiero ni imaginar lo que han hecho. Pero dudo que mi hijo haya traicionado a su patria. Muy graves han tenido que ser sus sospechas para que lo mataran.

—Muchísimo más grave fue lo del coronel Penkovsky, que contó a Estados Unidos lo de la instalación de armas nucleares en Cuba, el gran secreto de la URSS en ese momento. Y no le mataron hasta someterle a un juicio sumarísimo.

—Aquello fue una pantomima, querían disuadir a otros para que supieran lo que les pasaría si traicionaban a su país. También pensaron en los americanos, querían que sufrieran su ejecución a cámara lenta. Con mi hijo les basta con que se sepa en el acuario, nada de lentos interrogatorios, pausados maltratos y muertes retardadas.

—A Penkovsky le quebraron con la tortura y luego le metieron un tiro en la nuca.

—Gracias por tu mentira piadosa, Pavel. Entré en el acuario antes que tú y me crie con esa cruel historia que te helaba la sangre. Muchas veces, como tú y otros, he tenido pesadillas al verme sufriendo el mismo final que Penkovsky.

Los dos sabían perfectamente lo que pasó. Agentes del KGB trasladaron al traidor a la sala de un crematorio, renunciaron a un ataúd y le ataron a una base de madera. Se lo tomaron con calma, esperaron la llegada de un grupo de invitados, mandos del GRU y del KGB. Lo quemaron vivo y nadie se movió de allí hasta que cesaron los gritos.

Pavel no pudo evitar pensar lo que le harían a él si algún día descubrieran su secreto, una suma de homosexualidad y asesinato. Oleg le miraba a los ojos, sabía lo que se le pasaba por la cabeza. La guillotina también pendía sobre su cuello, no tanto por haber matado a un hombre, sino por haber encubierto a su amigo.

El FSB, el servicio secreto que reemplazó a el KGB en las tareas de contrainteligencia, heredó la crueldad contra los traidores, acrecentada tras la llegada al poder de Putin, su antiguo jefe, quien no hacía mucho les había enviado públicamente un recado: «Un traidor debe ser destruido, aplastado». Oleg pensaba lo mismo. Pero en el caso de su hijo creía que los investigadores habían cometido un error: no era un traidor.

—¿Qué dicen sobre la información que robó? —preguntó Oleg.

—No robó nada, lo han reconocido…

—No entiendo —cortó a Pavel—, ¿no dicen que se vendió?

—Intentó venderse, pero no lo aceptaron.

—¡No jodas!

—No debieron fiarse de él, sospecharían que les queríamos tender una trampa.

Oleg recapacitó. Se encendió el cuarto pitillo y Pavel abrió una rendija de la ventanilla y conminó a su amigo a que le imitara.

—No van a contar nada, ¿verdad?

—Verdad —respondió Pavel.

—Me han llamado de madrugada para que terminara poniéndome en contacto contigo y me lo dijeras, ¿verdad?

—Verdad.

—No querían que notara la falta de mi hijo y removiera lo que hiciera falta para encontrarle.

—De nuevo verdad.

—No quieren que se sepa que le han descubierto, porque quieren proteger a la fuente que le ha delatado.

—Exactamente, aunque nadie lo ha dicho con esas palabras.

—Por eso lo han matado tan rápido.

—De eso va nuestro trabajo: liquidar a nuestros traidores y pagar y proteger a los traidores de nuestros enemigos.

—Hay alguien en algún país del mundo, posiblemente en España, que ha delatado a Dimitri y que va a entregar a los carniceros del FSB a unos cuantos más.

—Un topo, un agente doble, llámalo como quieras, al que estamos pagando para que robe los secretos de Occidente y nos los entregue.

—Ese es el asesino de mi hijo.

—Si el servicio secreto español hubiera aceptado a Dimitri, tu hijo habría hecho igual, pero en sentido contrario.

—Pero como tú dices, la diferencia es que Dimitri es mi hijo.

A Oleg le cruzó un pensamiento de venganza enrabietada que no quiso compartir con su mejor amigo. Una idea tremendamente enrevesada con la que estropear los planes al acuario, al FSB y al Gobierno ruso. Él sabía cómo hacer llegar a los servicios secretos occidentales la noticia de la muerte de su hijo por culpa de un agente doble.

En ese momento no debería llamar la atención, encogería los hombros y agacharía la cabeza para preocuparse por lo único que podía hacer ya por su hijo: evitar enfrentarse al sistema y permanecer vivo para cuidar de su nieta y de su nuera. Al menos, pensó, Dimitri habría sufrido tremendas torturas, pero no había tenido que pasar por el final incendiario de Penkovsky.

2

Sergei Skripal había estado varias veces en Esmirna y se preciaba de conocer bien la ciudad. Había reservado habitación en un hotel de cuatro estrellas, más calidad de lo que un ruso medio se podía permitir y menos de lo que le gustaría en relación con el dinero que guardaba escondido en uno de los grandes bancos españoles, una cuenta corriente a la que solo accedía cuando viajaba al extranjero.

Le habría encantado hospedarse en el Swissotel Buyuk Efes Izmir, el cinco estrellas en el que estaba entrando, ubicado en un lugar idílico pegado al mar Egeo. Solo pasaría allí unas horas para descargar información a su controlador del MI6, el servicio secreto exterior inglés, para el que llevaba trabajando los últimos nueve años sin que nadie en Rusia lo hubiera descubierto. Entre ese nadie incluía a Liudmila, su mujer, la persona más difícil de engañar.

Le abrió la puerta de la *suite* John Brown, el típico nombre falso de un auténtico inglés rubio de piel lechosa, delgadez exagerada, altura por encima de la media y frialdad heredada que solo le permitía, como gran muestra de aprecio, estrechar la mano del visitante. Cuando acabara la mañana y abrieran la botella de vodka escocés Diva, de precio prohibitivo, pero que alguien en el servicio inglés había conseguido financiar con malas artes, se achisparía, diría algunas tonterías para parecer gracioso, respondería a los brindis de Sergei con otros exultantes sobre la amistad, la lealtad o la familia, pero abrazos no le daría ninguno.

Brown conocía el gusto de Sergei por los placeres mundanos y en Londres había decidido reservar una *suite* espaciosa con una vista espectacular al mar, con unos sillones de diseño Le Corbusier tapizados en piel. Era una forma de transmitirle lo que se preocupaban por su confort, un mensaje que ese día cobraría trascendencia.

El ruso iba vestido con un pantalón y chaqueta de chándal finos de color verde claro, acordes con la temperatura cálida. Podría pensarse que era su forma de desconectar en unos días de vacaciones, pero esa vestimenta informal era la que mejor encajaba con su personalidad.

La *suite* disponía de tres ambientes: un escritorio con butacón, un sofá de tres plazas con dos mesitas doradas con cristal ahumado y una mesa de comedor rodeada por seis butacas. Se sentaron en este último lugar, uno enfrente del otro, y Brown sacó una grabadora que no tuvo prisa en encender. Sergei abrió su bolso de Louis Vuitton con bandolera y extrajo un pequeño paquete envuelto con papel de regalo. También lo dejó a un lado y pareció no prestarle atención por el momento.

Sergei habló con brevedad sobre los seis meses que habían pasado desde el último encuentro. La calidad de vida en Rusia solo mejoraba para unos cuantos, la clase trabajadora seguía olvidada y Putin había emprendido un camino para recuperar los valores de la vieja URSS. Siempre había sido sincero con el MI6 en ese sentido: se sentía un patriota que nunca se identificó con las reformas de Gorbachov porque olvidaban los valores tradicionales del país. Aunque sufría en persona su triste realidad económica: cinco años antes, había tenido que abandonar su trabajo en el GRU por problemas de diabetes, lo que le dejó una pensión bochornosa, que extraoficialmente no lo fue tanto gracias a que llevaba cuatro años cobrando del MI6.

—Liudmila no ha podido acompañarme porque tenemos a Yulia enferma. Pero las dos y Alexander están bien. ¿Qué tal va Antonio?

Sergei siempre le preguntaba por su captador, Antonio Álvarez de Hidalgo, cuyo verdadero nombre era Paul Miller. Brown nunca le facilitaba información concreta, pero el ruso quería dejar patente el aprecio que sentía por él.

Tras un rato de conversación ligera, el espía inglés comenzó el ritual encendiendo la grabadora, aunque Sergei siempre sospechaba que había otros medios de grabación, que incluían imágenes, en las habitaciones donde se reunían. Después, el exagente del acuario le entregó el paquete. Brown lo abrió y apareció la novela de León Tolstói, *Ana Karénina*. Era una edición reciente en ruso, de tapa dura, publicada originariamente en 1878. Abrió el ejemplar, miró las hojas desgastadas y le dio las gracias. No hizo comentarios, Sergei era un experto escribiendo con tinta invisible. Cada información que obtenía de sus fuentes la plasmaba en las hojas de un libro y cuando acudía a una reunión se lo llevaba. Todos los detalles estaban ahí, como si fuera un informe, y él se limitaba a ampliar verbalmente los datos que su controlador le pidiera.

Hablaron durante cuatro horas y fue Brown el que decidió hacer una parada sin apagar la grabadora. Había llegado el momento de pagar. El inglés le entregó a Sergei un sobre abierto con 3000 dólares que el ruso no se molestó en contar y guardó directamente en el bolso. El pacto al que llegaron nueve años antes era una gratificación por cada reunión más otra que le ingresaban empresas tapaderas del MI6 en un banco en Madrid, ciudad en la que estaba destinado cuando se convirtió en agente doble.

En ese momento, por sorpresa, la tranquilidad eterna de Brown se trufó de dudas y Sergei lo detectó de inmediato. Le quería decir algo nada agradable, había ensayado las palabras adecuadas, pero le entraron dudas. Sergei vislumbró la peor situación posible, lo que siempre había temido: los ingleses habían decidido cortar la relación. Los primeros años su información era de alta calidad, era un agente destacado del acuario, pero cuando tuvo que dejarlo les vendió información acumulada con anterioridad y otra que arrancaba a sus viejos colegas. Carecía de acceso a datos de alta calidad y la geoestrategia había cambiado: desde los atentados yihadistas en Estados Unidos y Madrid, los temas sobre Rusia habían dejado de concitar la obsesión de Occidente. A él le había ido bien, pero quizás había llegado la hora de clausurar el chiringuito.

—Estamos preocupados —comenzó Brown con gesto serio—. Existe la posibilidad de que estés expuesto.

Sergei había sido boxeador de joven, tenía aspecto de boxeador, incluso una cara que podría encajar con las secuelas de daños por continuos golpes. Aceptaba bien los reveses, se fajaba de ellos con naturalidad, pero ese le pilló con la guardia baja.

—¿Por qué lo pensáis?

Brown esperó unos segundos para remarcar la gravedad de sus palabras.

—Han descubierto a un compañero tuyo del acuario vinculado con un servicio secreto occidental.

—¿De quién hablas?

—Dimitri Kovalev.

—Sé quién es…

—Querrás decir —le interrumpió para añadir un dato determinante— que sabías quién era.

—¿Cuándo lo han matado?

—No tenemos certeza, en los últimos meses, eso seguro. Pensamos que no le han dado publicidad para tapar al delator, un agente de un servicio secreto occidental.

Sergei se había acostumbrado a esa indefinición que con frecuencia caracterizaba al agente del MI6. Navegaba entre dos aguas, evitando meter la pata, intentando no implicarse, utilizando la duda para que él sacara sus propias conclusiones.

—Kovalev estuvo destinado en Madrid y pensáis que, como yo estuve antes en el mismo puesto, el tipo que le ha traicionado también me conoce a mí.

—No podemos desdeñar esa posibilidad —añadió con esa imprecisión en la que se movía.

—Me sorprende vuestra capacidad para captar agentes rusos destinados en España —dijo Sergei irónico, mientras con la mano derecha hacía leves giros con los dedos índice y pulgar abiertos.

—No hemos sido nosotros, fueron los españoles, bueno, ni siquiera ellos: se ofreció y lo rechazaron.

—Los occidentales lo llamáis un cliente sin reserva.

—Es engorroso presentarse en un reconocido restaurante sin haber sido invitado.

—¿Vosotros opinasteis antes del rechazo?

—Lo desconozco, no es mi competencia —se escaqueó Brown intentando parecer convincente.

—Me sueltas que mi vida puede correr peligro y me racaneas información.

—Nos suelen consultar en estos temas, mantenemos buenas relaciones con los españoles.

—¿La CIA opinó?

Sergei vio su gesto de duda y le miró con tensión.

—No lo sé a ciencia cierta, deduzco que también. Pero la decisión fue española.

—Me da igual quién la tomara, el hecho es quién conocía que había un cliente llamado Kovalev. Imagino que habréis comparado esa lista de personas informadas con la mía. ¿Cuál es el resultado?

Sergei llevaba nueve años conteniendo la tensión habitual en los agentes que llevan dos vidas paralelas, una de ellas secreta. Convivir cada minuto con la posibilidad de ser descubierto por los tuyos, le hacía pensar que quizás el beso de despedida a su hija cuando la dejaba en el colegio podía ser el último, o que una mirada furtiva de su mujer denotaba que sospechaba algo. Él aguantaba porque desde los inicios se había recubierto con una armadura de seguridad que le alejaba de cualquier riesgo, aunque a veces la tensión le agotaba. Agradecía la información que Brown le acababa de dar, pero antes de hacer su análisis quería escuchar todos los datos.

—La CIA desconoce quién eres, recibe la información que nos envías, pero solo saben que la fuente responde al alias Forthwith. Habrán deducido que tenemos a alguien en el acuario, nada más.

—¿Quién creéis que es el filtrador? —la palabra traidor no estaba en el vocabulario de Sergei.

—Hemos hecho una investigación interior y no sale de nosotros.

—¡Tardasteis treinta años en descubrir a Philby!

—No es exactamente así.

—Vale —dijo el ruso al darse cuenta de su extemporáneo comentario—. ¿De quién sospecháis?

—No pensamos que le descubriera el FSB en una investigación, desde que regresó de España y hasta que le detuvieron en Moscú pasó demasiado tiempo. Solo queda un agente del servicio español.

—¿Qué dicen ellos?

—No lo creen. El agente español que te contactó, el que hizo el trabajo previo y nos presentó a ti, está fuera de toda duda. Al margen de eso, los del CNI se limitaron a hacer contravigilancias de algunas de nuestras reuniones.

—Si hay un agente doble en el servicio español, ha delatado a Kovalev porque era un caso que trabajaron ellos. Yo salí de España hace nueve años y cuando he vuelto lo he hecho como un simple turista, aunque seguro que figuro en sus archivos. No sabemos por qué detuvieron a Kovalev, es probable que su comportamiento en Madrid fuera dudoso, sé cómo se las traen los del FSB: sospecharían y tras su regreso a Moscú controlarían sus movimientos y, obtuvieran o no algo sólido contra él, lo secuestrarían, no aguantaría las torturas y lo cantó todo. Lo que no entiendo es por qué lo matan y no optan por lo más lógico: darle un escarmiento encerrándole en Siberia hasta que muera helado de frío.

—Las órdenes de mis jefes son claras: si quieres quedarte, te llevaremos hoy mismo a Gran Bretaña y cuidaremos de ti. También intentaremos sacar a tu familia, es complicado, pero lo intentaremos.

—Transmite, por favor, mi agradecimiento. Me quedan dos días en Esmirna antes de regresar a Moscú y tendré que analizarlo. Creo que el caso de Kovalev y el mío no son lo mismo, llevo años guardando medidas de seguridad extremas: nunca he detectado un seguimiento.

Mis muchos amigos del acuario me avisarían, ellos nunca han sospechado de mí. Ni siquiera mi mujer ha notado nada raro. Si pensara por un momento que me han descubierto huiría, no lo dudes. —Hizo una pausa para realzar sus siguientes palabras—: Te conozco, hay algo que no me has contado.

Los jefes del MI6 querían proteger a su agente doble, pero era Sergei quien debía tomar la decisión. No pensaban renunciar voluntariamente a seguir recibiendo información procedente del acuario, Brown no tenía el encargo de incitarle a desertar. Debía darle los datos, aunque quizás no todos los matices. En ese momento el espía inglés, lleno de remordimientos, se vio pillado.

—Oficialmente, lo han calificado como suicidio, pero al cadáver le faltaban varios dedos —dijo mientras inconscientemente con una mano se tocaba el pulgar, el índice y el corazón de la otra.

*   *   *

Sergei abandonó el hotel imitando la naturalidad de un turista que vive alejado del mar y busca con ansiedad la cercanía del sonido de las olas. Tras recibir la noticia de que alguien podía haber descerrajado el secreto del que pendía su vida, pasear por las calles de Esmirna le ofrecía la posibilidad de aclarar sus ideas. En ese momento convulso, nada podía ayudarle más que vagar rodeado de gente desconocida, sin el mínimo interés por descubrir lo que se le pasaba por la cabeza. Pensó en acercarse al mercado de Kemeralti. Aunque no tenía interés por sus antigüedades, joyas, perfumes o trajes tradicionales, buscaba la sensación de estar perdido, alejado de todo lo relacionado con el mundo de las sombras.

Se dirigió hacia el sureste por Gazi Osman, la calle del hotel, y se concentró en ofrecer la apariencia del perfecto turista despreocupado. Necesitaba contrarrestar la sensación de tener ojos ocultos observándole y, al mismo tiempo, detectar si había presencias extrañas a su alrededor. Se cruzó con dos chicas vestidas con un pareo anudado en el cuello y, para transmitir sensación de normalidad, las miró con detenimiento cuando pasó por su lado y estuvo a un tris de lanzarles un piropo, como había visto hacer a algunos hombres en España.

Siguió caminando con la parsimonia demostrada en situaciones críticas durante su destino en Afganistán. Tenía que llevar a cabo una limpieza en seco, una técnica aprendida en la escuela del acuario. Consistía en detectar si alguien te seguía y esquivarle de tal manera que pensara que te había perdido la pista de manera involuntaria. Deambulaba entre edificios de no más de tres alturas, con locales en las plantas bajas, y las obras que intentaban adecentar la ciudad para la Universiada del año siguiente. Llegó a la calle 860, poco concurrida, redujo aún más la velocidad de marcha, giró a la derecha y se quedó parado junto a una casa recién enyesada, pintada de blanco hueso, ensuciada con la palabra de gran tamaño «Opak», con una cara dibujada en la vocal inicial. Sacó del bolsillo del pantalón el teléfono móvil, simuló marcar, se lo llevó a la oreja y empezó a hablar, como si lo hiciera con su mujer, mientras miraba el local Coffee World de la acera de enfrente. Medio minuto después, regresó sobre sus pasos con cara abstraída, aparentemente ajeno a los transeúntes que caminaban en su dirección anterior. Fotografió mentalmente a un hombre cercano a los treinta, rubio, con gafas de sol y una cartera en la mano. Unos metros detrás apareció una chica con coletas, muy morena, falda de tablas como de colegio y libros en la mano, que bajó la cabeza y se la tapó con la mano tímidamente al verle. A más distancia, una pareja en los sesenta, agarrados por los brazos, ella con un bolso grande colgado en bandolera, similar al suyo. Siguió caminando mientras memorizaba todos los rasgos, al final giró a la derecha y escogió una ruta alternativa hacia el mercado.

Hasta ese momento, estaba convencido de que nadie había sospechado de su doble juego. Había hecho comprobaciones en numerosas ocasiones, pero no podía engañarse a sí mismo: desde hacía un tiempo había relajado las medidas de seguridad.

Había razones importantes para arriesgarse a regresar a su país. La esencial era que si tomaba el camino cómodo y escapaba a Londres, no podría garantizar la seguridad de su mujer y sus hijos. No quería pensar ni por un momento en la venganza de sus antiguos jefes contra él al descubrir su robo de información durante tanto tiempo. Le quitarían la patria potestad y enviarían a la pequeña Yulia a un centro de reeducación, una prisión para niños que asesinaba sus sueños y sentimientos, y los convertía en servidores ciegos del Estado. Ese argumento era suficiente razón como para no desertar mientras no estuviera convencido al cien por cien de haber sido descubierto.

Quizás ya era demasiado tarde, pero si el FSB le había pillado, como intuía Brown, habría enviado a un equipo para controlar sus movimientos en Esmirna. Los equipos de seguimiento se habrían percatado de su relajación en la contravigilancia. Por eso, desde que abandonó el hotel había intentado comportarse con la naturalidad de quien pasa unos días de vacaciones, sin mostrarse alterado ante la realidad de que su mundo de ensueño podía haberse desmoronado. Eso le ofrecía una ventaja sobre ellos: detectaría a un perseguidor o a un grupo de ellos, lo había hecho muchas veces durante las prácticas callejeras en sus cuatro años de preparación en la escuela del acuario. Y lo había repetido cientos de veces en sus destinos en Malta y Madrid.

Siguió caminando en dirección al mercado. Relajó más el paso con el pretexto de la conversación telefónica y así dar tiempo a quien fuera su perseguidor a retomar el seguimiento. Quizás debería repetir la maniobra anterior con un cambio de acera, dirección o ruta para identificar a quien le pisaba los talones, pero era muy importante que no descubrieran su maniobra. Si el servicio de vigilancia detectaba que estaba comprobando si alguien le seguía, no solo continuarían en el empeño y con más sagacidad, también parecería culpable de haber cometido el delito de ser agente doble.

Se puso unas gafas de sol de cristales oscuros que ocultaban sus ojos y siguió observando activamente su entorno. Memorizó rasgos corporales de cada persona dentro de su perímetro de seguridad, no solo la vestimenta que podían cambiar en unos segundos. Desde que llegó a la calle 895 no dejó de andar por la acera de la izquierda, así se encontraba de cara a los vehículos que pasaban de frente y podría disponer de tiempo para reaccionar si los del FSB querían secuestrarlo. Pensaba en Yulia, ¿qué diría su hijita adorada si se enteraba por una compañera del cole de la detención de su padre, en la calle de una ciudad turca, por traicionar a su país? Sabía que Liudmila alucinaría, se quedaría descolocada. Le entendería, seguro que sí, su amor era incondicional, el de una pareja cimentada en la juventud que ha compartido grandes momentos y también los peores de su vida.

El mercado descubierto de Kemeralti, uno de los más grandes de Turquía, estaba lleno de gente de distintos orígenes y creencias. Las tiendas pegadas unas a otras unían a viajeros pudientes con gente normal, los primeros más inclinados hacia los comercios acristalados de joyas de oro y los segundos más cerca de los puestos de pescado, pasas o ropa barata.

Su estrategia de contravigilancia cambió. En uno de los primeros locales, se compró un sombrero de paja y una camisa ancha clara que contrastaba con el verde de su chándal. Siguió caminando y al llegar a un pequeño mercado de flores se los puso sin dejar de andar, amparado en la multitud. Después entró en un bar a tomarse un té y a mirar a la gente pasear. Había memorizado rasgos de muchos viandantes, pero alucinó cuando le vio pasar a él: el treintañero rubio con una cartera en la mano, el primero con el que se cruzó en cuanto cambió la dirección camino del mercado. Estuvo rápido en girar el cuerpo para dirigirlo hacia el interior del local. Tampoco pasaría nada si el perseguidor le identificaba al pasar, encajaría que se hubiera parado a tomar un té.

Si el FSB le había seguido hasta Esmirna era porque acumulaba suficientes datos sobre sus relaciones con un servicio secreto occidental. Él había relajado las medidas de autoprotección, un grave error; el FSB se había dado cuenta y actuaba con una seguridad exagerada mientras le vigilaban, otro error. Seguramente le habrían seguido hasta el hotel donde se había reunido con Brown, incluso habrían localizado el número de la habitación y no tardarían mucho en identificar a su controlador del MI6. Los agentes le habrían esperado en la calle, cuando salió le habrían vuelto a perseguir y no les habría producido mucho pesar perderle porque tendrían a alguien esperando en las cercanías del hotel donde dormía. Disponían de suficiente información como para encerrarle en una celda y sacarle a golpes todos los datos sobre su relación con los ingleses.

Su vida acababa de derrumbarse, sus sueños se habían esfumado, entre su familia y él se había levantado un muro que los separaría para siempre. Podía pedirle a Brown que le extrajera para evitarse la vergüenza, la tortura y la muerte; ganaría una nueva vida, aunque sin las personas amadas. O podía regresar a Moscú, confiar en que le dieran unas horas o unos días para despedirse de su mujer y los chicos. Luego solo le quedaba aferrarse a la remota posibilidad de colaborar abiertamente con el FSB y mostrar arrepentimiento con la esperanza de que no le mataran, lo condenaran a diez o veinte años de prisión y, si sobrevivía, reencontrarse con los suyos.

El teléfono sonó en el momento depresivo en el que debía elegir entre dos puertas: la muerte con su familia o una vida asquerosa en solitario. Era un número desconocido. Quizás los del FSB querían localizarle o amenazarle. Descolgó sin pronunciar una sola palabra.

—Sergei, soy yo —dijo la voz inconfundible de Brown—, ¿estás bien?

—¿Por qué no iba a estarlo?

—Te he mandado un equipo de protección y te han perdido.

Sergei estaba metido en un caos mental y de repente se disipaban las brumas que le atormentaban, no podía imaginarse un final tan feliz.

—Un tipo de pelo rubio con cartera de ejecutivo en la mano, ¿trabaja para ti?

—No me digas que lo has detectado y pensabas que era de los malos.

Sergei, tras una hora de sentirse desbordado, de repente notó cómo se le destensaban los músculos del cuello. Se terminó el té, que le supo especialmente bien tras recuperar la felicidad, y salió a la calle. Se le había abierto el apetito, necesitaba celebrarlo con una botella de vodka. Vio al agente inglés en un lado de la calle y decidió buscar un restaurante, no uno cualquiera, uno bueno donde pudiera pegarse un banquete. Bajó la guardia y no se fijó en una mujer rubia con falda de tablas que, en la acera de enfrente, parecía estar esperando a alguien. Si la hubiera observado durante unos segundos, se habría dado cuenta de su parecido con la chica morena de coletas con la que se cruzó cuando de repente se dio la vuelta para descubrir si alguien le seguía. Primero identificó al treintañero del maletín y después a una escolar con esa misma falda y unos libros en la mano. No llegó a reconocerla.

LIBRO 1

LA HISTORIA,
SEGÚN LA VERSIÓN DE UN AGENTE
LLAMADO BETO ROMERO

PARTE I

3

Centro penitenciario de Estremera, Madrid, 2008

Era la tercera vez que Marcos Quiroga iba de visita a la sala de locutorios y tuvo la misma desagradable sensación de estar en un sitio frío que despersonalizaba a los presos. Se sentó en una silla de plástico en el cubículo de un metro y cerró la puerta en busca de una intimidad fingida, pues en todas las celdas idénticas, pegadas unas a otras como en un panal, presos y visitantes se observaban gracias a las cristaleras que de cintura para arriba convertían en imposible aislarse del exterior. No solo carecían de intimidad, también de tiempo. Podían charlar durante un máximo de cuarenta minutos, una insignificancia si se comparaba con las horas que tardaba en viajar desde su casa en San Sebastián hasta Madrid, desde allí hasta Estremera y de regreso al País Vasco.

Desde la celdilla de enfrente, Alberto Romero, al que todos llamaban Beto, estaba más acostumbrado a la rutina del control y la desconfianza. Poco le importaba que los cubículos carecieran de puerta en su lado para facilitar el control de los funcionarios. Tenía la certeza de que el servicio secreto había instalado micrófonos para saber lo que hablaba en cada momento. Su juicio por traición aún tardaría en celebrarse y utilizarían cualquier argumento cazado al vuelo para intentar condenarle.

A Marcos y a Beto cuarenta minutos no les daban para nada. Años antes, charlaban durante horas sin notar el paso del tiempo. Ahora sabían que si el funcionario era relamido había que desconfiar:

cortaba la comunicación sin avisar y los dejaba sin ese momento final para las despedidas. Si era un buen tipo, los avisaba cuando quedaban cinco minutos y los regalaba un par más, lo que les permitía separarse con una sonrisa.

Entre 1992 y 1997, los dos habían compartido la intrépida experiencia de intermediación entre el Gobierno y la organización terrorista ETA, habían apostado con tesón por una solución de paz en la que pocos habían invertido con sinceridad y, durante el tortuoso camino, habían tejido una amistad profunda. Al menos uno de ellos, Marcos, lo había creído con firmeza hasta el momento en el que sospechó que quizás Beto no había sido tan franco con él como había supuesto, a pesar de lo cual nunca dejó de albergar la esperanza de hallar una explicación tranquilizadora a su extraño comportamiento.

Unos meses atrás, Emma, su mujer, le había alertado de una noticia en televisión. El protagonista, escoltado por dos policías, ocultaba el rostro tras una cazadora. Parecía Beto, podía ser el fantasma de Beto, aunque no se apellidara García sino Romero. Hablaban de la detención de un agente del CNI acusado de ser agente doble al servicio de Rusia. Marcos no tuvo dudas: era Beto, su amigo, su confidente, el hombre con el que podía estar horas y horas charlando sobre la vía de intermediación que los dos buscaban. Además de tener un apellido distinto, era espía y guardia civil, datos novedosos que le ocultó durante los años que estuvieron trabajando codo con codo en el CIC, el Centro de Investigación de Conflictos, que él dirigía.

Marcos sintió alborozo, su compañero había regresado. Descubrir su auténtica personalidad no era la mejor noticia que le podían dar diez años después de su repentina desaparición. «Me voy de viaje —le contó—, necesito salir de Donostia, tengo problemas personales, me urge estar solo». No le creyó: «¿Por qué te fuiste Beto, de verdad?».

El mediador en conflictos imaginó que regresaría pronto, al menos que en algún momento le telefonearía. ¿Con quién iba él a comentar las complicadas gestiones, las jugarretas inesperadas, mientras intentaba conseguir que el nuevo Gobierno del PP se sentara a hablar con el mundo de ETA y los de Batasuna no entorpecieran colocando piedras en el camino? Los primeros meses fueron de desazón, no paró de preguntar por él a los amigos comunes, estuvo muy afectado buscándole.

Con el paso del tiempo, sus allegados concluyeron que Beto le había traicionado y él seguía viéndole como un hombre de principios. Algún día reaparecería y le contaría la realidad de los problemas surgidos tras su desaparición.

Tras ver en la pantalla de la televisión a su amigo detenido, recuperó la ilusión por descifrar el enigma de unos acontecimientos que habían cambiado su vida. A partir de ese momento, tuvo fácil estar al día de sus vicisitudes: los medios escritos, las emisoras de radio y las televisiones bombardeaban insistentemente con historias sobre el traidor, el agente que había vendido los secretos de su país al mejor postor.

Recortó el diario con las palabras pronunciadas por el director del CNI, José Cortés, durante la rueda de prensa convocada para anunciar la detención. Le costaba creer que Beto hubiera estado metido en una «fuga de información hacia el exterior», que hubiera vendido a su país a cambio de dinero. Su amigo no era así.

No tardó mucho tiempo en enviarle una carta a prisión: necesitaba hablar con él, ansiaba recuperar lo vivido diez años atrás. Beto le contestó en el tono amigable que él esperaba, le encantaría volver a verle: «Por una acusación de traición que no cometí estoy en la cárcel».

Lo sabía, no entendía las artimañas que habían utilizado, pero alguien había urdido una historia falsa para meterle entre rejas. Estaba seguro de que su amigo le iluminaría el misterio, sería sincero con él. Su mujer y su hija no entendían la razón por la que estaba empeñado en hablar con él: parecía no darse cuenta de lo mal que se había portado.

Les explicó que Beto era un amigo del que conocía muchas cosas, pero no todas. Dicho así, suponía defender que cualquier persona con la que intimamos no está en la obligación de contarnos sus secretos, cada uno tiene un espacio oculto a los demás y no por ello debemos dejar de considerarle uno de los nuestros. No tardaría mucho tiempo en verbalizar que cuando conoció a Beto apostó por él como tipo y esa apuesta le había salido bien.

Marcos se doctoró en Ingeniería de Caminos mientras vivía en Santander con su reputada familia conservadora, pero cuando emigró a Hamburgo para alejarse del ambiente enrarecido de la dictadura de Franco, como buen comunista hizo una inmersión en el pensamiento marxista y se sacó el doctorado en Filosofía, lo que marcaría su vida a partir de ese momento. Muchos años después acabaría en San Sebastián, ya con la democracia instalada en España, metiéndose de lleno en el innovador terreno minado de buscar vías de diálogo entre enemigos encarnizados. Este viaje intelectual para comprender a los que no piensan como tú, a los que te engañan, a los que tienen unos objetivos en la vida enfrentados a los tuyos, hacía de él una persona extremadamente comprensiva, buscando siempre el lado positivo, en especial con las personas vitales de su vida.

—Beto faltó a tu confianza —le dijo un día su hija—, llegó a traicionarte.

—Me dio una identidad falsa —matizó Marcos—, pero siempre me intentó proteger.

Sentado en el locutorio, separados por un cristal blindado, aislado en un espacio agobiante, Marcos analizó a Beto. Le llamaba la atención su físico, había cambiado bastante desde la última vez que le vio, estaba más delgado, el deporte en prisión era una buena terapia. Tenía la cabeza rapada, no como cuando le conoció que, si bien no destacaba por una mata poderosa de pelo, se peinaba con una raya en el lado izquierdo. Era consciente de que se había portado con él como un amigo inesperado, seguro que nunca pensó en recuperar su relación y, si hubiera existido esa posibilidad, su comportamiento en el pasado merecería unas críticas severas. Críticas que nunca llegarían.

La primera visita a esa sala de locutorios comunal fue desconcertante para ambos. Ninguno sabía bien a qué atenerse, cómo reaccionaría el otro. Eran dos amigos que se habían pasado cinco años compartiendo guerras y paces, filosofando sobre la vida, los sueños, el futuro y las nuevas formas de afrontar los conflictos políticos. Dos amigos que, después de aquello, habían estado alejados diez años sin el mínimo contacto. Una amistad en la que uno había mentido más de lo que el otro pudiera imaginar y el engañado, sin embargo, desechaba la ruptura y optaba por una sincera reconciliación. Hasta el punto de que cuarenta minutos después de sentarse uno enfrente del otro, antes de cortarles de golpe el intercomunicador, Beto se sinceró y retrató la esencia del contenido de su relación.

—No tengo a nadie más que a ti para compartir mis ideas.

Previamente a esa primera reunión, Beto le había enviado una carta de cuarenta folios en la que, contrito, aseguraba estar dispuesto a asumir la responsabilidad por su comportamiento en el pasado y hablar sobre sus acciones, una forma suave de hacer referencia a sus embustes y enredos. El primer día que se vieron, ninguno de los dos sacó el tema de las razones del distanciamiento, tampoco durante el segundo. La incógnita estaba adosada a cada uno de sus pensamientos y ninguno quiso dejarlos volar en dirección al otro. No lo harían en esa tercera reunión ni en ninguna de las siguientes.

Marcos lo tuvo claro: su familia no le entendía, algunos de sus amigos tampoco, pero él había asumido una amistad incondicional con Beto. No quisieron hablar sobre el cómo y el porqué del engaño, mencionaron el tema en cartas que se cruzaron, pero de palabra nunca confrontaron lo que pasó. Era como si los dos pensaran que si aclaraban el juego sucio que hubo entre ellos, si detallaban los actos que conformaban la traición, su amistad podía resquebrajarse, volar hacia el infierno del que nunca regresaría. Por eso Marcos lo había asumido: «Beto es un amigo del que conozco muchas cosas, pero no todas». Cosas que Marcos no quería conocer y Beto prefería no airear.

Marcos sufría al saberle encerrado las veinticuatro horas del día, no había nada peor en el mundo que la falta de libertad. El módulo Fies 4 era especial para funcionarios de las fuerzas y cuerpos de seguridad del Estado, militares, funcionarios de prisiones y espías. Imaginaba que al estar aislado en una zona para cincuenta reclusos se encontraría mejor que rodeado de los asesinos peligrosos que habría entre los mil internos del resto del centro penitenciario. Debía de ser muy duro regirse por unos horarios acotados con rigidez, colaborar en la limpieza y mantenimiento de las instalaciones, salir al patio cuando le ordenaran y permanecer el tiempo establecido. No obstante, su módulo era más tranquilo, con menos altercados. Aunque la ausencia de libertad, estés donde estés, te apaga el alma de la misma forma.

A Beto el regreso de Marcos a su vida le colmó de felicidad. ¡Había aprendido tanto de él! Le había imaginado decepcionado, molesto e indignado. Creía conocer perfectamente a ese hombre un poco desastrado, de pelo cano, arrugas pronunciadas en una frente despejada, cejas pobladas como un jardín sin jardinero, grises en las profundidades y blancas en la superficie, los mismos tonos del bigote que descendía por las comisuras de los labios hacia la mandíbula. Un tipo emprendedor, de carácter fuerte, que no se amedrentaba ante nada y ante nadie. Su aparición y su respuesta tan positiva, tan abierta, le había sorprendido; hubiera entendido que para celebrar su detención abriera una botella de cava. En su momento no le dijo toda la verdad, pero ni él ni nadie podía esperar que un infiltrado le mostrara sus auténticas intenciones, las que guiaron a sus jefes a ordenarle que se ganara su confianza, a convencerle de que era uno de los suyos.

—No podía imaginarlo, reencontrarnos finalmente en un lugar como este, contigo acusado de traición, de vender información a los rusos —le dijo Marcos.

—Todo lo que están contando sobre mí, lo que repiten una y otra vez como si fuera un mantra, es absolutamente falso.

—Encontraron documentos en tu casa —matizó Marcos citando una prueba de las que supuestamente le incriminaban.

—Sacar papeles de la sede es lo único no permitido que haya hecho, aunque si procesaran a los que lo han hecho tendrían que meter en la cárcel a la mitad de los que trabajan allí. Me conoces, soy incapaz de hacer ese tipo de cosas.

—No te conozco del todo. Tenía un amigo, un gran amigo, y no estoy seguro de cómo es.

—He cometido errores, pero no soy un traidor. Mi trabajo me ha obligado a mentir. Creía en mi cometido en el Centro de Investigación de Conflictos, pude hacer lo que hice porque estaba convencido de que la razón estaba de nuestra parte. Ahora sé que fui un ingenuo.

Marcos miró al hombre que no había perdido su fortaleza a pesar de estar encarcelado, reconoció sus ojos saltones cuando hablaba apasionadamente, como cientos de veces en el pasado. Le asaltó la idea a la que no paraba de dar vueltas: «Beto es un amigo del que conozco muchas cosas, pero no todas». Se decidió a formularle la pregunta que le atormentaba. Tenían mucho tiempo por delante.

—¿Qué ha pasado para que los medios de comunicación te consideren un tipo despreciable, sin escrúpulos, sin honor?

De inmediato, puso la mente en blanco, dispuesto a escuchar la narración y a complementarla, en lo que hiciera falta, con lo que él había vivido al margen de su amigo. Quería saber, necesitaba entender.

Beto se quedó callado y escribió en un cuaderno. Arrancó la cuartilla y la pegó contra el cristal de separación para que Marcos la pudiera leer.

—Hay micrófonos, seguro, nos están escuchando. Anotaré todo lo conflictivo y tendrás que leerlo. Es lento, pero no quiero que conozcan mi línea de defensa antes del juicio. Antes de irme, romperé las hojas. Tú haz lo mismo.

4

San Sebastián, dieciséis años antes, 1992

El Centro de Investigación de Conflictos celebraba su acto anual, abierto al público, para discutir con expertos nacionales e internacionales las claves de los procesos de mediación para conseguir la paz. Era el asunto del día en los informativos del País Vasco, donde cada día no había un debate en la televisión o en la radio en el que no se produjeran enfrentamientos intensos sobre los caminos a seguir para poner fin al terrorismo de ETA.

Ese iba a ser el arranque de la historia de Beto Romero en el mundo del espionaje con una misión que nunca antes había cumplido, cerca de un hombre al que no había tratado, armado con una escasa formación profesional específica y unas dotes personales amplias para lo que el espionaje denomina captación de fuentes HUMINT, basadas en la recopilación de información a través de personas con acceso a datos relevantes.

Beto acudió con la prestancia que le confería una chaqueta azul tradicional, camisa a rayas, corbata un tanto estrafalaria, el pelo disciplinadamente recortado y un cuaderno a estrenar para anotar todo lo interesante que aportaran los conferenciantes. Aspecto corriente, uno más entre el centenar de asistentes, en su mayoría con apariencia de universitarios progres, interesados en escuchar a los ponentes y especialmente a Marcos Quiroga, el director del centro, que en los últimos años se había prodigado en tertulias de radio y televisión para explicar los beneficios de unas negociaciones en Euskadi que pusieran fin al terrorismo.

50

Sentado en la primera fila de sillas de madera con brazos, típicas de cualquier aula, Beto esperaba la inauguración del acto. Su acreditación, sujetada en el bolsillo de su chaqueta, le identificaba como periodista de la agencia de noticias Iberia Press. Se levantó para saludar a una redactora de radio Euskadi con la que había coincidido en un acto anterior y que en ese momento estaba con un compañero de *El Correo*. De pie, los tres charlaron sobre Quiroga.

—Algunos dicen que trabaja para la CIA —comentó la chica bajando el volumen de voz.

—Tonterías —corrigió el otro—, los últimos con los que se juntaría sería con esos, es más comunista que Carrillo y la Pasionaria juntos.

—¿Vosotros lo conocéis? —preguntó Beto—. ¿Cómo es?

—Amable, aunque para mi gusto es un poco seco —explicó la periodista—. Cuando se acerque te lo presento.

—Le he visto un montón de veces por la tele, me parece un tío interesante.

—Fue el organizador del encuentro en Estados Unidos del año pasado, consiguió lo que nadie hasta ahora —siguió la periodista.

—¿Qué encuentro? —preguntó Beto como si no supiera que el Centro de Investigación de Conflictos había cosechado el gran éxito de montar un retiro para representantes de todos los partidos políticos vascos, en una universidad de Nueva York, para debatir sobre las salidas a la confrontación.

—Fue la primera reunión para hablar sobre el futuro vasco, contaba con la autorización del Gobierno de Felipe González, el apoyo del lendakari, del PP y hasta de Herri Batasuna.

—Un hito tras la ruptura de las conversaciones de Argel del 89. Rafael Vera, el secretario de Estado de Interior —detalló el de *El Correo* porque veía bastante perdido a Beto— se pegó un berrinche de narices porque Antxon…

Antes de que se detuviera para explicarle quién era, Beto terminó la frase.

—El jefe de ETA.

—Eso. Vera había puesto sus ilusiones en conseguir que dejaran de matar, pero fue imposible: exigían la independencia del País Vasco.

—¿Quiroga participó en las negociaciones de Argel?

—No, que sepamos —respondió la periodista ante la tierna mirada de Beto centrada en sus ojos azulados—. Fue una negociación entre el Gobierno y la organización. Una vez fracasada, entraron de nuevo en juego mediadores como Quiroga, pero también están intentando otras vías Jonan Fernández, el de Elkarri, y, según dicen, el comisario francés Joel Cathalá.

—Todo es muy secreto —añadió el de *El Correo* ejerciendo de experto—, podrás imaginártelo. En Madrid la vía preferida por el Gobierno es la del Centro de Investigación de Conflictos.

Beto observaba cautivado a la periodista sin prestar demasiada atención al comportamiento arrogante del otro. Su fingida ingenuidad había facilitado que le tratara como al peor de los novatos, a pesar de sus veintiocho años y de aparentar algunos más. Utilizaba esa argucia para no levantar diques y que la gente hablara con soltura intentando demostrar lo que sabían y su predisposición a ayudar al recién llegado.

Quiroga se les acercó, dio dos besos a la chica y estrechó la mano del periodista de *El Correo*.

—Este es Beto García —le presentó la redactora de radio Euskadi—, es un compañero de Iberia Press.

—Me alegro de que hayas podido venir.

—Me apasiona el tema, el de la mediación, pero apenas conozco nada.

—Aquí aprenderás mucho.

—Me gustaría verte un día para hacerte una entrevista.

—Cuenta con ello.

Los asistentes guardaron silencio en la atiborrada sala en cuanto vieron disponerse a hablar al director del Centro de Investigación de Conflictos. Sentado junto a la periodista que le parecía tan atractiva, Beto se puso en posición de tomar notas en el bloc con un bolígrafo

Bic. Había estado varios meses esperando ese día clave en la importante misión que le habían encargado. Lo peor en un reto como aquel es lo que dura la preparación antes de entrar en combate. Por fin había establecido contacto con Quiroga, punto de partida para desplegar su atractivo humano. Sabía tratar a las personas, relacionarse con aliados y hostiles, era un seductor, le caía bien a la gente, incluso los raritos y los turbios terminaban comunicándose bien con él. No había pisado una universidad, todo lo llevaba en los genes o lo había aprendido pateando durante los últimos ocho años las calles del País Vasco. Además, tenía una enorme capacidad de concentración y análisis.

Beto no había estudiado periodismo, era cabo de la Guardia Civil. Tampoco se apellidaba García, sino Romero. En ese momento trabajaba para el servicio secreto, una de cuyas empresas tapadera, inscrita legalmente en el registro mercantil, le había contratado. Llevaba viviendo en San Sebastián desde 1984, cuando le destinaron al cuartel de Intxaurrondo. Era un empleo complicado en la lucha contra el terrorismo y apetecible para los que tenían un espíritu guerrero y arriesgado. Le atraía la aventura, las situaciones enmarañadas, no le atemorizaba el contacto directo con el enemigo. Pronto demostró la osadía requerida para los que realizan las misiones de información, los que se mueven por las calles de San Sebastián sin el uniforme verde oliva, haciéndose amigos de los que viven cerca de los terroristas, los que simpatizan con ellos, los que los ayudan. Era bueno en eso, muy bueno, y él lo sabía. A veces sus mandos le llamaban la atención porque corría demasiados riesgos, él no lo veía así, controlaba perfectamente la situación. En los ambientes variopintos por los que se movía nadie sospechaba que era un guardia; le consideraban uno de los suyos.

Los esfuerzos en el País Vasco del servicio secreto, entonces llamado Cesid, habían estado dirigidos a espiar las actividades de ETA y a controlar a algunos dirigentes de Herri Batasuna. Pero se había dado cuenta de que tenía abandonada la recolección de información en los ambientes políticos. Con ese objetivo, creó un nuevo equipo con dos agentes, Beto fue uno de los elegidos. El servicio se había fijado en él durante el año anterior, lo fichó y no tardó mucho en encomendarle la misión que le podía dar acceso a la información que necesitaba, sacándole el máximo rendimiento al esfuerzo de un solo agente. Ese objetivo se llamaba Marcos Quiroga. Estando cerca de él, como si fuera un poste de recepción y repetición de mensajes, podría conseguir acceso a Batasuna y ETA, al Gobierno vasco y al PNV y, este era un tema crucial y delicado, al pensamiento, decisiones, maniobras y acciones de un miembro del Gobierno socialista con poder e influencia cerca del presidente Felipe González: el secretario de Estado, Rafael Vera. El servicio secreto y el Ministerio del Interior jugaban el mismo juego, en el mismo lado de la mesa, pero cada uno iba a lo suyo. Vera contaba con la aquiescencia del presidente y oficialmente el servicio no debía meterse en sus actuaciones, lo que no impedía que estuviera en desacuerdo con sus gestiones para conseguir la paz mediante negociaciones. La Casa, como llamaban al servicio, defendía que la única forma de acabar con los terroristas era con las armas. Si conseguían colocar a Beto cerca de Quiroga, infiltrarle en la estructura del Centro de Investigación de Conflictos, con acceso al contenido de los encuentros, podrían informar al Gobierno mucho mejor que el propio Vera y, llegado el caso, podrían sabotear esa iniciativa equivocada.

Beto no dudaba de su capacidad para conseguir penetrar en el mundo de Marcos. Conocía sobradamente las entretelas del conflicto vasco y había estudiado a fondo al personaje. Procedía de la izquierda radical y su mujer también, de hecho, se habían conocido en Hamburgo en un encuentro en esos ambientes. Su rebeldía le llevó a salir de España para poder respirar con libertad lejos de la dictadura de Franco. Tenía una profunda cultura ideológica cimentada en su pasión por autores como Marx o Mao. En los últimos años, tras llegar al País Vasco, había seguido siendo un convencido de izquierdas, pero algo había cambiado en él. Conoció los procesos de mediación, vivió en primera persona la realidad de Colombia e Irlanda, y puso todo su empeño en conseguir que los políticos vascos que podían solucionar el conflicto, que ni siquiera se cruzaban un educado saludo en el bar del parlamento, compartieran al menos un zurito para discutir sobre su Athletic del alma.

El Centro de Investigación de Conflictos era el instrumento que Quiroga había creado en 1987 para llevar a cabo su misión, que había conseguido ser ungido por la varita mágica del Parlamento vasco. Antes, había convencido al Gobierno autónomo para convertirlo en una ventana abierta a un futuro de paz y convivencia, en el sentido de superación que le daba Hegel, uno de sus filósofos alemanes de referencia.

A partir de ese momento, según había leído Beto en un informe, se dedicó a viajar por Inglaterra, Canadá y Estados Unidos para conocer la experiencia de algunos de los mejores mediadores en conflictos. Ahí recibió los primeros datos sobre políticos en Madrid y el País Vasco interesados en buscar procesos de negociación. En 1989, se oficializó una negociación entre el Gobierno y ETA que se rompió en pocos meses, a principios de abril. Vera seguía creyendo en la vía del diálogo e hizo oídos sordos a los intentos de circunscribir cualquier solución a la destrucción de la banda. Decidió apostar por Quiroga y, a partir de ese momento, mantuvieron discretas conversaciones en Madrid que ofrecieron el resultado positivo de la convivencia, durante unos días, de dirigentes de todos los partidos en una universidad americana. Quiroga se convirtió en el hombre al que iban todos los actores políticos para transmitir sus mensajes a los otros bandos. Beto había subrayado con un rotulador fluorescente amarillo los dos nombres importantes: Marcos Quiroga y Rafael Vera. Debía obtener toda la información posible sobre la salida mediada, poniendo especial énfasis en sacar a la luz los movimientos sinuosos del secretario de Estado.

El espía abandonó sus pensamientos cuando Marcos comenzó a hablar. Había escuchado sus intervenciones muchas veces en emisoras de radio y televisión, con más detenimiento desde que le habían encargado pegarse a él como una lapa, una misión de infiltración aparentemente menos arriesgada que intentar penetrar en ETA, pero complicada porque Quiroga era un tipo listo y precavido difícil de engañar y manipular.

—Lo importante en la mediación es la filosofía subyacente. He fabricado una teoría que llamo de los cinco dedos. Los tres primeros los aporta Darwin al darnos las claves para entender la evolución: lucha, separación y simbiosis. Hay un cuarto necesario para entender la evolución humana: la negociación, que no existe entre los animales. El quinto dedo lo aporta el teórico de la paz y la mediación, John Paul Lederach: la disposición hacia el otro, que puede ser de empatía o de borde duro. En vez de referirse al contenido del conflicto, este dedo se refiere a la relación, afectiva u hostil, entre las personas en conflicto. A eso hay que añadir que los cinco dedos se suelen turnar a lo largo del conflicto. No se retiran, pueden estar quietos o activos, pero siempre están presentes, por ejemplo, como amenaza. Pero una cosa les quiero avanzar sobre mi intervención: los conflictos no se arreglan solo con mediación, la mediación ayuda muchas veces, no todas. El peligro es que genere expectativas falsas…

Cuando media hora después concluyó su intervención, Beto se había quedado cautivado, el alto nivel intelectual de sus argumentos, la sencillez de la explicación, el discurso perfectamente estructurado. Era un tío lúcido, con las ideas claras, carismático, no le extrañaba que gente de lo más dispar en la política le hubiera otorgado un voto de confianza. Lo que decía tenía sentido, no se metía con nadie, se alejaba de los conflictos para buscar lugares comunes, con esa forma de razonar podría guiar a cualquiera en la dirección que quisiera. Sin duda, tenía un don que él ya había detectado antes y había confirmado en ese momento. Si era capaz de mantenerse cerca de él, de ponerse en su situación emocional, de sintonizar la misma onda, la infiltración podría ser un éxito y, sin que nadie lo descubriera, el servicio secreto podría disponer de toda la información necesaria anticipadamente para reaccionar a tiempo y evitar que ETA volviera a engañar al Gobierno como había pasado hacía poco en Argel. Era capaz de hacerlo, estaba en sus manos.

5

Beto consiguió una cita con Quiroga para diez días después. El mediador le había resultado accesible y la espera no le pareció excesiva. Aprovechó ese tiempo para impulsar sus contactos en la izquierda *abertzale*, un mundo en el que se movía con cierta naturalidad. En los últimos años se había dejado caer por *herriko tabernas*, bares que se sospechaba servían para financiar a ETA, donde había contactado con gente de Herri Batasuna. Observaba a las cuadrillas, se fijaba en lo que pedían y estudiaba al que hablaba más. Al día siguiente regresaba a una hora similar y se pedía lo mismo que ellos sin prestarles mucha atención. Cuando lo había repetido tres veces y ya le consideraban parte del paisaje, entablaba conversación con su objetivo. Esta táctica le había servido también para conocer en ese entorno a algunas chicas con las que había intimado. Nunca supieron que estaban con un guardia civil. Se le daba muy bien simular ser quien no era.

Dada la tendencia ideológica de Quiroga, le había parecido oportuno seguir apareciendo por esos ambientes. A alguien como él, a quien le gustaba preparar concienzudamente sus misiones, analizar los comportamientos de las personas y estudiar los posibles imprevistos, ese tipo de tabernas le parecían lugares mágicos para descifrar la manera de ver la vida y los hábitos de los proetarras. Todas guardaban una parafernalia similar. Una pared empapelada con carteles de fotos en blanco y negro de sus presos, acompañados de la palabra clave que plasmaba el único sueño a su alcance para conseguir la libertad: amnistía. También había murales con hechos históricos como el bombardeo de Gernika durante la Guerra Civil, acompañados de imágenes desgastadas del Che Guevara y Fidel Castro. Y lo que nunca podía faltar: la hucha para ayudar a mejorar la vida de los presos.

Beto carecía de contactos dentro de la cúpula de Batasuna, pero tenía unos cuantos amigos bien relacionados que le servirían, llegado el caso, para acreditar su perfil amable. Su destreza con las habilidades sociales había sido decisiva para que el Cesid le contratara; un buen agente debe mostrar empatía, tener inteligencia emocional, moverse con soltura en ambientes hostiles y disponer de la capacidad para definir un problema y evaluar soluciones. Él era frío en sus análisis: Quiroga no había sido hostil. Parecía una persona abierta y conciliadora que aparentaba haber aplicado a su propia vida los principios éticos y filosóficos que había estudiado en Alemania y adaptaba a su trabajo de mediador.

El Centro de Investigación de Conflictos actuaba con autonomía del Parlamento vasco. Tenían su sede en la localidad vizcaína de Gernika, en el primer piso de un edificio con soportales. Al entrar, se encontró con un ambiente relajado de trabajo entre colegas que se tuteaban, poco propensos a gastarse dinero en ropa, los hombres con barba y todos dispuestos a acoger al visitante con amabilidad. Ya en el despacho, le pareció previsible la abundancia de estanterías con libros; nada podía definir mejor la personalidad de su entrevistado.

Quiroga y Beto encajaron bien desde el primer momento. Los dos eran asertivos, con capacidad de escuchar, intentando entender lo que la otra persona quería transmitir. El supuesto periodista de investigación mostró interés por conocer al detalle cómo era el trabajo del mediador, no veía nada más arduo que pretender sentar a una mesa para dialogar a enemigos encarnizados en México, Colombia o España. Sobre eso versaron las preguntas. Sentados en dos sillones, cerca de una mesa baja de madera en la que reposaba una grabadora, Quiroga, al que empezó a llamar Marcos, no tardó en reprocharle amistosamente su visión del papel que él representaba y se esforzó en desvirtuar sus planteamientos previos.

—No te equivoques, la paz no es la ausencia de violencia —le explicó en un tono seco, el normal cuando discutía—. Esa es una definición negativa de la paz. La gente dice que quiere la paz, pero para conseguir algunos objetivos utilizan la violencia con los que piensan distinto. El otro día, en la conferencia a la que viniste, hablé de Lederach y coinciden con él Galtung y Curle, cuando dicen que la violencia es la negación de la vida. En esa misma visión negativa está Marx.

—¿Hay una visión positiva de la paz? —preguntó Beto, sentado en el borde del sofá, con sus cinco sentidos centrados en Marcos, intentando comprender los matices de su explicación.

—En el centro nos hemos atrevido a dar una definición. La paz positiva es el engarce de vidas. —Quiroga hablaba deprisa, pero ponía énfasis en las palabras importantes, frenaba para separar ideas, todo en un intento de hacerse comprender—. Para concretar esa imagen partimos de algo muy concreto: nos han dado la vida seres emparejados, nuestra vida ha nacido cobijada en el vientre de una mujer y cuando hemos salido, hemos seguido unidos a esa mujer. La paz positiva es directamente un sí a la vida. A una vida ancha, que quiere vivir y vive compartiendo con otros. Nuestras vidas tienen sentido gracias a que vivimos inmersos en la paz positiva, en la vida compartida, en una malla de engarces.

Beto le había escuchado en muchas grabaciones, pero nunca con explicaciones tan profundas, más propias de una charla intelectual que de unas declaraciones para un medio de comunicación. Ese hombre que tenía enfrente había cimentado su labor de mediador en sentimientos muy profundos expresados por destacados filósofos.

—¿Me puedes explicar lo de la paz positiva y la malla de engarces?

Beto no simulaba prestar atención a Marcos, no interpretaba un papel que alguien le había escrito, estaba realmente apasionado por su propuesta de cambiar la realidad que llevaba viviendo años en el País Vasco.

—Te voy a poner un ejemplo, una historia que me contó en Canadá un judío. A los cuatro años vivía en Austria durante la ocupación nazi y detuvieron a su padre, que regentaba una tienda. La familia sobornó a los guardianes y pactaron que al día siguiente se harían los locos y le dejarían huir. El niño metió la pata estando junto a dos soldados de las SS y les dijo que su padre no tardaría en regresar. En contra de la lógica, los soldados alemanes no reaccionaron, como si no lo hubieran oído. En esta historia hay varios engarces. El vínculo más evidente es el de la familia, que es de ayuda con alguien del propio grupo. Otro es el soborno de la familia a los guardianes, que se olvidan de la moral convencional y les funciona. Y un tercero es la sordera sobrevenida de los soldados, que debían haber pillado al padre a su regreso y no hicieron nada. Este engarce es la acción de una persona de un bando que rompe la disciplina que le imponen los suyos, para ayudar a un enemigo que está pasando un grave peligro.

—Cuando puedas, me gustaría que me recomendaras algunas lecturas sobre la paz y el tratamiento de conflictos.

—¿Qué aspecto te interesa?

Tras escucharle diez días atrás, Beto había acudido a una librería especializada a la búsqueda de literatura escrita por Lederach, uno de los autores que citó. No se lo mencionó, pero le sirvió para reflexionar y poder mostrarle ese día sus propias ideas.

—Creo —dijo Beto— que los conflictos nos ofrecen la posibilidad de encontrar vías nuevas a los problemas. Quizás te extrañe, pero aceptando tu planteamiento de la negatividad de los conflictos, veo una dimensión positiva.

—¿Cuál? —preguntó Marcos, sorprendido por su planteamiento.

—En todos los conflictos aparecen obstáculos y creo que pueden ser una vía de maduración. ¿No te parece?

Marcos había reservado una hora de su tiempo para la entrevista y cuando se acordó de mirar el reloj habían pasado algo más de dos. Tenía una reunión en la Consejería de Cultura del Gobierno vasco. Lo dijo con naturalidad, no tenía nada que ocultar.

—Joseba Arregui es un buen tipo, está en nuestra misma causa, nos ha respaldado muchísimo para que el centro tire para adelante.

Beto estaba al tanto de esa relación. Arregui había sido sacerdote, era teólogo, sociólogo y profesor universitario, un teórico que aplicaba sus conocimientos a la vida política, igual que Marcos. Cuando este llegó a San Sebastián en 1984, encajó muy bien con Arregui, entre otros motivos, porque los dos estaban casados con alemanas. Ese nombre ya aparecía en el gráfico de relaciones que estaba montando sobre el Centro de Investigación de Conflictos, con Marcos en lo más alto. El segundo nombre lo obtuvo antes de salir a la calle. Cuando se estaban despidiendo, alguien dio un par de golpes en la puerta del despacho y apareció un miembro de Herri Batasuna nada habitual en los medios de comunicación.

—Cómo sois los cántabros —dijo remarcando su acento vasco—, llevo media hora esperándote ahí fuera porque me han dicho que estabas ocupado con un periodista y no se te podía molestar.

—Galdeano, te presento a Beto García. Hemos acabado, pero tengo reunión con el poder autónomo.

—Iba a invitarte a una cervecita, pero me la tomaré solo.

—Si pagas, yo la acepto —dijo sonriendo Beto—, Marcos me ha dejado extenuado.

—Eso, idos los dos y dejadme en paz que llego tarde —indicó, y después se dirigió al periodista—: Pásate por aquí cuando quieras y seguimos charlando de mediación, ya ves que los amigos aparecen sin avisar.

—Perfecto, antes de publicar mi texto hablamos para confirmar datos.

El político llevó al periodista a un bar cercano al que iba siempre en Gernika; pertenecía a un militante de HB.

—¿En qué medio trabajas? —le interrogó antes de que les sirvieran la primera cerveza, acodado junto a la barra, cerca de la entrada del bar.

—En Iberia Press, hago periodismo de investigación y me dejan cierta libertad. Estaba entrevistando a Marcos por el tema de la mediación, es un asunto apasionante.

—Gran tipo, tiene amigos muy peligrosos, pero por lo demás es listo e inteligente.

—Los peligrosos pueden ser buenos o malos —dijo el periodista—, dependiendo del lado en el que estén ellos y los que traten con ellos.

—Creo que Marcos puede ayudarnos a nosotros en temas de mediación, pero es complicado. Los del bando enemigo son muy poderosos y tienen muchas armas para presionar.

—Armas poderosas —dijo Beto, desviando intencionadamente la mirada desde su interlocutor a una chica que pasaba por detrás de ellos—. Me gustan más sus pendientes de aro que el tuyo. No te ofendas, a ella le sientan mejor.

—La chica es guapa.

—Los políticos tenéis más fácil ligar, yo a tu lado mejor ni lo intento.

—No eres de aquí, ¿verdad?

—¿Lo dices porque los asturianos no somos chulitos como vosotros?

—Exactamente. —Se echó a reír y le hizo un gesto al camarero para que rellenara las cañas—. Esa moza es una vasca auténtica, no se relaciona con extranjeros como tú.

—¡Vaya hombre!, nos ha salido un *abertzale* presumido.

—Lo que soy es experto. —Le dio un largo sorbo a la cerveza y con la mano se limpió el bigote y la barba llenos de espuma.

—Seguro que también eres del Athletic.

—Como todo vasco decente.

—Bien, me juego contigo dos churrascos en el restaurante Maraxe, de Barakaldo, a que consigo el teléfono de la chica antes que tú.

—No serás capaz —contestó divertido el batasuno.

—A ver Galdeano: alguien a quien le gusta que le llamen por su apellido en lugar de Jon jamás podrá competir con un asturiano de pura cepa llamado Beto.

—Un día te voy a invitar a ir con mi cuadrilla, hay un colega tan borde y con tanta jeta como tú.

—No soy chulo, es que soy así, auténtico, y esa chica ha nacido para enloquecer por mí.

Posó el vaso en la barra, le conminó a encargarle una tercera cerveza y se dirigió al otro extremo del bar, donde la chica de los pendientes de aro estaba con una amiga. Galdeano contempló cómo se acercaba a ellas, le pidió al camarero otra ronda y le contó que su amigo se había jugado una comida de las caras a que ligaba con una de las chicas.

—No creo que con una chaqueta de ejecutivo del PNV le vaya a gustar a esa, la conozco de venir por aquí y le gustan más del rollo normal.

—¿Cómo yo?

—Tu amigo te ha debido echar algo en la cerveza, ¿a esa le gustan jóvenes, no carrozones por encima de los cuarenta?

—Las dos chicas se están riendo con él —dijo jorobado—, no parece que le hagan ascos.

—Debe de tener labia, pero que no se haga ilusiones, te lo digo yo.

—¡Joder!, que están apuntando algo en un papel, ¡será cabrón!

No habían pasado diez minutos cuando Galdeano le vio despedirse con dos besos de las chicas y regresar a su lado. Puso sobre la barra la servilleta de papel con dos números de teléfono. El barman se anticipó para comprobar la hazaña.

—Galdeano, estás jodido. La comida te va a costar una pasta —dijo.

—¡Pedazo de cabrón! —le gritó el político a Beto.

—Como he ligado con las dos, deberías pagarme dos comidas.

—Y una mierda —contestó cerrando la mano y dejando estirado únicamente el dedo medio—. No lo sabes, pero sin duda tienes sangre vasca.

6

Desde que le encargaron la infiltración, Beto se había entregado con entusiasmo a interiorizar la historia de su nueva identidad, su *alter ego*, un periodista de investigación de la agencia de noticias Iberia Press, con su mismo nombre y apellido García. Estudió a fondo el trabajo de los profesionales de la información, su forma de comportarse con las fuentes, sus técnicas profesionales para contrastar los datos e, incluso, leyó un par de libros sobre periodismo de investigación. Debía ser solvente y creíble, sin perder una cierta osadía, y mostrarse capaz de hacer cualquier locura por conseguir una exclusiva, el objetivo de cualquier informador ambicioso.

Buscó las concomitancias entre periodismo y espionaje, como haría un actor, para encontrar armas a las que agarrarse para interpretar su papel con naturalidad y triunfar en su misión. Descubrió que el periodista y el espía llevaban vidas paralelas, los dos buscaban información exclusiva, aunque los primeros solo triunfaban cuando la difundían antes que la competencia y los segundos cuando sus jefes y responsables políticos eran los únicos con acceso a ella.

Dedicó mucho tiempo a leer. Marcos Quiroga era un intelectual experto en asuntos de mediación, y él debía tener una idea extensa sobre sus planteamientos teóricos: cuanto mejor los conociera, más tendrían en común y más fácil sería conectar. Crear un clima de confianza era el paso inicial para descubrir los entresijos de su labor, identificar y acercarse a las personas con las que trataba y conocer el contenido de sus reuniones.

En el servicio le habían contado que Marcos era un manipulador, alguien que engatusaba a los políticos con propuestas adulteradas para favorecer a ETA, un teórico de la extrema izquierda que militó en la desaparecida Organización Revolucionaria de Trabajadores, que se sentía más identificado con los principios del comunismo que con los de las democracias occidentales. Tras su primera reunión a solas, se sintió impresionado: había creado una doctrina muy argumentada capaz de engañar a cualquiera. Mantenían visiones opuestas sobre el terrorismo. Él era un guardia civil con experiencia en el País Vasco, había obtenido con riesgo información de fuentes humanas dentro del MLNV, el Movimiento de Liberación Nacional Vasco, y compartía las tres ideas clave del servicio secreto sobre la lucha contra ETA: zulo, buzón y comando. Debían volcar su esfuerzo para buscar las armas, las comunicaciones y encerrar en la cárcel a los pistoleros. Lo demás, incluida las negociaciones estimuladas por Marcos, eran distracciones.

El comandante Espadas, su jefe en el País Vasco, le había convocado a su despacho en la empresa, como se referían a la sede local del servicio. Cerca del centro de San Sebastián, habían escogido un edificio ni muy joven ni muy viejo, donde habían alquilado las tres viviendas del piso superior, pero solo una tenía como titular a la tapadera, una sociedad anónima llamada Consultores de Comunicaciones y Electrónica. Cuando Beto salió del ascensor, no llamó a la puerta en la que estaba colocada la placa dorada con las letras grabadas CCE, sino a la de su derecha, en apariencia un domicilio particular. Salió a abrirle una señora mayor con un moño gris que podía ser la señora de la casa, aunque era la viuda de un guardia civil asesinado por ETA que ejercía de secretaria media jornada para complementar la pensión de viudedad.

Espadas le recibió con la calculada distancia personal de siempre. El bigote cuidadosamente recortado, su aspecto atlético, el traje planchado impecablemente y la mirada de superioridad, hacían imposible que alguien no sospechara que era militar, un aspecto nada recomendable en un momento en el que los terroristas mataban con habitualidad: el año anterior habían segado la vida de 46 personas en toda España y se habían producido 18 atentados en el País Vasco.

—Siéntese, García.

Fue una orden, el mismo tono en el que pronunciaba la mayor parte de las frases que salían de su boca. Beto, sin perder la rigidez que adoptó al entrar en el despacho, hizo un gesto de gratitud con la cabeza y se acomodó en la silla de madera un poco desvencijada. Su estado era similar al del resto del pequeño despacho: una mesa sin apenas papeles, una estantería con libros de relleno y una caja fuerte aparatosa en la que estaban escondidos los documentos importantes de la delegación y dinero en efectivo para urgencias y pago a confidentes.

—Leí tu información del primer acercamiento, quería repasar algunas ideas. Se ha descorrido el telón del primer acto. —Hablaba tan engolado como siempre, quizás un poco más—. Quiroga es el enemigo, un tío listo, manipulador, utiliza argumentos filosóficos que no entiendes para engañarte, no te dejes. Tú careces de preparación universitaria, en ese terreno ni se te ocurra entrar.

Beto estaba convencido de que si hubiera sido por Espadas nunca le habrían elegido a él para la infiltración. Los trabajos importantes, según la opinión del comandante, los debían ejecutar militares curtidos en las academias militares superiores y, más concretamente, los oficiales del Ejército de Tierra que habían estudiado en Zaragoza. Los guardias civiles, como los policías, y no digamos los civiles, estaban bien para misiones de apoyo, funciones burocráticas sin trascendencia, pero no para el trabajo de campo. Alguien en la sede central de Madrid, ajeno a la realidad vasca, le habría impuesto su elección.

Se sentía feliz y realizado. Le habían dado esa oportunidad y no pensaba desperdiciarla. Cuando de jovencito entró a trabajar en la Guardia Civil, su primer éxito fue convencer a sus mandos de su valía para acceder a misiones de información: nadie se movía mejor que él en los ambientes hostiles del País Vasco. Era cierto que uno de sus mandos le reconvino en una ocasión porque arriesgaba demasiado. Se refería a un día en el que fue directamente de un encuentro con gente de Batasuna al cuartel de Intxaurrondo. Nadie le había seguido, por lo tanto no lo consideró un error.

Su fichaje por el servicio secreto se produjo el año anterior, le recomendó un compañero que sabía que buscaban a alguien como él en el País Vasco y no tardaron en captarle. Se había convertido en un experto en fuentes humanas y sobrellevó con mucha paciencia las lecciones particulares que Espadas le impartió sobre cómo debía actuar un infiltrado, cuando el trabajo de calle exigía una práctica de la que el comandante carecía.

Espadas era un buen tipo a pesar de su afición a la disciplina, su obsesión con la seguridad y sus formas ampulosas. Necesitaba fortificarse detrás de un muro de banalidades para no establecer una relación de confianza y cercanía con sus hombres. Hacía años que los terroristas no mataban a un espía en el País Vasco y estaba convencido de que el comandante creía que con esa actitud los mantenía en alerta.

—Lo normal en una infiltración es la naturalidad, te permite acercarte a las personas, intimar con los que te interesan. Te recuerdo lo que hemos hablado en los últimos meses: tu objetivo es ver lo que está pasando en el Centro de Investigación de Conflictos, aportar datos de cómo quieren manipular al Gobierno, sacar todo lo que puedas de Quiroga e identificar sus contactos con HB, el PNV y ETA. El secretario de Estado, Vera, tras el fracaso de las conversaciones de Argel, ha confiado en él para dejar una vía abierta para hablar con los terroristas y para enterarse de las reuniones entre los partidos vascos. Es muy importante que monitoricemos esos contactos.

Beto tenía un don natural para entender a las personas, sus preocupaciones, sus debilidades. Aceptaba que su jefe se sentía a gusto remarcando lo obvio y él no ganaba nada molestándose. Prudente y diplomático, tendía a ser respetuoso con la autoridad, le convenía evitar la confrontación y adaptarse a una situación en la que el comandante era la máxima autoridad, aunque él era quien llevaba el peso del trabajo y de las consiguientes decisiones del día a día.

—He telefoneado a Quiroga en dos ocasiones con el pretexto de puntualizar sus palabras en la entrevista. Volveré a hablar con él, me tengo que ganar su confianza.

—Ve paso a paso, no pierdas la perspectiva: Vera está engañando al presidente del Gobierno, sus maniobras están retrasando la derrota de ETA, los terroristas se crecen con negociaciones como la de Argel.

—No todos, los presos y una parte de sus fieles pusieron sus expectativas en el final de la violencia y la llegada de medidas de gracia que les permitieran salir de la cárcel, volver con sus familias.

—No te engañes, esos no pintan nada, la dirección pasa de ellos.

Beto decidió cambiar de tema.

—El contacto con Jon Galdeano salió estupendamente. He creado un nexo al margen de la política, aunque desconozco si es una fuente de alta calidad.

El comandante abrió una carpeta, dentro de la cual había un montón de folios y al inicio dos hojas unidas por un clip. Se las entregó a Beto.

—Pedí un informe sobre él. Has topado con uno de los principales fontaneros de HB en Vitoria y en el País Vasco. Está en todos los saraos, no es el jefe de nada, todos le escuchan con atención, engrasa las relaciones, tiene visión estratégica, es el duro con armas blandas. Decías en tu informe que te lo presentó Quiroga, pero no cómo estableciste contacto.

—Es un detalle sin importancia, a todos les gusta presumir de casanovas. Yo lo fui más que él.

* * *

Media hora después, Espadas se quedó solo en su despacho y reflexionó sobre la conversación. Pensó en el informe que iba a redactar para el director de Antiterrorismo, que dirigía los asuntos antiterroristas. Beto había iniciado la infiltración de forma solvente, tranquila, sin la premura a la que obliga la urgente necesidad de evitar un atentado concreto.

A su agente nada le daba vergüenza o le producía miedo. Por eso le habían escogido, necesitaban a alguien con recursos para caer bien a personas desconfiadas, retorcidas, que no se amilanara ante ningún peligro, pero que tampoco fuera un aventurero descontrolado. Que discurriera con rapidez, preparara con cuidado las operaciones y tuviera capacidad de improvisar cuando la coyuntura se torciera. Una mezcla de condiciones que no garantizaba el éxito a un infiltrado. Podía reaccionar con sangre fría en cientos de situaciones, pero si se enfrentaba a condiciones inesperadas, extremas, podía descontrolarse y ser descubierto.

Beto estudiaba a las personas con celeridad y sabía cómo ganárselas. Nada le frenaba, la experiencia como guardia civil en ambientes proetarras le había aportado una soltura envidiable. Nunca dudó de que podría jugar el juego con garantías, aunque le había sorprendido la rapidez y solvencia con la que había arrancado la partida.

Hablaría muy bien de él en su informe a la división, sus primeros pasos auguraban éxitos, aunque matizaría su optimismo inicial porque cualquier percance, por pequeño que fuera, podría estropear el trabajo de meses.

7

Beto quedó con el director del Centro de Investigación de Conflictos en su sede, le llevó la transcripción de la entrevista y le frio a preguntas pensadas a raíz de sus respuestas. Tomaba nota de todo a pesar de que en esa ocasión empezó a utilizar una grabadora oculta para no perder palabra de sus pensamientos. Marcos se sentía a gusto en la discusión intelectual en la que se mezclaban ideas estudiadas y analizadas con opiniones propias. Beto matizó el papel de periodista incisivo para dejar espacio al agente secreto en su misión de estrechar lazos con el objetivo. No dejó aparecer al redactor listillo, ese que apenas dispone de tiempo para prepararse la entrevista, busca inspiración en testimonios ya publicados del protagonista, incluye una cuestión desagradable con la que pillarle desprevenido e intenta colocarle en una contradicción con sus afirmaciones anteriores.

Marcos, en esa segunda reunión, llegó a olvidarse de que estaba con un periodista y comenzó a borrar barreras para hacerle partícipe de los caminos que podían conducir a poner punto final a un conflicto armado. Beto, magnetizado por el ingeniero filósofo, se aisló del mundo exterior, se olvidó de su trabajo de espía a la búsqueda de información, vivió por primera vez con intensidad el papel de periodista y se divirtió con la discusión. Pudo desplegar todo su poder de seducción y lo mejor que llevaba dentro para encandilar a su objetivo. Cuando la entrevista terminara, necesitaba haber creado algún tipo de vínculo que le permitiera seguir en contacto con él, verle de nuevo, seguir charlando, bajar de las conversaciones de filosofía política al caso concreto de su labor diaria para mediar entre el Gobierno y ETA. Quizás más adelante podría tener acceso también a sus contactos con los partidos vascos. Pero si no conseguía establecer un hilo estable de comunicación, todo podría terminar ese día, su misión habría sido un fracaso y el servicio debería buscar otro candidato para infiltrarlo en el centro. Su carrera como espía habría durado menos que un suspiro.

—Te conté que los conflictos no se arreglan solo con mediación —dijo Marcos cuando ya había pasado más de media hora de conversación—, porque la gente equivocadamente cree que somos magos capaces de utilizar una varita mágica para cambiar las convicciones profundas de la gente, y no es así. Lederach recomendaba ser firme con el tema y suave con la persona. Yo voy más allá: hay que ser firme con el tema, sin duda, pero honrando al otro.

—¿Quieres decir que hay que buscar lo bueno del tipo que tenemos enfrente, entenderle, meterse en sus zapatos, aunque sea un asesino? —preguntó Beto.

—Efectivamente —respondió Marcos con pasión—. En la negociación con ETA, el representante del Gobierno no le puede pedir al otro que se arrepienta de lo que ha hecho. Tiene que tratar de comprender lo que ha sido su vida, por qué llegó a la violencia. Y el miembro de la organización tiene que llegar al convencimiento de que está hablando con el otro sin renunciar a su lucha, aunque los medios hayan cambiado y ya no vaya a utilizar la violencia.

El periodista espía, sin presionar, había conseguido que Marcos le hablara de los conceptos que aplicaba a la mediación en el conflicto vasco. El director del centro siguió con su explicación.

—El problema del que las partes no se dan cuenta es que no es lo mismo entendimiento y acuerdo. El primero es, debe ser, previo al acuerdo. Un acuerdo sin entendimiento no es un verdadero acuerdo. En las fracasadas negociaciones de Argel entre el Gobierno y ETA, y en las conversaciones distantes de ahora, el papel del mediador es generar entendimiento, jamás limitarse a buscar un acuerdo.

—Pero hay mucha gente que está convencida, gente de buena fe, de que lo único que debe contar en el análisis es la violencia. —Beto simulaba distancia, pero estaba hablando de sus compañeros y de sí mismo—. Gente de ETA considera que la única forma de conseguir sus objetivos es matando y gente del otro lado solo ve el final si derrota a los terroristas con las armas.

—La filósofa Hannah Arendt argumenta que si se presenta la violencia como total, no es violencia real. Porque el mundo real es como un piano en el que siempre hay una tecla más que es capaz de cambiar la melodía, esa tecla es la paz viva de la que ya te he hablado.

—Defiendes entonces que como en el cuento del conde Lucanor —a Beto los ojos casi se le salían de los cuencos—, todos vemos al rey de una forma irreal y tiene que aparecer un niño y gritar «el rey está desnudo», para que nos demos cuenta de la realidad.

—No lo habría podido expresar mejor. Pero tenemos que aceptar que nos puede llevar mucho tiempo que la gente entienda que la realidad se puede cambiar.

—He leído que siendo estudiante participaste en las manifestaciones contra la guerra de Vietnam y te sumaste en Alemania a los actos pacifistas del Mayo del 68. Sin embargo, militaste en la maoísta ORT española.

—Puede parecer que soy producto de la contradicción y quizás lo sea. Prefiero pensar que he ido evolucionando. Aprendes de lo que lees y también de lo que vives. Tienes que dejar que fluya la influencia de quien ha estudiado los temas y después reflexionar sobre ellos.

—Me has contado que conociste a tu mujer en un seminario sobre *El capital*, de Marx, que juntos leíais a Mao, Lenin o Gramsci. Esas ideas comunistas y revolucionarias no me parece que encajen en el papel equidistante que debe jugar un mediador.

Era una de las críticas en las que se basaba la idea del servicio de que Quiroga estaba del lado de ETA y su mediación no era tal porque quería amparar al terrorismo. Pero, tal y como lo formuló, aunque metiera el dedo en la llaga, Marcos lo entendió como una provocación intelectual, un ejercicio dialéctico sin trabas.

—No renuncio a mi pasado, soy lo que he vivido hasta el día de hoy. A veces he podido defender ciertos principios de los que ahora puedo estar más alejado, pero no habría llegado a mi yo de hoy sin haber pasado por mi yo de ayer. Y si cuestionas mi papel en la negociación de ETA y el Gobierno…

—Por favor, no era mi intención.

—Tranquilo, me gusta cuestionarlo todo, es la vía para encontrar soluciones y mirarnos a nosotros mismos con realismo. Mi papel en esa mediación es bonito porque siento afecto por las partes que participan y no tengo un interés político personal. Lo que estoy haciendo es lo que se llama la diplomacia de Navette, la diplomacia de la lanzadera, en la que el mediador ejerce el papel de los autobuses que te llevan de una terminal a otra del aeropuerto. Ejerce de intermediario entre dos partes enfrentadas que no están dispuestas a reunirse cara a cara. Unos quieren destruir a los malos de ETA y combatir a Batasuna. Otros van por el camino de conseguir que abandonen la violencia insurgente llegando a acuerdos.

—No veo quién puede estar detrás de la búsqueda de acuerdos.

—El año pasado, en la Universidad George Mason de Washington, conseguimos reunir a representantes de todos los partidos vascos. Durante unos días, estuvieron desayunando, comiendo y cenando juntos. Había personas de derechas e izquierdas, nacionalistas y no nacionalistas, partidarios del terror y defensores de la no violencia.

—Ahora lo comprendo, no buscabas acuerdos, buscabas entendimiento. Que la relación entre enemigos los llevara a darse cuenta de que no salía fuego por sus bocas de demonios, que tenían hijos igual que ellos, que se preocupaban por sus madres…

—Me alegro de que me hayas entendido. La mediación no es ponerte de árbitro en un partido, antes tienes que hablar y escuchar.

—Me parece apasionante tu trabajo, rompe todos mis esquemas. Me encantaría profundizar en el tema.

Era lo que tenía que decir como espía simulando ser periodista, pero había un porcentaje de verdad que no se hubiera imaginado hacía solo unas semanas.

—Una cosa más. ¿Por qué el Gobierno confía en ti pensando como piensas? En concreto, Rafael Vera, que es quien dicen que está al frente de la lucha antiterrorista.

Marcos dudó un momento, se pasó una mano por el bigote para ganar unos segundos y contestó.

—Te voy a contar algo, pero no podrás publicarlo.

—No pienso publicar nada de lo que estamos hablando ahora, no son preguntas de un periodista, sino de una persona a la que estás apasionando con el tema.

—Entonces te diré que ha sido precisamente Vera quien se puso en contacto conmigo para que promoviera un contacto entre las dos partes. Él se dio cuenta en Argel de que el tema de la paz no estaba maduro y cree que no habrá una solución al conflicto sin pasar por una mesa de negociación.

—¡Vaya sorpresa!

—Ha promovido esta vía a pesar de que en la primera reunión en Argel Antxon le amenazó de muerte.

Beto iba a tirar del hilo, pero se frenó.

—Seguiría preguntándote, pero prefiero no saber —paró un momento y se burló de la situación—: periodista que no sabe, periodista que no puede publicar.

Iba a levantarse para irse cuando Marcos le contó que se había enterado de su charla en el bar con Galdeano y le preguntó qué le había parecido. Beto habló maravillas de él, le parecía un tipo encantador con el que no había parado de reírse.

—Este viernes viene a casa a cenar con su mujer, si te apuntas estaría bien.

—Por mí encantado —contestó sorprendido, reprimiendo dar un salto de alegría.

—Tráete a tu mujer, novia, pareja o lo que tengas.

—Ya me gustaría, pero soy un corazón solitario.

8

Beto pulsó el timbre antiguo y aparatoso del piso de Marcos, alejado del centro de San Sebastián, en una zona nada lujosa, y le abrió la puerta Emma, su mujer. Había leído en un informe que era alemana, un dato que saltaba a la vista por el color rubio dorado de su pelo y la piel lechosa, pero especialmente por su pronunciación tan fuerte de la r. Le invitó a entrar a la pequeña cocina, donde le presentó a Yoli, la mujer de Galdeano. Los maridos llevaban media hora encerrados en el despacho, charlando de sus cosas y no tardarían en aparecer. Le puso una cerveza que no era alemana y charlaron mientras cocinaba.

—¿No eres vasco? —le preguntó Yoli recurriendo a un tema fácil para iniciar la conversación.

—Nací en un pueblo de Asturias, pero soy un poco de todas partes.

—No tienes acento —afirmó Emma.

—A veces me sale el «meca» de mi pueblo, pero nada más, llevo ya muchos años viviendo en el País Vasco.

—Me ha dicho Galdeano —señaló su mujer— que eres periodista, pero no me ha aclarado si eres de los de fiar.

—Yo no me fiaría de mí bajo ningún concepto —acompañó sus palabras con una sonrisa— y no entiendo que vuestros maridos me hayan dejado solo con dos chicas tan estupendas.

Las dos respaldaron el piropo con una mueca de alborozo.

—Pues deberías aclarar tu elección —siguió Yoli—, porque Emma es la típica sueca que siempre os ha gustado a los tíos de este lado de los Pirineos.

—Oye, un respeto, las alemanas no somos suecas.

—Para estos salidos —señaló a Beto—, lo mismo da. Entre tú y yo hay una diferencia abismal: yo soy la típica morenaza de culo gordo.

—Bueno, bueno —intervino el periodista—, ¿por qué renunciar a una parte de la belleza cuando se puede admirar toda?

—Ya sé por qué le pareciste tan divertido a Galdeano —siguió Yoli—, bebes cerveza y no haces ascos a nada.

—Pero dime —cambió de tema Emma, sin dejar de estar pendiente de las cacerolas—, ¿vives solo?

—No he cumplido los treinta, es pronto para engancharme a nadie.

—¿Tu madre no te regaña para que vivas en pareja?

—Murió cuando era niño.

—¿Y tu padre?

—También murió.

Cuando montó la historia de su personaje no se vio en la obligación de borrar de un plumazo a sus padres, habían muerto siendo él muy pequeño y conocía a la perfección el sentimiento de pérdida y soledad. La familia es siempre un escollo para el infiltrado.

—Vaya —soltó Yoli que, como su amiga, estaba decidida a continuar el interrogatorio—. ¿Qué haces entonces?: apartamento de soltero, trabajo todo el día, de noche discotecas para ligar con mozas, pero nunca nada serio.

—Vivo solo, trabajo mucho, quizás demasiado, sí. Ya me gustaría encontrar una novia, pero no tengo suerte.

Beto no se había preparado para un examen tan llano y directo al estilo de las antiguas abuelas. En adelante, si conseguía meterse en el círculo de Marcos, facilitaría datos falsos que había preparado. De entrada, cuanto menos supieran de su vida y menos tuviera que mentir, mejor. En un curso en la sede central del servicio en Madrid, le habían impartido una formación centrada en el valor del secreto, concepto que debía regir su vida y sus acciones. Lo más sorprendente fue escuchar a uno de sus formadores explicar que la mentira iba a formar parte de su día a día, no se podía llevar una doble vida sin la mentira, nada le protegería más que la mentira.

Esas conversaciones con las esposas, familiares y amigos, bien llevadas, eran de suma utilidad para entender las motivaciones y descubrir las vulnerabilidades de los objetivos. Tenía que manipular a cualquiera con acceso a información, y seguro que Emma y Yoli dispondrían de datos útiles. De momento, el rol de extractores de información lo estaban jugando ellas.

Por suerte, aparecieron los maridos y lo rescataron. El político y el mediador tenían en común su aspecto despreocupado, la pasión por la política y sus conspiraciones. Habían quedado para cenar con sus mujeres, pero se habían encerrado en una habitación para hablar de sus cosas sin que nadie los escuchara y cuando habían oído el timbre, aún habían tardado un rato en salir. Le habría encantado escuchar la conversación sin que le vieran, agazapado detrás de cualquier sillón.

Le alejaron de sus esposas mientras Galdeano bromeaba sobre si le había pedido el teléfono a su mujer en una servilleta. Fueron al salón acompañados del crujir característico de las pisadas en el viejo suelo de madera de las casas antiguas, cuyo color iba a juego con las librerías de madera barnizadas en cedro. Sentado en el sofá, rodeado de los dos hombres acomodados en sillones contiguos, entendió que en el hogar de Marcos, al igual que pasaba en su despacho del centro, era imprescindible la presencia de muchas estanterías para acoger sus abundantes libros y los de Emma, de los que nunca se desprenderían porque formaban parte de su vida.

—Le he hablado a Galdeano de ti —le dijo Marcos— y de tu interés por los temas de la mediación. Muchos universitarios se pasan por el centro, pero tú tienes una capacidad de reflexión e iniciativa muy interesantes.

—Gracias, nuestras conversaciones me han abierto las puertas a un mundo nuevo, ya me he comprado algunos libros.

—Otro apasionado de la lectura —intervino Galdeano echándose con exageración las manos a la cabeza—. Os vais a entender de muerte; si Marcos descubre que eres como él, y no puedes separarte de un libro, nunca te soltará.

—Necesitamos periodistas que entiendan el trabajo que estamos haciendo —protestó Quiroga.

Beto no supo bien el motivo, pero en lugar de notarse feliz por el avance en su misión al estar en esa casa con los dos, le entró una especie de desasosiego, como si iniciar el camino por el túnel de la infiltración le quitara la protección de la que disponía hasta ese momento y adquiriera una gravedad especial cualquier error que pudiera cometer. Se apoderó de él una sensación de alerta, un miedo al fracaso, a ser descubierto, a decir lo que no debía.

—Tú eres un periodista poco conocido —soltó de repente Galdeano mirándole con rudeza—, un joven que quiere comerse el mundo, ser famoso, conseguir esa exclusiva que te haga llegar a la fama y aparecer en los informativos de la radio y la televisión. Por conseguir esa noticia bomba, eres capaz de convencer a Marcos de que te encanta la mediación o de decirme a mí que si fueras vasco defenderías la independencia, enfrentándote incluso a los *txakurras* en la calle y denunciando las torturas en las comisarías. Nosotros sufrimos esa situación todos los días, tú eres alguien de fuera, lo desconoces todo y vives al margen de esa realidad.

El ataque repentino le dejó descolocado. Marcos aparentó no prestar atención, parapetado detrás de una abundante barba que ocultaba sus gestos y escondía un hoyuelo en la barbilla, que Beto había visto en fotos antiguas tomadas durante su estancia en Hamburgo. Galdeano se había encerrado con él antes de su llegada, debía haber exhibido sus dudas sobre el periodista ante el buen recibimiento del mediador, que había tenido el impulso de sumarle a la cena. Era un político en guerra contra el Estado y sus resortes de seguridad habían saltado. La prueba estaba en el zarpazo que le acababa de soltar. No había preparado una respuesta, pero sabía el estilo y el sentido que debía tener.

—Esas palabras están fuera de tono —respondió con gesto muy serio y moviendo las dos manos para dar profundidad a su réplica—. Llevo ocho años viviendo en el País Vasco, conozco perfectamente la realidad política, tengo muchos amigos represaliados, he acudido con ellos a manifestaciones, he escrito muchas informaciones en las que reflejo la verdad de lo que está pasando. Voy con mis colegas a muchas *herriko tabernas*, pero no he militado en la izquierda *abertzale*, tengo simpatía por la ideología progresista, pero la violencia es mi línea roja. Busco buenas informaciones, pero no es mi objetivo vender a nadie, si así fuera hoy no habría venido a cenar a esta casa, me habría mantenido distante. Pero si pensáis así, es mejor que me vaya.

Beto se levantó, hizo una leve inclinación de cabeza y se dirigió hacia la salida cuando se encontró a Yoli en la puerta.

—Venía a deciros que la cena está preparada, pero no sé qué ha pasado aquí.

—¿Qué va a pasar?, nada —dijo Galdeano levantándose—. Le he gastado una broma a Beto, pero no la ha entendido.

Se había quedado quieto cerca de la mujer y volvió la mirada a Marcos, al notar su intención de intervenir.

—Un malentendido, ya resuelto. Emma ha hecho comida de su tierra y Beto no puede perdérsela. No sabe cómo se ponen las alemanas cuando se enfadan.

El periodista se quedó a cenar, se sintió interiormente radiante con su pequeña victoria: Galdeano le había lanzado un órdago para probarle y había salido airoso. Apenas tardó unos minutos en recuperar su habitual estado de ánimo extrovertido y contribuyó al éxito de la reunión. En los meses siguientes, incluso durante años, esas cenas se repitieron muchas veces cambiando el escenario al hogar de los Galdeano y, en ocasiones, el periodista les invitaba en un restaurante alegando que su apartamento era lo más parecido a una caja de cerillas.

No era mentira. Lo había alquilado a su nombre ficticio con derecho a carné de identidad y cualquiera que entrara sin su permiso no encontraría nada distinto al pequeño hogar de un joven solitario. Había desorden, una nevera llena de comida fácil de cocinar, una mecedora con una lámpara de pie ideal para leer y una cama, ni grande ni pequeña, una sola cama. En la estantería del cuarto de estar había un libro, en realidad una caja de hierro con llave, donde guardada la pistola a la que tenía derecho por ser guardia civil. Nunca pensaba en ella, sabía que estaba allí, le aportaba tranquilidad por si algún día algo salía mal y necesitaba defenderse.

Había conseguido el acercamiento, había atrapado a su objetivo en su tela de araña y lo siguiente era convertir la relación en algo habitual. En los días y semanas posteriores, limitó sus contactos con Marcos para no ser excesivamente pesado, aunque le mostró abiertamente interés por su labor y la doctrina que estaba generando sobre la mediación.

Hasta ese momento, había sido un apasionado de las novelas de espionaje y de los misterios que lo rodeaban. A partir de entonces, matizó su perspectiva y asumió con naturalidad la personalidad de un periodista atraído, obnubilado, por los temas sobre mediación. En los estantes de su apartamento empezaron a convivir los libros de John le Carré y Graham Greene con los de filosofía y mediación. Cada uno que compraba, con el recibo consiguiente para cargarlo a la cuenta de gastos del servicio secreto, se convertía en su compañero de los siguientes días. Subrayaba las ideas atrayentes y doblaba las esquinas de las hojas con asuntos especialmente interesantes. Cuando no terminaba de entender una idea o le parecía fuera de lugar, la subrayaba con un rotulador naranja y una vez a la semana llamaba a Marcos para hacerle comentarios.

Un par de meses después, el mediador le anunció que el centro iba a organizar un curso de formación al que solían acudir universitarios o estudiantes de doctorado, un acto de entrada libre. Beto se apuntó encantado en esa ocasión y en las siguientes, quería convertirse en el alumno ideal y Marcos estaba encantado con su interés sin límite. A finales de año, los trabajadores del centro ya consideraban al periodista parte del paisaje, una persona amable que se pasaba por los despachos a saludar, a veces llevaba pasteles e, incluso, les sorprendió cuando le regaló flores, en el día de su cumpleaños, a una de las empleadas, una chica seca y poco amable.

Durante esos meses, veía a Galdeano en las cenas a cinco, a las que siempre acudía, y de vez en cuando se hacía el encontradizo con él en algunos bares cuando iba con su cuadrilla o con algunos compañeros de trabajo. Durante esa etapa no acudió nunca a la sede de Batasuna en Vitoria, donde trabajaba el político. Prefería evitar que alguien del partido se mosqueara y le investigara. Llevaba una vida adecuadamente sobria para superar esas pesquisas, pero era mejor no significarse por el momento.

Intentó ser lo más hábil posible en su relación con el comandante Espadas. No conseguía que aceptara que el que mejor conocía a los objetivos era él, que se pasaba horas con ellos, compartiendo conversaciones de todo tipo, observando sus reacciones y analizando sus expectativas. Sus consejos estaban bien, aunque a veces le exigía que guardara más distancia, que no olvidara que él no era el periodista que trataba con ellos, sino el espía que los utilizaba para tener acceso a la información que poseían. No debía cogerles aprecio, no eran sus amigos, eran sus enemigos. Si descubrían lo que estaba haciendo, ordenarían a ETA su ejecución. Beto siempre le respondía lo mismo: «Es como hacer una obra de teatro e interpretar un papel». Pero necesitaba a Espadas, era el intermediario con los grandes jefes de Madrid, el que les enviaba una opinión de peso sobre su trabajo. Algún día, en un futuro lejano, tendría que abandonar esa infiltración y buscar otra misión. Como no tenía contactos con los altos mandos, solo contaba con esos informes para abrirse camino. Él no lo sabía, pero el comandante siempre hablaba positivamente de su labor, de sus esfuerzos por atender las demandas que llegaban desde la sede central, del interés que ponía en prepararse intelectualmente para la tarea y de su capacidad para conseguir que las fuentes se sinceraran con él. Le ponía firme de vez en cuando, le reconvenía sobre la implicación personal con algunos de los protagonistas y trataba de que no se creyera todo lo que Quiroga le contaba, pero esas reprobaciones carecían de peso en sus informes.

9

Siempre que Beto quedaba con Marcos para un rato de charla, se pasaba por su despacho en el Centro de Investigación de Conflictos. Llegaba media hora antes y recorría las estancias para saludar al personal. Se sentaba con el menos ocupado, le preguntaba por la relación amorosa que había entablado un par de meses antes, se interesaba por los proyectos en marcha y le proponía quedar un sábado en San Sebastián. Luego saludaba a otros y no paraba hasta que Marcos, que no tardó en aprender su costumbre, se quedaba libre e iba a buscarle de cuarto en cuarto.

Ese día Beto, casi siempre con su chaqueta azul de estilo clásico y su pelo corto perfectamente recortado, estaba especialmente interesado en su charla con el mediador porque la semana anterior supo por uno de sus colaboradores que había viajado un par de días a Madrid. Todos desconocían el motivo o guardaban el secreto; él imaginaba una reunión con Vera.

Ya en el despacho, Marcos no esperó a sentarse para comentarle un tema que le preocupaba.

—Necesito a alguien de plena confianza para un puesto de nueva creación. Alguien interesado en la mediación, con conocimientos de mediación, convencido de los beneficios de la mediación y que no levante suspicacias entre los partidos vascos. Tiene que ser un periodista que entienda el funcionamiento de los medios de comunicación, que pueda ser una especie de jefe de prensa.

Beto no se lo esperaba, era una muestra de confianza, un sustancial paso adelante en su misión y la posibilidad de estar más cerca y poder hablar con más libertad con Marcos de los asuntos interesantes para su infiltración. Le facilitaría el trabajo. Para enterarse de la importante reunión en Madrid había tenido que quedar a cenar con un trabajador del centro, al que le había preguntado por su jefe y le había mencionado el viaje. Ahora tendría acceso a más información, antes y con más facilidad de conseguir los detalles.

—No sé si estoy preparado —planteó dudas para no mostrarse ansioso—, apenas llevo unos meses estudiando sobre mediación y me falta experiencia en el mundo del periodismo al nivel que necesitas.

—Lo que necesito es alguien de confianza, convencido de que el camino de la negociación es el único que puede llevar a conseguir acuerdos. Con eso me basta, los temas espinosos los resuelvo yo. Que trates con la prensa me quitará trabajo y tus buenas relaciones públicas impulsarán al centro.

—Me encantaría trabajar contigo, seguro que estaría bien aquí, pero no querría decepcionarte.

—Nos conocemos desde hace cerca de un año, estás más integrado aquí que algunos que cobran por ocho horas. Vamos a probar, si pasa un tiempo y no te motiva, lo dejas sin problema.

El primer pensamiento de Beto fue para el comandante Espadas, en cuanto se lo contara se quedaría encantado, era su meta desde el principio. Siempre le decía que para conseguir la información de mayor calidad era imprescindible aliñarla conociendo las intenciones de los protagonistas. Y las intenciones se palpaban dentro de las organizaciones, en el día a día, trabajando junto a los espiados, siendo uno más entre ellos.

—Necesito alguien con el que contrastar lo que esté pasando, alguien con quien me entienda, que me ayude a visualizar lo que hacer en cada momento. En Euskadi cada uno está obcecado con los intereses de su organización y así nunca conseguiremos nada.

Cogió el ordenador portátil que había apartado al lado derecho de la mesa y lo colocó de tal forma que Beto pudiera ver el documento que había estado escribiendo.

—Ayer estuve reunido con uno de Batasuna, da igual su nombre. A los de ese partido y a los de los demás, a todos —especificó molesto—, les cuento lo mismo y todos reaccionan igual.

El periodista fijó su mirada en el documento de Word. Era el momento en el que había estado más cerca de la principal joya de la corona, el cofre con forma de ordenador en el que guardaba todos sus secretos. Siempre que iba a verle lo tenía abierto, cualquier cosa que hacía la reflejaba allí: lo que opinaban sus interlocutores en cada reunión importante, pero también sus propias percepciones. Esos documentos no se los dejaba ver a nadie, ni siquiera al personal del centro, cuantos menos detalles conocieran de lo que hacía, mejor para todos.

—Les explico los conceptos básicos que he aprendido con los grandes mediadores de Europa y Norteamérica. Mi trabajo no es estar en un proceso de paz desde el inicio hasta el final —según hablaba, se enfadaba cada vez más—. El mediador ayuda, convence, da los argumentos para que los protagonistas reflexionen. En nuestro caso, estoy empezando una labor para concienciar que seguramente no acabe, habrá otros que la sigan.

—Es lo que siempre me dices —intervino Beto—, es una carrera de largo recorrido.

—Al dirigente con el que estuve ayer le expliqué una vez más cómo se fomenta el diálogo y algo básico e imprescindible de lo que tú y yo hemos charlado unas cuantas veces.

—Hay que ponerse en la postura del otro.

—Exacto. Pues no me toman en serio, hasta se ríen de mí. Hace un rato escribí la frase que me dijo para no olvidarme nunca. Léela —le señaló con el dedo un punto en la pantalla del ordenador.

—Ya vienen estos *hippies* con ideas de llevarse bien y entenderse entre todos —recitó en alto Beto.

—¿Qué te parece? Me consideran un *hippie*: paz y amor. —Hizo con dos dedos el gesto de la V de victoria, tan típico del movimiento contracultural pacifista.

—¿No te deprime toparte con esas actitudes?

—Es lo normal. Creen que el mediador es como un árbitro de boxeo, eso es lo fácil. Lo difícil es conseguir que ambos bandos cambien su actitud previa, que miren al otro como a un ser humano, como alguien con derecho a pensar distinto.

—¿Los del Gobierno de Madrid están en la misma onda? —se atrevió a preguntar el periodista ante la confianza que le estaba otorgando Marcos, en una escenificación de su deseo de que entrara en el centro como encargado de prensa, pero también como alguien de su confianza.

—Hace unos días fui a reunirme con Vera.

—¿Una reunión oficial?

—Conmigo nunca lo son, él habla de la fontanería, de las personas que solucionan los atascos en las tuberías sin que nadie se entere. Siempre me ha apoyado, cree que la paz con ETA se hará en una negociación y quiere que yo la promueva.

—Sin aparecer él para nada, imagino.

—Ningún bando quiere que se sepa que mantiene abiertos hilos de comunicación, sus bases se lo reprocharían.

—Entiendo que la dirección de ETA no se lo diga a sus comandos y que Batasuna sea discreta, pero Vera no podrá ocultárselo al presidente.

—El refrán que todos utilizan para justificar la ignorancia como alivio es: «Ojos que no ven, corazón que no siente». El presidente sabe que hay algo, confía plenamente en él, pero no quiere detalles.

Buscó un documento del ordenador titulado «Reunión Washington 91», lo abrió, volvió a buscar y finalmente le dio a una imagen que abrió una foto de gran tamaño con un montón de gente, la mayor parte de ellos jóvenes, con Marcos a la izquierda.

—Hace menos de dos años nos reunimos en Washington. Costó convencer a la izquierda *abertzale*, pero lo más gratificante fue el visto bueno del Gobierno al encuentro, al que asistieron representantes de la derecha española.

—Tras el fracaso de las conversaciones de Argel, lo lógico sería que Vera hubiera boicoteado cualquier acercamiento.

—Pues no. Tiene claro esta vía para acabar con el terrorismo. Me lo repite cada vez que nos vemos y le pongo al día de la situación.

—¿Te manda mensajes para ETA? —se atrevió a preguntar en una muestra de audacia, quizás excesiva.

—Si aceptas trabajar aquí deberás saber que nunca mencionamos los secretos de otros, pero sí, hago de paloma mensajera algunas veces. Engrasar y tener una vía abierta es parte de nuestra labor.

—Es lo normal —dijo con convencimiento Beto, feliz de estar accediendo finalmente a datos de gran valía tras un año abriendo camino a pico y pala.

Beto sabía, y los del servicio en Madrid se lo habían ratificado en el curso que hizo sobre fuentes humanas, que para trabajar a los informadores se necesita tiempo, planificar adecuadamente, no estar presionado por la necesidad de obtener resultados lo antes posible y ejecutar la labor con todas las precauciones necesarias para no meter la pata y estropearlo. Algo que contrastaba con la sensación que, en los últimos meses, le transmitía el comandante Espadas de que la dirección tenía prisa, consideraba una prioridad obtener datos de todas las actividades de Quiroga, de sus contactos con Batasuna y el PNV, pero especialmente querían saber todo lo que Vera hablaba con el mediador. En cuanto pasara el informe sobre el nuevo puesto que iba a ocupar en el centro, le acuciarían para conocer los mensajes de Vera a Batasuna y a ETA. Su jefe había sido claro en cuanto al secretario de Estado de Interior: el servicio estaba seguro de que estaba mangoneando al presidente con su empeño de negociar con los terroristas; cualquier información que sirviera para quitarle la venda de los ojos, sería muy bien recibida.

10

Hasta ese momento, Beto había rehuido pasarse por la sede de Herri Batasuna en Vitoria donde trabajaba Galdeano. Había cambiado de idea tras convertirse en miembro del Centro de Investigación de Conflictos para las relaciones con la prensa y también, con discreción, para ayudar a Marcos en cuantos temas precisara. Habían pasado varias semanas desde que se oficializó su nombramiento y los principales contactos del mediador ya estaban al tanto de su incorporación.

Decidió quedar con Galdeano para ir a tomar algo y se pasó a buscarle por la calle Ramiro de Maeztu, 6, en cuyo local, con entrada directa desde la calle, estaba la sede de Herri Batasuna. Le abrieron la puerta a distancia; al entrar se encontró con la mirada torva e inquisidora de una joven, a pesar de haber renunciado a la chaqueta y corbata de los conservadores y haberse vestido con vaqueros y un jersey celeste con cuello de pico. Preguntó por su amigo y, sin levantarse de la mesa, la chica mal encarada le señaló la puerta de un despacho. Llamó con los nudillos y entró sin esperar respuesta. Galdeano estaba hablando por teléfono y le invitó a sentarse en una silla junto a la mesa de madera que le servía de escritorio en la pequeña dependencia. No tardó en colgar.

—¡La madre que te parió! ¿Qué has hecho con la corbata de *txakurra*?

Beto le siguió la broma.

—¿No querrías que viniera a buscarte a este búnker y alguien de los tuyos me confundiera con un policía y me pegara dos tiros?

—Tranquilo, he pasado una foto tuya suprimiendo el «se busca» y anunciando que ahora te protege Quiroga. ¿Te pagará una pasta?

—Menos que HB a ti, pero tranquilo, tu trabajo es mucho más importante que el de un pobre asesor de prensa.

—¡Venga!, eres un tío importante, valora tus opiniones.

—¿Importante? ¿Para quién?

—De entrada, para nosotros, si vamos a tener otra mosca cojonera intentando meternos en el redil, habrá que estar alerta. Concluyo una gestión y nos vamos de potes.

Beto observó el despacho escasamente amueblado, con carteles sobre convocatorias de manifestaciones o en recuerdo a miembros de ETA muertos o encarcelados, pegados con celo en las paredes. Había también montones de carpetas y papeles en una estantería próxima, y, junto a su mesa, otra supletoria con el teléfono, el fax y el ordenador.

Tras penetrar en las entrañas de la fortaleza de sus enemigos, Beto se sentía en su salsa. No percibía la sensación de peligro, no se veía como un guardia civil al que fueran a descubrir en cualquier momento y al que todos los que estaban en la oficina, uno por uno, le fueran a meter una puñalada entre costilla y costilla. Estaba disfrutando del momento, era el espía discreto, osado y valiente que se había colado en la cueva de Alí Babá y les iba a robar todo lo que pudiera para que sus amigos de ETA y ellos mismos acabaran en la cárcel y perdieran la guerra contra el Estado. Galdeano había dudado de él, quizás en algún momento volviera a cuestionarle, pero su misión saldría adelante: controlaría a Marcos y le pasaría a su servicio toda la información que pudiera sobre sus contactos con ETA y HB.

Tras entrar a trabajar en el Centro de Investigación de Conflictos, había redoblado la dedicación a la infiltración. Había interiorizado tanto su papel que su otro yo cada vez se sentía más identificado con Marcos. Veía cómo se dejaba la vida para intentar acercar a los dos bandos a una mesa de negociación que pusiera fin a tanto atentado.

A pesar de ello, no había perdido la perspectiva: los malos eran los terroristas —el año anterior habían asesinado a veintiséis personas, dos en enero de 1993 y una en marzo— y Vera estaba dispuesto a negociar con ellos, aunque no pararan de matar. Sus largas conversaciones con Marcos y las lecturas que le habían acompañado durante el último año le habían abierto un mundo que merecía la pena explorar. Quizás, como habían escrito varios expertos internacionales, el único camino para la paz podía ser sembrar en los contendientes, al margen de quién tuviera la razón, el germen del diálogo, la semilla de la comprensión de las ideas que movían al otro. Otra cosa distinta era su cometido: conseguir información privilegiada para que el servicio pudiera informar al Gobierno.

—La chica de ahí fuera, la de las rastas en el pelo —comentó Beto al ver que Galdeano empezaba a recoger sus bártulos…

—Se llama Iratxe, ¿no me digas que quieres ligar con ella?

—No hombre, es que no sabes cómo me ha mirado al entrar, altiva, poco propio de una progre.

—No le gustarás, tiene buen olfato. ¿Apostamos a que no consigues que venga con nosotros a tomar unos zuritos?

—Hoy no apuesto, paso de mujeres.

—Yo también. Yoli está cabreada, lleva dos días sin hablarme.

—Algo le habrás hecho.

—La política separa, cree que deberíamos presionar a la organización para buscar una vía para que dejen de matar.

—Debe ser la influencia de Emma.

—Algo tendrá que ver la familia Quiroga, están empeñados en que todos en el País Vasco nos pongamos en el lugar del otro.

—Es difícil.

—No conseguiremos un autogobierno si no obligamos a este o a cualquier Gobierno a aceptarlo. Por las buenas no lo vamos a lograr.

—Marcos dice, creo que con razón, que se puede pedir lo mismo que se pretende con el uso de las armas, pero sin matar. Renunciar a la violencia no es renunciar a los objetivos.

—Lo dicho, ya tenemos dos Quirogas.

Salieron del despacho, Galdeano se acercó a Iratxe y le presentó a su amigo. La chica mantuvo la cara de seta.

—Ese pelo que llevas me gusta mucho, me recuerda al de mi mejor amiga.

Iratxe ni se inmutó.

—Vive en África, la quiero mucho. Está en una ONG para ayudar a niñas que han sido vendidas, maltratadas y violadas.

La chica siguió sin hablar, pero mudó el gesto, se quedó paralizada.

—¿En qué país está trabajando?

—En el Congo, en mitad de la selva, cerca de una localidad llamada Buta. Estoy pensando en ir a ayudar el próximo verano.

Galdeano se quedó atónito y cuando salieron a la calle le espetó:

—Pero qué cabrón eres, siempre tienes que despertar el interés en todas las mozas, incluidas a las que les caes mal. Como ligues con Iratxe te mato.

Los dos rieron mientras caminaban por la acera, ajenos a la falta completa de intimidad de su paseo. Les estaba grabando una potente cámara que los enfocaba desde la ventana de un edificio de enfrente, un piso alquilado por el servicio secreto unos años antes y desde el que un agente inmortalizaba a todo aquel que entraba o salía de la sede.

A Beto no se lo contó su jefe, ni tampoco que en esa sede de Vitoria habían instalado el año anterior un sistema de interceptación de comunicaciones aprovechando una obra de remodelación. Entre los obreros había un colaborador del servicio que les pasó los planos y la llave para que entraran clandestinamente y colocaran varias decenas de sistemas de interceptación de las comunicaciones. Micrófonos de ambiente empotrados en las paredes, dispositivos de escucha en los teléfonos, programas piratas en los ordenadores y sistemas de grabación en los faxes. Todos con cables derivados al falso techo, desde donde subían al piso superior que habían alquilado y en el que un agente controlaba los diversos sistemas de recepción. Unos pinchazos absolutamente ilegales porque Herri Batasuna era un partido inscrito en el registro y no se le podía investigar sin la orden previa de un juez, que nunca lo habría autorizado.

En la Casa existían los principios de la información compartimentada y de la necesidad de saber. Los jefes de Beto consideraban que era mejor que él llevara su propia línea de investigación, ajena a otras. Obtener datos por vías diferentes, sin relación, era la mejor manera de contrastar la veracidad de las historias. Ocultarle los sistemas de grabación ofrecía un beneficio adicional: sus conversaciones en esa sede serían grabadas y podrían contrastarlas con la información que él les transmitía. Confirmar la lealtad de tus propios agentes es habitual en cualquier servicio, una medida de seguridad para evitar traiciones.

Galdeano y Beto estuvieron el resto de la tarde bebiendo cervezas y tomando pinchos. Hablaron poco de política, poco del País Vasco y mucho de chicas. El dirigente de HB estaba disgustado con las quejas de su mujer sobre la violencia de ETA. El periodista le dio la razón, se identificó con él y le animó a romper el muro de silencio con el que Yoli lo estaba castigando.

—Cree que ETA hace lo que nosotros decimos —le contó muy enfadado—, cuando no nos hacen ni caso. En Francia piensan que somos unos señoritos que vivimos de puta madre y sin ellos no seríamos nada.

A una cerveza le sustituyó otra; a un bar, otro cercano; a las nubes, la lluvia; a la tenue luz del sol, la oscuridad de una luna menguante. Era casi medianoche cuando se sentaron uno enfrente del otro, con una mesa de hierro separándolos, al fondo de un bar de copas. Seguían discutiendo sobre el comportamiento de las mujeres.

—Dime una cosa —dijo Galdeano cogiéndole por el brazo y acercando mucho sus labios a su oreja—. Eso que le has dicho a Iratxe sobre tu mejor amiga, eso de que tenía rastas y tal, y estaba en el Congo. ¿Te has tirado un pegote?

El periodista puso cara de enfado, le retiró la mano que le aprisionaba el brazo y sonrió ampliamente.

—Claro que sí.

—No me lo puedo creer, eres un engatusador de serpientes —dijo sin ser consciente de que estaba gritando—. Estoy seguro de que Iratxe el próximo día te mirará con otros ojos, hasta le caerás bien, qué digo caer bien, querrá acostarse contigo.

—Es una mentirijilla sin importancia, sin maldad.

—No vuelvas a visitarme en la sede.

—¿Qué dices? Iré todas las semanas, nunca he estado con una chica con rastas.

—Pues la semana que viene no vengas, me voy de viaje.

El camarero les sirvió la novena cerveza. Estaban animados y más sueltos, pero habían vuelto a bajar el tono de voz y dejaron de hacer gestos que delataran su estado de embriaguez.

—¿Vas a Francia a defender las ideas de tu mujer?

—Quita, no digas tonterías. Allí no quieren saber nada de ese tema. Pero ¿quién te ha dicho que me voy allí?

Beto se echó a reír sin control.

—¿A dónde te vas a ir? ¿A Pekín?

—Pensé que Marcos te había hablado del mensaje que me ha pasado, le he dicho que los de arriba no van a aceptar. Es como mi mujer, cree que está en mis manos resolverlo todo. Pues no, soy un puto fontanero —explicó cabreado de nuevo— al que nadie hace ni puto caso. Me ha costado la leche concertar la cita y va a ser una pérdida de tiempo. Los políticos de aquí pasan, que me queme yo. Dicen que los del Gobierno del PNV apoyan a Marcos y conviene no llevarles la contraria todo el rato.

11

Al llegar a su casa bien entrada la madrugada, Beto hizo una llamada a un número de teléfono memorizado y cuando el contestador automático le invitó a dejar un mensaje, saludó a un imaginario Pablo, le dijo que al día siguiente se pasaría a las doce por la plaza de Okendo, recado en clave con el significado de que dos horas antes estaría en el lugar establecido para los encuentros furtivos. Las reuniones del periodista con el comandante Espadas pasaron a celebrarse en lugares clandestinos en cuanto sospecharon que alguien podría seguirle y verle entrar en el piso del servicio secreto. Decidieron utilizar el reservado de un restaurante regentado por un colaborador, con escaso uso fuera de las horas de comida y cena. Alejado de los puntos neurálgicos de la ciudad, disponía de un acceso principal, por donde entraban los clientes, y otro trasero por donde se coló Beto. Espadas le estaba esperando sentado a una gran mesa de cristal cubierta con un plástico, con dos botellines de agua y dos copas.

El comandante, siempre con traje oscuro y corbata, le preguntó directamente por la reunión del día anterior. Sin hacer ademán de ocupar la silla vacía, Beto fue directo al grano: Galdeano iba a viajar la semana siguiente a Francia, no sabía el nombre de la localidad, a reunirse con alguien próximo a la dirección de ETA. Era el desenlace de la historia que comenzó con el viaje de Quiroga al Ministerio del Interior, en Madrid.

—Es bastante probable —dedujo— que Galdeano traslade posteriormente una respuesta de la banda para Vera.

Espadas nunca tomaba notas. Puso gesto de sorpresa, juntó las manos cerca de su cara, colocó los dedos índices estirados junto a sus labios, bajó la mirada hacia un suelo vacío y guardó silencio.

—Me vendría bastante bien disponer de información sobre quiénes participaron en los últimos contactos entre ETA y el Gobierno —siguió el periodista en tono neutro.

Su jefe no dejó de meditar hasta pasados unos cuantos segundos más. Pareció haber encontrado la solución que buscaba, asimiló la pregunta que le había formulado su agente y le pidió que ocupara el asiento cerca de él sin conseguir que se sentara.

—No sé qué te puedo contar que sea necesario que sepas.

—¿Existe ahora mismo una negociación entre el Gobierno y ETA en la que Marcos juegue un papel de mediador?

—Es mejor que te enteres por él.

—Llevo un año nadando entre tiburones, haría mejor mi trabajo si conozco el movimiento de las olas.

—Vale… está bien. Vera actúa por su cuenta e informa al presidente de lo que considera oportuno. Tras el fracaso de las negociaciones de Argel, sigue empeñado en forzar a los etarras a llegar a un acuerdo.

—¿Forzar?

—ETA no quiere y la mayor parte de Herri Batasuna tampoco. Él ha movido sus hilos para que algunos líderes del mundo *abertzale* con influencia en los terroristas intenten convencerles de la necesidad de una tregua.

—Que dejen de matar y luego hablamos de paz a cambio de concesiones —resumió Beto.

—El año pasado, en abril, mientras estabas iniciando tu infiltración, Vera se reunió en Roma con Iñaki Esnaola y Christiane Fando. Ya sabes quiénes son, pero no sé si sabes que Esnaola es muy amigo de Txomin, el gran negociador de la banda. Después se han reunido más veces. También hay otra vía abierta entre HB y el PNV. Va tan mal como la anterior, la serpiente no quiere dejar de matar, es lo que tienen para conseguir sus objetivos, aunque ni ellos saben cuáles son.

—¿El servicio participa en el proceso?

Espadas puso cara de no entender la pregunta.

—Quiero decir si Vera conoce mi trabajo.

—Por supuesto que no —señaló indignado—, nadie lo sabe, ni siquiera el presidente. Quieren tener la información, pero no que les contemos cómo la conseguimos. Y si quisieran, tampoco se lo diríamos, lo más importante es tu seguridad.

—¿Vera cuenta al servicio sus contactos con ETA?

—Esto es más de lo que deberías saber. Y coño, siéntate de una jodida vez.

Beto mantuvo el gesto inquisitivo y le hizo caso, aunque alejó unos centímetros la silla.

—Vera nos utiliza para lo que necesita, asuntos técnicos que nosotros hacemos mucho mejor que su Policía en el extranjero.

—Grabamos las reuniones, seguimos a los interlocutores cuando salen y ya no los soltamos.

—Algo así. Él piensa que es nuestro jefe porque cuando nos pide cosas se las hacemos, pero nuestro jefe directo es el vicepresidente del Gobierno y, a través de él, el presidente.

—Quiroga…

—Es un contacto exclusivo de Vera, de su relación no sabemos nada oficialmente.

—¿Seguimos estando en contra de Vera?

—Tú y yo lo que tenemos que hacer ahora es conseguir información de lo que pasa, una información de la leche. Que a nuestros jefes en Antiterrorismo y en la División de Inteligencia Interior les desborden los datos. Que con la información que tienen por otras fuentes, sumadas a la nuestra, puedan informar con solvencia al vicepresidente.

—Usted siempre me ha dicho que no cree en la vía negociadora para acabar con el terrorismo, que el servicio está a favor de una derrota de ETA por las armas.

—Te he hablado del estado de ánimo que había cuando preparábamos tu infiltración, de los objetivos en que debías centrarte. Nuestro deber no es opinar, se lo dejamos al Gobierno.

Espadas había adoptado con él una distancia nada habitual.

—Últimamente —siguió—, en tus informes muestras cierta comprensión hacia la postura de Quiroga a favor de una negociación que beneficiaría a ETA.

—No es cierto. —Beto se revolvió en la silla y se ajustó el nudo de la corbata—. Bueno, sí lo es que defiende ideas innovadoras, parecen necesarias para llevar a cabo una mediación, pero, en general, no en esta negociación. Y tampoco es cierto que esté escorado del lado de los terroristas. De hecho, en Herri Batasuna le llaman el *hippy* por aquello de paz y amor.

—El infiltrado tiene que dividir su cerebro en dos y meter cada parte dentro de una caja fuerte. En un lado tienes que guardar la personalidad y las ideas de Beto Romero, el guardia civil que ha luchado contra ETA, que tiene sus propias ideas sobre la familia o la Iglesia. En el otro lado, debes almacenar todo lo relativo a Beto García, un periodista interesado en la mediación en conflictos que ha quedado encantado con Quiroga y al que este ha convencido para que le asesore en asuntos de prensa. Es importante, no se te olvide, que ninguna de las dos partes infecte a la otra. Por el bien de la misión y por el tuyo propio.

—Sé cuál es mi trabajo —respondió Beto, molesto—. Como periodista tengo que hacerme lo más amigo posible de Marcos para que me lo cuente todo y tener acceso a la información. Pero cuando hago los informes para el servicio, el infiltrado transmite los datos y valora lo que ve. Yo lo que veo es que sus ideas para convencer a los negociadores parecen positivas, que siendo comunista no muestra en su trabajo de mediación interés personal por ninguna parte. Más aún, por lo que he vivido con él en este año, puedo interpretar que es sincero.

Espadas le miró intentando mostrarle comprensión y Beto lo interpretó como un gesto de paternalismo, el de un experimentado comandante a un vulgar guardia civil.

—Eres un miembro del servicio de inteligencia infiltrado en el Centro de Investigación de Conflictos. Lo importante es tu misión, por encima de todo lo demás. Da igual las simpatías que te puedan despertar Quiroga o Galdeano. No permitas que te invada el pensamiento de que pueden tener razón. El síndrome de Estocolmo te puede llevar a creer que lo que dicen y defienden terroristas, sus representantes políticos o mediadores, son ideas aceptables, incluso que podrían solucionar el problema.

Beto se sintió apesadumbrado, no se merecía esas dudas sobre su trabajo y se lo hizo saber. Él había asumido mucho antes de entrar en la Casa que trabajar en el País Vasco tenía un alto índice de riesgo; si los malos le descubrían era bastante probable que lo mataran. Cuando aceptó infiltrarse, sabía que tendría que acercarse al toro y ofrecerle el capote hasta sentir el calor de su aliento. No tenía miedo a ser descubierto, si hacía bien su trabajo podría conseguir lo que quisiera y estar años y años empotrado cerca de Marcos. El mediador nunca desconfiaría de él, ni los políticos de todas las ideologías que lo rodeaban. Nadie en el servicio podría convencerle de que no tuviera sus propias opiniones, porque nunca mediatizarían la objetividad de su trabajo.

Sus comentarios sirvieron para que Espadas se ratificara en la percepción que había tenido de él desde los primeros días de su entrenamiento: estaba dotado para moverse en ambientes hostiles, le sobraba sangre fría, era capaz de engañar a su propia madre sin pestañear, pero estaba enamorado de sí mismo. Había concluido que se tenía en alta estima porque había crecido sin padres y era la única forma de sobrevivir ante una adversidad de tal calibre. Esa seguridad era positiva, pero no cuando podía conducirle a considerarse inmune a los peligros. En cuanto llegó a ese convencimiento unas semanas antes, remarcó la distancia entre los dos, empezó a corregirle siempre que podía para que no se creyera un dios. Si no estaba ojo avizor, podía cometer errores y toparse con otras personas más listas que le pillaran con la guardia baja y, en un despiste, le descubrieran, le dejaran en evidencia y, Dios no lo quisiera, le pegaran un tiro en la nuca. Nunca sería amigo de él, ni un jefe cercano, porque nada de lo que le dijera le sería útil. Beto necesitaba un mando que le bajara los pies a la tierra desde esa nube en la que tendía a subirse y no le dejaba vislumbrar el mundo real.

En sus informes a Madrid, casi siempre positivos, Espadas empezó a mencionar su preocupación por que la frialdad que a veces mostraba Beto pudiera ser motivada por un exceso de confianza en sí mismo. Tendía a considerarse mejor que todos los que le rodeaban, a veces creía que no necesitaba un oficial de caso, sabía mejor que nadie lo que debía hacer en cada momento. Según el comandante, el único gran problema que podría llegar a sufrir Beto lo tenía muy cerca: él mismo.

12

En el dormitorio, mientras Emma terminaba de arreglarse con esmero, Marcos empezaba con desgana. Eso de ponerse presentable para las visitas no iba con él, sus amigos estaban acostumbrados a su barba y pelo largo, su vestir abandonado, una imagen que habría sido aún más desastrosa si no hubiera sido por la intervención puntual de su esposa. Esa noche, iban a celebrar una fiesta en casa y sus invitados empezarían a llegar en diez minutos. Era noviembre, en San Sebastián la temperatura era fresca y desde por la mañana, tras unos días de calma, las nubes grises habían alertado de la llegada de amenazadoras precipitaciones. Ese cambio de tiempo que se avecinaba no tenía nada que ver en el estado de ánimo alterado de Emma, mientras su marido mantenía la calma y estabilidad habitual en él.

—Le he pedido a Beto que venga un poco antes —informó Marcos—, quiero comentarle un asunto a solas.

—Van a empezar a llegar en cualquier momento. Te recuerdo que son tus amigos, una de esas mezclas extrañas que tanto te gustan de políticos, activistas, ecologistas y qué sé yo —adujo Emma quejosa mientras se estiraba con mimo su melenita rubia.

—Serán diez minutos, ¿podrás recibirlos sin mí?

—Me encantaría saber qué pasa con Beto.

—¿Qué pasa de qué?

—No sabemos nada de él.

—Lo sabemos todo.

—Marcos —le dijo apartándose del espejo y volviéndose a su marido, que se estaba poniendo una chaqueta de pana—, ¿este dónde vive? ¿Tiene novia? ¿A qué se dedicaba antes de que le conociéramos? ¿Quiénes son y dónde está su familia?

—No nos importa, tampoco nosotros le hablamos a la gente de nuestro pasado, de cómo nos conocimos, de a qué manifestaciones íbamos hace veinte años.

—Beto no es gente —dijo en su perfecto castellano con un marcado acento alemán—, se pasa el día en casa, cuando llego de trabajar me abre la puerta, me lo encuentro por los pasillos, se queda a comer de improviso. Pero cuando le pregunto por cualquier asunto, nunca tiene respuestas.

—Pues no seas cotilla.

—De verdad Marcos, cómo eres. ¿Es que no tienes curiosidad por saber de dónde viene un hombre con el que te pasas la vida?

—Sé de él lo que necesito saber. He apostado por él como persona, de él brotan ideas muy creativas y originales. Ahora mismo, con el trabajo de mediación es con el que más me interesa hablar.

—¿No le has preguntado nunca, aunque sea una sola vez, si tiene novia?

—Liga con todo el mundo, es muy sensible al atractivo de las mujeres.

—Bueno, algo es algo. ¿Y de su familia qué sabes?

Sonó el timbre de la puerta, salvado por la campana, que dirían en un combate de boxeo cuando uno de los contendientes ya no aguanta más golpes.

Era Beto. Marcos le abrió y se encerraron en su despacho. Su mujer no se había percatado de la preocupación que le asolaba y él había preferido esperar a la llegada del que una parte del mundo político vasco sabía que se había convertido en su principal asesor. Cuando estaban los dos de pie en la pequeña habitación empapelada con libros desgastados por el uso, con el ordenador portátil abierto sobre la mesa, con la única luz de un flexo, el mediador le contó una pésima noticia sobre el ministro del Interior.

—Corcuera va a presentar la dimisión en unos días.

—¡No me jodas!

—El Constitucional va a tumbar la ley de la patada en la puerta.

—Dijo que dimitiría, pero quizás no lo haga.

—Dimitirá, seguro. Está convencido de que las leyes no pueden impedir que la Policía entre y registre un domicilio sin autorización del juez cuando persiguen delitos flagrantes. Va a ser coherente, se va a ir.

—¿Te lo han dado como seguro? —Beto preguntó conociendo de antemano la respuesta: Vera se lo había adelantado.

—Ya está puesta la sentencia y se lo ha anunciado a sus colaboradores. El presidente ya tiene sustituto: Antoni Asunción.

—El secretario general de Instituciones Penitenciarias.

—El mismo. No pinta un buen panorama para nuestra mediación.

—¿Seguirá Vera? —preguntó el periodista.

—No tardará en irse. Dice que el nuevo ministro es opuesto a la negociación, fue quien diseñó la política de dispersión de presos.

—¿Nosotros qué hacemos?

Al formular esa pregunta, Beto puso un gesto de profunda preocupación: los dos se quedaban descolocados en su labor de mediación. Marcos se lo había explicado varias veces a su alumno predilecto: los actores van cambiando, las políticas evolucionan o involucionan, las presiones de los poderes mediáticos o de la opinión pública acercan o complican las vías para pactar, pero el objetivo tiene que ser siempre el mismo: nunca se debe parar. Los mediadores siempre van a ser necesarios, aunque no siempre los mismos. Un cambio de rumbo tan significativo en la parte del Gobierno podría frenar en seco cualquier iniciativa o suponer que el papel del Centro de Investigación de Conflictos perdiera valor.

—No podemos hacer nada —señaló Marcos—, estamos para ayudar en lo que nos pidan. Mientras las partes nos acepten, seguiremos adelante. Ah, no podemos divulgar la dimisión del ministro.

—Por supuesto que no, cuenta con ello.

Marcos esbozó una sonrisa cínica.

—El propio Vera me dijo una vez que en España los secretos duran una semana.

Beto pensaría más tarde, cuando en la soledad de su apartamento recuperara la personalidad del espía y analizara la conversación con Marcos, la razón que tenía Vera al desconfiar de las personas que le rodeaban, lo que le pareció tan relevante que incluyó su frase en el informe a Espadas. En ese momento, en casa de Marcos, vivía tan profundamente su infiltración que se sintió muy molesto por la posibilidad de que a los dos los apartaran de la mediación. Había llegado a convencerse de que con tiempo suficiente podrían suavizar las posturas de los contendientes. Nadie hacía tanto, a nadie le preocupaba tanto crear un clima favorable para el abandono de las armas. Elkarri y otros grupos también se volcaban en propiciar que ETA y el Gobierno se reunieran para hablar, pero nadie como Marcos era capaz de engrasar a ambas partes para que cuando se sentaran a negociar se respetaran y no se miraran como asesinos y torturadores amenazando con cortarse la yugular.

Marcos paró la conversación para unirse a la fiesta, en tres ocasiones había escuchado el sonido del timbre y la paciencia de Emma tenía un límite. Salieron y se encontraron con que en el salón se habían formado dos corrillos, muy a la vasca: hombres, por un lado, y mujeres, por otro. En un lateral, de pie, Galdeano hablaba con un fontanero del PNV, Urresti, un interlocutor habitual del centro, y con Muñoz, un influyente periodista cercano a Herri Batasuna que luchaba por conseguir silenciar las armas. Sus esposas estaban sentadas alrededor de la mesa, cerca de los aperitivos. En cuanto Emma los vio aparecer, le hizo a su marido un gesto señalando el reloj para que lo vieran sus amigas y se levantó para abrir de nuevo la puerta.

Apareció un destacado miembro de Greenpeace en el País Vasco, el anfitrión se acercó a saludarle y Beto se puso a un lado de Galdeano y le susurró algo al oído.

—Tengo una cosa que contarte, solo a ti.

El político no hizo ningún gesto. Tras cimentar una amistad, en los últimos meses había aumentado la confianza entre ambos y se intercambiaban confidencias. Beto le había dejado claro que lo hacía solo por él, por amistad, nadie debía conocer su procedencia. A cambio, él también le pasaba alguna información que podía serle útil en su trabajo en el centro. Ese aviso, sin duda, suponía enterarse de algún secreto.

El periodista incluía algunos datos sobre Galdeano en sus informes, pero se guardaba otros. De estos, Espadas conseguía acceso a una parte, pero nunca lo comentaba con su infiltrado. Tener infectada de micrófonos la sede de HB en Vitoria, donde trabajaba el fontanero; era una suerte.

Durante la fiesta, el periodista y el dirigente de HB no encontraron un momento en el que hablar a solas y tuvo que ser al salir a la calle, pasadas las dos de la madrugada, cuando Galdeano metió enfurruñada a su mujer en un taxi y ellos dos se fueron a dar un paseo y a tomar la última copa. Beto le informó de la dimisión de Corcuera, le explicó la obvia repercusión política para todos ellos y le pidió discreción, Marcos no podía descubrir que se lo había contado. Galdeano le informó de que le debía una y el periodista no hizo ademán de negarlo.

Antes de irse de juerga, habían estado unas cuantas horas más en casa de los Quiroga charlando con el resto de invitados. Uno de los momentos más intensos se inició a raíz de que Beto hizo un ejercicio de provocación, tras una afirmación de Urresti referida a la falta de ética que mostraba mucha gente que no se cuestionaba las órdenes que le daban y se limitaban a cumplirlas alegando obediencia debida, como ocurrió en el golpe de Estado militar del 23 de febrero de 1981.

—Me extraña que no incluyas en esa afirmación de una forma destacada a los amigos de Galdeano. Eso es lo que Hannah Arendt bautizó como la banalidad del mal.

El resto de los hombres se sumó a la conversación.

—Es un concepto muy debatido —añadió Marcos a la estela de su asesor—, que desarrolló tras analizar el caso de Eichmann, el nazi que propició la solución final contra los judíos durante la Segunda Guerra Mundial. Hay muchos expertos en desacuerdo con Arendt respecto a que algunas personas actúan dentro de las reglas del sistema al que pertenecen sin reflexionar sobre sus actos. Piensan que no se puede considerar que personas que cometen barbaridades contra otros seres humanos, sin ninguna compasión, sean normales.

—La disciplina es necesaria en cualquier grupo —intervino Galdeano—, puedes opinar, discrepar, pero tiene que haber una dirección a la que obedecer.

—Arendt habla de asesinos salvajes como Eichmann —reflexionó Beto—, pero es fácilmente aplicable a cualquiera que alegue obediencia debida tras haber cometido crímenes.

—Estás pensado en los gudaris.

—Me encantó el libro de Arendt, tras leerlo pienso en cualquiera que cometa crímenes atroces en cualquier lugar del mundo. Es monstruoso que alguien pueda creerse que está justificado asesinar porque se lo ordenen y que eso le exime de ser un psicópata.

La discusión filosófica bajó al terreno del día a día con palabras como ETA, Policía o GAL. Duró hasta que Emma apareció con su hija pequeña que se iba a la cama, a la que le gustaba mucho la fotografía y había decidido tomar una foto de aquel grupo variopinto. Abandonaron animosos sus conversaciones para posar delante de la niña, que no paró de cambiarles de postura hasta que se acabó el carrete. Unos días después, cuando recogieron las fotos reveladas, Emma se echó las manos a la cabeza: todos salían fenomenal, menos el periodista: siempre aparecía tapado por Urresti. Un buen espía, le habían explicado a Beto en el curso de inteligencia, evita que su imagen aparezca en cualquier sitio donde le puedan poner nombre. Esos detalles eran importantes para que el día que desapareciera, su recuerdo se lo llevara el viento.

13

El cese de Corcuera al frente del Ministerio del Interior produjo los efectos imaginados por Marcos y Beto: lo cambió todo. El sustituto, Asunción, no se fiaba de ETA ni de los mediadores. Desechó, igual que la oposición política conservadora, los argumentos que habían impulsado a mantener abiertas las vías del diálogo con una organización terrorista que no paraba de matar: 14 asesinatos en 1993. Un cerrojazo que puso en peligro hasta las conversaciones ya programadas.

Elkarri, otro de los grupos mediadores, consiguió que Vera acudiera, acompañado por el número tres del PSOE, Txiki Benegas, a un encuentro personal con dos representantes del Movimiento de Liberación Nacional Vasco, los batasunos José Luis Elkoro y Rafael Díez Usabiaga. Vera informó a Marcos Quiroga previamente de su determinación de acudir a pesar de que su nuevo ministro se lo había prohibido. El mediador le comentó a su segundo que la desobediencia de Vera a las órdenes recibidas serían su fin: los socialistas partidarios de acabar con la violencia por la vía del diálogo iban a perder la batalla dentro del Gobierno.

Beto convocó a Espadas a una reunión urgente en el restaurante y le contó, con todo lujo de detalles, lo que suponía la derrota de Vera y su salida inminente del Ministerio del Interior. El gesto de su jefe no fue el de un profesional frío que recibe información valiosa para transmitirla a la sede central y que un analista la meta en una batidora, con otros datos de diversa procedencia, y escriba un informe de inteligencia para un destinatario en el Gobierno. Espadas, en esta ocasión, no disimuló la satisfacción por la caída de Vera, un secretario de Estado empeñado durante años en controlar y limitar las actividades del servicio secreto, obsesionado en dar mayor preponderancia a la Policía y desprestigiarles a ellos siempre que podía. Sin contar, pensaba él y los altos mandos del servicio, que su empeño en buscar una negociación con ETA les daba oxígeno a los terroristas.

El servicio no tardaría en elaborar un informe especial adelantando la decisión de Vera de desobedecer las órdenes de Asunción. No aparecería ningún dato identificativo sobre la fuente, pero los jefes más importantes del servicio deducirían que el infiltrado, introducido en el Centro de Investigación de Conflictos, seguía obteniendo información valiosa del mundo próximo a ETA y de la pata del Gobierno más díscola.

Los primeros días de enero fueron complicados para Marcos y Beto. Los pasaron juntos, únicamente se separaban cuando la oscuridad de la noche se unía al cansancio, eso sí, solo hasta el amanecer del día siguiente. El periodista jugaba un papel más activo al lado del mediador, que se sentía mejor cuando podía debatir los temas con él, cuyas ideas solían aportarle vías para hacer frente a los problemas. Marcos había apostado por él y estaba muy satisfecho. El Beto periodista había sido capaz de irse ganando la confianza del resto de personas relacionadas con la mediación, a una parte de las cuales el Beto espía les sacaba información útil para el servicio.

Marcos acudió una mañana a una entrevista en la ETB, la televisión autonómica vasca. Imbuido por los acontecimientos negativos que apuntaban a un freno en su trabajo de búsqueda de la paz, decidió lanzar un mensaje claro en el que marcaba con atrevimiento y nitidez el camino que ETA debía seguir. Beto lo escuchó desde su casa, no como el periodista enfervorizado a favor de la negociación, sino como el espía analítico y frío. Era consciente de la cercanía personal con aquel hombre imposible de catalogar. Un comunista que guardaba en su casa las obras completas, en español y alemán, de Marx. Un *hippy* capaz de interiorizar un alejamiento de los extremos enfrentados cuando ejecutaba una mediación. Un ecologista que al mudarse a vivir a San Sebastián se había presentado acompañado de un monje tibetano que hacía ayunos. Un descendiente de familia bien, de derechas, que colaboraba con una ONG en Latinoamérica a la que acusaban de ser una tapadera de la CIA, lo que servía a sus detractores para intentar desprestigiarlo por ser un topo de los estadounidenses.

La idea de que la paz como objetivo era lo único que le importaba tomó cuerpo al anotar algunas de sus palabras:

—Si te reconcilias solo con los buenos, no sale nada, hay que hacerlo con los violentos. (…) Los partidos tienen necesidad de que los voten y hay que conseguir que en Euskadi y en España voten por la paz. (…) El paso decisivo es que ETA dé una tregua declarando que va a terminar con la lucha armada de una vez por todas, no comprometiéndose de vacío a ello, usando un lenguaje conciliador, no de vencedores y vencidos, pero diciendo que necesita que haya un proceso político en el que metan lo que hoy en día persiguen con la lucha armada. Esta es la única forma en la que ETA puede convencer a su gente y a su base social de que renunciar a la lucha armada no es renunciar a los objetivos.

Ese mensaje, duro y exigente para el Gobierno y especialmente para los terroristas, podía ser una quimera, ninguno de los dos bandos estaba preparado para aceptar ese tipo de concesiones, pero a Beto le reafirmaba en el valor humano de ese hombre.

Por encima de todo, el infiltrado estaba aprendiendo muchísimo. Había hecho dos talleres apasionantes en el centro, había leído decenas de libros técnicos con entusiasmo, había conocido a mediadores internacionales con experiencias muy enriquecedoras y no había parado de debatir y charlar con Marcos. Le conocía profundamente, había estudiado sus reacciones ante una provocación, pero también cuando le seguía la corriente sin opinar. Había conocido a sus amigos, a sus interlocutores en partidos y grupos sociales, sin duda estaba equivocado en algunas de sus ideas, pero como mediador era honesto. Le encantaba esa labor tan desagradecida, tan dura en territorio hostil, rodeado de manipuladores ansiosos por llevarle a su terreno para que, sin darse cuenta, influyera a su favor en el bando contrario. Esa pasión por su trabajo se la había contagiado a él, que en ningún momento había perdido de vista cuál era su misión como espía, pero humanamente había encontrado una profesión alternativa que le encantaba, la de sentar a una mesa a bandos enfrentados y pelear por conseguir la convivencia. Había descubierto herramientas y recursos teóricos y prácticos muy útiles, había aprendido a mirar detrás de las demandas normales, se había sensibilizado con las legítimas necesidades humanas, había intentado ponerse en el lugar del otro y escuchar las heridas que hay detrás de las palabras.

Durante ese mes de enero, Beto y Marcos compartieron su impotencia ante la situación de incertidumbre. Vera dejó el Ministerio y a la siguiente reunión, con los mismos representantes de Herri Batasuna, acudió en solitario Benegas. El periodista escuchó a su jefe repetir la cantinela de que es mejor hablar que no hablar, algo que le marcaría para siempre, pero no sirvió para nada. Ya vendrían tiempos mejores. Mientras, siguieron las conversaciones entre partidos vascos con la esperanza de conseguir algún acuerdo con el que poder presionar al Gobierno y a ETA. Tampoco lo consiguieron. La moral del mediador no decayó, el trabajo del periodista siguió en primera línea y el del espía también.

Había pasado algo más de un mes, cuando una tarde fue a reunirse con Marcos en el despacho de su casa para elaborar un documento con destino al Parlamento vasco. Marcos escribía en su ordenador, colocado sobre la mesa de madera, con cuatro patas historiadas y rimbombantes, sentados los dos en sillas de madera con rejilla, con una lámpara de mesa iluminando sus papeles, pues por el balcón, desde hacía varias horas, había dejado de entrar la luz del sol. Concentrados en su labor, no prestaron atención a la puerta de la calle que se abría, pero sí a las voces gritonas que se acercaban. En el umbral de la puerta se quedaron paradas Emma y una amiga de su edad. Al verlas, el periodista se levantó.

—Mira Uli, este es Beto, trabaja con Marcos.

Chaqueta azul y vaqueros, sonrisa amplia, a sus veintinueve años el periodista resultaba muy atractivo y él lo sabía, pero en esta ocasión notó un gesto extraño, como de sorpresa. La chica le dio dos besos con suma frialdad. Marcos se levantó, la saludó y le anunció a su esposa que sabía que era tarde, pero necesitaban acabar un informe.

Las mujeres salieron y se fueron al dormitorio del matrimonio, donde Emma cerró la puerta.

—¿Se puede saber qué te pasa? —le preguntó a su amiga.

—¡Tenéis un guarda civil en casa!

—¿Qué dices?, es un amigo de Marcos, es como de la familia.

—Es un policía.

Emma sabía que Uli se movía en ambientes de Herri Batasuna y tenía una sensibilidad especial con los que pertenecían a cuerpos policiales.

—¿Por qué lo sabes?

—Emma, se los nota a distancia, seguro que Marcos lo sabe.

—Te digo que esta vez te equivocas.

—No entiendo cómo no os habéis dado cuenta.

Por la noche, ya solos en casa, Emma se lo comentó a su marido, «mira que Uli sabe de estas cosas».

—Es una rematada tontería. Beto es periodista y de los buenos. Se está convirtiendo en un gran mediador, si no fuera por él no sé cómo sacaríamos adelante el trabajo. Es mi asesor de comunicación, pero es mucho más que eso y lo sabes.

El comentario certero de Uli no tuvo ningún efecto en la familia Quiroga. Les resultó chocante, pero ellos tenían identificado perfectamente a Beto y nadie podía ir a su casa a plantearles dudas sobre una persona a la que Marcos conocía desde hacía años.

14

Dos años más tarde,
después de las elecciones generales de marzo de 1996

Marcos Quiroga había pensado en varias ocasiones, durante los dos años anteriores, que si las circunstancias políticas se complicaban podía dar un paso al lado y ceder el puesto a la persona de su máxima confianza, Beto García. Habían llegado a compenetrarse laboralmente de tal forma, habían tejido una amistad tan profunda, que si los políticos socialistas gobernantes no le querían o los del emergente Partido Popular le vetaban, podría seguir contribuyendo a la búsqueda de la paz cediendo el control a su mano derecha. Era una muestra de generosidad, pero también de confianza en las cualidades del periodista convertido en experto en procesos de mediación, con una capacidad sumamente provechosa: su innato don de gentes.

Beto estaba reunido con Marcos en su despacho del Centro de Investigación de Conflictos, con la puerta cerrada como siempre, contándole su último encuentro con Galdeano, su valiosa fuente en Herri Batasuna. José María Aznar había ganado las recientes elecciones con el PP, había establecido un pacto parlamentario con los nacionalistas conservadores catalanes y vascos, y había forjado un Gobierno en el que el nuevo ministro del Interior, Jaime Mayor Oreja, era un vasco que controlaba el tema terrorista y al que ETA había intentado asesinar años antes.

—Galdeano dice que el panorama no es tan negro como cuentan los periódicos de Madrid. Aznar llegó a la Moncloa sacando pecho contra ETA, con ansias de venganza porque habían intentado matarle, y alardeando de su promesa de imponer el cumplimiento íntegro de las penas a los terroristas. Pero ellos tienen sobre él la misma información que te ha llegado a ti del Gobierno vasco: pretende no mirar al pasado y está dispuesto a aceptar una vía de negociación en la que caminará de la mano del PNV.

—De repente, por arte de magia, cree en un final dialogado.

—Galdeano, personalmente, tiene sus dudas. Le cae fatal Mayor Oreja, dice que es un facha peligroso.

—Los del Gobierno vasco y el PNV le consideran un tío ponderado. Dicen que en los últimos meses se quedó en un segundo plano y no apoyaba los exabruptos de Aznar porque ya sabía que, si ganaban las elecciones, sería el responsable de la lucha antiterrorista.

—Galdeano ve creciditos a los del PNV, se creen protagonistas del proceso e interlocutores de ETA.

—Eso les gustaría —dijo Marcos misteriosamente—. El PP les cederá algunas parcelas y se reservará el papel protagonista.

—¿Tienes algo que contarme? —le preguntó Beto al notarle convencido de sus palabras.

—He hablado con uno del PP: Mayor Oreja viene con miras abiertas y quizás en un futuro se avenga a reunirse conmigo.

—¡Joder, genial! Te ha avanzado algo.

—Poca cosa. Cree posible un nuevo escenario en el que podamos hacer nuestro trabajo: intentar sentar a ambas partes en una misma mesa.

—¿Algo concreto?

—Nada. Debemos estar listos para cuando se presente la ocasión. Solo me ha pedido que no me deje ver y guarde silencio. Hay un montón de topos, no debo fiarme de nadie.

—¿Te ha marcado a alguien?

—Dice que hay grupos en contra del diálogo y harán lo que sea para que no prospere.

—Vaya cambio, antes nos boicoteaban y en un par de meses se han cruzado de acera.

—Hay psicosis de espionaje. En el PNV cada vez hablan menos por teléfono, me piden que no comparta la información, que ni siquiera la ponga por escrito.

—No pierdas de vista tu ordenador.

—¿Crees que tenemos un topo entre nosotros?

—¿En el centro? Seguro que sí. Lo que no creo es que se atrevan a colocarnos micrófonos, sería un riesgo excesivo.

—¿Sospechas de alguien?

—No hay que obsesionarse. Basta con ser cautos.

Beto había disociado a la perfección la parte del cerebro que correspondía al periodista de la que estaba unida a su vida real como espía. Llevaba cuatro años ejerciendo de topo y, desde que se levantaba y hasta que se acostaba, su cabeza estaba centrada en la mediación, en compartir cada novedad del día con Marcos y en conseguir en otros ámbitos la información que contribuyera a crear una mesa por la paz. Si le gustaba una chica, era un periodista. Si paraba a desayunar en un bar, era un periodista. Si acudía a una concentración vigilada por la Ertzaintza, la Policía Autonómica del País Vasco, con presencia discreta de la Policía Nacional, era un periodista. Si se encontraba un conocido que le podía identificar como guardia civil, ni le miraba y no dejaba de ser un periodista. Solo en la intimidad de su casa se permitía activar la parte del cerebro que guardaba su auténtica identidad. También, claro, mientras estaba reunido con Espadas.

El comandante era consciente de su profesionalidad, un guardia civil de treintaiún años que había demostrado la personalidad y los redaños necesarios para engatusar a destacados representantes políticos del País Vasco y convertirlos en impagables fuentes de información inconsciente. Ya no pensaba que hubiera misiones al alcance solo de los oficiales pata negra del Ejército, en estos años había sido consciente de que pocas personas habrían conseguido, como Beto, una penetración tan certera y productiva en un mundo donde las pistolas asomaban con facilidad.

Temía que se produjeran contratiempos por su excesiva implicación y había acertado. Su estilo impetuoso y autosuficiente le había conducido por una vía de identificación con los planteamientos de Quiroga. El periodista imaginario había terminado intoxicando las ideas del agente real hasta convertirlo en un defensor de la solución negociada al conflicto con ETA.

Espadas pensaba que había atravesado la línea roja de afinidad con el objetivo al que debía espiar y eso le hacía vulnerable. En varias ocasiones le había alertado de los riesgos de vivir rodeado por el enemigo y padecer, sin darse cuenta, el síndrome de Estocolmo.

Había recibido una llamada críptica de su agente esa mañana. Como en los últimos meses, Beto prolongaba su jornada de trabajo hasta tarde, habían establecido un nuevo lugar de encuentro más cómodo y discreto en el aparcamiento, carente de vigilancia nocturna, donde el infiltrado dejaba su coche a dormir. Una simple copia de la llave de acceso facilitó la libre entrada al comandante.

Pasada la una de la madrugada, en un hueco para motos desocupado, en medio de una oscuridad total, vestido excepcionalmente con jersey y una gabardina clara, con las solapas subidas, a Espadas solo le faltaba un sombrero para protagonizar una película de espías en la Guerra Fría. Le deslumbraron las luces del coche de Beto al dirigirse a su plaza. Salió de su escondite y se sentó junto a él, le notó lleno de estrés positivo, mostraba esa cara amable que le hacía agradable a cualquier persona. Se le notaba feliz, las noticias que traía debían ser positivas. Muchas veces, se percataba de cómo se descomprimía al verle y expulsaba poco a poco la tensión por los momentos pasados.

Metidos dentro del utilitario discreto de Beto, con el periodista con las manos agarrando el volante, Espadas le repitió la manida frase de si había novedades. Las palabras brotaron de su agente, estaba entusiasmado: el nuevo ministro del Interior podría aceptar en el futuro conversar con Marcos, no era cierto que el PP hubiera cercenado esa vía. En la maraña de intereses para acabar con el terrorismo y colgarse la medalla de haber sembrado la paz, muchos intentaban situarse en el nuevo proceso que se avecinaba. Pero, y esto se lo contó Beto con cierta altivez, Mayor Oreja terminaría aceptando a Marcos como intermediario con ETA y HB, podía tardar, pero ya vería cómo llegaba el momento.

—Desde el PP trasladan una obsesión por la discreción, nadie debe enterarse de los pasos que están dando.

—¿Quieres preguntarme algo? —Espadas le escuchaba sin interrumpirle, presentía que algo le preocupaba.

—Alguien va a intentar boicotear las negociaciones. Quizás algunos de los partidos vascos o nacionales, aunque públicamente manifiesten su apoyo a un proceso.

Hizo una pausa en la que Espadas no tuvo ninguna intención de intervenir.

—O que el propio Gobierno decida que nosotros lo obstaculicemos.

Beto no podía o no quería verlo, pero intuía que algo podía pasar, algo ajeno a él, incluso a Espadas: el director del juego podría decidir en cualquier momento saltarse las reglas, dar un manotazo sobre el tablero y acabar la partida.

—Entiendo tus dudas como miembro del Centro de Investigación de Conflictos, pero ahora estás reunido con el oficial de caso de un agente del servicio de inteligencia. Como tal, te repito una vez más: nuestro deber es informar a nuestros mandos de las intenciones del ministro del Interior, del mediador, de ETA o de cualquier otro. Ellos, sumando otras fuentes, informarán al Gobierno y haremos lo que ordene.

—Aznar ha dejado manos libres a Mayor Oreja para —al fin lo soltó— elegir en cada momento a los interlocutores que considere oportunos.

Espadas se aprovechaba de la necesidad de estar atento ante cualquier movimiento en el garaje para no mirarle y que Beto desconociera su reacción a la noticia sobre el Gobierno que le acababa de facilitar y él desconocía.

—Necesito cuanto antes los datos que hayas podido recabar de Quiroga y conocer el contenido de sus reuniones futuras.

Beto sacó del bolsillo interior de la chaqueta un folio doblado en cuatro con algunas anotaciones, se lo pasó y le explicó los detalles de lo que habían hablado esa mañana.

Terminado el encuentro, Espadas decidió irse a la empresa y retrasar su llegada a casa. Había cenado con su mujer y sus dos hijos, y había visto un rato de televisión. Sobre la medianoche salió, pero antes fue a darle un beso en la frente a su mujer, que llevaba un rato metida en la cama, sin mencionarle la hora a la que regresaría ni, por supuesto, el motivo de su desaparición nocturna. Al principio de su ingreso en el servicio, ella se quedaba enfurruñada; con el paso del tiempo dejó de interesarse por su trabajo y ni siquiera sentía curiosidad cuando regresaba a casa apestando a alcohol u oliendo a leña de otro hogar, como cantaban sus admirados Mocedades. No creía que su matrimonio fuera eterno, quizás ella esperaría a que los niños cumplieran la mayoría de edad y después regresaría a su Zaragoza natal, donde se conocieron en su época de cadete.

El comandante prefería escribir sobre el encuentro cuando todavía tenía la conversación caliente, hacía tiempo que dormía fatal y la noche se había convertido en su hábitat preferido. Sus jefes en Madrid la recibirían cuando llegaran a trabajar en unas horas.

Su infiltrado volvía a posicionarse en un lugar destacado desde el que informar sobre lo que sucedería en esos primeros escarceos impulsados por el Gobierno del PP con la ayuda de los nacionalistas del PNV. Redactó el informe y en el cierre valoró el gran esfuerzo y potencial de su hombre, de quien destacó sus muchos éxitos en los cuatro años que llevaba metido en el mundo cercano a ETA, que contaba con todo tipo de fuentes, que mantenía encandilado a Quiroga y a muchos otros, y que ocupaba un lugar de privilegio de cara al proceso que se avecinaba. Solo apuntó en su debe, como de pasada, al igual que había hecho en otras ocasiones, que a veces mezclaba inoportunamente sus querencias como periodista con sus obligaciones como agente. No le dio excesiva importancia porque, hasta ese momento, no había generado problemas y también porque el infiltrado era su creación, un capital del que esperaba cobrar réditos durante mucho tiempo. Como oficial de caso, todos sus éxitos eran compartidos. Si alguna vez había una medalla para Beto Romero, a él le impondrían otra.

En los próximos meses el trabajo no debía torcerse, el infiltrado tenía que seguir estrictamente sus pautas. En el servicio no eran muy partidarios de las negociaciones y quizás debería llevar a cabo actuaciones que serían poco de su agrado. Tendría que estar atento para que Beto se limitara a cumplir sus instrucciones y no se cargara las pretensiones del Gobierno: su cometido consistía en jugar el juego que le ordenaran.

15

Los doce meses anteriores habían sido especialmente intensos para Marcos Quiroga y Beto García. El tándem, cada vez más compenetrado, había afrontado el gran reto, definitivo para ellos, de poner en marcha una iniciativa en la que el Centro de Investigación de Conflictos hiciera el papel de mediador para la celebración de una mesa alrededor de la cual el Gobierno conservador hablara con ETA y su brazo político.

Las conversaciones preparatorias no fueron un camino de rosas: había que escoger el momento adecuado, dar los primeros pasos con precaución y evitar vetos. Para limar asperezas y engrasar el proceso, el centro aprovechó sus buenas relaciones con el Gobierno vasco, los nacionalistas conservadores y diversos grupos de otras tendencias afines a la iniciativa. Todo era válido para conseguir el fin de sentarles a hablar. Los llevó más tiempo del inicialmente previsto, especialmente conseguir que entrara en el juego el ministro Mayor Oreja, pero finalmente atisbaron una posibilidad real a finales del primer trimestre de 1997.

Para preparar informes y encuentros, Marcos y Beto compartían su horario de trabajo en la sede del centro y prolongaban jornada en la casa del mediador. Si el periodista no participaba en una reunión, daba igual, al salir su socio le contaba minuciosamente cada aspecto de lo tratado.

Emma se topaba con Beto por los pasillos de su casa, le oía a distancia charlar con su marido y, ya sin preguntar, le colocaba un plato en la mesa para comidas y cenas. Los veía entusiasmados, acelerados y felices, sabía que intentaban forzar una mesa de negociación, desconocía cualquier detalle y no preguntaba.

El comandante Espadas, al contrario, estaba puntualmente informado. Transmitía a sus mandos de Antiterrorismo la marcha del proceso en un carrusel informativo cuyo contenido era desconocido para quien no fuera Quiroga o tuviera un infiltrado en el meollo de los pactos. Mayor Oreja no sabía qué hacía el servicio secreto para disponer de información tan buena y tan anticipada, no imaginaba la presencia de Beto. El servicio nunca se lo contó, jamás habrían puesto en peligro su tapadera porque la banda terrorista, de enterarse, no habría dudado en descerrajarle un tiro.

Beto era el único que sabía lo que se le pasaba a Marcos por la cabeza y cuáles iban a ser sus siguientes movimientos en la partida. El mediador no confiaba en nadie tanto como en él, su opinión era determinante, valoraba sobremanera su visión ante cada contratiempo. Marcos era la cara visible del centro, pero no hacía nada sin consultárselo a él.

En esas estaban cuando Espadas avisó a Beto de que se iba un par de días a Madrid, le había convocado Gacha, el jefe de Contraterrorismo. Lo normal no era desplazarse a la sede central cuando los temas se podían resolver por escrito o vía telefónica. El comandante detectó cierta urgencia y sospechó algo grave.

El complejo de edificios del servicio secreto, en la llamada Cuesta de las Perdices, tiene una entrada principal por la carretera A6 que casi nunca se abre y otra por detrás, por la calle paralela, que fue la que utilizó él. Le acompañaron a una sala de reuniones en el edificio central en la que le esperaban no solo Gacha, también el responsable de la División de Inteligencia Interior, Remírez, y el subdirector Camacho, la mano derecha del director Javier Calderón. La corazonada había resultado acertada, tantos cerebros grises reunidos significaba preocupación. Tras estrecharse las manos, comenzaron sin preámbulos. El responsable directo de los temas de ETA fue al grano.

—Desde hace unos meses, tenemos una información que ahora puede repercutir negativamente en nuestro trabajo y ante la que tenemos que adoptar una postura rápida.

Todos menos Espadas conocían el tema, estaba claro que la expectación que había intentado generar era exclusivamente para conseguir su atención y mostrarle la inquietud de la Casa. Gacha era teniente coronel, solo un par de años mayor que él, y siempre que estaban juntos y notaba su mirada por encima del hombro, como en esa ocasión, le entraban ganas de recordarles que no solo era el más bajo de su promoción, también de todas las que estaban próximas.

—La tapadera de García está en peligro —anunció utilizando el apellido operativo de Beto, porque excepto él, ninguno de los demás conocía el verdadero.

—¿Iberia Press? —afirmó Espadas con entonación de pregunta, aunque sabía sobradamente que ese era el nombre de la agencia de noticias—. ¿Van a delatarle?

—Nadie sabe hasta el momento que tenemos un infiltrado en el Centro de Investigación de Conflictos.

—Pero podrían descubrirlo en las próximas semanas o meses —añadió con gravedad el subdirector.

—¿Qué es lo que pasa?

Gacha le explicó que se iba a publicar un libro en el que se destapaba el caso de otro agente que había usado la misma empresa tapadera.

—El asunto es muy grave, si en el País Vasco lo leen, García puede correr peligro.

—¿Qué libro es? —preguntó el comandante Espadas.

—*KA: licencia para matar.*

—No he oído hablar de él.

—No ha llegado a las librerías, lo hará en abril. Lo ha escrito Fernando Rueda.

—¿El periodista que escribió *La Casa*?

—El mismo, lleva años tocándonos las pelotas —soltó molesto el subdirector.

—¿Qué dice sobre Iberia Press?

—Cuenta que es una empresa del servicio que dio cobertura hace unos años a un agente que tuvimos destinado en El Salvador.

—¿Podemos hacer que lo suprima sin descubrir el motivo?

—Complicado, nos hemos enterado gracias a que lo extrajimos de su ordenador.

Haber obtenido la copia durante la anterior Nochevieja en casa del escritor les daba la ventaja de poder tomar decisiones antes de la publicación, pero por nada del mundo podían revelar al autor o a la editorial que conocían el contenido. Rueda y el editor, Sergio de Otto, solo les podrían meter en problemas si sospechaban que habían tenido acceso al original sin su autorización. Presionar directamente a Planeta, a cuyo grupo pertenecía la editorial, no funcionaría, se habían enterado de un antecedente que lo invalidaba: tras la publicación de *La Casa*, los abogados habían recomendado que no se publicara el manuscrito porque contenía 1216 delitos contra la Ley de Secretos Oficiales, y, con solo tres cambios, decidieron sacarlo adelante valorando la importancia de defender la libertad de expresión. Para colmo, Rueda estaba enfrentado a Calderón, que había intentado sin éxito frenar algunas de sus informaciones en el semanario *Tiempo*, puenteándole con su director, Pedro Páramo. La maniobra fue un fracaso: no consiguió acercarle a las posturas oficiales del servicio secreto y tampoco alejarle de un grupo de exagentes expulsados empeñados en recordarle al director su preocupante papel en el intento de golpe de Estado del 23-F.

El libro llegaría a las estanterías de las librerías de toda España, incluidas las del País Vasco, en un par de semanas. Cualquiera podría acercarse a una, comprarlo porque le gustaban los temas de espionaje y encontrarse con la vinculación de la agencia de noticias de Beto y el servicio. Esa era la realidad y sobre ella el subdirector Camacho les pidió que plantearan opciones.

—Ahora —dijo Espadas— estamos en un momento de la infiltración especialmente delicado e interesante. Quiroga, con la ayuda de García, está armando una vía de mediación del Gobierno con ETA y HB, que cuenta con la bendición indirecta del Gobierno vasco. En los próximos tres meses va a suceder todo y si le sacamos nos quedamos sordos.

—Si le dejamos —intervino Remírez, el jefe de la división— y le descubren, hay dos posibilidades: ETA acaba con él o la prensa vasca se entera y se monta la marimorena. Nos hundiría porque el director no quiere ni el mínimo escándalo en los medios, como le ha pedido el presidente Aznar.

—Evitar un alboroto es prioritario —recalcó Camacho—. Lo que tenemos que valorar es si podemos seguir adelante o si hay que prepararse para extraer a García.

—¿Qué posibilidades hay de que lea el libro alguna de las personas que están relacionadas con él o le conozcan un poco y estén en ese ambiente? —preguntó Remírez.

—Al principio de la infiltración —contestó Espadas— dio notoriedad a su trabajo en Iberia Press, pero con el paso del tiempo lo fue orillando para dedicarse más intensamente al centro de mediación. Todo el mundo le ve como el hombre de confianza de Quiroga, quizás ni sepan que es periodista y seguro que no han oído hablar de Iberia Press, los sonará a compañía aérea.

—Tenemos que contemplar la posibilidad de que gente de los ambientes en los que se mueve García lean el libro —pidió Gacha matizando las palabras de Espadas.

—En el libro hay dos menciones a la agencia —explicó Remírez— y queda clara la vinculación. En una de ellas cuenta que es una tapadera nuestra que utilizan muchos agentes.

El subdirector, un hombre seco y duro como el director que le había nombrado, les planteó que la decisión que tomaran no tenía por qué aplicarse de inmediato; no era fácil que la relación de Iberia Press con el servicio fuera difundida en los medios de comunicación que comentaran el libro.

—¿Quiroga es un posible comprador?

—No encaja entre sus lecturas —respondió Espadas.

—¿Y si alguien le va con el cuento?

—Tiene fe ciega en García, le preguntaría y aceptaría sin problemas una buena explicación desligándose del servicio. Nos es favorable su plena dedicación actual al centro y el olvido general de su trabajo como periodista. —Paró un momento antes de dar un giro al tema—. ¿Cómo va a reaccionar el servicio cuando se publique el libro?

—No haremos comentarios, no entraremos en su juego, ya querría Rueda, no le ayudaremos a vender ejemplares —indicó Camacho—. Cuenta historias sobre la unidad operativa y esperemos que en la campaña de promoción no dé mucho realce a la de nuestro hombre en El Salvador. Y si se lo da, que no mencione a Iberia Press. Para contrarrestar el efecto que pueda tener, estamos respaldando a Pilar Urbano en un libro que esperamos esté a nuestro favor, aunque tardará unos meses en salir.

Remírez apostó por continuar con la infiltración, no veía un riesgo inmediato y en los siguientes meses la información que podía obtener García era puro oro. La posibilidad de un peligro físico para él era remota y con su demostrada soltura podría hacer frente a las dudas de alguien que hubiera leído el libro.

—Espadas, es muy importante —dijo Camacho— que informes lo antes posible a nuestro hombre. Debe mantener la tranquilidad, pero, como aconseja Remírez, debe preparar los argumentos para justificar su trabajo estrictamente periodístico en la agencia de noticias.

Gacha tomó la palabra cuando el resto daba por concluida la reunión.

—Tengo una duda sobre García, la he comentado en ocasiones con Espadas y también con Remírez. Hoy podríamos compartirla con el subdirector.

—¿De qué se trata, Gacha? —le animó Camacho dejando de recoger la carpeta que tenía sobre la mesa y pasando por alto la cara de disgusto de Espadas.

—García es un buen agente HUMINT…

—Un gran agente HUMINT —realzó Espadas.

—Está llevando a cabo un trabajo impecable —aceptó Gacha sin esfuerzo.

—Lleva cinco años infiltrado en el mundo vasco, ha abierto fuentes en todos los sectores políticos nacionalistas y en los cercanos a ETA… La calidad y cantidad de su información es impresionante.

—Gracias por recordarnos lo que ya sabemos —le cortó Camacho—. Vamos Gacha, ¿qué es lo que pasa?

El jefe de Contraterrorismo esbozó una sonrisa dirigida a Espadas y siguió hablando, destinando sus palabras al subdirector.

—Tiene un vínculo afectivo con Quiroga, ha establecido una relación de lealtad con él. Después de tantos años, cree que para acabar con ETA hay que conceder a los terroristas una parte de sus pretensiones.

—Su trabajo como infiltrado consiste en ayudar al mediador a conseguir que ETA y HB se sienten a negociar con el Gobierno —dijo Espadas al quite.

—Vamos hombre —le recriminó Gacha—, lo hemos hablado unas cuantas veces y, con matices, piensas igual que yo.

—Quizás tanta lectura y cursos sobre procesos de paz, e infinitas conversaciones con Quiroga, le han llevado a creer que la labor de mediación es buena, pero hasta ahora nada ha nublado su parecer.

—Podría nublarlo. Puede simular lo que haga falta para conseguir sus objetivos, pero sus informes cada vez están más teñidos de simpatías por la labor de Quiroga. Si se me permite —dirigió su mirada a Espadas—, preocupante simpatía.

Espadas reflexionó sobre lo que su jefe directo estaba tratando de decir y optó por el combate abierto y directo.

—No le conoces. —Procedió a defender a García como si los ataques fueran contra él, porque sabía que Gacha no soportaba que él fuera el oficial de caso de un infiltrado victorioso—. Si en cualquier momento yo viera que se olvida de su misión, que es trabajar para el servicio, solicitaría su inmediata extracción. Eso no ha sucedido.

—Podría ocurrir… —volvió al ataque Gacha, que se frenó ante la señal procedente de Camacho.

—Tomo nota. Daremos prioridad al seguimiento de la promoción del libro y a reaccionar si en cualquier momento aparece un atisbo de riesgo para García. Si tenemos suerte, el tema se diluirá y todo seguirá igual. Esperemos que en ese tiempo nuestro infiltrado no pierda el norte y nos obligue a extraerle del País Vasco.

16

Las siguientes semanas fueron de mucha tensión en el Centro de Investigación de Conflictos. Los esfuerzos estuvieron centrados en conseguir que el ministro del Interior aceptara una reunión con Marcos para presentarle su propuesta y poner en marcha un encuentro con HB y ETA.

En medio de esa pelea, para desgracia de Beto, ocurrió lo peor que le podía pasar: nada más aparecer el libro *KA: licencia para matar*, el *Periódico de Cataluña* publicó el 13 de abril una noticia con la información que el servicio secreto quería tapar: «Agentes del servicio secreto apoyaron crímenes en El Salvador». Para mayor fatalidad, en el contenido hablaba del agente Vicente L. P. y destacaba que «se hacía pasar por periodista de las pequeñas agencias Iberia Press y Ediciones Iberoamericanas, utilizadas por el servicio secreto como tapaderas».

La presentación oficial del libro, en uno de los mejores hoteles de Madrid, se celebró cuatro días después y el asunto salvadoreño apenas obtuvo difusión, excepto unas líneas escondidas en alguna noticia en las que aparecía una discreta filtración de la Casa sobre Vicente L. P., intentando dar por zanjado el asunto: había sido expulsado del servicio cinco meses antes. A los mandos del servicio les molestó el 10 de mayo la entrada del libro en las listas de los más vendidos. Lo más importante era que los medios no prestaran más atención a que el agente enviado en los años ochenta a El Salvador trabajara para Iberia Press.

Beto había preparado una argumentación para justificar su relación con la agencia de noticias. Le preocupó que después de tantos años creándose una imagen favorable en el mundo político vasco, a punto de recolectar información muy valiosa, pudiera verse obligado a dejarlo todo. Si la publicación sobre Iberia Press llegaba a más, había pensado en tomar la iniciativa e intentar convencer a personas de HB, con relaciones directas en la cúpula de ETA, de que desconocía la identidad de los dueños y que hubieran prestado cobertura a un agente del servicio secreto, sin duda por hacer un favor a alguien. No le había llegado ningún comentario preocupante, pero estaba con la antena puesta para reaccionar en cuanto viera una posibilidad real de que su tapadera se pudiera ir al garete.

El 14 de mayo se celebró la tan ansiada primera reunión en la sede del Ministerio del Interior, en el paseo de la Castellana de Madrid. Por iniciativa de Marcos, habiendo pactado previamente el silencio por ambas partes, estuvo explicándole al ministro las gestiones realizadas hasta la fecha y las que pensaba llevar a cabo si aceptaba que él jugara el papel de crear un clima conveniente para que las dos partes se reunieran. El mediador le especificó que no actuaba como correveidile de nadie y que había mantenido encuentros con el MLNV, pero también con representantes de otros colectivos que nada tenían que ver con ellos.

Los dos barbudos, los dos con chaqueta, los dos encorbatados, los dos precavidos e intentando mostrarle al otro su sinceridad, intentaron esclarecer sus posturas. Marcos entendió con esperanza que el Gobierno no se oponía a dialogar, aunque antes los terroristas deberían dar algunos pasos significativos. El ministro le mostró su deseo de que el mundo político cercano a ETA asumiera un proyecto de pacificación y de profundización en la democracia y en la defensa de las libertades. Fue cristalino, sabiendo que su mensaje le llegaría a la cúpula de la organización, cuando le expresó que si seguían matando estaban dispuestos a ponerles la situación extremadamente complicada, lo iban a pasar fatal y tendrían un descenso peldaño a peldaño hasta un descalabro.

Marcos abandonó satisfecho la sede del Ministerio, había entendido con claridad: lo imprescindible para resolver enfrentamientos era hablar y eso es lo que los dos habían hecho. Se lo contó esperanzado a Beto, que compartió su entusiasmo y no tardó en informar detalladamente a Espadas, al que adelantó la intención del mediador de utilizar el contenido de esa reunión en Madrid para agitar al polo opuesto, el de ETA.

El ordenador del mediador, su herramienta de trabajo vital que lo acompañaba a todas partes, era su archivo para guardar lo hablado en las reuniones, su forma de recordar al detalle el pensamiento de cada uno de sus muchos interlocutores. Ahí escribió una carta a la dirección de ETA con la certeza de que iba a llegarles y no tardó en mandarle otra al ministro comunicándole el contenido. Revisó las dos con Beto antes de enviarlas. Estaban plasmadas las ideas para una salida a la violencia, esas que había explicado en muchas entrevistas en medios de comunicación: «La lucha armada es contraproductiva e incapaz de lograr el apoyo social necesario para que se abra paso el proyecto político de autodeterminación». Les pidió que declararan una tregua, paso imprescindible para abrir una negociación, acompañada de una voluntad decidida de abandonar el uso de las armas, lo que debería llevar al Gobierno a aceptar un diálogo y permitir la celebración de un congreso en el que participaran ETA y HB para redefinir el liderazgo del Movimiento de Liberación Nacional Vasco.

Esta misiva abrió la compuerta para que el ministro y Marcos almorzaran en la sede de su departamento para afrontar abiertamente las condiciones previas a la reunión. Hablar, hablar y hablar, gracias a las palabras se puede llegar a acuerdos, sin ellas es imposible, como defendía el argumentario de cualquier proceso de mediación.

¡Lo que habría dado Beto por haber asistido a aquella reunión! Era la culminación de un trabajo intenso en el Centro de Investigación de Conflictos y de mucho aguante en la infiltración. Conseguir el papel de mediadores iba a ser complicado, pero si alguien lo podía lograr era Marcos. Al mismo tiempo, era consciente de su impecable trabajo para el servicio; pocos, muy pocos, habrían conseguido estar cinco años adosados a un centro como aquel, en medio del mundo *abertzale*, cercano a ETA, y del nacionalista. Y había conseguido lo que nadie había podido imaginar: un agente del servicio secreto, mano derecha del futuro mediador, daba una clara ventaja al bando del Gobierno durante la futura negociación.

En la madrugada del sábado 5 de julio, Gacha, el jefe de Contraterrorismo, despertó a Espadas cuando estaba profundamente dormido.

—No te va a gustar nada lo que tengo que decirte.

—Dispara de una vez.

—En unas horas llegará al quiosco una nueva mención al tema de Iberia Press, esta vez sí con todas las trazas de convertirse en un escándalo y hacernos mucho daño.

Esperó una respuesta de Espadas, le imaginó despertándose y asimilando la desagradable noticia.

—El diario canario *La Provincia* va a abrir su portada con Vicente L. P., designado recientemente director general de Telecomunicaciones del Gobierno autonómico, al que recriminan su pasado como agente del servicio. La información, basada en el libro que nos trae a mal traer, explica que en El Salvador se había hecho pasar por periodista, al igual que ahora Beto, bajo el paraguas de una agencia de noticias al servicio de la Casa, también como Beto.

—Espera un momento, si el tema queda ahí, quizás no sea tan malo.

—No he terminado, Espadas. Mañana no mencionan, por suerte, a Iberia Press, pero no tardarán en hacerlo. El medio ha marcado la pieza y no parará de disparar hasta que la cace.

—Dímelo todo, Gacha.

—Temas de Hoy les ha cedido el derecho para reproducir el capítulo del libro y los medios del resto del país, te lo aseguró, van a seguir su estela.

Las conversaciones entre los dos se repitieron cada día hasta que el 11 de julio el antiguo espía se vio obligado a presentar su dimisión al presidente canario. Durante esa semana, el nombre de Iberia Press había aparecido en los más importantes diarios de todo el país.

Beto recibió finalmente la orden de cerrar la infiltración, su situación había dejado de ser segura, antes o después iban a sospechar sobre él. Lo de menos era que alguno de sus contactos se le enfrentara o le delatara, el gran peligro era que alguien fuera con el cuento a ETA y estos decidieran apuntarse el gran tanto de matar a un agente del servicio secreto.

No le urgieron a desaparecer de inmediato, pero sí lo antes posible. Debía cumplir la doctrina establecida en la Casa para estas situaciones y evitar que nadie se mosqueara demasiado por su desaparición. Mientras, podía seguir trabajando y obteniendo toda la información que pudiera. Beto les solicitó un poco más de tiempo, estaba en marcha el establecimiento de la mesa para la paz y en unos días Marcos se reuniría con el ministro del Interior. Además, quería intentar hablar con alguien del mundo de HB y jugar la baza de su sorpresa al enterarse de que su agencia de noticias había colaborado con los espías.

En la mañana del 29 de julio, Marcos y Beto terminaron de preparar la reunión siguiendo la recomendación que para sí mismo se hizo el primer ministro británico Winston Churchill: «Llevo toda la noche preparando la improvisación de mañana». La comida sirvió para que el ministro le explicara su postura para aceptar una reunión con ETA y HB.

Marcos salió satisfecho, regreso a San Sebastián y se fue directamente a su casa, a donde acudió Beto para escuchar sus primeras impresiones. Sentado en su despacho, con el ordenador abierto en un documento en el que había comenzado a plasmar el contenido de la reunión, le ofreció un adelanto con lo más llamativo:

—¡No te lo vas a creer! En los postres, ya en el café, el ministro me ha contado algo asombroso. Dice que la primera Transición la hicieron los partidos moderados, PNV y PSOE, y la segunda la deberían hacer lo que él llamó los partidos extremos, HB-ETA y el PP. Y que al final del proceso debería haber un encuentro en el que se dieran la mano Antxon por parte de ETA y Fraga porque representa a Franco.

Beto se quedó sorprendido y preocupado, pero se contuvo y no lo expresó. Con el pretexto de dejarle redactar tranquilamente el documento, pasado un rato, se escaqueó y mandó un mensaje a su jefe con la metedura de pata del ministro.

Al día siguiente, a primera hora de la mañana, el periodista volvió al domicilio del mediador. Le esperaba en su despacho. Se aposentó en la silla junto a su jefe y centró su atención en la pantalla del ordenador, donde estaba el documento con el contenido de la reunión. Estaba escrito sin comillas, no había habido grabaciones ni anotaciones, y reproducía las palabras del ministro sin la pretensión de ser textual. Marcos le iba a enviar una copia para que ratificara el espíritu de sus palabras y, de esa forma, él pudiera utilizarlas en los siguientes pasos de la negociación.

Beto leyó frases como que el Gobierno estaba dispuesto a impulsar un plan de pacificación siempre que previamente ETA declarara una tregua indefinida, que tenía que partir de la convicción auténtica de que la paz era buena, y abrir y encabezar un proyecto de pacificación que todo el mundo entendiera, pero que ante todo tenían que entender y apoyar ellos mismos. También escribió que no existía la posibilidad de avanzar ni un solo paso mientras la organización terrorista continuara practicando la lucha armada. Pero, en el supuesto de que el ruido de las armas hubiera callado, su partido alentaría ese proyecto de paz y no habría ni vencedores ni vencidos.

Estuvieron trabajando el resto de la mañana debatiendo el contenido de la reunión del día anterior y Beto alegó un compromiso para irse a comer. Desde el coche, llamó a Espadas y le resumió el contenido del largo documento escrito por Marcos, esa noche le haría un informe más detallado. El comandante le respondió que necesitaba una copia del texto escrito por Quiroga y también de los anteriores.

—Nuestros mandos me han pedido un duplicado de la memoria del ordenador. La quieren para ayer.

El periodista ya le había robado información antes, pero en esta ocasión Espadas no le ofrecía la oportunidad de aguardar la mejor oportunidad y la más segura para violar su ordenador, la urgencia era una prioridad, había que asumir riesgos. Disponía de la clave desde hacía años, no le había costado nada conseguirla. Marcos no tenía ningún inconveniente en escribir letras, números y signos delante de él, era de su total confianza. Pero en los últimos meses había convertido el ordenador en una prolongación de su cuerpo, era como su tercera mano, no se separaba de él para nada. No entendía la repentina urgencia de Espadas, pero estaba tranquilo: tenía tanto crédito con el mediador que, si llegara a pillarle haciendo lo que no debía, se creería cualquier excusa que le diera. Al menos, eso esperaba.

Beto imaginó que la premura con que le pedían que asaltara el ordenador de Quiroga tenía relación con el hecho de que los mandos en Madrid querían sacarle del País Vasco y clausurar la infiltración. Quizás se equivocaba, pero intuía que estaban nerviosos por la información sobre Iberia Press. Para ellos era una prioridad evitar un escándalo público.

17

Al día siguiente, Beto entró en la sede del Centro de Investigación de Conflictos y se dirigió directamente a uno de los despachos, el de un doctor en Ciencias Políticas boliviano que estaba preparando un trabajo sobre mediación financiado por el Gobierno vasco. Se sentó en una silla vacía.

—Estoy agotado —dijo—, seguro que puedes hacerme uno de esos cafés tan ricos que has traído de tu país.

—Por supuesto, amigo, ¿has tenido una noche bullanguera? —respondió levantándose para servirle una taza de la cafetera que hacía todas las mañanas en cuanto llegaba al trabajo.

—Bastante bullanguera.

—¿Potente la piba?

—Tremenda.

—Aquí tienes tu café —dijo mientras se lo colocaba en una mesita supletoria—. Usted, doctor, ¿quiere otro?

Beto levantó la cabeza y vio detrás de él a Marcos mirándole divertido.

—Hola, jefe, acabo de llegar. No quería ni saludarte antes de tomarme una buena dosis de cafeína.

—Podías haberte quedado un rato más en la cama.

—Estaba solo, la piba que dice este se fue tarde, la acompañé a su casa…

—Tú siempre tan caballero —le interrumpió el colombiano.

—Como sabía que no iba a poder conciliar el sueño —siguió hablando tras subir los hombros en un gesto que decía «si soy así, ¿qué le voy a hacer?»—, me fui a tomar una copa. Total, me acosté a las seis y a las siete no había podido dormirme.

—Tengo un día ajetreado y me vendría bien que me echaras una mano con el correo oficial —le pidió Marcos.

—Cuenta con ello, mejor contestar desde tu portátil, así hacemos el intercambio de personalidad perfecto —respondió con su agilidad habitual, sin dejar pasar la ocasión que se le había presentado caída del cielo.

Se dirigieron al despacho del director del centro.

—Tengo que irme al parlamento, no sé el tiempo que me llevará. Esta tarde he quedado con Elkoro y Díez Usabiaga para comentarles lo del ministro. Quédate aquí, mi ordenador está encendido. Pon al día los temas y si me llama alguien atiéndele.

—¿Dónde te vas a ver con los batasunos? —Beto era la única persona que lo preguntaba todo y siempre obtenía respuestas.

—En el bar de una gasolinera. Como me aconsejaste, lo mejor es llevar la discreción hasta el extremo.

Beto se sentó en la silla de su jefe, sacó de uno de los bolsillos exteriores de la chaqueta un *pendrive*, lo metió en el puerto USB del ordenador y dio la orden para ejecutar una copia de todo lo almacenado. Después buscó el *mail* y empezó a leer correos y a contestar a algunos de ellos, los menos personales. A su jefe le había costado entender la propuesta de hacerse pasar por él, pero en cuanto pasaron unas semanas, el tiempo de trabajo que se ahorraba en burocracia le vino genial.

Marcos tuvo mucha actividad ese día, la atendió disciplinadamente, pero sus pensamientos estuvieron centrados en la reunión de la tarde. Su objetivo era buscar una reacción en la izquierda *abertzale* al acercamiento del ministro del Interior. La transcripción que hizo de las palabras de Mayor Oreja confirmó que se abría una puerta al diálogo; no era fácil, pero por pequeña que fuera la rendija, era un primer paso positivo. Tenía presentes las palabras de Beto valorando la situación.

—El ministro se ha movido, con condiciones lógicas para un primer acercamiento, pero colocando el listón alto porque la derecha también tiene detrás mucha gente que no quiere negociar con terroristas.

Marcos entendía que la iniciativa exigía voluntad por ambas partes. Por eso iba a reunirse con Elkoro y Díez Usabiaga, los dos políticos que habían contado con la anuencia de la dirección de ETA en las conversaciones anteriores de Argel.

Empezaba a ser habitual en la vida de Marcos pasar por situaciones extrañas como mantener una importante reunión en la zona comercial de una gasolinera, aunque sabía que, para el dirigente de HB y el del sindicato LAB, esos encuentros furtivos formaban parte de su día a día desde siempre.

Marcos entró con su habitual aspecto desaliñado y una cartera desgastada que contenía su ordenador portátil. El político y el sindicalista le esperaban en un rincón, en el lugar más apartado y menos expuesto a las miradas ajenas. Nadie parecía prestarles atención, aunque sus rostros eran habituales en los medios de comunicación. Su presencia en el bar en el que entraba y salía mucha gente acelerada no ofrecía pistas de que se dispusieran a celebrar una reunión política que podía contribuir a un cambio drástico en la vida de los vascos. El mediador se dirigió a los dos hombres.

—He mantenido una reunión con el ministro del Interior, le he ido a visitar por mi cuenta y riesgo.

Los *abertzales* desconocían la noticia, pero sabían que Quiroga llevaba tiempo maniobrando para conseguir sentar a hablar a ambas partes.

—He ido con la intención de generar una dinámica que pueda abrir la posibilidad de establecer contactos. Sé que vosotros estáis abiertos, al menos a escuchar. Por eso lo mejor es pasar directamente a que conozcáis la postura del ministro.

Encendió su ordenador, buscó el documento que había escrito sobre la reunión con Mayor Oreja, lo puso en la pantalla y se lo dejó leer. Había meditado la posibilidad de hacer una copia en papel, pero había preferido no ponerla en circulación, a pesar de contar con el visto bueno del ministro.

Elkoro y Díez Usabiaga leyeron el texto sin poder apuntar nada y luego le expresaron su primera reacción. Le agradecieron los esfuerzos por buscar un terreno donde una solución al conflicto fuera posible, les parecía bien y de gran interés esos contactos y mostraron preocupación por los posibles errores en los pasos que pudieran seguir y en el papel que les pudiera tocar. Le dejaron claro, para que constara, que ellos no podían actuar por su cuenta, tendrían que tomar la temperatura a los que mandaban en ETA.

Un par de horas después, Marcos avisó a Beto para que fuera a su casa. Mientras le esperaba en su cómodo rincón del despacho, empezó a plasmar las ideas principales del encuentro y las concluyó cuando su hombre de confianza llevaba un rato sentado a su vera. Lo valoraron positivamente, pero sin entusiasmo: con cada movimiento que daban, aumentaba el riesgo de que colapsara la torre de babel que estaban cimentando. Habían activado a la izquierda *abertzale* y todo pasaba a depender del resultado de sus contactos con ETA.

Marcos les había dejado claro la importancia del tiempo: no había que pisar el acelerador a tope, pero era imprescindible no tocar el freno. De hecho, en dos semanas repitieron la reunión. Como reflejó en el consiguiente informe escrito en su ordenador, le notificaron que, si bien habían contado con el visto bueno de ETA para impulsar las negociaciones de Argel, en esta ocasión no les habían autorizado a mantener encuentros con nadie, aunque para no cerrar la puerta aclararon que «los veían con buena disposición y voluntad de seguir estos contactos».

Cada día que pasaba, Beto estaba más entusiasmado con el papel que jugaba. Estaba enviando información, casi en tiempo real, de la puesta en marcha de un proceso que podía llevar a la paz en el País Vasco. No sentía que estuviera traicionando a su amigo, era un infiltrado cumpliendo con su trabajo y su deber, al servicio del Estado: había que acabar con los atentados de ETA y salvar muchas vidas.

Como guardia civil había luchado contra sus matones y colaboradores. Durante los últimos cinco años, también en primera línea, se había codeado con lo más granado del ámbito asesino, viviendo en la piel de un supuesto periodista empeñado en conseguir una paz justa, cuando en realidad la única justicia posible residía en que los etarras acabaran en las cárceles purgando sus delitos. Siempre había pensado que bajo ningún concepto los terroristas debían conseguir algo a cambio de firmar la paz, aunque ahora había entendido que en un conflicto era necesario ponerse en el lugar de la otra parte, mirar la vida a través de sus ojos y ceder en algunos asuntos para que la conciliación fuera algo duradero.

En el tiempo que llevaba infiltrado, nunca había conocido la utilidad que había tenido su información, no solo para el servicio, también para los Gobiernos socialista y popular. En ese crítico momento, le habría encantado conocer sus reacciones; estaba seguro de que él podría iluminarles zonas de sombras, darles buenos consejos, ya que pocos conocían como él lo que pasaba en la oscurantista política vasca.

A mediados de agosto, ETA se manifestó a través de Elkoro y Díez Usabiaga. Marcos debatió con Beto cómo actuar ante la petición de información de los políticos *abertzales* sobre hacia dónde creía que debía moverse la dinámica que había puesto en marcha: «Si se genera una química importante y favorable, podríamos facilitar un proceso. (…) La tregua no puede ser ciega sin más. Entienden que en fases tan previas no puede oficializarse nada. (…) Movimientos positivos en el terreno de los presos tendrán una importancia muy grande, casi decisiva». El mediador finalmente lo incluyó en la misiva que envió al ministro anunciándole la respuesta. Ante los nuevos acontecimientos, el infiltrado volvió a afanar información del ordenador.

La fructífera misión de Beto estaba llegando a su fin en el mejor momento, por el que había luchado tanto. Intentó borrar de su cabeza que el tiempo había pasado: no había prórroga posible, debía desaparecer del centro, de la vida de todos los amigos y conocidos que había hecho, y del País Vasco.

18

Cuando los espías hablan de la doctrina del servicio secreto, se refieren a documentos que detallan los pasos que deben seguir si se ven inmersos en una coyuntura conflictiva. Beto, a pesar de haber entrado pocos meses antes de la infiltración, conocía a la perfección la teoría sobre el proceso de desenganche, lo que debía hacer antes de desaparecer definitivamente del Centro de Investigación de Conflictos. Otra cosa es que decidiera envolverse en un manto de autonomía de la que carecía, no consultara con nadie sus siguientes movimientos y, simulando cumplir los preceptos, actuara como le viniera en gana antes de cerrar definitivamente su etapa en San Sebastián.

Haber llegado a esa desagradable situación después de cinco años de vivir una identidad que no era la suya, suponía un éxito contundente: el detonante de su salida no era que le hubieran descubierto en los ambientes en los que había estado trabajando, no era que hubiera levantado sospechas. El comandante Espadas no había podido recriminarle en ningún momento que hubiera puesto en peligro la misión con actuaciones desacertadas o que hubiera fracasado en la consecución de alguno de los objetivos encargados. La única queja de su jefe era haberse identificado más de la cuenta con el trabajo de Marcos Quiroga. Una cosa era simular afinidad y otra bien distinta compartir ideas, algo que no le correspondía decidir a él, según Espadas, y mucho menos cuando el servicio nunca había compartido esa postura.

Beto había aprendido mucho de Marcos, en ese momento disponía de una serie de certificados concedidos por el centro que le acreditaban como experto en mediación en conflictos, había asistido a cursos con los grandes especialistas mundiales en diversas ciudades y había dialogado largamente con los doctos amigos de su jefe. A eso había que sumarle las prácticas impagables en la labor de mediación entre el Gobierno y ETA que le dejarían marcado para el resto de su vida. En el futuro, quizás, podría dedicarse profesionalmente a ese apasionante trabajo, eso de ponerse en el lugar del otro e intentar escuchar las heridas que hay detrás de las palabras. Y, tajantemente, sí: había disfrutado de su larga inmersión.

Estaba muy unido a Marcos, en cinco años lo habían compartido todo. Le sería muy difícil volver a encontrar laboralmente un compañero con el que pudiera disfrutar tanto hablando y debatiendo, con un nivel intelectual tan sobresaliente y una confianza tal que te pudieras relajar: sabes que siempre va a ser sincero en todo lo que te diga.

Beto frenó su reflexión de golpe, como si fuera al volante de un coche y acabara de escuchar y sentir el atropello inconsciente de una persona. Fue la mención de la palabra «sincero». No era la adecuada. Estaba volviendo su mirada atrás, meditando sobre su vida con Marcos en los últimos años, y no debía olvidarse que se aproximó a él porque el servicio le señaló como el objetivo al que manipular para informar sobre cualquier negociación en la que participara y, a través de él, acercarse a todo tipo de fuentes en la sociedad política vasca. No, no había sido sincero con él, excepto cuando lo había dado todo para ser su perfecto asistente. Solo entendía la infiltración de una forma: debía representar el papel en el escenario con credibilidad, siguiendo las instrucciones que en cada momento le soplara el apuntador del servicio secreto, al que nadie debía intuir desde el patio de butacas. Lo hizo bien, había impresionado a todas sus fuentes involuntarias, que le habían abierto los caminos para conseguir los datos necesarios para cumplir su cometido. La conclusión, su propia conclusión, era que había engañado a Marcos, pero, al mismo tiempo, le había protegido, de ahí el malestar de Espadas.

La doctrina sobre el proceso de desenganche establecía que cuando un infiltrado concluía su misión debía abandonar las relaciones poco a poco, sin prisa, pero sin pausa, con el objetivo de que los contactos establecidos le fueran olvidando suavemente, nunca descubrieran el engaño y permanecieran ajenos a su misión secreta. El dolor por la separación a veces es difícil de superar, pero el tiempo cicatriza las heridas.

El desenganche, previo a su desaparición del escenario vasco, empezó cuando le lanzó a Marcos pequeños dardos, mostrándose preocupado y afectado por su propia vida personal. No le especificó nada, dejó volar a su imaginación. Quizás una chica, de esas que le gustaban tanto, le había afligido al corazón. Quizás el trabajo había dejado de llenarle. Quizás se había cansado de vivir en el País Vasco y necesitaba un cambio de aires.

Conversó con personas con las que había tejido vínculos irreales, como el batasuno Galdeano, compañero de juergas, intercambiador de confidencias y ayudas, un político listo que veía al periodista como un colega en el que podía confiar con los ojos cerrados y al que, llegado el caso, podía manipular para sus intereses. Lo que le contara a él terminaría llegándole a Marcos y a otros amigos comunes, así que le habló, entre cerveza y cerveza, entre coqueteos con chicas que querían coquetear, de una crisis vital; se iba de vacaciones y, a lo mejor, dependiendo de la evolución de sus pensamientos deprimentes, lo mismo no regresaba a San Sebastián y se mudaba a una ciudad, un pueblo, en el que nadie le conociera y pudiera empezar una nueva vida desde cero. Alejarse de Galdeano y de muchos otros no le rasgó el corazón.

Pensar en el futuro le producía una sensación de vacío, al fin y al cabo, durante los últimos cinco años había conocido a gente muy variada que había configurado su mundo particular. A una parte los convirtió en objetivos, a otros los utilizó para llegar a fuentes más

Beto no pudo sacarle de su obsesión de que se quedara y que, si se iba, volviera pronto. Pensó en positivo que con el paso de los meses la relación se enfriaría. Se equivocó. Marcos nunca aceptaría su desaparición, no entendía que de la noche a la mañana se marchara sin motivo, le dejara empantanado con la mediación y se olvidara de sus largas conversaciones. En los meses siguientes, no paró de preguntar por él cada vez que se encontraba con un amigo común, incluso hizo gestiones para encontrarle allí donde estuviera. Algo le había pasado, lo de problemas personales era mentira, él se habría dado cuenta.

19

El día amaneció cetrino para Marcos Quiroga. Sintió la tierra resquebrajarse bajo sus pies. El sueño por el que había luchado en los últimos años se había roto. Alguien pretendía acabar con él y lo iba a conseguir. Después de aquello, debería buscarse un nuevo reto en la vida.

El diario *El Mundo* publicaba una información con un título demoledor para el secreto con el que había levantado una valla alrededor de su tarea de mediación: «Mayor Oreja impulsaría un plan de pacificación si ETA declarase una tregua indefinida». Hablaba de la disposición del partido conservador en el Gobierno para conceder beneficios penitenciarios a los presos de ETA e, incluso, para sentarse a dialogar con HB.

Algunos podían valorar la información como positiva, pero Marcos al leerla había sufrido el efecto de un puñetazo en el estómago. Desde la primera línea hasta la última, la noticia estaba basada en los informes que él había redactado tras cada una de las reuniones confidenciales mantenidas con ambas partes para poner en marcha el proceso, documentos guardados celosamente en su ordenador. No le hizo falta comprobarlo, lo reconocía, era su estilo, palabra por palabra.

Había sido una iniciativa suya, él había dado vida a la criatura, la había alimentado, él era el único responsable de lo positivo y lo negativo. Siempre había sabido que sin una reserva total el vía crucis se truncaría. El personal del Centro de Investigación de Conflictos conocía la trascendencia de no mencionar los encuentros y, por si acaso, él los había limitado el acceso a la información para que no pudieran contar lo que no sabían. Los periodistas y la mayor parte de los políticos habían quedado al margen. A pesar de todo, algunos habían husmeado al recibir comentarios indiscretos, palabras sin sentido y meteduras de pata desafortunadas. Ellos habían desmentido todo, nada era cierto. En el futuro, justificarían el ocultamiento como la vía imprescindible para sacar adelante algo mucho más valioso: un proceso de paz. Los burlados, entonces, lo entenderían.

La noticia de *El Mundo* reventaba el proceso. Colocaba a Mayor Oreja en una postura de debilidad frente a los suyos. Después de haberse enfrentado abiertamente a ETA y a sus partidarios, después de tantos asesinatos, solo seis meses más tarde de la crueldad mostrada por los terroristas con el secuestro y asesinato a sangre fría del concejal Miguel Ángel Blanco, el descubrimiento de esos escarceos iba a generar un profundo rechazo entre los votantes de la derecha.

Los electores más radicales de la izquierda *abertzale*, la mayoría, tampoco estarían contentos. No apreciaban a Mayor Oreja, solo querría engañarles. No era alguien de confianza, no les daría nada que en el futuro justificara tantos años de lucha.

La aspiración de Marcos de ser el mediador que impulsara la paz había terminado de una manera abrupta. Antes de ese día, ya se había percatado de que las dificultades se amontonaban. Un político del PNV, Gorka Aguirre, un nacionalista conservador con un papel destacado en la política vasca, le había transmitido un aviso destructivo: «Lo que hables conmigo no se lo cuentes a Mayor Oreja porque ni nos fiamos, ni esperamos nada de él». Si no podía pasar mensajes de un lado a otro, ¿qué papel jugaba?

Desde el primer momento, cuando sintió esa punzada descorazonadora que había hecho explotar su ilusión, que le había arrancado la esperanza de conseguir su objetivo, pensó en quién sería el malnacido que lo había volado todo con él situado en el centro del impacto.

Encerrado en su despacho, sin atender el teléfono que no paraba de sonar, echó de menos a Beto, su compañero de los últimos años, al que siempre se le ocurrían nuevas travesías por las que transitar. El único amigo con el que podía reflexionar para alcanzar soluciones o iluminar los ángulos más lúgubres antes de dar los siguientes pasos. Volvió a centrar sus pensamientos en el ministro. Dos meses antes, el 14 de noviembre, había acudido por tercera vez a su despacho acompañado por dos de los más refutados expertos en mediación internacional, John Paul Lederach y Christopher Mitchell. La reunión fue bien, dos hombres a los que admiraba profundamente hablaron de su dilatada experiencia y abrieron nuevas perspectivas sobre la forma en que afrontar el problema. No era fácil, pero el proceso avanzaba. ¿Podía Mayor Oreja haberlo reventado intencionadamente? A él le había mandado varios de los documentos que aparecían reproducidos en el diario, pero no todos. Decidió llamarle, peguntarle directamente si era el responsable.

El ministro no tardó en atenderle, se mostró desconcertado por una filtración que le perjudicaba enormemente. Él nunca habría hablado con periodistas, y si no hubiera querido profundizar o no le gustara como mediador, se lo habría comunicado. Le disgustaba que otros cercenaran caminos por los que había comenzado a circular. Él no era el filtrador, debería buscar en el otro lado, entre los que querían abrir una vía para acercar presos al País Vasco. Cargándose el proceso, le advirtió, solo conseguirán que el Estado de derecho los machaque y cada vez se queden más al margen de las instituciones y de la vida política.

Marcos dirigió su mirada de decepción, de hastío, hacia Herri Batasuna y se centró en las reuniones importantes con Elkoro y Díez Usabiaga. En una de ellas, habían conversado sobre el documento más importante, el más conflictivo, aquel en el que Mayor Oreja hacía un reconocimiento de la existencia de un conflicto histórico. Rememoró la situación, por su cabeza pasaron las imágenes del encuentro, el bar de gasolinera, la total ausencia de sospechosos prestándoles atención, la pantalla del ordenador en la que colocó el texto que había escrito sobre lo hablado con el ministro. Lo leyeron, pero no se quedaron con una copia, era imposible que ellos lo filtraran. *El Mundo* disponía de una copia original de toda la correspondencia y estaba únicamente en las tripas de su portátil.

Quien, sin duda, conocía el origen de la filtración era el que lo había publicado. Decidió hablar con Pedro J. Ramírez, director del diario, quien siempre estaba dispuesto a atender las llamadas que recibía; otra cosa distinta era su predisposición a facilitar datos sobre fuentes a un implicado que se sentía perjudicado por una noticia. Marcos lo intentó, pero el periodista no traspasó la línea roja del secreto profesional.

El mediador vapuleado dedicó su esfuerzo de ese día a intentar descubrir al traidor. Recordó la obsesión que le había rondado con el espionaje. Habían llegado a normalizar que tenían intervenidos los teléfonos de la oficina, pero también los de casa. Una paranoia que a él no le afectaba y que parecía mediatizar los comportamientos de muchos políticos, especialmente de la izquierda *abertzale*. Siempre aseguraban que sus teléfonos estaban pinchados, no les debía comentar nada importante por esa vía. El propio Beto temía lo mismo y le había alertado de la existencia de topos, un día en el que Galdeano había estado más obsesivo de lo habitual con que no se podían fiar de nadie.

A Marcos se le ocurrió, en mitad de su caos interior, que quizás un enemigo indetectable desde enfrente de su casa, con unos equipos de grabación potentes, como los que había visto un día en un programa de televisión, podía haberle estado grabando mientras escribía los documentos filtrados a la prensa. Habría sido tan fácil como guardar todo lo que él hacía y, llegado el momento, entregárselo a la prensa para cargarse sus gestiones. Sí, pensó, eso podía ser.

No volvería a utilizar el teléfono con frivolidad, quizás le siguieran escuchando y le pondrían trabas para que no descubriera la intención oculta de la filtración. Había sido un irresponsable, había vivido al margen del espionaje, había creído que si no piensas en algo consigues que no exista. Había habitado en su mundo ideal, en el que las ideas y los buenos deseos triunfan a pesar de las amenazas de los malos, mucho más fuertes y con más medios.

Salió de casa con presteza y se acercó a la empresa de un experto en seguridad al que conocía. Le atendió en cuanto le vio llegar con la cara demudada, no había leído la noticia de *El Mundo*, pero varios amigos en común le habían llamado para contarle el contenido. El mediador fue al grano, no tenía tiempo de andarse con rodeos; además, era de su confianza. La respuesta inicial fue contundente, aunque luego la explicación se alargaría: no le podían haber grabado desde un edificio de enfrente mientras escribía en su ordenador, era técnicamente imposible. Ni los servicios secretos ni las fuerzas de seguridad disponían de medios técnicos capaces de ejecutar ese tipo de invasión de la intimidad.

—Si tenías la información guardada en el portátil, esos cuerpos tienen medios para sacártela. Pueden entrar en tu ordenador vía telemática por muy lejos que estén o pueden organizar un asalto en el trabajo o en tu casa cuando no estés y copiarlo todo.

Ahí fue el momento en el que Marcos se dio cuenta de que inutilizarle como mediador había sido una operación preparada con esmero y había una persona, una única persona, con la que había compartido absolutamente toda la información publicada y mucho más. No solo eso, esa persona de su absoluta confianza había tenido acceso físico de forma permanente a su portátil. Por primera vez, asomó la sombra de la sospecha sobre Beto, quien había desaparecido a finales del verano anterior sin dar prácticamente explicaciones.

Marcos no había albergado el mínimo temor a que Beto le pudiera traicionar, que trabajara o colaborara para un cuerpo policial, que le hubieran enviado para espiarle. ¿Cómo podía no haberse dado cuenta en cinco años de que había convivido con un espía? La sensación que le aprisionó, la misma que sufren las personas en el momento que descubren la traición, fue de desnudez. Un sentimiento similar a descubrir que tu pareja lleva años siéndote infiel; hay otra persona, tu gran enemigo, que lo sabe todo de ti, lo bueno, lo malo y hasta tus más ocultos pensamientos.

Pensó entonces, como hacen todos los traicionados, si podía haberse dado cuenta antes de que algo raro estaba pasando. Recordó momentos, situaciones; si hubiera estado más atento habrían encendido la alarma. Estuvo poco vigilante porque él era Marcos Quiroga y Marcos Quiroga estaba preocupado por otras cosas, no analizaba si un periodista que le entrevista y le cae bien, y le muestra un interés inusitado por la mediación, y siempre está dispuesto a aprender y ayudar, es en realidad un agente enviado por el enemigo.

Lo comentó con Emma, que meses antes había mostrado extrañeza por la desaparición sorpresiva de Beto, al que llamaba el hijo adoptivo de Marcos. A su esposa le vinieron a la cabeza algunos indicios que no atendieron, especialmente el momento en el que su amiga Uli lo conoció y, por su aspecto, no dudó de que era un policía o un guardia civil. Aunque también reconoció, para tranquilizarle, que muchos amigos de esos ambientes de izquierdas, gente del Centro de Investigación de Conflictos y de varios partidos, nunca habían mostrado la menor duda.

—Casi consigue tener una llave de casa —dijo Emma con sarcasmo, sentada en el despacho junto a él, en el sitio que normalmente ocupaba Beto—, yo no entendía por qué estaba siempre aquí, pero ni tú ni yo sospechamos, siempre le creímos. Da igual para quien trabajara, nos ha traicionado.

—Yo no lo siento así.

—¿Quieres creer que hay un motivo para su traición? ¿Que existe una explicación que justifique el robo de todo tu trabajo?

Marcos estaba en *shock* y su esposa lo sabía. No era capaz de digerir lo que había pasado, cómo su amigo, su mano derecha, su persona de confianza, podía estar a su lado y compartirlo todo durante tantos años, y luego dejarle vendido, para hundir el trabajo que habían hecho juntos, y desaparecer como si nada hubiera pasado.

—No teníamos ninguna información sobre él —dijo Emma—, no sabíamos nada de su pasado, su doble vida era bastante perfecta y consiguió que no sospecháramos nada. Nos engañó, tenemos que reconocerlo, fue más listo que nosotros, aunque te cueste verbalizarlo: es un traidor.

—Hay una razón que justifica su comportamiento —respondió Marcos templado, mientras abrazaba a su mujer para sentirse reconfortado—, algún día la descubriré. Quizás no ha sido él.

20

Dos meses y medio después, 31 de marzo

La noticia se difundió con celeridad por la sociedad vasca y española, no era para menos: la sede de Herri Batasuna en Vitoria estaba infectada de micrófonos escondidos. Marcos todavía no había digerido la publicación de la historia que lo había descartado como mediador y ahora Galdeano descubría que todo lo que había hablado desde su despacho durante los últimos años, había sido escuchado por sus enemigos. El antiguo mediador telefoneó a su amigo, pero no obtuvo respuesta. Habló con otros conocidos del mundo de HB y le informaron del desastre, se habían confirmado sus eternas sospechas.

El relato de lo sucedido comenzaba el día anterior con un trabajador cansado de la baja calidad de las comunicaciones y de los continuos ruidos insoportables que molestaban durante las conversaciones. Pidió una revisión a la compañía telefónica y esa mañana unos técnicos habían descubierto las líneas intervenidas con unos cables que iban a parar al piso de arriba. Tras presentar denuncia, un juez había emitido una orden urgente de entrada en el piso sospechoso, donde habían encontrado los equipos de grabación. Los responsables de los pinchazos habían huido con precipitación para evitar ser detenidos y se habían olvidado pruebas incriminatorias que confirmaban la evidencia: los servicios secretos eran los responsables.

El descubrimiento alteró el debate interno en los pensamientos de Marcos iniciado tras ver sus papeles secretos difundidos por un periódico. Le había dado mil vueltas a los motivos de la filtración, los interrogantes sin respuesta oscurecían las alternativas viables y, entre ellas, la más probable y que menos le gustaba: la que vinculaba la desaparición de Beto con el robo de los documentos de su ordenador. Seguía sin encontrar algún motivo para la traición, a pesar de lo cual le martilleaban las incógnitas: ¿por qué habría podido hacerlo? ¿La Policía o la Guardia Civil le habrían chantajeado con algún secreto oculto para que informara sobre sus actividades? ¿Habría actuado sin darse cuenta de las consecuencias?, y, ¿era posible que hubiera simulado ser quien no era?

En ese momento, entraba por méritos propios en la lista de candidatos a culpable, con un montón de papeletas, el servicio secreto del Gobierno, capaz de ejecutar cualquier acción para robar lo que hiciera falta y resolver el problema terrorista. Los espías habían llenado de micrófonos la sede de HB para saber lo que tramaban, una demostración que abría la posibilidad de que también hubieran colocado los mismos micrófonos intrusivos en el Centro de Investigación de Conflictos y en su propia casa.

Había cuestionado a Beto y se sentía mal, no había un motivo consistente para señalarle como un manipulador sin escrúpulos. Solo la coincidencia de su repentina desaparición y el ataque para poner fin a su papel como mediador le había hecho albergar dudas. Había sido injusto, simplemente porque no había digerido, ni entendido, que Beto se fuera de esa forma tras la amistad que habían consolidado. Había sido el compañero imprescindible que te ayuda, soporta, anima y respalda en un viaje intrincado, por un mundo lleno de intereses bastardos, en el que vale todo para evitar que la convivencia se asiente en un Estado democrático, porque entorpecería el negocio de la muerte del que viven tantas personas de ambas facciones.

Quiroga y Galdeano tardaron unos días en poder verse a solas, organizaron una velada con sus mujeres en el piso del mediador. Tras una cena frugal, los dos se encerraron en el despacho con unos cubalibres bien cargados. El síndrome de los micrófonos ocultos se había apoderado de ellos y se dedicaron veinte minutos a buscarlos por lámparas, huecos, adornos y hasta por debajo de los sillones, igual que sabían que habían hecho, durante la Transición de la dictadura a la democracia, el presidente Suárez y el opositor González, antes de reunirse un día, cuando padecían la misma obsesión que ellos en ese momento.

—Dicen que los han desconectado, pero ni eso me creo —dijo Galdeano en tono preocupado.

—Siempre decíais vosotros y los del PNV que os escuchaban…

—Una cosa es sospechar y otra ver que tenían pinchado hasta nuestro fax. Tienes la sensación de que vas en pelota picada ante esos mamonazos.

—Lo saben todo de todos.

—Dicen que es para perseguir a ETA, pero nosotros somos un partido legal. Quieren echarnos de la vida pública como sea.

—El ministro ya me anunció que os arrepentiríais si no entrabais en el juego.

—El mismo que quería negociar nos estaba espiando por detrás. Juegan a las cartas con barajas marcadas.

—Con la información que tenemos ahora —dijo Marcos—, ¿quién crees que filtró mis papeles de la mediación?

—El ministro y sus espías. Ahora el Gobierno dice que el servicio secreto no los informa de las técnicas que utiliza para obtener información, que son inocentes. ¡Cabrones! —gritó acompañando sus palabras con un gesto de la mano hacia arriba, mostrando solo el dedo corazón.

Marcos no tenía duda de que la política vasca estaba mediatizada por las intervenciones telefónicas, que también el Gobierno autónomo y el PNV disponían de medios para llevarlas a cabo, y que en la decisión de apartarle a él era posible la intervención de cualquiera. Lo tenía claro: encargaría a una compañía de seguridad de confianza una revisión de su despacho en el centro y en su casa. Si no encontraban nada, significaría que tras lo de Vitoria los habían retirado.

—¿No sabrás algo de Beto? —preguntó de repente a Galdeano.

—Ni idea, chico. Se fue de vacaciones, pero ya avisó que estaba con líos y lo mismo no volvía. Quiso despedirse a la francesa, que es no despedirse.

—¿No te pareció extraño?

—Seguro que fue una tía, te dan la vuelta, te vuelven tonto —dijo el vasco con seguridad y antes de seguir cogió su vaso, le hizo un gesto a Marcos y brindó con él—. Si se ha librado de una acosadora, mejor para él. Es libre, en mi vida he visto a un tío con tanto éxito.

—Eso es verdad.

—Fíjate que no es guapo, un poco pijito, bajito… vamos, que no es un adonis. Pero donde ponía el ojo metía la bala.

Los dos rieron la ocurrencia y Marcos volvió a sus dudas.

—Su marcha no tiene sentido, habíamos construido un proyecto juntos con mucho futuro.

—Que te gafaron los mismos espías que llevan años escuchando mis conversaciones en la sede.

—Él se fue antes.

—Eso es verdad.

—Éramos muy amigos.

—Marcos, tío, ¿no te habrás enamorado de Beto? Voy a contárselo a Emma. —Hizo ademán de levantarse de la silla.

—Casi tanto como tú, o es que me vas a decir que no te pareció extraña su desaparición.

—Me lo pareció, pero no sabes cuánta gente desaparece en mi mundo. Unos estoy seguro de que los han matado y están bajo tierra, otros reaparecen tiempo después en Iparralde, algunos sospecho que se han refugiado en Venezuela o en algunos de aquellos países y otros, como Beto, se hartan de este pueblo, se largan y no quieren saber nada, se meten debajo de una piedra y si te he visto no me acuerdo.

—Beto no era así.

—Nadie de los que conocemos es así. Acéptalo, Marcos, se ha ido y nunca volverá. Se perdió el fin de vuestra mediación y, en donde esté, se habrá enterado de que nuestras conversaciones en la sede de Vitoria están en los archivos de los espías. Nuevo motivo para no volver a aparecer jamás.

—No me gustan los misterios, mi mentalidad analítica no me deja vivir ante situaciones inexplicables.

—Mira que eres rarito. —Lo soltó riéndose, cogió el vaso y volvió a chocarlo con el de Marcos—. Va a tocar rellenarlos.

—Espera un poco, hombre. Aunque no te hagas preguntas…

—Beto es libre como un pájaro, puede hacer lo que le dé la gana sin dar explicaciones, es mayorcito. No tiene una madre a la que obedecer —paró un momento, se puso en posición pensativa y siguió—, o quizás sí la tiene y nos ha engañado como tontos.

—No digas chorradas. Lo que digo es que no entiendo su desaparición y espero descubrir algún día el motivo.

—Con la de problemas que tenemos, olvídate de él, fue bonito mientras duró. Estará persiguiendo chicas en cualquier ciudad del mundo.

Las palabras de Galdeano carecieron de influencia en Marcos, que repitió la pregunta a las personas que habían mantenido una amistad o cercanía con Beto. Nadie sabía nada. Esas respuestas idénticas no le calmaron. Un síndrome de soledad no deseada que repuntó, tras unos meses, cuando se enteró de una reunión celebrada tiempo después, el 11 de diciembre.

Se lo contó Galdeano un par de días más tarde, tras sentarse a una mesa discreta en un restaurante de Gernika abarrotado de desconocidos. Antes, le exigió su palabra de que no lo comentaría con nadie. Le escondió los detalles más secretos, como que la reunión de la que iba a hablarle había tenido lugar en un chalé de un pueblo de Burgos llamado Ibeas de Juarros, cerca de Atapuerca. Sabiendo el dolor que le iba a producir la noticia, le explicó que representantes del Gobierno se habían reunido finalmente con dirigentes de Herri Batasuna.

—Me quitaron a mí y siguieron avanzando, eso está bien.

—Demuestra que tu contribución sirvió para algo.

—Elkoro está en la cárcel y me imagino que no asistió, pero Díez Usabiaga sí, ¿verdad?

—Correcto, acompañó a Otegi, Iruin y Barrena.

—¿Mayor Oreja?

—No fue, mandó a su subalterno, Fluxá, acompañado de dos de confianza del presidente Aznar: Zarzalejos, que trabaja en Moncloa, y Arriola, que es su asesor personal.

—Eso está bien. Me das una gran alegría.

—Tengo que darte un detalle que te disgustará.

—Se tuvieron que reunir con un mediador y no era yo, eso lo recordaría.

Era broma, pero ninguno de los dos reaccionó. Se hizo un silencio.

—¿Me vas a decir de una vez quién fue el que me sustituyó con mejores resultados?

—El obispo de Zamora, Uriarte.

Marcos estaba convencido de que su labor había supuesto un avance en el camino, aunque en su interior estaba molesto por no haber estado presente en aquella reunión por la que tanto había peleado. Pensó en Beto, cercano solo en sus pensamientos. Si estuviera en San Sebastián, lo primero que habría hecho, tras despedirse de Galdeano, habría sido llamarle para contárselo. Él habría sabido ubicar aquel encuentro convenientemente, habría buscado y encontrado la información más confidencial que Galdeano no le había contado y, finalmente, le habría dado ánimos sabiendo que no había podido cumplir su sueño de ser el instigador de ese encuentro. Pero Beto, su amigo y compañero del alma, no estaba, se había ido para siempre. Quizás algún día se reencontrarían.

21

Centro penitenciario de Estremera, Madrid, 2008

Marcos sentía un repelús cada vez que entraba en la prisión. Eran fríos los muros y las paredes construidas para aislar a los de dentro y evitar su escapada. Eran fríos los funcionarios, o la mayor parte de ellos, empeñados en guardar la distancia, como si no quisieran que les perturbaran las vidas destrozadas de los residentes y los visitantes. Era frío el modo en el que Beto y él estaban obligados a conversar, separados por un cristal blindado. Y más frío e inhumano era concederles para conversar solo cuarenta minutos, una norma establecida seguro por un director criado en un iglú.

Ese escaso tiempo les había obligado a dedicar muchos días de visita para colocar las piezas sobre lo ocurrido en San Sebastián. Habían reconstruido la historia de su amistad y a él le había parecido, en varios pasajes, la de otra persona. Había convivido cinco años con ese hombre ahora encarcelado, a veces no le reconocía, era su amigo, pero verle en su faceta de espía que informaba de todo lo que él hacía y pensaba, le dejó tocado, aunque menos de lo que mucha gente habría imaginado. Le entendía, creía en la validez de sus argumentos, había cumplido con su trabajo, no era su intención perjudicarle. No tuvo nada que ver con el envío de sus papeles a *El Mundo*; eso le tranquilizaba, no le había traicionado, los filtradores estaban en el servicio de inteligencia.

Beto sabía sobre la vida de Marcos más de lo que le había contado. Tras desaparecer, durante mucho tiempo le llegaron avisos de que no paraba de buscarle, de lanzar su nombre a los cuatro vientos, intentando encontrar una pista, por pequeña que fuera, que le llevara a localizarle. Esa preocupación hablaba de una profunda y verdadera amistad, pero también de una dependencia y una idealización del vínculo. Quizás debía haberse marchado de otra manera, con más brusquedad, provocando algún enfrentamiento, creando una situación que hubiera ensuciado esa relación en la mente de Marcos.

No le había sido fácil estar infiltrado y le resultaba igual de complicado, por lo menos, tener ahora enfrente a ese hombre bueno que no le recriminaba su comportamiento, no dudaba de sus palabras y llevaba hasta el límite sus creencias vitales de resolverlo todo hablando. Marcos había estado muchos años intentando convencer a los políticos de la necesidad de entender al bando contrario y lo había interiorizado tanto que estaba poniendo todo su empeño en aceptarle como era, sin recriminarle nada. Beto le había estado engañando durante años y, aun así, estaba dispuesto a recuperar una amistad que, a pesar de todo, le seguía mereciendo la pena.

Marcos le preguntó por su huida precipitada del País Vasco. Se lo contó sin darle muchos detalles sobre la decisión de sus mandos de sacarle de allí urgentemente. Habían pasado quince minutos, todavía les quedaban veinticinco de charla, quizás algunos más si el funcionario de turno estaba de buenas. Aprovechó para explicarle los ataques que había sufrido por tener síndrome de Estocolmo.

—Creían que me habías convencido para defender el diálogo Gobierno-ETA, cuando al entrar me habían explicado lo indeseable que eras.

—¿Cómo te recibieron en Madrid? Eras el héroe.

—No creas, eran muy pocos los jefes y compañeros que conocían mi labor y casi ninguno sabía cuál era mi auténtica identidad. Esa es otra historia.

—Quiero conocerla, necesito saber qué fue de tu vida tras desaparecer, a lo que te dedicaste.

—Si es difícil de entender mi trabajo durante los años que trabajé contigo, lo es más comprender lo que me pasó cuando me obligaron a incorporarme a la sede central; el choque fue brutal.

—Puedo comprenderlo, he leído mucho estos últimos meses sobre infiltrados, dobles agentes y demás. Es lógico que tras cinco años siendo una persona que no eras tú, la realidad de cada día puede resultar una pesadilla. Debías sentirte perdido después de ser al mismo tiempo espía, periodista y mediador. He leído que estuviste poco en Madrid y te mandaron pronto a Perú.

—Lees demasiado la prensa, no debes fiarte, sobre mí solo cuentan mentiras. Estuve una temporada larga en la sede central, tuve mi primera experiencia de cómo funciona aquella casa. Después vino lo de Perú, pero esa es otra historia.

—Cuéntame, pienso seguir viniendo a verte todas las semanas. Yo me hago cargo del pago de los cuadernos para que escribas el relato y no se enteren en el servicio.

—Habrá que volver atrás unos meses en el relato, al momento en el que tuve que salir por patas de San Sebastián. Mi vida se convirtió en un caos, solo te avanzaré que cuando atravesé el control de entrada de la sede no conocía a nadie y la soñada fiesta de recibimiento al exitoso infiltrado fue una alucinación.

22

El pequeño paseo por los jardines de la sede del servicio secreto, en las afueras de Madrid, al inicio de la autovía A6 con destino a A Coruña, le transmitió durante unos minutos una sensación de relajación que se acabó en el momento de llegar al edificio donde estaba ubicada la división de Antiterrorismo. Entonces, como a cualquiera de los que entra por primera vez, le pareció un ambiente impersonal, funcional y distante. No era un novato con el proceso de selección recién aprobado, estaba lejos de ser un joven entusiasmado con la perspectiva de un nuevo trabajo desafiante, que estuviera intranquilo por conocer jefes y compañeros. En esta situación, el primer día de trabajo vislumbras nubes cargadas de tensión acechando en los largos pasillos, lamentas el intencionado desafecto de una institución por cuyas dependencias es difícil orientarse y te sientes desnudo al recordar que para ser admitido has tenido que vaciar tu vida de secretos.

Ese no era el caso de Beto, aunque sus sentimientos eran parecidos. Habían pasado cerca de seis años desde el momento de su ingreso, aunque en los cinco anteriores no había acudido a esa sede porque su cambio de identidad recomendaba evitar el contacto. Había estado en el País Vasco como agente de campo sin tener relación con el trabajo más burocrático habitual entre los compañeros allí destinados.

Nadie le había hablado de cuál sería su ocupación a partir de ese momento. Se lo había consultado a Espadas, pero no le facilitó ni una pizca de información porque, alegó, lo desconocía todo.

especie de jefe de gabinete. Alguien que había seguido desde la sombra su infiltración y había recibido los cientos de informes que había enviado con información valiosísima sobre el País Vasco, incluidos los documentos robados del ordenador de Marcos.

Beto se sentó en la silla que estaba junto al escritorio vacío, el único que no miraba a la puerta. No era una estancia holgada; al fondo, dando la espalda a la pared, a la derecha, trabajaba Rejón y a la izquierda se sentaba el otro tipo que no se había presentado y que un rato después descubrió que se llamaba Urbano, cuya mesa estaba enfrentada a la suya. No pasaron ni cinco segundos y de repente sintió un temblequeo: fue consciente del lugar donde le querían meter, lo que le podía deparar su nueva vida laboral. Se había producido un error, apenas habían pasado unas semanas desde la finalización de su misión, uno de los grandes éxitos de la Casa en los últimos años. Nadie le había pillado con las manos en la masa, había hecho contactos inimaginables en la sociedad vasca, todos le habían tenido por un destacado defensor de la mediación, habían intentado caerle bien, era el discreto asesor del *hippy*. Ahí podía haber seguido si no se hubiera filtrado su tapadera.

No había justificación, no le podían meter en ese despacho después de haber conseguido unos resultados difíciles de igualar. Quizás estaban todavía discutiendo la operación a la que le iban a asignar. Sí, eso pasaba, les había pillado descolocados y sin tiempo para poner su talento al servicio de una misión adecuada.

La puerta se abrió y sintió una especie de golpe de viento que aclaró el deprimente panorama. Una mujer mona, vestida con estilo, estaba en el umbral, una secretaria que iría allí con la esperanza de que le resolviese algún problema el secretario en jefe Rejón o su ayudante, Urbano. Miró de frente a la chica que permanecía inmóvil en la puerta, para lo que tuvo que girar el cuerpo. Ella le sonrió mostrándole unos dientes blanquísimos antes de darle una noticia estupenda.

—Buenos días, García —dijo utilizando su alias, pues todos en la Casa, como medida de seguridad, debían desconocer el apellido auténtico de sus compañeros— me acompaña, por favor, el director de la división quiere verle.

No resopló, como le pedía el cuerpo, para que no se le notara que acababa de salir del trance, uno de los peores sustos de su vida. Se levantó, ni miró a Rejón y siguió a la chica de la cara sonriente. Sin cambiar de planta, le acompañó hasta el despacho de Remírez, muy parecido al de Gacha, con muebles funcionales escasos, pocos libros en las estanterías y ni una foto de su familia. La vista al césped exterior era lo único relajante.

Le recibió con la misma satisfacción que Gacha, aunque Beto le trató todo el rato de usted. Le pidió que se sentara al otro lado del escritorio y él lo hizo junto a él. Le mostró su orgullo por el trabajo impresionante que había cumplido, recalcando la palabra impresionante: si el servicio tuviera medallas propias, él se merecía una y le agradeció su lealtad y sacrificio. Después, aquel militar de pelo blanco, gesto duro y maneras de estar muy ocupado, le deseó una rápida readaptación a su trabajo en Madrid. Se levantó sin necesidad de la ayuda de una secretaria que le pusiera las pilas para la siguiente reunión, le apretó con fortaleza la mano, le dio la espalda para dirigirse a su silla y cuando Beto ya se iba, volvió a dirigirse a él:

—Se me olvidaba, García, escríbame unos folios sobre la personalidad de Quiroga y su relación con Herri Batasuna, tenemos datos de que está intentando manipular al Gobierno y necesitamos argumentos poderosos. No tarde. ¡Ah!, cabe la posibilidad de que le mande algún oficial de inteligencia para que le haga consultas sobre los temas que ha trabajado.

¡Vaya susto!, por un momento había pensado que en Madrid habían tirado su trabajo al baúl de los recuerdos, a la papelera o, peor todavía, a la basura. Regresó a su mesa y se puso a trabajar. Le pidió un ordenador a Rejón, que le respondió con cara de asombro, no se lo habían asignado y debería esperar, todo llevaba sus trámites. Podía coger unos folios, un bolígrafo y escribir a mano. Urbano intervino: se iba a la cafetería, quizás le apetecía acompañarle y conocer un poco más el edificio. Aceptó. Hablar, conversar, obtener información sobre la vida allí. Necesitaba amigos en los que confiar, le llevaría un tiempo y cuanto antes comenzara mejor.

Le llamó la atención el volumen bajo de las conversaciones mientras se movían por el interior del edificio y cómo el ambiente se relajaba un poco al llegar a la cafetería. Espaciosa, suelo reluciente, paredes claras y mesas con una separación extra; desde la entrada caminaron hasta el otro lado de la barra. Recibió alguna mirada directa de curiosidad y muchas discretas, como si no le observaran a él y fueran dirigidas a los espacios por los que pasaba. Urbano pidió los cafés y acodados al mostrador se dirigió a él.

—Hace años, un director puso cámaras en la cafetería, fue el colmo de la falta de confianza; luego las quitaron. Nadie habla de temas delicados en público, pero no creo que sea delicado desearte suerte. Cuando has estado arriesgando fuera, jugándotela, el trabajo aquí puede no ser tan excitante.

—Estoy aquí para hacer un trabajo que me divierta, imagino que igual que tú. A todos nos gusta la acción.

—Yo soy civil —dijo Urbano bajando la voz mientras se acercaba la taza a la boca—, nunca he trabajado fuera de estas paredes.

Beto le miró. Tendría cerca de treinta años, aunque aparentaba más por su traje de Zara y la corbata anudada bien tensa al cuello. Mientras estuvieron allí y hasta el regreso al despacho, le hizo el perfil con preguntas inocentes, a las que contestó tranquilo de pensar que podía compartir detalles de su vida con ese nuevo compañero: había sido un mal estudiante, su madre había conseguido hacerle estudiar informática, secretariado e inglés en centros caros y prestigiosos, y su padre, militar de carrera, le había recomendado a un amigo que trabajaba allí.

Durante el resto de la jornada, estuvo esperando inútilmente que alguien fuera a consultarle datos sobre la situación en el País Vasco. Empezó a escribir a mano el informe para Remírez y cuando se quedaba solo con Urbano le tiraba de la lengua para acumular información.

—Rejón manda mucho, pienso que es un buen tipo —le comentó lo contrario de lo que le había parecido.

—Es un subteniente eficaz —le respondió Urbano comedido—, uno de los muchos procedentes de las Fuerzas Armadas que han entrado aquí por el sobresueldo que cobran los militares.

—Yo soy guardia civil y a mí más que el dinero, que también, me movió el trabajo que podía hacer, era más apasionante del que hacía.

—¿Cumplías trabajos administrativos?

—No los he hecho jamás, ni he vigilado el tráfico, estaba en información en el cuartel de Intxaurrondo.

—¡Qué interesante!, pero qué peligroso también.

—Cuando estás cumpliendo con tu trabajo no piensas en los riesgos, es como una droga, necesitas ponértela todas las mañanas.

—Pero viviste rodeado de terroristas.

—Pasé cinco años siendo alguien que no existía y obteniendo información muy valiosa. Espero —dijo Beto con ilusión— poder volver a trabajar pronto en la calle.

—Por lo que yo he oído, no me hagas mucho caso, soy el último mono, esos no son los planes de los jefes —le contó Urbano, sin ninguna maldad.

Beto sonrió, se equivocaba seguro. Cuando acabó la jornada, se subió a su coche estacionado en el aparcamiento subterráneo y, aislado de todo, le retumbó en la cabeza el comentario de la única persona de las que había conocido ese día que le pareció totalmente sincera: no iba a volver a hacer trabajo de campo. Sería un disparate, en el servicio secreto le habían fichado precisamente para eso.

23

Beto seguía en la misma oficina, ocupando la misma silla y escritorio, mirando de frente a un Urbano con el que había establecido una relación de camaradería, con la puerta a su derecha exponiéndole a las miradas inesperadas de los visitantes y con Rejón ejerciendo de exigente mando directo.

Por desgracia, no había habido cambios desde su aterrizaje en la sede central. Remírez le había anunciado las preguntas de algunos oficiales de inteligencia, pero solo pasó una vez y sucedió en la cafetería. Un tipo de su edad que debía ser capitán y estaba con otro agente se le acercó y le pidió charlar un rato. Estuvieron en una pequeña sala de reuniones aún más impersonal y vacía que los despachos, y le estuvo preguntando por el papel que podían jugar en una negociación Gobierno-ETA algunos dirigentes políticos en el caso de que Quiroga dejara de ser el mediador y ocupara el puesto otra persona. Ante su cara de sorpresa, se limitó a explicarle que su labor era contemplar todos los escenarios. El antiguo infiltrado dedujo que iban a quitar de en medio a su amigo y que su salida del País Vasco les había venido fenomenal. Puso cara de estar por encima del bien y del mal, hizo un largo recorrido por un sinnúmero de políticos con los que había tratado, y concluyó citando a los de Herri Batasuna y poniendo especial énfasis en Galdeano, el titiritero que movía todos los hilos. El oficial de inteligencia tomó abundantes notas, lo que le permitió deducir que nadie estaba grabando la conversación, por lo que entró al quite cuando le hizo un comentario interesante: «De Galdeano lo sabemos todo», para matizar a continuación, «gracias a tu trabajo». Infirió con celeridad que tenían otro informante cerca del fontanero de HB, «siempre es mejor tener varias fuentes», ante lo que el otro bajó la guardia creyendo que Beto sabía lo que en realidad desconocía: «Las escuchas tienen esas cosas». La sonrisa del infiltrado no impidió su desazón interior, nadie le había advertido y, lo que era peor, seguro que habían analizado su comportamiento y lealtad en las conversaciones con Galdeano, guardadas sin duda en el archivo.

Antes de esa reunión, nada más empezar a trabajar en la sede, había tardado un par de días en redactar el informe solicitado por Remírez y dos más en recibir un ordenador, enterarse de su funcionamiento y volcar el texto. Quiso entregárselo en persona, pero la secretaria sonriente le disuadió: «No te preocupes, ya se lo doy yo cuando le vea». Gacha tampoco volvió a dar señales de vida, todos se olvidaron de él. Lo absorbió el sistema, un nuevo pez nadando por el proceloso mar del espionaje. Rejón se encargó de anunciarle que Recursos Humanos había decidido mantenerle en ese puesto. Beto se preguntó a sí mismo «¿en qué puesto?», sin darse cuenta de que había verbalizado las tres palabras.

—Te he dejado diez días para que cerrases el capítulo anterior, ahora empezarás a trabajar en el día a día del área de Antiterrorismo… siguiendo mis órdenes.

La elección de esa última palabra no había sido por casualidad. Su situación privilegiada de carecer de cometido ocultaba la intención de que se diera cuenta de que se había acabado el trabajo con fuentes humanas y pasaba a cumplir actividades administrativas. Rejón no daba alternativa a sus instrucciones, eran órdenes de arriba, él las cumplía y las hacía cumplir sin objeciones.

Otra cosa era lo que pensara Beto. Había aprendido disciplina en la Guardia Civil, pero también la obligación de transmitir al mando lo que pensaba, siempre con las debidas formas.

—Con todo respeto, no estoy de acuerdo con este destino.

—¿Crees que este es el momento? —dijo Rejón echando una mirada a Urbano.

—No me importa hablar con él delante. He hecho méritos para un puesto más operativo, he estado cinco años infiltrado en organizaciones políticas cercanas a ETA. Antes trabajé en el cuartel de Intxaurrondo también con misiones de captación de fuentes. Me parece una pérdida de mi experiencia dedicarme a tareas burocráticas.

—¿Desprecias el trabajo que hacemos Urbano y yo? —preguntó Rejón endureciendo el tono.

—Sería lo último, sin ese trabajo no podríamos funcionar. Defiendo que he demostrado estar sobradamente capacitado para trabajar en la calle.

—El mando no ha pensado así, ¿quieres que echen a algún agente de los que cumplen ese trabajo para ponerte a ti?

—Por supuesto que no. Si no hay plazas en este momento aquí, puedo ir a cualquier otra área o división, sin problema.

—Cumpliste una misión, se ha acabado y ahora vuelve a la realidad: tu hoja de servicios dice que tienes preparación para hacer trabajos administrativos y eso es lo que vas a hacer si quieres seguir en el servicio. En caso contrario… —Hizo una pausa táctica para que dedujera el resto de la frase.

—Tengo una preparación que el servicio no debe desechar, cuando ha sido el propio servicio el que me ha puesto en ese duro camino. Han invertido en mí y pueden sacar partido a mi experiencia.

—Si han decidido que te quedes aquí es porque consideran que es lo mejor, cada uno debemos contribuir en la forma en que nos digan.

—Me gustaría hablar con Gacha.

—Está muy ocupado y te va a decir lo mismo que yo.

—Por favor —dijo con asertividad—, transmítele mi petición.

Rejón le trataba como a sus soldados cuando estaba en un cuartel. No haría nada por él, no se apearía de su obediencia al mando, en ningún momento transmitiría su descontento. Si quería cambiar de destino, solo le quedaba tomar la iniciativa, estaba seguro de que Gacha lo entendería.

Habían trascurrido dos semanas desde su regreso y empezaba a parecerle un siglo. Cada día le preguntaba a Rejón y no tardó mucho en hartarse. Le recriminó con malas formas su indisciplina y no volcarse en el trabajo que le había encargado: poner al día el listado de vacaciones de la división y cuestiones similares.

Beto se las ingenió para descubrir la hora en que habitualmente Gacha iba a comer y averiguó lo que todos ya sabrían: siempre lo hacía en la misma mesa, con la misma gente y ocupaba el mismo sitio. Un día, bajó a la cafetería un rato antes de la hora habitual de su jefe, se colocó cerca de la mesa preparada, utilizó a un inocente Urbano como coartada para permanecer allí de pie unos segundos y con habilidad, con su compañero de espaldas, le escondió una nota entre plato y plato sin que decenas de espías presentes descubrieran su maniobra.

Se fue a su despacho, donde permaneció a la espera, sin ansiedad, durante el tiempo que pensó que tardaría en comer su jefe de área. Antes de lo que había calculado vinieron a buscarle, ante la sorpresa de Rejón, que le miró mal encarado. Gacha le recibió sentado en su despacho, había olvidado las buenas formas del primer día. En cuanto entró, sin esperar a que cerrara la puerta, empezó a chillarle.

—¿Quién coño te has creído que eres? ¿Qué es eso de dejarme una notita en el plato como si quisieras acostarte conmigo? ¿Qué disciplina te enseñaron en la Guardia Civil?

—Precisamente por eso —empezó a decir Beto, a quien el teniente coronel despreció con la mirada.

—Hablarás cuando yo te dé permiso.

Beto había cuidado su postura, nunca se había puesto tan rígido con esa chaqueta azul con la que había acompañado a Quiroga por las calles del País Vasco para reunirse con lo más granado de la política. Había evitado que le pillaran en la posición en la que estaba ahora porque era muy militar y cuando te educas en la Guardia Civil, con tantos mandos alrededor, tiendes a ponerla sin darte cuenta. Pero en ese momento encajaba perfectamente, estaba firme como una estaca, mirando a un punto fijo perdido en el horizonte. Barruntaba que eso podía pasar, estaba tranquilo, no le afectaban las malas formas.

—Aquí se cumplen órdenes y no se debate. ¿De dónde sales? ¿Te han afectado tanto estos años en San Sebastián que has perdido la perspectiva de quién eres? ¿Estás mal de la cabeza? ¿Necesitas que busque un loquero para que te recete ansiolíticos?

—No señor, pero no me quedaba otra opción.

Lo dijo rápido, sin hacer siquiera una pequeña pausa. Sin mirarle, sin pestañear. Gacha iba a seguir abroncándole y de repente se calló. Tenía la nariz y los mofletes rojos, como si le hubiera quemado el sol en la playa.

—¿Sabes qué es el conducto reglamentario?

—Hablé con Rejón, le pedí que hablara con usted y, como no lo iba a hacer, decidí actuar por mi cuenta.

—¿Mandándome un mensaje oculto entre los platos de la comida?

—Era un método seguro, sin intermediarios que me bloquearan.

Gacha admiraba la osadía como cualidad entre sus agentes, pero nunca había imaginado su uso dentro de la sede. Ese tipo que tenía delante inmóvil tenía cojones y voluntad de vencer, algo que admiraba en sus hombres. No se lo diría, claro.

—No vuelvas a hacerlo nunca más o te echaré a la calle.

—Quiero un destino acorde con mis méritos —dijo, rayando en la impertinencia.

—Estas no son formas, García —respondió Gacha bajando el tono varios decibelios.

—No tenía alternativa —dijo sabiendo que Rejón le odiaría aún más a partir de ese momento.

—Has puesto en duda la asignación de puestos de la Casa y por ese camino vas mal.

—Hay pocos agentes tan buenos como yo en fuentes humanas y, estoy seguro, ellos y todos los demás están trabajando en la calle.

Gacha tenía claro desde hacía mucho tiempo, por los informes de Espadas, que Beto tenía una monumental seguridad en sí mismo. En ese momento lo ratificó: se consideraba alguien especial, más preparado y exitoso que los demás. No tenía ningún rubor en echarse flores a sí mismo porque tenía la certeza de que él iba a ratificarlo. Había leído informes sobre su agente, había escuchado grabaciones en las que charlaba con políticos de nivel, y ahora entendía que la modestia que mostraba muchas veces era fingida, era un inmenso actor. Como su jefe, por su bien, debía bajarle los humos. Era fácil, solo tenía que enfrentarle a la realidad.

—Somos funcionarios del Estado, hemos ganado una oposición, y tú deberías saberlo. Cada uno tenemos un destino en virtud de nuestra capacitación. Léeme los labios —dijo señalándoselos con el dedo índice de la mano derecha—: ca-pa-ci-ta-ción. Puedes estar en el servicio de inteligencia o en el Ministerio de Agricultura, todos los que trabajamos en la administración tenemos la misma clasificación. Yo tengo una carrera universitaria y estoy en el nivel más alto, el subgrupo A1. Tú careces de estudios superiores y eres el nivel más bajo, el subgrupo C2. Los puestos dependen de esa clasificación y tú eres un administrativo y tienes que hacer trabajo de administrativo. ¿Lo entiendes?

—No me contrataron para trabajar en una oficina, nunca lo habría aceptado. Mis cualidades en ese terreno son nulas.

Beto seguía de pie en posición de firmes y a Gacha no le preocupaba, hacía que la conversación formalmente se mantuviera donde él quería, reprendiéndole por su comportamiento inadecuado. La dureza de sus palabras también ayudaba a ponerle en su sitio.

—Te contratamos para hacer un trabajo en la lucha antiterrorista, lo necesitábamos en ese momento. Esta casa es una maquinaria fría dedicada a proteger al país de sus enemigos, no puede ser de otra forma, el bien común está por encima del particular. Cada día tenemos que avanzar en nuestros objetivos, no podemos dejar de hacerlo porque uno de nuestros trabajadores no quiera hacer el trabajo que le encargamos.

—¿He hecho un buen trabajo en el País Vasco?

—Sin duda.

—¿Han conseguido información política del País Vasco que no tenían y les ha sido de gran utilidad?

—No te engañes, además de ti hemos dispuesto de información de muchísima altura procedente de varias fuentes.

—¿Por qué no me dan la oportunidad de seguir trabajando en la calle? Puedo ser mucho más útil que en un despacho.

—Estás quemado, García. Te hemos sacado del País Vasco porque ETA podía matarte, no puedes hacer nada relacionado con el tema.

—Puedo entrar en otro asunto.

—Te podrían localizar, a veces se producen conexiones entre operaciones aparentemente dispares.

—Habrá un destino mejor que poner al día las vacaciones del personal.

—Es un destino acorde con tu puesto de funcionario, con tu nivel.

—Puedo estar organizando operaciones antiterroristas, analizando los temas políticos vascos, asesorando sobre cómo hacer las cosas.

—¿Pero tú te oyes? Eres un cabo de la Guardia Civil y te crees con capacidad para dar lecciones a cualquiera. Careces de preparación, no tienes nivel y quieres formar parte de operativos. Lárgate de mi despacho de inmediato y no vuelvas. Esta conversación ha acabado. Estamos contentos de que estés con nosotros, pero si no te sientes a gusto, decide lo que más te convenga.

Beto cruzó la mirada con la suya, dio media vuelta, se dirigió a la puerta, la abrió y todavía pudo escuchar su última amenaza.

—Si vuelves a mandarme un mensajito, te abro expediente.

24

La actividad se volvió frenética en cuanto se produjo el descubrimiento de los micrófonos que el servicio secreto había colocado en la sede de Herri Batasuna en Vitoria. Montaron una célula de crisis para reaccionar con urgencia al descalabro más grande sufrido en los últimos tiempos. Por primera vez, Beto fue invitado a sumarse a una operación para asesorar gracias a su experiencia sobre el terreno. Asistió a la deliberación para el envío de un grupo operativo con la misión de entrar clandestinamente en el piso desde el que grababan las escuchas, encima de la sede. Había que hacer desaparecer las pruebas incriminatorias de inmediato. Mario, el suboficial especialista encargado de la base, se enteró tarde de la inspección de la compañía telefónica, le dieron orden de salir corriendo para evitar la detención y no pudo sacar nada del piso.

Beto había estado en el despacho de Galdeano muchas veces, conocía la zona y por una vez quisieron tenerle cerca. Se sintió bien, había pasado seis meses deprimentes, convertido en un administrativo más del área, llevando a cabo un trabajo insulso, sin atractivo, que demostraba el escaso aprecio que le profesaban. Pensaba que sus jefes soportaban sus continuas quejas porque no querían enfrentarse directamente a alguien que lo había dado todo por el servicio durante cinco años. Se había convertido en un incordio, darían lo que fuera por quitárselo de su vista. Pero ese día no les había quedado otra opción que recurrir a él. Pasaba con frecuencia en las novelas de John le

yo, fuera de la infiltración, solo sirvo para ser administrativo. ¿Eso es lo que piensas?

—No digas gilipolleces. —Le frenó abriendo las manos en un gesto de desesperación—. El sistema funciona de una forma concreta, es anterior a ti, no está hecho para joderte.

—Me infravaloran.

Espadas no quiso responderle. Si le decía que no, mentía. Tenía unas capacidades especiales para el espionaje, había realizado un trabajo increíble en el País Vasco y en la sede central no sabían dónde colocarle. Si le daba la razón, contribuiría a que siguiera viviendo esa zozobra que le llevaba a no aguantar más, a pensar que no le apreciaban, que para ellos era un inútil.

—Tienen que buscarte un puesto en el que puedas dar todo lo que llevas dentro; mejor dicho, tenemos que buscarte, porque ya me han comentado tu situación. Quizás tengas que salir de esta división.

—Estoy dispuesto a ir donde sea, me reciclaré en lo que haga falta.

—Un puesto en el que sigas trabajando con fuentes humanas.

—Me repiten una y otra vez que en España no es seguro para mí, que me puedo meter en una situación complicada.

—Tienen razón.

—Hay otros temas, aparte de ETA; están las mafias… Yo qué sé.

—¿Has pensado en irte al extranjero?

—Me dicen que como no hablo idiomas, el número de países es limitado.

—Son unos cuantos.

—Ahí tendré el mismo problema, para ellos no tengo méritos y nunca me lo darán o tendré que esperar a que me salgan canas.

—¡Si te has afeitado la cabeza! —exclamó Espadas, al mismo tiempo que se echaba a reír mientras Beto se sumaba a él—. En las embajadas no son tantos los estudios como las capacidades. El responsable tiene que ser un oficial de inteligencia, pero en el puesto de segundo puedes encajar perfectamente.

—Tendré que esperar una vacante.

—Hombre, no van a echar a alguien para ponerte a ti.

—¿Entiendes mi hartazgo?

—Eres tú el que tiene que entender. No te diviertes, pero tienes un sueldo a final de mes.

—He dejado de ganar mucho dinero.

—De verdad, Beto —hizo una pausa para poner énfasis en las siguientes palabras—: deja de mirarte el ombligo. Ganas más que en la Guardia Civil.

—Y menos —le cortó— que cuando estaba en el País Vasco.

—Es que ya no estás en el País Vasco.

—Yo no tengo la culpa de que destaparan la empresa tapadera.

—Nadie tiene la culpa. Esas cosas pasan y tuvieron sus consecuencias.

La conversación había declinado a unos derroteros que Beto no había imaginado, aunque el tema estaba ahí, quizás fuera su última oportunidad de saber y decidió meter el dedo en la llaga que supuraba. Le preguntó por el motivo real, dos palabras clave, de que le hubieran extraído de la misión. Vio la cara de extrañeza de Espadas, podía ser un gesto sincero o una forma inteligente de hacerse el tonto.

—¿De qué me hablas? —preguntó finalmente.

—Estaba en riesgo, es cierto, mi tapadera había volado. Pero, unos meses después, una filtración acaba con el papel de mediador de Marcos.

—Estás insinuando…

—Estoy diciendo que filtrasteis los documentos que me llevé del ordenador de Marcos para quitarle de la organización de las conversaciones entre el Gobierno y ETA, y poner a alguien más afín, el obispo de Zamora.

—Si fue así, me parece bien. Nosotros trabajamos para el Gobierno, ¿tengo que recordártelo?

—Me sacasteis porque habíais decidido cargaros a Marcos y ya no me necesitabais —se atrevió a verbalizar un pensamiento que había crecido dentro de él.

—Si ETA te descubría, te mataba.

—Lo sé, pero yo ya estaba amortizado. Me pusisteis al lado de Marcos para vigilarle y que encontrara pruebas para, llegado el momento, hacer lo que hicisteis: acabar con su sueño de mediador.

—Si vas por ese camino y en lugar de decírmelo a mí se lo dices a Gacha o a Remírez, te pudres en este edificio el resto de tu vida.

—¿Es cierto o no?

—En su momento te lo dejé claro: tu misión es captar fuentes y sacarles información, del resto se preocupan los que tienen estudios superiores. —A Espadas no le gustaba nada la osadía de Beto y creía que se merecía ese corte—. Vamos a la sala de crisis, tenemos que salir lo mejor posible de esta cagada en Vitoria.

—Nunca me dijiste —volvió al ataque— que escuchabas mis conversaciones con los de Batasuna.

—Tienes mucho que aprender sobre espionaje.

A Beto le volvieron a la cabeza algunos espías de la Guerra Fría retratados por Le Carré, jóvenes que para ser aceptados en ese mundo cerrado debían ser hijos de gente con pasta y haber estudiado en Cambridge. Durante unos días le incluyeron entre los elegidos para limitar los daños causados por el descubrimiento del operativo, pero poco pudieron hacer para evitar las consecuencias catastróficas, el descrédito por violar la intimidad de un partido político legal y la obligación de poner en pausa acciones en el País Vasco y desenchufar micrófonos activos en otras sedes y viviendas.

Cuando todo pasó, tres semanas después, Remírez le llamó a su despacho. Fue a buscarle la secretaria sonriente, la mejor compañera que había encontrado para pasear por los pasillos de la sede. Los primeros días se había quedado prendado de su manera de sonreír amable y sincera, después quedó encantado con sus piernas larguísimas que la hacían ser quince centímetros más alta que él y, finalmente, se enamoró de la forma en que en el minuto de paseo le decía no a todas sus invitaciones a quedar lejos de allí.

El jefe de la división le mostró su disgusto por su persistencia en cambiar de destino. Debía haber aceptado de buena gana que, tras su infiltración, le tocaba una larga temporada en pausa, no podía estar quejándose permanentemente del trabajo administrativo. Había mostrado una indisciplina intolerable. Tras un rato de bronca sin tono enérgico, le pidió que cambiara su postura rígida y se sentara.

—Te voy a buscar un puesto en el extranjero, te pediré que pidas la plaza, te avalaré y le pediré al director que te lo conceda, que te lo mereces por el buen trabajo hecho en el País Vasco.

Beto se sintió feliz, aunque algunos temas nunca cambiarían. Interpretó que le habían calificado como un tipo insoportable al que no iban a poder reciclar y seguiría fastidiándoles hasta el día del juicio. Nunca le iban a dar la oportunidad de participar desde allí en el juego del espionaje, no estaban dispuestos a aceptar las cualidades de alguien que no había pasado por una universidad. Ellos podían colocarse las medallas de grandes operaciones como la suya, pero la realidad era que había sido él quien lo había hecho todo. Y lo que no había hecho él, era mérito de otros como él, los que hicieron las penetraciones clandestinas para llenar de micrófonos sedes y viviendas vinculadas a HB, y los que cada día, durante 24 horas, escuchaban las grabaciones. Cuando les descubrían, como había sido su caso, les retiraban de la partida, les escondían en un cuarto oscuro, les pedían estarse quietos y esperaban a que se llenaran de polvo. Entre medias, si se aburrían y querían abandonar, ¡bienvenido sea!, un problema menos. Él, y otros como él, eran grandes activos durante una operación concreta y, al concluirla, se convertían en un carga.

No se lo dijo a Remírez, al fin y al cabo, había conseguido su objetivo. Había tenido suerte, esa salida le gustaba. Irse unos años a vivir al extranjero, quizás montar una operación de las que a él le gustaban y punto final a la claustrofobia.

reparo en mostrarse especialmente amable con quien iba a ser su segundo durante los siguientes años.

Beto se sintió a gusto con él. Imaginaba que le habrían relatado su experiencia en el País Vasco y su faceta de inadaptado frente la burocracia. Él era así, tenía treinta y tres años y no estaba dispuesto a atocinarse detrás de una mesa tecleando los informes de operaciones de otros, él quería ser el George Smiley del espionaje español, el protagonista de las novelas de Le Carré. Para conseguirlo, no debía llevar la carrera burocrática que en un sistema funcionarial le correspondía a un cabo de la Guardia Civil.

Almirall se interesó por su viaje, si le gustaba el piso que le pagaba la embajada, le aseguró que un soltero como él disfrutaría de su estancia en Lima y le invitó a que en unos días se acercara a cenar a su casa y así conocía a su esposa. Después le interrogó por el pasado, pretendía conocerle mejor. Beto no se extendió, prefería hablar del futuro.

—Estoy ansioso por ponerme a trabajar.

—Me alegra, aquí el ritmo lo marcan los acontecimientos. Disponemos de una secretaria que nos ayuda con la burocracia, y tú te encargarás de leer todos los periódicos y estar al tanto de la radio y la televisión. Me enviarás alertas y tendrás que hacer un informe diario sobre los asuntos del país que interesan en Madrid. Les enviaremos información para que los analistas de Inteligencia Exterior y nuestros jefes estén al tanto de las novedades. Todos los departamentos de la Casa nos pueden solicitar informes si los necesitan, lo hacen a través de nuestra división, que hace de filtro. A veces estaremos tranquilos y otras trabajaremos veinticuatro horas al día.

—Ningún problema. ¿Llevamos operaciones en la calle?

—Aquí el tema es distinto, como te habrán explicado. Yo mantengo relación con el SIN, voy todas las semanas a despachar con mi enlace. Tú solo irás si no estoy yo, pero ellos saben que perteneces al servicio español y controlarán tus movimientos más que los míos. Al margen de lo que pase, tendrás que contactar con grupos opositores, movimientos sociales influyentes y todos aquellos implicados en asuntos de los que tengamos que informar a la Casa.

Eso era lo que Beto había deseado durante el último año, un jefe que confiara en él y le permitiera actuar para hacer un trabajo del que se sintieran orgullosos en Madrid.

—De momento —siguió Almirall—, familiarízate con los temas, ponte al día con los informes anteriores y responsabilízate del tráfico de mensajes con la división. Luego, poco a poco, iremos marcando prioridades para que, de la forma más discreta posible, establezcas relación con los que pintan algo en la vida social, económica y política de Perú.

—¿Cuál es el límite?

—¿El límite? —preguntó sorprendido Almirall—. Sin mi orden nunca te acercarás a los que pretendan subvertir el régimen, ni a los que sigan siendo simpatizantes de los terroristas de Sendero Luminoso. No harás nada que pueda suponer tu expulsión, sin que yo previamente te lo haya ordenado o autorizado. Esa es la línea roja.

—Estoy deseando empezar.

—Me advirtieron de tus capacidades, me alegra que estés conmigo.

Almirall tardó tres días en hacerle la pregunta indiscreta cuya contestación necesitaba para sentirse a gusto trabajando con él. Se la formuló después de la cena en su casa y cuando su mujer les dejó solos con una copa de *brandy*.

—Explícame algo: ¿qué falló en tu infiltración en el País Vasco?

La norma estricta del espionaje establece conocer solo lo que directamente te afecte y que por tu trabajo necesites saber. El secreto es un bien de obligatoria protección. Nadie puede incumplir esa norma y, de hecho, todos la respetan con los desconocidos, los jefes y en ambientes públicos relacionados con el servicio. Beto había descubierto durante su estancia en la sede central que los agentes, cuando tenían mucha confianza con un compañero, y más si era amigo, intercambiaban información sobre operaciones pasadas o en marcha, sobre entrevistas con confidentes o cualquier otro detalle, con la certeza de que ese comentario no sería repetido fuera de ahí. Todos lo hacían y todos negaban hacerlo. En ese momento, Almirall esperaba de él una confidencia, un secreto entre espías que trabajan juntos, un desliz sin importancia que saciara su curiosidad.

La vivienda de Almirall era aún más grande que la suya, estaba situada en un selecto barrio residencial cercano a la embajada, y los muebles se veían de una calidad superior a los suyos. Sabían que el SIN era muy aficionado a colocar micrófonos, por lo que a pesar de haberle formulado la pregunta en el salón casi susurrándole al oído, cogieron las copas y salieron a la generosa terraza abierta.

—Oficialmente, hubo una filtración sobre mi tapadera, quedé expuesto. Aguanté lo que pude, pero me sacaron por mi seguridad —dijo Beto apoyándose en la barandilla de piedra. Era de noche desde hacía varias horas, a pesar de lo cual los dos curioseaban los edificios cercanos y las aceras, por las que no pasaba nadie en ese momento.

—¿La razón extraoficial? —inquirió Almirall.

—Estuve cinco años trabajando con el mediador Marcos Quiroga, conseguí un borbotón de información y fuentes, y habíamos montado una nueva intermediación entre el Gobierno y ETA —detalles que mencionó para hacerse valer ante su nuevo jefe—. Ambas partes estaban entrando poco a poco —se le escapó un suspiro— y yo tuve que dejarlo. Pocos meses después, se produjo la filtración de papeles, que yo había extraído del ordenador de Quiroga, para obligarle a abandonar la partida.

Almirall lo entendió todo. Dio un trago al *brandy*, permaneció inmutable junto a Beto y mirando al firmamento, dijo:

—Seguro que en Lima no vas a tardar en tener la oportunidad de repetir un trabajo tan bueno.

26

Beto intentó modificar en Lima su aspecto, sin conseguirlo. Terminó repitiendo la apariencia de un profesional conservador de cierto nivel: traje azul tradicional, aunque de tela más fina, camisas blancas y azules, y corbatas que él creía rompedoras por no ser lisas. Lo que no se planteó fue cambiar su forma de ser: seductor, afable, seguro de sí mismo y divertido, se amoldó a todos los ambientes.

Durante el año y medio pasado, a diferencia de su misión anterior en el País Vasco, había esgrimido en todos los sitios su apellido auténtico y si le preguntaban reconocía su trabajo en la Embajada española. No mencionaba su pertenencia al servicio secreto, pero aprovechó su larga pesadilla en Madrid para explicar con solvencia que ocupaba un simple y aburrido puesto de auxiliar. Era inofensivo, sin nada que esconder.

Empezó elaborando el informe diario de prensa y no tardó en relacionarse con políticos de ideología dispar, con representantes de organizaciones sindicales y una variada gama de especialistas en asuntos peruanos. Se sintió dichoso con Almirall, al final alguien le entendía, valoraba su trabajo y le utilizaba con confianza en misiones complicadas. Su jefe asistía a las reuniones donde se pisaba moqueta y a él le dejaba las más controvertidas, precisamente las que más le atraían. Había nacido para navegar entre el fango utilizando una bandera pirata. Como no le gustaba mencionar su trabajo en la embajada, en algunos ambientes manejaba la misma tapadera que en el País Vasco y soltaba con naturalidad que era periodista. No se le ocurría mencionar a la quemada agencia Iberia Press y, en su lugar, sin documentación que lo acreditara, utilizaba una inventada Europress, que sonaba a la prestigiosa Europa Press, pero no lo era. Nada le supuso un impedimento grave, nada le impidió trabajar intensamente, nada obstaculizó su vuelta al mundo de las sombras por el que tan bien circulaba. Volvió a ser un hombre feliz.

El clima político peruano se convulsionó aún más de lo habitual al conocerse la convocatoria de elecciones presidenciales para el 9 de abril, dos meses después. El presidente con ascendencia japonesa, Fujimori, y su asesor, Montesinos, manejaban los resortes del poder para que nunca nadie pudiera jubilarlos. Los dos tenían a su alcance las teclas básicas para controlar el Gobierno, aunque una gran parte de los ciudadanos estaban hartos de la situación y las protestas continuas enrarecían la vida en la calle. La votación solo sería un problema si la oposición conseguía que su nuevo líder, Alejandro Toledo, los echara, algo sumamente complicado.

Antes del anuncio de elecciones, Almirall se reunió un día con Beto en su despacho de la embajada. Era tarde, solo quedaban ellos dos en el edificio. El delegado del servicio se levantó a por un par de vasos y una botella de ginebra guardados en un armario colocado junto a un tresillo. Su ayudante estaba sentado en uno de los sillones, le entregó la bebida y él se sentó en el sofá.

—Se me ha ocurrido una operación, si te parece una locura la olvidamos y ya está, no la he comentado con nadie más. Pero creo que es perfecta para un culo inquieto como el tuyo.

Beto se limitó a beber, el jefe conocía su alto grado de motivación, le creía capaz de venderle la Puerta del Sol a un turista.

—¿Serías capaz de infiltrarte en el equipo de campaña de Alejandro Toledo?

El guardia civil no se lo esperaba, notó una ola de calor recorrerle el cuerpo y la sorpresa retrasó su respuesta unos segundos.

—¿Cuándo empiezo?

—Mañana mismo, si te atreves.

—¿En qué has pensado, jefe?

—Tengo en mente a una persona que te podría servir de enganche con la gente de confianza de Toledo. Es una mujer llamada Lía Quispe. —Sacó del bolsillo una hoja con una foto impresa.

—Es guapa —dijo Beto—. ¿Quién es?

—Una periodista con experiencia tanto en prensa como en asesoría política a congresistas. Conoce perfectamente ambos mundos. Lo que la hace acreedora a tu interés es que llevaba varios años formando parte del equipo de Toledo.

—Ella es la que me abrirá la puerta al grupo con el que pondremos fin al reinado de Fujimori.

Hablaron hasta la medianoche, plasmaron los pasos a dar en un papel, debatieron inconvenientes, destacaron ventajas y establecieron la mejor forma de planteárselo al servicio. Después se marcharon a sus casas y fue entonces cuando Beto le dio vueltas a la gran pieza que no le encajaba en la operación. Ya no era el agente inocente que solo ve lo que tiene delante. El juego es mucho más grande que cada una de las partidas y que cada uno de los jugadores. Caminando con tranquilidad hacia su casa por las calles solitarias de Lima, le dio vueltas al juego en el que iba a entrar y se repitió la pregunta que no había querido plantearle a su jefe: sería una operación del CNI, pero la información que consiguiera, ¿se la reenviarían al SIN peruano?, e, incluso, entre los datos que le solicitaran a él, ¿incluirían peticiones de los espías locales? En el mundo del espionaje, ya lo había comprobado en el País Vasco, los peones carecen de información vital, debido al mantra que les repetían en el servicio de que solo debían conocer lo que les era de utilidad para cumplir la misión. Esa información ocultada quizás hablaría —por eso prefería desconocerlo— de que la iniciativa que iba a emprender no se le había ocurrido a Almirall, sino que procedía de un impulso previo que le llegó procedente del SIN de Montesinos, ansiosos por meter a un topo cerca del candidato a la presidencia. O, si todo fuera bien, de un deseo del propio Almirall de intercambiar esa información por otro tipo de ayuda del SIN.

Beto estudió la vida privada de Lía Quispe, sus costumbres, gustos y aficiones, y se lanzó a establecer una relación de amistad. La aproximación le resultó más fácil que la de Quiroga. Le gustaron las mechas rubias que se reflejaban en su pelo cobrizo, la cara, a veces de bondad y otras de mal genio, su similitud en estatura y estilo, y su imponente cultura.

Tras varios días de coincidir, supuestamente por casualidad, en actos públicos, y tras charlar sobre una variada gama de asuntos, Beto encontró un interés común que les podía unir, algo que nunca pensó que ocurriría lejos de San Sebastián: Lía estaba muy interesada en el uso de la mediación en la resolución de conflictos. Con ese argumento, tras mostrarse como el gran experto que era, la invitó un día a comer en un discreto restaurante de lujo.

—He conocido a los grandes mediadores internacionales y he podido trabajar con ellos —le dijo en lo que podía parecer una afirmación presuntuosa, para matizar después—, bueno, en realidad, ellos trabajaban y yo los miraba.

—En la América de habla hispana esos asuntos son muy importantes. Comparto la opinión de Lederach, ¿le conoces?

—Claro, he estado con John varias veces en España y he acudido a un curso que impartió en Colorado. Me encanta su visión sobre los mecanismos para conseguir la paz.

—No me digas que le conoces, le admiró mucho.

—Quizás podríamos traerle a Lima.

—¿No me digas? ¿Lo harías?

—Si organizamos algo juntos, me encantaría.

—¿Por qué trabajas de funcionario administrativo en la embajada, cuando podías dedicarte a otras cosas?

—Me encanta viajar, de aquí para allá, dedicarme a los temas que me gustan, los relacionados con mi profesión, el periodismo, pero también la mediación y el asesoramiento político. Así tengo la suerte de conocer a mujeres tan preciosas como tú.

—Qué galante.

—De galante nada, me encanta estar contigo, no solo porque seas guapa, es que eres muy interesante, todo lo que haces, coincidimos en tantas cosas.

—Me he encontrado en el mundo diplomático a gente insoportable y desagradable a los que solo les faltaba pasear exhibiendo el bastón de mando, carentes de los mínimos dotes humanos. Por suerte también hay personas muy interesantes, sin poder, ni influencia, que me encantan, como tú.

Beto y Lía se hicieron amigos, pasaron a compartir buenos e íntimos momentos, disfrutaban con su compañía y sus charlas. Les encantaba conversar, uno de sus temas favoritos era la política peruana. Un día, en casa de ella, tras una pequeña cena con amigos, se quedaron los dos solos. Beto sacó el tema.

—En el tiempo que llevo en Perú he comprendido la necesidad urgente que tenéis de echar del país a los corruptos Fujimori y Montesinos.

—No sabes las barbaridades que han cometido impunemente —añadió Lía.

—Os urge conseguir que un presidente distinto, que esté preocupado por el bienestar del pueblo, llegue al poder y barra el pasado. Espero que Toledo encaje en ese perfil.

—Encaja, te lo aseguro. Pero no es fácil.

—Lo sé, si en algún momento puedo ayudarte para conseguirlo, cuenta conmigo —le dijo mientras le hacía un gesto cariñoso en el brazo.

—Un periodista como tú sería de gran ayuda en la campaña electoral.

—Pues si es posible, me apunto. No podría dedicarle todo el tiempo que me gustaría, pero cuando llegaran picos de trabajo en las elecciones podría escaquearme y volcarme con más intensidad.

Había continuas sospechas de ese tipo de actividades delictivas, pero Beto lo contó convencido, bien construido el relato, con un tono de intriga intimidante, que a todos los dejó con la piel de gallina. Fue Hurtado el que le pidió datos y nombres concretos, había entendido en la conversación de la mañana que su asesor disponía de ellos. Beto hizo un quiebro con el mismo desparpajo con el que lo hacía todo, pero no reseñó nada: carecía todavía de nombres. Los conseguiría más adelante y los compartiría con ellos.

Las tortillas de patata españolas fueron un éxito, abundaron todo tipo de bebidas alcohólicas y conversaron relajadamente sobre la vida personal de cada uno. Lo pasaron tan bien que antes de regresar a sus casas, bien entrada la noche, prometieron repetirlo y Beto no dudó en ofrecer su casa para cualquier celebración.

Esa noche no asistió Toledo, pero Hurtado se lo contó a la mañana siguiente. Le habló muy bien de Beto, de su generosidad al poner su casa para la fiesta, de su don de gentes para que todo resultara perfecto y, sobre todo, de lo bien relacionado que estaba y la información confidencial que podía conseguir. A Toledo le había gustado el español desde el primer momento, veía los acontecimientos con una perspectiva interesante, resolvía problemas, activaba a la gente y mostraba una fe ciega en la victoria. Los dos sabían que trabajaba en la Embajada española, lo que interpretaban como un pretexto para viajar, ganar un sueldo y poder contribuir a defender una causa justa. Era mejor que viajar de mochilero, pues al cobrar un sueldo no estaba agobiado por qué comería a final de mes.

En las semanas siguientes, Beto se implicó todavía más en la campaña electoral. Había estado simulando que disponía de un horario flexible en la embajada, por lo que pasaba unas cuantas horas allí. Las aprovechaba para hablar con Almirall, al que informaba de los acontecimientos del día anterior, y no se libraba de poner por escrito el relato con los temas interesantes para los jefes de Madrid. En la sede central, estaban volcados en todo lo relativo a Toledo, que mantenía muy buena relación con el presidente español, José María Aznar.

Un vínculo conocido en la Casa que los llevaba a trasladar al palacio de la Moncloa toda la información útil de la que disponían.

Beto mantenía afinidad con la mayor parte del equipo de campaña y siempre tenía presente sacarles cualquier dato desconocido sobre Toledo relativo a su vida personal, negocios y amistades. Sabía por las novelas de espionaje de John le Carré y de otros autores, más que por lo que compartían con él sus mandos, que cualquier información comprometedora, desviada de la imagen pública de un político, podría ser de mucha utilidad en ese momento o en el futuro para cumplir fines ocultos del servicio.

Vivían con tal pasión cada momento, que ninguno se planteaba dudas sobre la lealtad de cualquiera de sus compañeros. A pesar de que adoptaban precauciones de seguridad, sabían que no iban dirigidas al equipo, en el que la confianza era prácticamente ciega. Imaginaban el espionaje procedente del SIN de Montesinos y les preocupaban los pinchazos telefónicos. De hecho, cuando celebraban reuniones clave de estrategia, todos los asistentes, antes de entrar en la sala, sin excepción, debían quitar las baterías a los móviles.

Cuando Beto hablaba con Almirall y le transmitía verbalmente sus informes, notaba lo que valoraba su infiltración. Siempre le daba las gracias por su labor, le formulaba preguntas y evitaba darle consejos operativos obvios, lo que agradecía, por ser un reconocimiento a su buen trabajo.

El guardia civil podía hacerse el ingenuo, aunque no lo era. Había vivido intensamente la experiencia en el País Vasco y estaba fuera de toda duda que él conseguía información de calidad, y luego el servicio y el Gobierno, coordinada o independientemente, la utilizaban para lo que consideraran oportuno y los beneficiara. Él estaba realizando un trabajo fructífero, pero seguía obsesionado con la sospecha de que desde el mando de la División de Inteligencia Exterior en Madrid o por parte de Almirall, sus descubrimientos sobre la campaña de Toledo podían estar llegando a los mismos Montesinos y Fujimori a los que él combatía como miembro de su equipo de campaña.

nador, sin conseguir llegar al umbral de votos necesarios para evitar una segunda vuelta, y con Toledo consolidado como alternativa, con un resultado esperanzador, aunque la potente máquina manipuladora de Montesinos había hecho imposible, por el momento, llegar a más.

Beto se había asentado en el entorno del nuevo líder, convirtiéndose en imprescindible, alguien de confianza al que poder encargarle cualquier misión en ese momento y, sin duda, en el futuro.

28

Habían pasado solo un par de semanas desde que Alejandro Toledo había conseguido pasar a la segunda vuelta electoral representando a una oposición democrática feliz, que creía haber encontrado un líder con posibilidades de sacar del poder al equipo Fujimori-Montesinos. Lo siguiente era afrontar el reto estratégico que se les venía encima: Perú Posible contaba con el respaldo de muchos votantes, pero eran cuantiosas las incertidumbres ante un escenario desafiante dominado por la apisonadora del poder corrupto.

En el hotel Miraflores Cesar's se iba a celebrar a media mañana el primer comité de estrategia al que iba a asistir un nuevo asesor, Simón Mendoza, un periodista peruano que trabajaba en Panamá, recién llegado para ayudar en la batalla final. Bregado en múltiples contiendas informativas, con una barba más blanca que el pelo de la cabeza gris y un gesto inquisitivo que intentaba dulcificar, acudió para conocer al equipo con el que iba a colaborar y hacer una inmersión sobre el estado de la campaña hasta ese momento.

Saludó con rapidez a los asistentes, participó en la rutina de sacar la batería de los móviles y se sumó a la reunión presidida por Toledo y Hurtado. Escuchó atentamente lo que hablaban, vio los mecanismos de funcionamiento e intentó descifrar el papel que jugaba cada uno en un grupo relativamente pequeño. Le llamó la atención la presencia de dos extranjeros. Les supuso expertos en estrategia electoral, uno de origen francés y el otro español. El primero era más tranquilo y analítico, mientras el segundo era un ciclón, un tipo apasionado, muy metido en el trabajo, que opinaba de todo y cargaba sobre sus hombros tareas importantes.

Concluida la reunión, Mendoza se acercó a charlar con Beto. El español le contó que era periodista.

—Entonces conocerás a amigos míos con los que he coincidido en muchas guerras, trabajan en *El País*, *La Vanguardia*, *El Mundo*…

—No, me he movido más por periódicos de provincias.

—Ahora, ¿dónde estás?

—Encontré un puesto en la embajada, me permite viajar y tener un sueldo fijo.

—Ah, si estás allí, ¿sabrás qué periodistas de tu país vendrán a cubrir la campaña electoral?

—Vaya, lo siento, no recuerdo los nombres.

—Me encantaría saberlo, ya te he dicho que conozco a algunos, nos podrían ser útiles.

Mendoza se quedó descolocado, algo no le cuadraba. Beto era simpático y agradable, un profesional que resolvía con agilidad cuestiones importantes, pero se había encendido en su interior el piloto rojo de alarma. Cualquier periodista español que trabajara en el extranjero debía conocer a los colegas de los grandes medios, él los había visto muchas veces y siempre iban en comandita a todas partes.

Beto también tuvo una sensación extraña, el recién llegado no había encajado bien sus respuestas, parecía recelar de él. La desconfianza le llegaba en un momento, tras los resultados electorales, en el que había conseguido asentarse en su puesto. No se preocupó, en unos días lo habría convencido de lo que hiciera falta. Vigilaría al novato, pero sin darle demasiada importancia. La seguridad en sí mismo esta vez no le permitió colocar al periodista peruano el cartel de auténtica amenaza y hacerla frente desde el primer momento.

Mendoza tardó unos minutos en mandar un mensaje a uno de sus amigos españoles y le pidió referencias sobre Beto Romero, sin más datos, solo nombre y apellido. No recibió contestación. Siguió con sus pesquisas. Se acercó a hablar con personal de la campaña, empezó con el encargado de prensa y terminó con uno de los responsables de la seguridad. Simuló ingenuidad para preguntarles por el resto del equipo con el pretexto de conocerlos mejor, lo que le permitió pedir datos sobre el español sin levantar sospechas. Su sorpresa fue en aumento: todos sabían que trabajaba en la Embajada de España, donde efectuaba trabajos al más bajo nivel como auxiliar, y a nadie le había llamado la atención que en las semanas anteriores había estado trabajando en la campaña desde que salía el sol hasta horas después de que se pusiera. Les caía bien, le ensalzaban por el entusiasmo con el que lo daba todo para ayudar a Toledo a llegar a la presidencia.

Entonces, recibió la respuesta del periodista amigo desde España, tajante, sin lugar a duda: no sabía quién era Beto Romero. Su experiencia en temas conflictivos le indicaba que nunca debía dar algo por cierto hasta no tenerlo confirmado por varias fuentes, pero ya tenía claro, al menos interiormente, que no era quien decía ser.

Decidió acudir a la fuente directa y más importante: telefoneó a la embajada. Pidió hablar con el departamento de prensa, se identificó como un periodista asesor de Alejandro Toledo y preguntó si Beto Romero trabajaba allí y cuál era su función. La mujer que le atendió le aseguró que había tomado nota y le contestaría en cuanto pudiera, ya era tarde, la mayor parte del personal había vuelto a casa y, aunque iba a intentarlo en ese momento, quizás no podría responderle hasta el día siguiente.

Entre esa llamada y el mensaje de Almirall a Beto impeliéndole a reunirse, no pasaron ni diez minutos. El toque a rebato lanzado por el agregado de Información de la embajada fue provocado por una sensación similar a la que su abuelo médico verbalizaba con su propio lenguaje cuando estaba preocupado por un paciente: no me gusta nada la orina del enfermo. Le molestó que Beto no le hubiera siquiera mencionado la existencia de Mendoza, lo que le obligó a improvisar una búsqueda rápida, debía descubrir de dónde procedía el ataque. Pronto encontró los primeros datos: era un informador reconocido en Perú por sus noticias sobre grupos subversivos, corrupción gubernamental y narcotráfico. Un par de años antes, le habían otorgado el Premio a la Libertad de Prensa y acababa de abandonar su trabajo en Panamá para apoyar a Toledo y acabar con el régimen de Fujimori.

La chica de prensa de la embajada había estado ágil y había ganado tiempo hasta el día siguiente, pero urgía conocer cuanto antes la dimensión del problema que se les venía encima. Beto llegó cuando la tarde se estaba terminando, no había querido abandonar precipitadamente el comité electoral para no levantar suspicacias. Sospechaba que Mendoza podía estar detrás de la llamada urgente.

—No le podía decir que conocía a sus amigos periodistas —se justificó ante Almirall— porque habría quedado en evidencia. Este tío, ¿de dónde coño viene?

—He pedido datos a Madrid, parece un profesional progre, capaz de cualquier cosa para llevar a Toledo a la presidencia, pero tampoco debe creer mucho en él, le daría igual que en lugar de Toledo fuera Salamanca o Valladolid. —Hizo la gracia comparándolo con otras ciudades españolas—. Trata de acabar con Fujimori, le odia.

—¿Qué hacemos?, hay que bloquearle.

—No podemos.

—Toledo, Hurtado y el resto del equipo me defenderán.

—Lo harán mientras puedan.

—Podrán.

—Olvídalo, no por mucho tiempo. Si ha tardado unas pocas horas en llamar a la embajada, ya habrá conectado con otras personas. Es un perro de caza, te ha olido y no te soltará.

—¡Valiente cabrón! Podemos mentirle.

—Parece buen investigador, no tardará en descubrir cuál es tu puesto oficial en la embajada.

—No hay derecho —soltó Beto indignado—. El puto Ministerio de Exteriores me tenía que haber concedido una tapadera, una identidad falsa.

—Tenía que haberlo hecho contigo y con muchos de nuestros compañeros, pero no quieren.

—Estados Unidos lo hace con los agentes de la CIA.

—Es Estados Unidos, no España. —Paró un momento, apoyó las manos en la mesa de despacho y, suavizando el tono, dijo lo siguiente que iba a hacer, sabiendo que iba a molestar a Beto—: Tengo que informar al embajador.

—En Madrid quizás acepten que peleemos.

—La orden viene de Madrid, ya he hablado con ellos. El presidente Aznar quiere potenciar la relación con Toledo y esto podría acabar en un conflicto diplomático.

—He llegado muy lejos, no podemos tirarlo todo por la borda. Hay que hacer algo —imploró Beto con un tono más parecido al de una demanda.

—Vamos a ver qué pasa en las próximas horas. La prioridad es no entorpecer nuestras relaciones diplomáticas con Perú.

—Y yo que me joda, me sacrificas cuando estaba muy cerca de conseguirlo.

—No te sacrifico, el juego es el que nos impone las reglas. Si queda un resquicio para que sigas con el trabajo, seguirás.

En ese mismo momento, no muy lejos de allí, en Miraflores, un distrito de Lima conocido por su playa y sus restaurantes de calidad, en la *suite* del hotel Miraflores Cesar's, Mendoza había conseguido alejar a los colaboradores de Toledo y quedarse solo con él. Acababa de llegar, le parecía demasiado pronto para quejarse de un compañero de campaña, pero no podía dejar pasar ni un minuto más sin advertir al candidato. Se lo comunicó sentados en una esquina, hablando muy bajo, por si había micrófonos ocultos.

—Tengo la sospecha de que Romero es un infiltrado, nos lo ha colado Montesinos.

—¿Beto? —Esperó a ver la cara barbuda de Mendoza moverse de arriba abajo—, no es posible.

—He sospechado en cuanto le he visto en el comité de estrategia y he hablado con él un rato.

—¿Eres un cazador de infiltrados?

—Este país está dominado por la perversión de Montesinos, hará cualquier cosa con tal de que te retires de la carrera electoral.

—¿Qué pruebas tienes?

—Todavía ninguna, pero tengo que alertarte para que estés prevenido, podría ser un escándalo. Lo peor es que podría haberle pasado a Montesinos toda la información de tus próximos pasos.

—¡Pero si estamos en la segunda vuelta con el apoyo de Beto!

—Puede ser una estratagema para ahora hundirte en la miseria.

El candidato de Perú Posible no podía creérselo. Se levantó molesto, no quería seguir con esa conversación tan ridícula.

—Lo único que sé es que nos ha ayudado, y mucho, para llegar hasta aquí. Cuando tengas algo más sólido que sospechas, me lo cuentas.

Toledo dio por zanjada la conversación. Dejó allí enervado a Mendoza, que no entendía la razón por la que no le había creído.

29

El día siguiente amaneció con una reunión de máxima urgencia convocada por Álvaro Almirall con el embajador, Santiago Bau, en la cámara Faraday de la embajada, convenientemente aislada y protegida ante intentos de interceptación externos de las comunicaciones. Reunirse en el sótano, en un cuarto con solo una mesa y varias sillas con pinta de acoger duros interrogatorios, disgustó al embajador porque supuso que se avecinaban turbulencias. El agregado de Información llegó primero y abrió una carpeta con un informe que dejó de leer en cuanto apareció el hombre que más mandaba en aquel edificio, aunque él como espía no tenía obligación de informarle de muchos de los asuntos en los que estaba metido.

—Alberto Romero, mi ayudante, lleva varios meses trabajando a un alto nivel en la campaña electoral de Alejandro Toledo.

Hizo una pausa para que Bau empezara a asimilar la situación de crisis que se le venía encima.

—Es una operación que montamos hace meses y estaba ofreciendo muy buenos resultados. Romero forma parte en estos momentos del círculo más cercano a Toledo. —Nuevo silencio por ambas partes—. Ayer se sumó a la campaña un periodista, Simón Mendoza, ha desconfiado de él y ha iniciado una investigación que puede sacar a la luz su pertenencia al servicio de inteligencia.

—Es el que llamó ayer a la agregaduría de prensa pidiéndonos identificarle, imagino.

El embajador había hecho previamente sus tareas ante la sorpresiva convocatoria del espía a una reunión en la cámara Faraday.

—No creo que tarde mucho en volver a telefonear.

—Me está diciendo, creo entender, que vamos a tener a la prensa peruana acusándonos de haber infiltrado a uno de nuestros agentes en la campaña de Toledo.

—Sí, señor embajador, eso podría pasar si no reaccionamos antes.

—¿Habla de minimizar o de evitar el daño reputacional?

—De disminuirlo lo máximo posible.

—Hemos metido… —El embajador se puso en pie en el pequeño cuarto, se aproximó a la pared que estaba enfrente de Almirall, apoyó su espalda, le miró con cara de disgusto y matizó sus palabras—. Ha metido a uno de sus agentes en el equipo de campaña de Toledo y no he sabido nada hasta el momento en el que el incendio ya es incontenible y las relaciones entre los dos países están a punto de estallar… por su culpa.

—Nunca informamos al cuerpo diplomático para evitar implicarles.

—¿Usted ve que yo no esté implicado? —Bau estaba malhumorado, pero nunca perdía las formas exquisitas.

—Es mi trabajo, embajador. Nuestro Gobierno necesita información de calidad y se la buscamos.

—Cuando ustedes se equivocan, los diplomáticos pagamos el pato. Pero, dígame, ¿cómo va a minimizar el desastre?

—Mendoza está conectado con la prensa española, dispone de fuentes en el aparato político peruano y nos tememos que mantiene contactos con personal de algunas embajadas, entre ellas la americana. Sumado a que Romero aparece en la lista oficial del personal de la embajada, hace imposible ocultar que trabaja para mí.

—Se lo pregunto otra vez: ¿cómo va a minimizar el desastre que se nos avecina?

—Cuando llame Mendoza, no vamos a ocultarle nada: confirmamos que Romero trabaja aquí, en la Agregaduría de Información, y recalcamos que lo hace como auxiliar de administración. Todo lo demás lo desconocemos, alegamos que es un tipo muy independiente: no sabíamos que en sus horas libres colaboraba con Toledo y, si estaba metido allí, era a título personal. Añadimos que es un civil contratado para ayudar en la embajada y, si hace falta, nos mostramos escandalizados y dispuestos a llamarle la atención. Incluso, llegado el caso, lo mandamos a Madrid para que le abran expediente y lo despidan.

—¿La gente se lo creerá?

—No les quedará otra y quien sepa que es mentira preferirá mirar para otro lado.

—¿Y Romero?

—Es su trabajo, a veces tiene consecuencias negativas. Deberá asimilarlo.

—¿No se lo ha dicho?

—Primero el embajador, quien manda en la delegación.

—Claro, ahora que me necesitan. Antes tendré que llamar a Exteriores.

—Sospecho que mis jefes ya se habrán puesto en contacto con los suyos para evitar el escándalo y no perjudicar las buenas relaciones de nuestro presidente con Toledo, creo que va a visitar España en unas semanas.

—Gracias por transmitirme su sospecha —dijo Bau con sarcasmo—. Si es tan amable, déjeme solo, voy a hablar por línea segura con mi director general.

* * *

Lía Quispe llamó temprano a Beto, que estaba todavía en casa. Hablaba entrecortada, la excitación le dificultaba encontrar las palabras adecuadas.

—Me ha despertado Toledo. Mendoza, el nuevo, te acusa de ser un espía, no sabe bien de quién, pero quiere que te eche del equipo de campaña.

—Tranquila, Lía, ese cabrón no podrá conmigo.

—Dice que te vio en la reunión de ayer y con solo hablar cinco minutos contigo supo que no eres quien dices ser. Es un tipo peligroso, ha llegado con ínfulas de ser el único asesor, primero va contra ti y luego irá contra mí.

—No va a pasar nada, ya verás. Ahora voy a la embajada y desde allí al hotel. Ya hablamos.

De nuevo, tras el descalabro del País Vasco, Beto se encontraba en otra tesitura en la que presentía que había dejado de controlar el juego, era un monigote en manos ajenas y no podía hacer nada para evitarlo.

Había convencido al equipo de Perú Posible de su entrega incondicional, había peleado más que nadie, había hecho aportaciones vitales para que Toledo obtuviera unos grandes resultados que le llevaran a la segunda vuelta y, de repente, aparecía un periodista para destrozarle el trabajo. Se le habían ocurrido varias opciones para hacer frente a la amenaza que se cernía sobre él, las iba a intentar poner en marcha y necesitaba el respaldo de su jefe. Se temía que Almirall, al igual que Espadas, le abandonara para evitarse problemas, le dejara solo frente a la turba que se avecinaba decidida a quitárselo de en medio. Si el juego decidía prescindir de él, no tenía nada que hacer, carecía de las cartas adecuadas para seguir en la partida.

Se encontró a Almirall en un pasillo de la embajada, venía de estar con el embajador. Por su cara compungida supo lo acertado de su pronóstico: pergeñaba prescindir de él. Fueron hasta el despacho, su jefe arrastró el sillón con ruedas y lo colocó al otro lado de la mesa, justo al lado dc Beto.

—Los mandos de la división han ordenado poner un cortafuegos, Aznar tiene una relación privilegiada con Toledo y no podemos estropearla. Eso es lo más importante para todos.

La situación se repetía, solo que ahora estaba más cristalina que en el País Vasco. Allí pudo controlar su salida, prepararla concienzudamente, desaparecer, más o menos, a su conveniencia. Ahora iba a ser mucho peor, no iba a recibir el amparo de Almirall.

—Sabemos —siguió el agregado de Información— que Mendoza va a descubrir con rapidez, si no lo ha hecho ya, que trabajas para mí. A partir de ahí, se nos abre un problema diplomático grave.

—Toledo está de mi parte —dijo Beto con confianza—, no me entregará al primero que venga a pedir mi cabeza.

Almirall le miró con la autoridad del mando y los años de experiencia, su agente era un ingenuo, Toledo le abandonaría en cuanto viera peligrar su campaña. No se lo dijo, prefirió poner sobre la mesa una carta distinta.

—Yo estoy contigo porque esta operación la hemos ejecutado entre los dos, pero nuestros mandos quieren el menor ruido posible y no perjudicar a Toledo ni a su relación con España. Si no cumplimos las órdenes, nos pondrán a los dos de patitas en la calle.

—Si peleo, lo puedo conseguir. Quizás haya que presionar un poco a Mendoza y recordarle a Toledo lo que le he ayudado. Bastará con que discretamente anunciéis en determinados ambientes que pensáis en echarme de la embajada.

—Las órdenes de Madrid no admiten discusión —insistió Almirall levantándose, colocando su silla al otro lado de la mesa, y quedándose de pie—. Ya te lo he dicho: quieren que establezcamos un cortafuegos.

—Yo soy el cortafuegos.

—Efectivamente.

—¿Quieres que haga lo mismo que el Lobo cuando se autoinmoló en Cataluña hace unos años?

—Por lo poco que sé, fue una situación diferente.

—Se la jugó, como me la he jugado yo. Le pillaron, como me han pillado a mí. Intervino la prensa, como ahora conmigo. Y Mikel Lejarza declaró públicamente que no trabajaba para el servicio y se comió él solo el marrón, como tú me estás pidiendo.

—Nos ocuparemos de ti, el servicio agradece los servicios abnegados de sus agentes.

Beto iba a soltar la fórmula fina de «no te lo crees ni tú» o la más ordinaria de «vete a tomar por culo», pero no pronunció ninguna de las dos.

—Habrá un comunicado sencillo de la embajada comentando que nadie te ordenó entrar a formar parte del equipo de Toledo.

—Que fue una iniciativa mía que ninguno conocíais.

—Eso calmará la situación.

—¿Tendré que volver a España?

—Por supuesto que no. Seguirás aquí, con discreción, y podrás terminar tus años de estancia en el extranjero.

30

Simón Mendoza había conseguido un nuevo éxito que sumar a los muchos cosechados en su carrera. Se sintió feliz por hacer caso a una corazonada y desvelar con una investigación rápida que Beto Romero era un empleado del servicio de inteligencia español. Decidió filtrárselo a Axel Vargas, un viejo conocido del diario *La República*, al que citó en el bar del hotel Miraflores Cesar's. En una discreta mesa, en una esquina, pegada a la pared, pidieron dos bufés criollos.

—Ha sido bastante sencillo —se quitó importancia Mendoza—, a los cinco minutos de conocerlo me di cuenta de que ese señor no era un periodista. Solo tuve que telefonear a amigos en España y en unas horas me confirmaron lo que hacía en Lima.

—Vivimos rodeados de espías. Montesinos y el SIN nos controlan a todos.

—No olvides que la relación de España con el Fujimorato es excelente.

—¿Qué hacía allí dentro Romero?

—Es patético, un espía español en el comando de la oposición democrática. Tenías que haberlos visto a todos sacando las baterías de los celulares antes de la reunión, como si eso sirviera para algo cuando tenían un topo entre ellos.

—¿A quién le entregaba la información que obtenía?

—No sé nombres y apellidos, todavía, pero para poder penetrar le abrió las puertas Lía Quispe, ya verás como ella tiene vínculos con el SIN y, a través suyo, seguro que Romero ha vendido todo lo que sabía al Fujimorato.

—Llamaré a la Embajada española antes de publicar, pero a ti, ¿qué te han dicho?

—Ya sabían quién era Romero, no les quedó otra que reconocerlo. El tío es un listillo, se había puesto a trabajar con Toledo sin decir nada en la embajada, sin tener autorización para meterse. Debió hablar con Lía, empezaría haciendo cosas simples, qué sé yo, y con rapidez, usando su labia, les convenció de que podía ayudarles a vencer al Fujimorato, cuando él era parte, imagina.

—¡Qué follón les ha montado!

—En la embajada me cuentan que le están investigando, que cuando tengan todos los datos le confrontarán y después adoptarán las medidas necesarias. No descartan quitárselo de en medio.

Axel Vargas, después de que Mendoza le telefoneara y le adelantara los primeros datos de la historia, había iniciado una ronda urgente de llamadas entre personas que podían haber conocido al español. El resultado era confuso. Una chica de la campaña del candidato le contó que estaba casado y un colega periodista le indicó que un día estuvieron varios compañeros tomando copas y alardeó de que estaba soltero y no paraba de ligar. Otros le aseguraron que era el responsable para América Latina de una agencia llamada Europress, pero cuando fue a documentarse se encontró con que no existía. En general, todos hablaban bien de él, le elogiaban con sinceridad: su conversación era siempre muy interesante y dominaba muchos temas con soltura, era muy culto.

Mendoza le autorizó a que citara su nombre y sus declaraciones en la noticia que iba a publicar. Para él, Romero era un peligro, había que extirparlo de la campaña y a Toledo no le quedaba otra que superar sus reticencias a desprenderse de un colaborador tan útil. Las evidencias de la traición, concluyó, podían perjudicar mucho al político.

Vargas se fue a la redacción directamente y, en cuanto se sentó en su silla, marcó el número de la Embajada española y pidió hablar con el agregado de Información. Para su sorpresa, no tardó en escuchar la voz de Álvaro Almirall.

—Gracias por atenderme.

—En esta embajada estamos para ayudar.

—Voy a publicar en el diario *La República* una historia sobre la presencia de uno de sus hombres en el equipo de campaña del candidato Alejandro Toledo.

—No puedo desmentir que sea un civil contratado por la embajada, porque es cierto. Pero sí puedo negar que estuviera con Toledo por ser uno de mis hombres. El servicio de inteligencia español no se mete en los asuntos políticos de Perú ni de ningún otro país, nos limitamos a buscar la información que pueda demandar nuestro Gobierno.

—¿Qué hacía su hombre allí? —insistió el periodista.

—Le repito, no es mi hombre. Es un auxiliar, un administrativo, sin competencias, más allá de teclear documentos, hacer resúmenes de prensa o tener las cuentas al día.

—¿Un simple administrativo en el núcleo duro del que podría ser el próximo presidente de Perú?

—Aquí hacía un trabajo…

—¿Hacía? ¿Lo han echado?

—Digo hacía porque, hasta que concluyamos la investigación abierta, no tiene asignado ningún cometido en la embajada. Nosotros nos preguntamos, igual que usted, cómo ha podido llegar hasta ese puesto. Si me permites que te tutee y no me citas en tu información, te reconoceré que estamos escandalizados, nos ha engañado a todos, nos ha puesto en una posición muy incómoda. Es un pobre desgraciado con ambiciones de poder.

—Mire —afirmó Vargas con frialdad—, Romero ha estado robando información muy valiosa de la campaña del candidato. Es difícil creerse que no les reportara a ustedes.

—Sin que me cite, por favor, me encantaría decirle que, si yo le hubiera infiltrado allí, habría sido una operación de mayor calidad, nunca le habría metido con su nombre auténtico. Como auxiliar jugaba un papel tan insignificante dentro de la embajada que ni siquiera nos percatamos de sus ausencias prolongadas. No, no nos informaba de sus actividades ni de la información que usted dice que conseguía. Le aseguro que jamás pensé que un tipo como él pudiera hacernos esto. Pero también le garantizo que le vamos a pedir explicaciones de una manera muy seria.

Dos días después, en la portada de *La República*, apareció una foto de Beto tomada dentro de su coche, con su habitual chaqueta oscura, camisa blanca, corbata y pelo casi al cero, y con un insólito gesto de mal humor. La denuncia del título era contundente, sin dejar espacio a la duda: «¡Espiaba a Toledo!». El primer sumario asumía las incógnitas lógicas cuando entras a explicar el mundo del espionaje y dudas de todo lo que ves: «Se presentó a Perú Posible como Beto Romero, experto en imagen». Al escribir el texto, Vargas no citó las palabras del agregado de Información, pero reflejó lo alucinante de que un agente español se hubiera infiltrado con su propia identidad. En los otros sumarios se podía leer: «Logró penetrar en el entorno íntimo del líder de PP» y «Revelamos su verdadera identidad».

La noticia era tan contundente como Almirall se la había imaginado. Había alertado al embajador Bau para que estuviera preparado, porque si bien su secretaria podía desviar las llamadas de los periodistas hacia el departamento de prensa o hacia él, en algún acto al que asistiera debería dar la siguiente respuesta, corta, pero contundente: no podía ofrecer detalles, aunque reconocía que Romero estaba adscrito a la Embajada española.

Beto había permanecido lejos del tsunami y no había hablado con nadie fuera de Lía y algún otro amigo. Cuando leyó la información de Vargas se dio cuenta del tremendo daño que le iba a producir en su carrera. Para un captador de fuentes humanas es trascendental que nadie junte su nombre, su cara y su profesión de espía. Eso es lo que había hecho el diario peruano. Tendría que trabajar mucho para volver a convencer a sus mandos de que le dieran otro destino operativo.

Había aceptado el distanciamiento promovido por su servicio y la embajada, y ese empeño en inventarse que era un civil anárquico que había ido a su bola sin importarle meter a su país en el barro. Menos mal que los periodistas peruanos tenían complicado descubrir su pasado y su presente en la Guardia Civil. Gracias a Lía, Toledo se había creído la historia de que era un ferviente defensor de su persona y que lo había hecho todo por un deseo sincero de auparlo a la presidencia de Perú. La reacción favorable le había abierto una pequeña ventana para volver a asesorar al candidato, aunque estaba más que complicado.

Le dolió ver escritas las críticas que le dedicaba una fuente anónima de la embajada que llegaba incluso al ninguneo y el desprecio. No esperaba que fuera tan despiadado. Le había retratado como alguien despreciable, obsesionado con trepar, individualista, que había abandonado su trabajo para intentar abrirse camino de una manera inmoral en la política. Le dolió, ¡vaya si le dolió! No debía contradecir esa versión, era fundamental que quedara patente su falta de conexión con la embajada y el servicio secreto. El muerto se lo tenía que comer él, le habían prometido que se lo pagarían, aunque después de lo vivido tras su salida del País Vasco, le costaba creerles.

Lo había leído muchas veces en las novelas de espías: cuando un agente salía mal parado de una operación, toda la inmundicia se la echaban encima. Alegaban que el servicio —todos actuaban igual— era prioritario por encima de las personas. Esa actitud era un pretexto para que los mandos no se quemaran en un incendio en el que habían participado. Los jefes siempre flotaban, mientras los subordinados, los que se la jugaban y podían perder la vida, como sucedió con frecuencia en la Guerra Fría, se hundían hasta el fondo en los lodazales. Le iba a pasar a él. No le quedaba otra: si quería seguir cobrando a final de mes, debía tragar.

Le perseguía la mala suerte. Había hecho un buen trabajo y cuando había alcanzado una cota envidiable, había aparecido Mendoza, una mala persona, un tipo despreciable, que había visto en él un oponente que apartar para conseguir el aprecio de Toledo. Almirall pensaba igual que él y le había advertido de que se alejara del periodista y no se fiara de nadie de su entorno.

Beto no se dejaba amedrentar: la publicación de su foto y la historia en *La República* no iba a limitar sus movimientos. Nadie le impediría ir a hablar con Toledo. Quería fijar los lazos, antes o después sería presidente y, cuando esta tempestad hubiera pasado, podrían retomar la relación. Trató de que nadie le viera entrar en el hotel Miraflores Cesar's y subió a la *suite* de uno de los pisos más altos donde Toledo y su equipo trabajaban. Encontró comprensión, buenas palabras, promesas de cara al futuro y una declaración de confianza que le hizo en privado y nunca repetiría en público. Al salir tuvo la mala suerte de toparse en el pasillo con Mendoza. Le miró con hostilidad sin intentar esconder el daño recibido y, a pesar de la presencia de dos escoltas en la puerta, le tendió la mano y, al mismo tiempo, le dirigió la palabra mostrando su enfado.

—Es la última vez que lo hago, Mendoza.

El periodista no hizo ademán de estrechársela.

—Yo solo les doy la mano a los amigos y a quienes respeto.

—Me sacan del país por tu culpa, pero voy a volver y entonces… —sustituyó las palabras por un dibujo en el aire de una cruz, un anuncio de que moriría pronto.

—Puedes intentarlo, otros me han amenazado antes y no lo consiguieron, te estaré esperando —le respondió enfrentándole con convicción.

—Yo soy pacifista, serán otros quienes te van a poner bajo las piedras.

—Inténtalo.

31

El camino de Beto de regreso a Madrid fue tan duro como imaginaba. No podía bregar con la injusticia y la ausencia de reconocimiento. Sentimientos que le reconcomieron durante las largas horas de vuelo desde el aeropuerto Jorge Chávez, en Lima, hasta el de Barajas, en Madrid. Antes de emprender el viaje, habló con Almirall y le comentó lo injusto de su situación. Cuando algo le parecía desmedido, lo decía, con disciplina, pero lo decía. Se lo habían enseñado en la Guardia Civil: «Paso corto, vista larga y mala leche». No se merecía el cese, todos lo sabían y nadie movía un dedo por ayudarle.

Testarudo, estaba convencido de que aún le quedaba una oportunidad de revertir su salida forzada del país, hacer que no fuera permanente y regresar. Calculó permanecer en Madrid un par de semanas, una especie de anticipo de las vacaciones de verano; charlar con Toledo con calma, pues iba a realizar una visita oficial a España sin la compañía de asesores como Mendoza; y conseguir su respaldo para regresar a Perú el 3 de junio. Todo volvería a ser como antes, incluso convencería a sus mandos en el servicio para abandonar su destino en la embajada y aparentar una vida independiente: sería un civil autónomo que acompañaría a Toledo en su viaje a la cumbre del poder.

Mientras él abandonaba Perú, Almirall remató la labor de desprestigio de Beto a sabiendas de que se enteraría y quedaría aún más molesto por las nuevas falsedades inventadas. El agente debía tragar, no le quedaba más remedio. Filtró a algunos medios, entre ellos *La*

República, que, antes de enviarlo a Madrid, en la embajada le habían sometido a un intenso y largo interrogatorio, en el que le preguntaron reiteradamente sobre su presencia en la cúpula de Perú Posible y los motivos de colarse allí. También contó a los periodistas que nada más llegar a la capital de España, Beto tendría que acudir a la sede del servicio de inteligencia, donde le notificarían la apertura de un expediente, en el que ya figuraban las opiniones negativas de sus jefes en Perú. «La acusación es muy grave —les detalló—, ha violado el reglamento de las embajadas españolas en el extranjero».

Beto no tardaría en enterarse de esos comentarios por los mensajes de periodistas que no atendió y por los *mails* que entraron en su correo electrónico que tampoco contestó, aunque los leyó estupefacto por algunas preguntas que le formulaban basadas en hechos falsos, sin duda contados por Almirall con la intención de aumentar la distancia entre él y la delegación española.

Más tarde, también descubriría que su jefe había quedado con Mendoza para arreglar el desaguisado montado tras amenazarle. Su actitud había sido la lógica al encontrarse con una persona que le había desacreditado con chulería. Almirall lo vio como una metedura de pata y para distanciarse aún más de él, habló con el periodista sobre el tenso encuentro, le animó a no tomarse en serio la amenaza de muerte y le informó de que no estaba prevista la vuelta de Romero a Perú, pero si lo hacía, no dudara en llamarle.

Nadie regañó a Beto cuando regresó a la sede central. Todo fueron parabienes y agradecimientos por haber soportado estoicamente la campaña de desprestigio que, le repitieron, era necesaria para salvar los intereses de España. Esta vez le costó creerse las palmadas en la espalda, había actuado según se esperaba de un agente sobre el terreno, pero la conclusión era que le esperaba de nuevo una ratonera, un largo aislamiento.

Planteó a sus mandos la posibilidad de retomar su relación con Toledo. Había hablado con él en Lima, le había convencido de su buena fe y se había creído que el servicio secreto no le había mandado para espiarle. Viajaba a Madrid unos días más tarde y deseaba abordarle, Lía le había garantizado que podría estar con él a solas un rato. Por sorpresa, le dieron el visto bueno.

Toledo y la delegación que le acompañaba se alojaron en el céntrico hotel Ritz de Madrid, y a sus inmediaciones se desplazó Beto a la espera de que Lía le confirmara cuándo podría recibirle el dirigente de Perú Posible. Ese momento nunca llegó, no supo si su propio servicio maniobró para poner fin a la relación o si fueron peruanos como Mendoza los que convencieron al político de no relacionarse con él.

La mala noticia fue que el enviado especial del diario *La República*, a quien alguien había alertado de su presencia en la zona, le estuvo buscando como si en el mundo no existiera una noticia más importante que dar con su paradero.

—Señor Romero, trabajo en el medio que destapó su infiltración en Perú Posible. Me gustaría conocer los motivos de su salida del país.

Era lo último que el espía esperaba que le sucediera, una mala suerte inmerecida. Improvisó con rapidez, le contestó con suma amabilidad, como si no tuviera nada que ocultar.

—He renunciado a mi puesto en la embajada, desde hace tiempo me llevo sintiendo incómodo con la relación que mantenía con mi jefe, el agregado de Información. —Si ellos habían mentido hasta la saciedad, él podía hacerlo también.

En las siguientes semanas, el servicio y él escondieron la cabeza bajo tierra, como falsamente se dice que hace el avestruz, esperando que escampara. Durante el mes de junio, en Perú, un parlamentario del Frente Independiente Moralizador pidió la comparecencia del ministro de Relaciones Exteriores para que explicara las actividades supuestamente ilícitas llevadas a cabo por Beto. Según su interpretación, las habría realizado con conocimiento de la Embajada española, y consistieron en inmiscuirse en la vida política del país. Afortunadamente, para el servicio secreto y para Beto, la noticia careció de trascendencia.

Con unos días de diferencia, en Madrid un diputado socialista, Rafael Estrella, preguntó al Gobierno del PP el tipo de contrato que tenía Romero con la embajada en Lima, por los cometidos que realizaba y si conocía el Ministerio de Exteriores su trabajo como voluntario en la campaña de Toledo. Aunque la noticia tampoco despertó el interés de la opinión pública, sí llamó la atención la parte final de su pregunta: si conocía que «fue despedido por supuesta colaboración con el servicio de inteligencia militar peruano».

Una tercera primicia vino a enturbiar el deseo de pasar página cuanto antes. El diario *La República*, la pesadilla de Beto, volvió a retomar la historia. En apoyo de Mendoza, según lo interpretaron, desvelaba con todo detalle la última conversación que mantuvo con el periodista, en la que le amenazó de muerte. Por suerte, la prensa española no se hizo eco de la información.

Beto, de nuevo enclaustrado en la sede del servicio, sintió que acababa de perder una nueva batalla. Solo que, esta vez, había quedado expuesta su identidad real, lo que sería problemático para llevar a cabo trabajos de campo, lo que los mandos, y hasta los compañeros, le dejaron claro desde el primer momento.

Mantuvo diversas entrevistas para analizar detalladamente lo que había pasado, nadie puso en cuestión su trabajo, aunque consideraron fuera de lugar las amenazas contra Mendoza. Él indagó las razones por las que había ido tan rápido a su caza, le parecía sorprendente. Había leído su testimonio en *La República* y no lo entendía: le había llamado la atención su influencia en el comité electoral de Toledo y con unas simples preguntas había descubierto que no podía ser periodista. Beto no se lo creía, había algo que ocultaba. Un día, una de las personas de la División de Inteligencia Exterior con las que charló le contó que sospechaban de Mendoza, pero ella no podía contarle nada. Unos segundos después, la compañera se levantó, le pidió disculpas porque necesitaba acudir al baño y dejó abierta la carpeta que había mirado un momento antes. En cuanto se fue, Beto se apresuró a echar un vistazo a unas hojas en las que aparecía la foto de Mendoza. No tardó en leer una pequeña nota: conocía al delegado de la CIA en Lima.

PARTE III

32

Beto acabó la narración de su etapa en Perú, mucho menos estresado que cuando rememoró los pasajes de su infiltración en el Centro de Investigación de Conflictos. Al otro lado del cristal del locutorio, seguía Marcos, siempre interesado en comprender, observador atento de la realidad, que al no sentirse implicado directamente en esa parte de la historia, le había transmitido una calma difícil de encontrar en una prisión. Contarle ese periodo de su vida le había ayudado a mirar con perspectiva y entender mejor lo que había pasado.

—¿Por qué iba la CIA a querer delatarte? —soltó Marcos en cuanto notó que cerraba el capítulo de Lima.

—Estas cosas se intuyen, no se saben a ciencia cierta. En el espionaje se dan por demostrados comportamientos que para un juez no estarían suficientemente probados. O Mendoza era uno de los suyos, o tenían algún otro topo metido o, simplemente, no querían que el servicio influyera en Toledo porque ellos deseaban controlarlo en solitario.

—Has sido periodista durante un montón de años. —Marcos pasó con sarcasmo a su siguiente duda—. Podrías aprovechar tu estancia aquí para sacarte la carrera.

—Conozco cómo actúan, por eso repetí profesión. Por eso, y porque un periodista puede preguntar por cualquier cosa sin levantar suspicacias.

—Imagino —dijo el mediador rascándose la barba canosa— que tu regreso a la sede volvió a ser una pesadilla.

Beto fijo la mirada apesadumbrada en su amigo y habló despacio, como si fuera a bucear en el fondo de un mar lleno de malos recuerdos. Rememoró el dolor del alma que sintió antes de regresar a la sede central que había sido su pesadilla. Pasó las vacaciones en su querida Asturias, agradecido de que su salida de Lima hubiera carecido de repercusión notoria en los medios de comunicación. Recordó las noches de insomnio, los despertares sudorosos, con la garganta reseca, intentando olvidar las imágenes atosigantes de su vuelta al trabajo sedentario. No quería ir, pero carecía de alternativa sólida. Nada le gustaba más que el mundo del espionaje, esa mezcla de ser quien no eres, el ambiente de conspiración, el juego del engaño, el riesgo de que te pillen, el darte cuenta de que alguien en algún lujoso despacho de poder gana una partida gracias al pequeño dato que tú has conseguido robar.

El día de su regreso constató el fin de una etapa de ensueño en Perú y el inicio de una muy diferente en Madrid, en la que por suerte no tendría que revivir la pesadilla de estar adosado a un puesto de simple auxiliar. Los mandos seguían sin saber qué hacer con él, aunque parecían haber aprendido la lección y le habían buscado un puesto con más actividad y dignidad en el Departamento de Doctrina, en la parte encargada de la formación de los agentes: sería una especie de coordinador de cursos. Mandaban otros, los militares, los oficiales de inteligencia, como siempre. Los guardias civiles, como él, estaban para asuntos menores. En San Sebastián y Lima ejercían sobre él un control teórico y distante, pero hacía lo que le daba la gana, y, como obtenía grandes resultados, no se metían y tragaban. Además, en esos destinos ganaba un montón de dinero y gastaba poco. Por el contrario, en la sede de la avenida del Padre Huidobro volvía a convertirse en un guardia sin estudios, que no sabía hablar ni inglés ni francés, ni siquiera chino, sin perspectiva de futuro para ascender en la pirámide de la carrera.

—Había demostrado por dos veces lo buen captador de fuentes que era —respondió Beto con naturalidad a su amigo, no se sentía vanidoso— y de nuevo tenían que colocarme en un despacho. Me buscaron algo con más actividad en la Escuela, como le llamábamos todos, el centro de instrucción donde se imparten cursos de iniciación a los recién contratados y de reciclaje a los veteranos. No era demasiado el trabajo y buscaron algo estimulante. El secretario general me llamó un día a su despacho, me ensalzó mucho en su nombre y en el del director y me pidió que elaborara una monografía sobre captación de fuentes humanas.

Beto se sintió halagado, le pareció una muestra de confianza y un reconocimiento a su sufrido trabajo en una tarea especialmente conflictiva, que proporciona una información única. Eso le incardinaba en el Departamento de Doctrina y le destacaba como alguien que había demostrado controlar una faceta innovadora referida a las fuentes que colaboraban de una forma inconsciente.

Marcos tenía especial interés en conocer la parte final de la historia. Habían detenido a Beto por vender información a Rusia y él negaba vehementemente que fuera cierto. No le veía en ese papel, aunque era verdad que tampoco había imaginado a su amigo como un agente secreto. Alguien que le había mentido durante cinco años, que había engañado a un candidato a la presidencia de Perú, podía perfectamente manipular a cualquiera. Pero carecía de sentido que le mintiera ahora a él. Su concepto de patria no era el mismo que el de los conservadores, a él no le parecían vitales símbolos como la bandera, pero sí creía en los valores individuales. En los últimos meses, había analizado mucho el concepto de traición, se había preguntado a quién se puede traicionar. De sus lecturas, le había llamado la atención el prólogo del escritor y exespía Graham Greene para el libro *My Silent War*, del traidor Kim Philby, que se alejó de su país, Gran Bretaña, para espiar al servicio de la Unión Soviética. Decía Greene: «Los juicios morales están singularmente fuera de lugar en el espionaje».

Beto negaba haberse vendido a los rusos y, aunque lo hubiera hecho para buscar un dinero que hubiera podido necesitar, era leal consigo mismo. Si en su cabeza no existía la traición, no era un traidor. Los Gobiernos se consideraban con el poder de enjuiciar los comportamientos ajenos, solo buscaban presionar a sus ciudadanos exigiéndoles una lealtad ciega a sus principios.

—¿Qué ocurrió tras tu regreso? —preguntó Marcos—. ¿Qué hiciste en esos tres años que ha llevado al servicio secreto a detenerte, meterte en esta prisión y acusarte de ser un traidor?

—Hoy se nos acaba el tiempo, en cualquier momento el funcionario cortará la comunicación, pero te voy a adelantar algo. No tardé en ver cómo funcionan auténticamente las cosas ahí dentro, cómo las medidas de seguridad no son lo que parecen. De cara a fuera, son estrictos cumplidores de las normas. De cara a dentro, las normas no se respetan porque unos confían en otros de una forma inapropiada. Yo intenté evitarlo, pero me han perseguido para que no se sepa la realidad.

—Han dicho que te vendiste a los rusos, pero no dan detalles.

—Nunca los darán, porque es falso. Te voy a contar a ti lo que pasó en esos tres años, la verdad. No sé lo que pasará en el juicio, desconozco lo que se van a inventar para condenarme y justificar lo que pasó. Pero, te aviso: da igual lo que yo te cuente, el juego lo controlan ellos y van a hacer lo que quieran conmigo.

33

Ocho años antes, Madrid, finales de 2000

Al poco de regresar a la sede central, Beto comenzó un curso, al que le habían apuntado, sobre actualización de técnicas operativas. Le suavizó el retorno, le facilitó la integración y aprendió a manejar los entresijos de su nueva labor en la Escuela, similar a la de un delegado de curso, pero con más poder, lo que le permitió relacionarse, con cierta libertad, con nuevos compañeros. Eran hombres y mujeres por encima de los cuarenta, que debían pasar dos meses poniéndose al día sobre temas como manipulación de fuentes, transmisión de información, análisis, doctrina o nuevas tecnologías.

Desde el primer día, los observó inmersos en las clases y conferencias, disciplinados con algunas excepciones: mandos demostrando que su trabajo era tan importante, que no les permitía desenchufar. El curso les ofrecía la posibilidad de conocer agentes de otras áreas con los que de otra forma no tendrían posibilidades de tratar, por la norma del servicio de convertir las unidades de trabajo en compartimentos estancos. Se limitan a ver caras aceleradas por algunos pasillos, en el aparcamiento o en el bar, pero sin ponerles nombres y apellidos. Si un día se encontraban a uno haciendo la compra en el supermercado, a la mirada furtiva no debería seguir la curiosidad de saber cómo era su pareja o si tenía hijos.

Beto no tardó mucho en descubrir algo que había observado con cautela en su anterior enclaustramiento: aunque disimularan, a los espías les gustaba relacionarse y compartir vivencias, como a la gente normal. Mantenían las imprescindibles precauciones, no se abrían ante el primero que se les acercaba, aunque estaban en un complejo de edificios en el que a todos se les presumía los mismos valores, especialmente el de la discreción. En su papel de coordinador, Beto pronto se encontró con acercamientos de otros alumnos para contarle intimidades que justificaban una ausencia, le participaban reuniones importantes que les impedían llegar a tiempo e, incluso, le invitaban a reunirse con otros agentes para tomar copas tras descubrir que vivía solo en Madrid y no tenía pareja.

Nunca había necesitado ayuda para crear vínculos afectivos, era un tipo divertido, con buena conversación, interesante para la gente. En ese momento tenía ganas de relacionarse con personal del servicio, hacer amigos dentro. En las novelas de espías, los agentes tenían colegas de los que se fiaban y otros con los que podían compartir una comida sin llegar a abrirse del todo. Los más amables o los más antipáticos siempre podían ocultar sus aviesas intenciones.

Una de las primeras medidas que le resultó chocante en el curso fueron las hojas que entregaban a los ponentes, en las que aparecían fotos de los alumnos con su nombre debajo. En su caso, era la foto que figuraba en su carné del servicio y debajo ponía Beto García. A los pocos días de iniciarse el curso, el oficial de inteligencia, que fue a refrescarles las medidas de seguridad en la vida privada, abandonó el aula dejándose sobre la mesa la lista de clase. La curiosidad le pudo y se la guardó cuando todos se habían ido.

Los alumnos mantenían las costumbres del colegio de sentarse siempre en la misma silla. Eso le facilitó intimar con su compañero de la derecha y al segundo día ya estaban hablando sobre temas personales.

—Me llamo Nacho —le dijo, sin mencionar que se apellidaba Rey, cuando no tenían a nadie alrededor, a pesar de lo cual le habló cuchicheando—, soy suboficial del Ejército, estoy destinado en la contrainteligencia rusa.

—Yo me llamo Beto, procedo de la Guardia Civil. Ya sabes que estoy destinado aquí, aunque he llegado hace poco.

—Lo sé, has estado trabajando en Perú, he visto tu nombre real y tu foto publicada en la portada del diario *La República*.

—¡Qué dices! —exclamó auténticamente sorprendido—. No sabía que esas cosas se contaban por aquí.

—No seas ingenuo, aquí nos conocemos muchos. Las historias circulan, ¿o es que crees que echan a uno de los nuestros de cualquier país y no nos enteramos?

—Fue un palo que no te imaginas, para un experto en fuentes humanas supone que en mucho tiempo no voy a poder salir de estas cuatro paredes.

—Yo me dedico a lo mismo, no puedo imaginar lo mal que lo has pasado; en virtud de lo que pueda, cuenta conmigo para todo.

Le sorprendió el desparpajo de Nacho cargándose las estrictas normas de secreto. Era lo que en la Academia de Baeza, de la Guardia Civil, llamaban radio macuto, noticias sin confirmar que pasaban de boca en boca, la mejor fuente de conocimiento de los reclutas. Esa transferencia de información que muchos negarían, se producía también allí dentro.

Nacho fue su primer amigo y se convertiría en el mejor en esta nueva etapa. Un tipo simpático, como él; conversador empedernido, como él; conspirador, como él; con el pelo canoso y largo, la barba tupida, la nariz aguileña, nada que ver con él. Conectaron, hablaron de todo, incluida su vida privada, algo que, de nuevo en teoría, no deberían haber hecho, pero todos hacían. Era unos años mayor, ya había superado los cuarenta, y disfrutaba con su trabajo. Tenía un niño y echaba pestes de su mujer, a la que mencionaba pocas veces. Nunca debió casarse, pero no se arrepentía porque si no lo hubiera hecho no disfrutaría de su Nachete. Ella no trabajaba, por lo que habían optado por seguir juntos y no tener que duplicar gastos, en especial los referidos a dos casas.

Sus largas conversaciones entre clase y clase, la camaradería dentro del aula, hizo que al tercer sábado quedaran a cenar y tomar copas. Fueron a una tasca andaluza llena a rebosar y se sentaron apretados en una mesa esquinada, conseguida gracias a la amistad de Nacho con el dueño. Beto empezó pronto a contarle la desagradable aparición en escena del periodista Mendoza en Lima, que destapó su cobertura y le obligó a regresar precipitadamente a Madrid. Entre chopito y chopito, le detalló su trabajo en el País Vasco, cómo había colaborado con Marcos convencido de que su opción negociadora era la mejor para resolver el conflicto terrorista y cómo desaparecer después de cinco años había sido un palo tremendo.

—¿Qué pasó para que tuvieras que salir?

—Apareció un libro que sacaba a la luz que la agencia de noticias con la que me infiltré pertenecía al servicio.

—¿No me digas que había varios agentes con la misma tapadera?

—El problema gordo lo tuve al llegar aquí, ¡no sabían qué hacer conmigo!

—Esa etiqueta de pertenecer a la clase baja no te la podrás quitar nunca de encima. Los pata negra son los militares y los civiles con carrera.

—En la Escuela estoy bien, pero en cuanto pueda me gustaría volver a la acción.

—Vas a tenerlo jodido. Pueden admitir tu buen trabajo en las infiltraciones, pero aquí los más valiosos son los que tienen estudios superiores.

—¿Y tú?

—Soy suboficial, he estudiado en la academia de Talarn, en Lérida, eso supone algo para ellos. No me dan los papeles más importantes en las operaciones, pero puedo jugar la partida y disfrutarla a tope. Como he participado en unas cuantas, me reconocen valores, conocimientos y experiencia.

Esas palabras de Nacho le abrieron una ventana a la esperanza: existían otros caminos para conseguir sus objetivos. Si se relacionaba con agentes influyentes, podría utilizarlos para granjearse un puesto en el que pudiera ejercer la parte del oficio que le gustaba.

Esa amistad le ofreció una perspectiva distinta de la labor de inteligencia, un mundo fascinante del que solo tenía nociones por la lectura de novelas centradas en la Guerra Fría. Le dio entrada a un mundo, el de la contrainteligencia, imprescindible para defenderse de las operaciones agresivas de los rivales, que en el mundo del espionaje son todos, incluidos los aliados. Nacho y sus compañeros llevaban muchos años en la guerra contra el GRU y el SVR, el servicio militar y el exterior de Rusia. No solo trataban de que no espiaran en territorio español, también montaban operaciones contra ellos.

Su nuevo amigo le desveló las dificultades que pasaban para identificar y controlar a los legales, espías de la Embajada rusa con tapadera diplomática. También le habló de los ilegales, agentes que venían a España con un trabajo al margen, quizás como ejecutivos de una multinacional, con nombres falsos y nacionalidad distinta, a los que localizar era como buscar una aguja en un pajar. Le contó casos que habían descubierto sobre espías que intentaban comprar secretos de la industria militar a empleados de empresas españolas. También le explicó, y le dejó perplejo, que los servicios secretos rusos utilizaban como apoyo para determinadas acciones a las mafias de su país asentadas en varias comunidades autónomas.

Ese era el mundo del engaño y la traición en el que Beto se había manejado con soltura, al que le gustaría volver algún día. Se lo comentó una noche de juerga cuando habían cogido más confianza: tenía que ayudarle. A su amigo le pareció genial, le encantaría trabajar juntos. Le notó desubicado y le propuso integrarse en su reducido grupo de amigos: en unas semanas tendría la cena mensual con su jefe y unos compañeros, una costumbre establecida varios años antes. Le invitó a sumarse.

Se reunieron una semana antes de Navidad en un restaurante en mitad del campo, el Mesón de Fuencarral, donde siempre quedaban, en un reservado discreto. Con la chimenea encendida, se sentían como en casa y apenas les molestaban. Beto no conocía a ninguno de los tres nuevos comensales que Nacho le presentó por sus nombres, sin apellidos, aunque con anterioridad le había hablado de cada uno de ellos.

Juanma —Landa—, sentado a la cabecera de la mesa, rompió el hielo con la soltura que otorga ser el que manda. Estaría cerca de la cincuentena, teniente coronel, con amplias entradas en el pelo moreno, las muñecas llenas de pulseras *hippies* y era de esos hombres que al dar la mano aprietan todo lo que pueden para que notes su vigor y seguridad. Sin límites de ningún tipo, olvidando la norma de secreto firmada antes de entrar en el servicio, interrogó a Beto sobre el puesto que ocupaba y, en apenas unos minutos, le preguntó si no le aburría estar en la Escuela después de haber protagonizado la infiltración en Lima. Al guardia civil le gustó su tono directo, sin tapujos, nunca se lo habría imaginado de un mando del servicio. Le contestó, con la misma sinceridad, que carecía de estudios y encontrar un hueco apetecible en la sede central no era fácil, pero, añadió convencido, lo conseguiría. También matizó que la Escuela era un buen sitio, los temas de doctrina le gustaban, había leído mucho durante los años que estuvo en el País Vasco y, mientras conseguía otro destino, intentaba disfrutar del que tenía.

Ladis —Larrea— fue directo al tema que le interesaba. Era un médico militar de treinta y pocos años, con varios familiares en la Casa, exageradamente delgado e idealista. Quería saber si el SIN tenía tanta libertad de maniobra gracias a su dependencia de Montesinos. Parecía una pregunta, pero en realidad era la antesala del tema que le interesaba.

—En tu misión de infiltración junto a Toledo, ¿colaboraste con los espías peruanos?

—Mandaba Almirall. Me encargó infiltrarme con la ayuda de Lía, una periodista del equipo de Toledo, y lo conseguí. Ayudé a impulsar la campaña electoral y, si no me llegan a delatar, en poco tiempo habría tenido un cargo en el Gobierno peruano. Pero Almirall no me contó nada sobre ese tema.

—¡Venga hombre! —Ladis mostró su desacuerdo—, una cosa es lo que los jefes no quieran contarnos y otra que puedan ocultarlo.

—Solo sé que Almirall mantenía buenas relaciones con el SIN, era una parte importante de su trabajo.

Prefirió quedar como ingenuo que interpretar lo que había pasado en Perú. No confiaba en ellos, quizás más adelante se sincerase, no esa noche. El camarero apareció con dos bandejas de cordero cocinado a la leña y las colocó en el centro de la mesa. Volvió un minuto después con dos cuencos grandes de ensalada de lechuga, tomate y cebolla. No le dejaron rellenarles las copas de vino —«ya lo haremos nosotros»— e hizo un gesto de asentimiento con la cabeza cuando le invitaron a no volver hasta nuevo aviso.

Ana —Lozano— no tardó ni cinco segundos en retomar el interrogatorio, querían saberlo todo sobre el recién llegado. De una edad similar a Ladis, era una civil especializada en derecho internacional, con una tesis sobre derecho humanitario en Rusia. Su pasión *cum laude* por las leyes solo era comparable con su obsesión por el gimnasio; la musculatura de sus brazos lo justificaba sobradamente. Aunque no los mencionara, Beto nunca se olvidaría de sus apellidos: los tres empezaban por la letra ele.

—Nos ha contado Nacho que te han encargado una monografía sobre fuentes que no son conscientes de colaborar con nosotros.

A diferencia de Ladis, Ana prefería ser más sutil y no mostrar excesivo interés, por lo que desvió la mirada al preguntarle. Beto acumulaba información de cada uno de ellos con gran rapidez, y, si hubiera sido necesario, habría elaborado un informe personal y psicológico con resultados bastante aproximados a la realidad. El caso de Ana era curioso, una chica lista, totalmente integrada en un grupo de hombres con tendencias machistas, que la respetaba al margen de su sexo, un comportamiento no muy frecuente, pero que iba calando en el servicio.

—Me lo ha encargado el secretario general, quiere que vuelque mi experiencia en esa monografía —dijo dándose importancia, no fuera a ser que entre vinos y risas terminaran infravalorándole. Y dio un giro a la conversación—: ¿Vosotros creéis que es posible convencer a cualquier tipo para que colabore con nosotros, sabiendo o no el lugar en el que trabajamos?

Intentaba dejar de ser el centro de atención y poner el foco en ellos. Su agilidad mental fue seguida por Juanma que, con su acento andaluz de Jaén, entró con rapidez al trapo.

—No puedes comprar a todo el mundo, ni siquiera puedes engañar a todo el mundo. Por eso es muy importante hacer una valoración previa del objetivo. Siempre hay un punto débil para intentarlo, pero no siempre da resultado.

Se quedó mirando a Beto que, intencionadamente, comía y bebía mostrando la certeza de conocer la respuesta.

—Si consigues convertir en fuente a alguien que no sabe que trabajas para un servicio, esa situación podría eternizarse a tu favor —intervino Nacho—. Pero —hizo un gesto con el dedo índice dirigido a Beto y luego a su jefe— el caso es distinto si hablamos de convencer a un hombre o a una mujer para que cambie su lealtad de un servicio secreto a otro.

Beto había conseguido redirigir la conversación lejos de él, que dejaran de observarle y poder debatir con ellos como un amigo más. Se cumplía la regla que ya había observado y vivido en sus dos infiltraciones: fuera del horario de oficina, los grupos que se reúnen siempre terminan hablando del trabajo o de la vida privada. A esto último ya llegarían.

—Hemos estudiado el caso de los dobles agentes centenares de veces y no vamos a volver sobre las causas, aunque tú Beto deberías estudiarlas —respondió Juanma.

—Eso, eso —replicaron los demás—, que se lo estudie antes de hacer su monografía, no le des pistas.

—A ver, Beto —siguió el jefe de la contrainteligencia rusa—. Contéstame a la siguiente pregunta: ¿por qué los rusos han tenido agentes dobles en Gran Bretaña, Estados Unidos y en muchos países occidentales, y ni uno solo en España?

Respondió con rapidez, no necesitaba discurrir.

—Si tú me dices que no habéis tenido un topo, me lo creeré. Pero igual que los soviéticos encontraron a Philby en Inglaterra o los británicos a Gordievski en la URSS, cualquiera puede encontrar un traidor para sumarlo a su causa.

—Será que nosotros somos muy buenos —dijo Ladis y todos se echaron a reír, mientras Nacho rellenaba las copas con la tercera botella.

—Quizás no sabéis que os han metido un agente doble hace tiempo.

—Es imposible —intervino Juanma pronunciando más las eses como si fueran zetas—. Antes o después cometen errores.

—Aquí las medidas de seguridad son extremas —remachó Ladis—, ninguno nos libramos de los controles.

—Estoy seguro de que si tuvierais un topo no os daríais ni cuenta.

—Hemos estudiado todos los casos que ha habido con los rusos como protagonistas y cada uno presenta un fallo que, si los servicios afectados hubieran estado atentos, no les habría ocurrido.

—Cada historia es distinta, no podéis poner la mano en el fuego —les espetó Beto.

Era una conversación entre amigos, con la salvedad de que uno acababa de incorporarse al grupo con su forma distinta de entender el modo de operar del espionaje. Hubo un pique entre los que a diario perseguían las actividades ilegales de los rusos en España con Beto, que durante más de media hora no cesó de provocarles: había descubierto su punto sensible. Lo hizo con gracia, sin agresividad, regando el ambiente con la cuarta botella de vino y pidiendo otras dos más. Acabaron preguntándole por qué vivía solo, les dejó acosarle y les narró las ventajas de estar con mujeres que se iban a dormir a sus casas. Terminaron en una discoteca del centro de la ciudad, en la que el encargado de la puerta era un policía, amigo de Ana, que hacía horas extras. Siguieron bebiendo *gin-tonic* con un solo dedo de ginebra, una combinación ligera para mantenerse activos y poder tomarse varios más, algo que le produjo un estallido de risa a Beto.

—¡Pero si ya venimos cocidos!

Pasadas las siete de la madrugada, Beto se tumbó en su cama, estaba hecho polvo. Tardó en dormirse. Revoloteaba por su cabeza un pensamiento que esa noche le había impactado: los cuatro estaban convencidos de que los rusos nunca les meterían un agente doble. Iban de sobrados: a ellos no les podría ocurrir lo que al resto de servicios de inteligencia del mundo. ¡Qué equivocados estaban! Poco antes de quedarse dormido por agotamiento, decidió que demostraría a sus nuevos amigos que a ellos también les podría pasar.

34

Beto leyó en esos días un reportaje firmado por Rafael Fraguas con una descripción de la sede central y sus alrededores que le pareció sorprendente. Definía la Cuesta de las Perdices como un enclave bucólico que se encarama sobre una atalaya natural alomada que declina hacia la ribera derecha del río Manzanares. Añadía que la atmósfera transparente que envuelve estos parajes se detiene ante los poderosos muros de una decena de edificios y pabellones de compacta hechura, el más potente en forma de Y griega. Y terminaba pintando el interior de la sede como pradera, setos de boj, abetos azules y enhiestos álamos que tapizan su feraz jardín. Tras releerlo, le pareció una perfecta combinación de palabras hermosas que servirían para estimular a cualquier agente novato en su soñado primer día de trabajo. A él, por el contrario, le parecía que una descripción tan amable no encajaba para nada en los sentimientos que cada mañana le despertaba acudir a trabajar allí.

Desde que el 1 de septiembre había regresado al complejo de edificios de la Cuesta de las Perdices, se había agarrado a su alma, como una lapa, la sensación de fracaso: le daban palmadas en la espalda por sus méritos pasados, pero se había convertido en un estorbo. Esta vez habían sido un poco más imaginativos, le habían enviado a la Escuela y le habían encargado una monografía para que plasmara sus experiencias con fuentes de información que desconocían que estaban siendo manipuladas. Eso llenaba sus horas del día con más dignidad, pero no le quitaba el regusto amargo del desprecio, la infravaloración, esas miradas turbias de conmiseración, porque ni siquiera era suboficial y le veían con aires de grandeza.

Los meses habían pasado, el curso de actualización de conocimientos había suavizado su aterrizaje forzoso, había hecho un esfuerzo ingente por pensar en positivo, pero cada día estaba más quemado. Era una humillación que a un tipo tan preparado como él no le dieran el rango y la responsabilidad a la que se había hecho merecedor.

Había releído *El espía que surgió del frío*, la primera novela de gran éxito de John le Carré. Un día de bajón, enclaustrado en la Escuela del servicio con misiones de coordinador y asistente, que podría hacer cualquiera con dos dedos de frente, se sintió totalmente identificado con uno de esos personajes literarios de la Guerra Fría que vivían sin esperanza en el mundo del espionaje, en el que los servicios secretos, para defender los intereses de su país, se deshumanizaban y no dejaban espacio a los sentimientos y la confianza. Exigían al agente recelar incluso de los compañeros para no fracasar en una misión que podía terminar de dos maneras: con su asesinato o, si sobrevivía, con su traslado a un lugar alejado de la acción, lo que llamaban «la reserva». Ahí trabajaría en un sótano oscuro, en un puesto sin ninguna relevancia, lo cual era, para los agentes habituados a luchar en primera línea, mucho peor que la muerte.

Tras aprobar como alumno el curso de actualización con una de las mejores notas, la labor burocrática le llenó de aburrimiento y buscó refugio en la elaboración de la monografía. Le dio vueltas al planteamiento, un nuevo factor había entrado en escena: no podía apartar de su mente la cena anterior a Nochebuena con el jefe y los tres agentes de la contrainteligencia rusa. Le había espoleado notarles ese orgullo de unidad, ese ser los mejores, un sentimiento muy castrense. Juanma estaba convencido de que gracias a sus potentes medidas de seguridad interna, hasta ese momento el SVR y el GRU no habían podido colarles un agente doble. Cuando Beto los llevó la contraria, más por discutir que por otra cosa, notó cómo se enervaban, se ponían chulos y hasta le retaban. ¿Cómo podía decir eso alguien como él, un recién llegado, un inculto, sin estudios, sin conocimientos teóricos sobre la actuación de la contrainteligencia? No se lo dijeron así, pero él sabía que eso era lo que pensaban.

Les enseñaría a todos, y especialmente a Juanma, que meterles un topo era algo factible. Quizás no para cualquiera, pero sí para un tipo inteligente que lo preparara concienzudamente. No sabía cómo hacerlo en ese momento, pero investigaría y se lo demostraría. Disponía de libertad absoluta para hacer la monografía, sin tener que dar explicaciones a nadie de sus movimientos, según le había explicado personalmente el secretario general. Había pergeñado un guion sobre la captación y el uso de fuentes inconscientes, y decidió incluir un caso práctico, un capítulo final, en el que demostrara cómo un agente ficticio en activo en el servicio secreto se convertía en agente doble aprovechándose de los fallos del sistema. Cuando lo concluyera, decidiría si se lo entregaba al secretario general o si desgajaba esa parte y solo le daba una copia a Juanma. En definitiva, iba a trabajar en el desafío que le había planteado el jefe de la contrainteligencia. Los resultados le vendrían de maravilla para anticipar los medios adecuados y evitar la situación real que él pensaba desarrollar. En ese momento, Juanma y los altos mandos del servicio se percatarían de su valía y aceptarían sacarle de «la reserva» de la que hablaba Le Carré.

Fue consciente en ese momento de que para crear un supuesto convincente tendría que correr los riesgos del agente doble que iba a concebir, ser él quien simulara dar todos sus pasos, conseguir demostrar por sus propios medios los vacíos de seguridad que permitirían a ese traidor robar información valiosa para entregársela a Rusia. Ya había descubierto una pequeña falla con la que comenzar: se había quedado con una hoja de los alumnos de su curso, con foto y datos personales de un grupo de espías, que un profesor se había dejado olvidada.

En los días posteriores, se agenció varios libros del Departamento de Doctrina, para profundizar sobre los conceptos de contrainteligencia, las fuentes y todo lo relacionado con el espionaje ruso. Se metía en un aula durante las clases de nuevos grupos, se sentaba en la última fila, la de los estudiantes rezongones, los leía y tomaba notas. Le servían para la monografía, en la que iba a volcar sus experiencias gratificantes en el País Vasco y Perú, y para el análisis de caso, en el que se iba a convertir en un supuesto agente doble, narrando paso a paso lo que había hecho para vender información secreta a los rusos.

Cuando por las tardes volvía a casa, buscaba literatura de espionaje sobre agentes dobles. Le Carré había analizado profusamente el tema y otro autor, como Graham Greene, había reconocido públicamente su amistad con el gran traidor, Kim Philby. De lo que explicaba Greene sobre su antiguo jefe y amigo le despertó curiosidad que siempre estuviera relajado. Trabajar para dos servicios que se odian a muerte exigía que los traicionados no sintieran sus nervios, sus amigos le notaran inalterable y nunca se sacara de la cabeza la idea de considerar sagradas las medidas de seguridad para que no le pillaran.

Beto veía comprensivo a Le Carré con estos comportamientos. Defendía que la traición es, en gran parte, cuestión de costumbre, como si fuera una enfermedad común entre los espías a la que no había que dar demasiada trascendencia. Quizás, pensaba él, porque para el escritor inglés los servicios de inteligencia estaban llenos de agentes que empezaban por traicionarse a sí mismos para poder participar en el juego y, antes o después, terminaban traicionando a los colegas. Juego, esa palabra clave con la que Beto envolvía el mundo del espionaje en el que vivía, y que sus autores preferidos, antiguos agentes secretos, consideraban un mundo frustrante, en el que la gente terminaba hastiada y buscaba una vida alternativa.

Argumentos perfectos para meterse en el papel de traidor y pensar como lo haría uno de ellos. El primer movimiento del que quería entrar en ese juego, alguien desengañado, era buscar material sensible para ejecutar su venganza. Lo habitual era recurrir a la información que manejaba, la que pasaba por sus manos, con gran valor para el propio servicio y valor extremo para el servicio enemigo.

Por desgracia, él carecía de acceso a secretos y menos a los vinculados con los rusos, pero sí lo hacía gente próxima. No estaba mal que el camino para obtener la documentación fuera distinto, de esa forma tendrían más complicado identificar al sustractor, si es que alguna vez lo descubrían. Aumentaba la dificultad para elaborar el monográfico porque tendría que buscar y aprovecharse de los errores y la falta de diligencia de otros agentes. Piensa, se dijo. Piensa, se repitió una y otra vez. Seguro que la situación vivida por el profesor de su curso de olvidarse un papel ocurría más veces.

Recordó que en su Departamento de Doctrina había una lista con todos los que estaban en nómina en el servicio. Les servía para convocarlos a cursos en virtud de los años que llevaban, su especialidad o si habían cumplido el plazo exigido para dejar de ser eventuales. Esa lista estaba guardada en una caja fuerte en el despacho del jefe y solo se la podían llevar sus ayudantes o las personas a las que él les encargara un trabajo. Eso sí, la lista debía dormir encerrada bajo una clave secreta.

Empezó la diversión: debía demostrar cómo un agente podía violar la seguridad interior. Nadie le ganaba en simpatía, así que empezó a moverse a la búsqueda de quién podía tener esa lista con más de 3000 nombres. Le costó un tiempo localizar a Garicano, un tipo rayando en los sesenta, con una mata de pelo de espanto, que resultó ser también guardia civil. Era el típico trabajador concienzudo que disfrutaba ejecutando labores de hormiguita paciente. Observó con discreción sus horarios en el manejo del documento que seguro encantaba a los rusos. Él personalmente lo sacaba cada mañana de la caja fuerte, lo llevaba a su despacho compartido con Ortiz, una agente que colaboraba con él, una chica mucho más joven que estaba en los huesos, y al concluir la jornada lo devolvía a su encierro.

Contaba con la ventaja añadida de que los pequeños fallos de seguridad eran tan habituales que nadie se percataba de su gravedad. Encontró el único momento posible en que los documentos carecían de vigilancia: la hora de la comida. El listado se debía quedar en su mesa y el despacho permanecía cerrado con llave. Lo único que había que hacer era conseguir quedarse dentro.

Hizo una labor de zapa para acercarse a Garicano y, de rebote, a su ayudante. Un día llegó a comer cuando sabía que el restaurante estaría a tope. Cogió su bandeja, eligió los platos de la comida y se acercó a la mesa que el guardia civil compartía con su subordinada.

—Perdonen el atrevimiento, les importa si me siento con ustedes, es que no hay mesa libre.

—La verdad es que sí nos importa —contestó Garicano con voz autoritaria.

—No nos importa —le corrigió Ortiz con una sonrisa amable—, siéntese con nosotros.

Garicano no se sublevó y apartó disciplinadamente unos platos que habían dejado en el sitio donde se iba a colocar el intruso.

—Perdónenme, me llamo Beto y llevo poco tiempo destinado aquí.

—Su cara me suena, pero de hace tiempo.

—Sí, he estado fuera, pero entre destino y destino estuve aquí casi un año.

—Yo me llamo Blanca y este es mi jefe.

—La comida aquí no es una maravilla, pero se deja comer.

—A mí me encanta la fabada que ponen algunos días.

—No es por presumir, pero yo soy asturiano y la cocino fenomenal.

Los dos siguieron hablando mientras Garicano no le prestaba atención al recién llegado. Había entrado en el servicio veinte años antes con el colmillo retorcido y con el paso del tiempo se había hecho todavía más desconfiado. Diez minutos después puso fin a la comida y a la conversación de manera abrupta.

—Ortiz, nos vamos.

Al día siguiente, Beto repitió la operación con el riesgo de que le mandara a la mierda.

—¿Puedo sentarme con ustedes? —preguntó mirando a la chica.

—Claro que sí, Beto —respondió ella sin fijarse en la cara de disgusto de su jefe.

—Confiaba en que hoy pusieran fabada, pero no ha habido suerte.

—Seguro que no tardan. Puede preguntar el menú a la cocinera, es muy amable.

—Es que soy poco de preguntar, en la academia de Baeza teníamos un cocinero muy mayor, que llevaba allí toda la vida, y que te arrestaba si le preguntabas la comida del día siguiente.

—Bartolo tenía muy mal genio —afirmó Garicano.

—¿Usted es guardia civil? —preguntó Beto aparentando sorpresa.

—Sargento, aunque llevo muchos años fuera.

—Yo también, pero hay anécdotas que nunca se olvidan.

—Ese Bartolo debe tener cien años —comentó divertida Ortiz.

—Era mayor que yo cuando entré —dijo Garicano—, le encantaba martirizarnos, decía que no le habláramos…

—Hasta que nos hubiéramos duchado —concluyó la frase Beto.

Al cuarto día, Beto llegó antes y se encontró con que solo estaba Garicano, quien le hizo un gesto invitándole a sentarse. Había cambiado de actitud y había empezado a sentir buenas vibraciones entre los dos.

—¿Blanca está bien?

—Está trabajando, ha tenido que quedarse en la oficina, vendrá más tarde.

—Es una buena chica, aunque parece algo triste.

—Su marido la ha puesto los cuernos —dijo entrando intencionadamente en su intimidad—, se ha ido de casa con la fulana que le gusta.

—Usted la aprecia mucho.

—Es muy buena chica, para soportarme tiene que serlo, solo lo hacen mi mujer y ella.

—No se ponga de ogro, seguro que ella ha aprendido mucho a su lado, se nota cómo le aprecia.

—Tú la caíste bien desde el primer momento, casi la mato cuando te invitó a sentarte con nosotros.

—Usted da un poco de miedo.

—Eso en esta sede es bueno. Pero, escúchame, si alguna vez la invitas a salir, al cine o a pasear, no sabes lo que te lo agradecería. Es que no sale de casa, mi mujer dice que se va a marchitar.

—Claro que sí, encantado. Cuente con ello, mañana en cuanto la vea se lo digo.

Ese sábado quedaron a comer y por la tarde se fueron al cine. Ella no estaba para novios, pero un amigo divertido le sentó fenomenal. A partir de entonces, el rato de la comida, con o sin Garicano, se convirtió en un momento de relax.

No habían pasado dos semanas cuando un día, a las dos de la tarde, Beto enredó la situación sabiendo que Ortiz iba a estar toda la mañana fuera. Había quedado con ella en el restaurante media hora después, pero acudió al despacho y le preguntó a Garicano por Blanca. De puntualidad rigurosa, le informó de que no estaba y él debía irse a comer. Beto le dijo que la esperaría allí, no debía preocuparse, luego ellos cerrarían la puerta. Garicano no se lo esperaba, pero tampoco le pareció mal. La partida había comenzado y el espía jugó el juego sin práctica, pero con celeridad. Buscó el documento, lo colocó encima de la mesa del suboficial, la más alejada de la puerta, sacó el teléfono móvil y fotografió una a una todas las hojas. Lo había practicado en casa y fue muy rápido: con la mano izquierda pasaba las hojas y con la derecha hacía la foto.

Ortiz se adelantó y a las 14:20 descubrió que no le hacía falta la llave para entrar en el despacho. Se encontró a Beto sentado en su silla.

—¿No habíamos quedado abajo?

—Error mío, creía que vendrías antes.

Por la noche, en su casa, imprimió el listado. Era un hombre frío, pero reconoció la intensa excitación que había sentido al hacerse con esos papeles, la misma que cuando entraba en el ordenador de Marcos o fotografiaba informes de campaña en Perú. Le daba vida, no estaba hecho para la rutina. Había conseguido demostrar de nuevo la falta de seguridad con la documentación que manejaban. Decidió añadir, junto al caso práctico, otro anexo en el que contaría en detalle cómo había robado la información. De hecho, decidió dar un paso más en su actuación como agente doble. Diseñó un espacio oculto en un armario empotrado de su casa para esconder la información útil para su monografía. Y empezó a buscar la forma en que podría sacar de la sede los papeles que le fueran útiles para montar su historia sin que le descubrieran los de seguridad.

35

La relación con Garicano y Ortiz apuntaba a ser fructífera. La labró con sumo cuidado y la envolvió en la normalidad. Una vez, incluso, quedaron a comer un sábado los tres con la esposa del suboficial, que se empeñó en hacerles en su casa sus mejores guisos. Fue una celebración tranquila en la que Garicano rememoró sus aventuras de cuando estuvo destinado en el País Vasco y Beto se sumó dejándoles impresionados con su infiltración en el mundo político. No le dio especial importancia a su éxito, mostró una sencillez que resaltó sus valores personales, como la humildad. A la esposa le llevó un ramo de flores, estuvo pendiente de ella y, mientras comían, no paró de ayudar a servir la mesa. Por la tarde, acercó en su coche a Ortiz a su casa y comentó lo bien que lo había pasado.

—¡Qué gran tipo!, al principio parece hosco, pero luego es un pedazo de pan.

—No es que ayude mucho en casa…

—No ayuda nada —Beto la corrigió riéndose.

—Ella está encantada con él.

—¿Qué tal es en el trabajo? —preguntó para iniciar el camino hacia donde quería llegar.

—Un tipo exigente, le gustan las cosas bien hechas, es perfeccionista.

—Al principio debió ser complicado.

—Es muy riguroso, yo creía que iba a pedir mi traslado.

—No pudo contigo.

—Soy hija de coronel, los militares son mucho grito para asustar y poca fuerza. Cuando le imaginé como si fuera mi padre, empezamos a entendernos. Él necesitaba alguien que controlara el mundo informático y yo fui esa alguien. Con el paso del tiempo ha empezado a preocuparse por mí como si fuera la hija que no ha tenido.

—A mí me animó a sacarte una sonrisa.

—Lo imagino, estate tranquilo. Ya le he dicho que solo seremos amigos y, como se ponía pesado, me inventé que tuviste una experiencia traumática en Lima. Así nos deja tranquilos a los dos.

—No sabía que fueras tan buena en informática —mintió—, creía que los documentos del departamento estaban en papel.

—Algunos lo siguen estando —contestó Ortiz con naturalidad—, pero otros muchos ya están informatizados, es más cómodo. Desde Doctrina hacemos mucho trabajo como tener controlado el listado de delegaciones en el exterior, el informe sobre la estructura de la Casa o el listado de personal por orden alfabético.

Cuando Beto escuchó sus últimas palabras, soltó un comentario simulando sorpresa: «¡No me digas!». Siguieron charlando y descubrió que muchos documentos que vendrían fenomenal a su agente doble ficticio estaban en ese despacho, con unas medidas de seguridad de bajo nivel. Debía buscar la forma de entrar en el ordenador de su amiga.

Durante esa conversación también reparó en algo que había tenido delante de sus ojos, pero no había visto: información guardada en casa que le podía ser de utilidad, procedente de sus anteriores destinos en Antiterrorismo e Inteligencia Exterior. Por la noche, estuvo rebuscando entre sus papeles y se encontró el listado de claves internas de los diferentes organismos de la Casa, un documento que se guardó cuando estuvo en Perú; no era reservado, pero para los rusos tendría un valor muy alto. También encontró otro de su etapa en el País Vasco: «Plan de seguridad documental y de material cripto». Todo sumaba para que su topo imaginario tuviera suficiente material para poder hacer atractiva su captación por los rusos.

Mientras uno de sus focos de actuación planeaba sobre el despacho de sus dos nuevos amigos, dirigió otro hacia su grupo de la contrainteligencia rusa. Necesitaba información de calidad vinculada directamente a los espías del SVR o del GRU para conseguir poner en valor a su *alter ego*.

Una vez al mes, Juanma y sus tres agentes se reunían para cenar cordero y tomar unas copas. Beto había acudido en diciembre por invitación de su amigo Nacho y después se convirtió en fijo. La discreción era la norma no escrita y mientras la cumpliera sería bien recibido. Nacho y él, tras dejar de verse a diario al finalizar el curso, quedaban con frecuencia a tomar copas.

En un rincón de cualquier bar de copas, con la música atronadora, rodeado de gente guapa y elegante intentando soltar tensión y disfrutar de la vida, Beto se acercaba a mujeres para ligar, y, entre medias, lo sazonaba charlando con Nacho sobre sus vivencias en el Departamento de Doctrina, los cotilleos que decía escuchar en los lugares comunes —algo que los dos sabían era literalmente falso, pues en los pasillos de la sede solo se escuchaban ruidos de pisadas— y diversos aspectos relacionados con su monografía. Uno de sus lemas era: para recibir, antes hay que dar.

Nacho compartía con él sus inquietudes. Al llegar intentaba desenchufar de su trabajo sin horario, para él no había sábados ni domingos, días en que algunos de sus objetivos aprovechaban para efectuar sus maldades, aprovechándose de la relajación de sus controladores o utilizando a su propia familia para revestir de normalidad cualquier contacto u operación clandestina. También necesitaba contarle a alguien de confianza sus tensiones laborales, criticar alguna vez a Juanma por haber estado excesivamente plasta o escupir en la cara, simbólicamente, a un agente ruso que había conseguido evitar el control de los agentes operativos del servicio y reunirse con un activo cuya identidad desconocían.

—Hemos iniciado una operación contra un miembro de la Embajada rusa, creemos que es espía, pero carece de antecedentes. El otro día hizo maniobras de despiste y terminó en la facultad de Alcalá de Henares. Una vez dentro, le vimos impartir una conferencia y charlar posteriormente con el catedrático que le había invitado y con un alumno de Erasmus.

—¿De qué país es ese alumno?

—Italiano.

Los dos estaban acodados a una mesa alta, cerca de la barra de un local no muy grande, en el que la música estaba tan alta que para conversar prácticamente había que leer los labios.

—Y estudia…

—Una carrera aeroespacial.

—Blanco y en botella —soltó Beto evidenciando lo que parecía obvio, el ruso buscaba conseguir información científica restringida.

—Nada es lo que parece, amigo, te lo digo siempre.

—Parece evidente —siguió el guardia civil, interesado en conocer la historia tanto como en conseguir información útil para su agente doble—. El tipo quiere hacer el acercamiento al chico en Madrid y que luego rematen el trabajo en Italia.

—O, o, o —le interrumpió Nacho buscando que siguiera pensando.

—El estudiante le ha traído un mensaje desde Italia.

—O, o, o —volvió Nacho a incitarle a pensar.

—El estudiante, al que no tenemos controlado, hace en España de buzón móvil, recoge mensajes de agentes ilegales y se los traslada al SVR.

—O, o, o —insistió su amigo.

—Dímelo tú.

—Sospechamos que el italiano es efectivamente un ilegal y ha venido unos meses a Alcalá para sumergirse en el mundo de los catedráticos que colaboran con las industrias aeroespaciales.

—Y, y, y —dijo Beto, provocando la risa de Nacho, a quien al beber se le derramó un poco el *gin-tonic*.

—Ha localizado al primer objetivo y lo ha puesto en contacto con el diplomático.

—Y, y, y —insistió Beto.

—Hemos triplicado el trabajo. Tenemos que seguir controlando al diplomático ruso y hay que vigilar al Erasmus y al catedrático.

—Y a ti te ha tocado el catedrático, ¿a que sí?

—¿Cómo lo sabes?

—No hablas ruso, pero eres un hacha haciéndote el tonto.

Una pareja con buena pinta se pegó tanto a su mesa que dejaron de hablar tras un toque de Nacho en el brazo de Beto. Eran cerca de las cuatro de la madrugada y el de la contrainteligencia tenía que empezar a trabajar en unas horas. Salieron a la calle y el guardia civil retomó la conversación una vez que sus oídos empezaron a acostumbrarse al silencio.

—Déjame adivinar cómo os habéis enterado del final de la historia.

Nacho le hizo un gesto de adelante, invitándole con el brazo a pasar por una inventada puerta en mitad de la acera, y Beto predijo que disponían de una grabación de los tres juntos.

—Su respuesta no es correcta —respondió imitando la voz de un presentador de concursos de televisión—. Mandamos a Ana vestida con pinta de universitaria de veinte años y no le costó mucho enterarse de que el día anterior el catedrático había estado reunido en su despacho con un diplomático.

—No me jodas —le interrumpió Beto—, ese tipo seguro que está metido en proyectos ultrasecretos y es tan torpe de verse en su despacho con un diplomático ruso. ¿Cómo se llama ese gilipollas?

—Jesús Martínez, pero no es un gilipollas, al menos no un gilipollas brutal.

—Me he perdido.

Iban paseando por la Gran Vía camino del *parking* donde habían dejado sus coches. Apenas había gente por la calle y con los que se cruzaban estaban a su rollo. A pesar de lo cual, Nacho miró en todas direcciones antes de hablar.

—El diplomático ruso Efrenmekov se presenta como un diplomático italiano llamado Gasparini. ¿Entiendes ahora?

Beto entendió y Nacho llegó a casa más relajado al haber compartido su historia con un compañero con el que podía hablar con libertad.

36

La primera mitad del año 2001 pasó para Beto de una forma más estimulante y entretenida, a veces apasionante, de lo que pudo imaginar cuando le ordenaron regresar a la Cuesta de las Perdices tras el final sobresaltado de su estancia en Perú. Aparcada la depresión, su cabeza había pasado a estar ocupada en esbozar las líneas maestras de actuación de su agente doble. Pensaba en ello durante todas las horas del día y sus ideas sorprendentes, incluso, buscaban hueco para aparecer en sus sueños, como si se tratara de un novelista en plena creación.

En su cometido en la Escuela, estaba al quite de cualquier oportunidad que se le presentara para indagar información. En una convocatoria para agentes que pretendían adquirir el estatus de trabajadores permanentes, pasaron por sus manos unas hojas en las que se identificaba a los candidatos, el organismo al que pertenecían y los resultados que habían obtenido. Antes de tramitarlo, lo sacó de la sede y lo fotocopió. Era una práctica habitual que los agentes se llevaran documentos a casa para seguir trabajando allí y, aunque oficialmente había que pedir autorización, nadie lo hacía. Además, estaba seguro de que esos documentos no tenían la calificación de secreto.

Garicano y Ortiz siguieron siendo sus amigos especiales, en el restaurante del servicio se le podía ver comiendo con el uno, con la otra o con los dos. Era una amistad tranquila, nada abrumadora, con intereses comunes como los libros o las películas. El suboficial no los acompañaba a ver películas de estreno y prometía que, si a ellos les gustaban, las vería más adelante en casa con su mujer. A Beto y Ortiz no tardó en sumarse a sus salidas de fin de semana Urbano, el administrativo con el que trabajó un año en Antiterrorismo tras abandonar el País Vasco. Cuando se enteró de que se había convertido en un alma en pena tras la muerte de su madre, le sumó a los inocentes planes de ambos.

Un tipo listo como él, pero precavido, no había terminado de decidirse a violar el ordenador de Ortiz para conseguir documentos, el riesgo era demasiado elevado. Ya había fotografiado papeles una vez, pero si pillaban a su *alter ego* actuando podía fastidiarse todo el plan y tendría que dar explicaciones que arruinarían la sorpresa.

Decidió cambiar de estrategia. Nadie en el servicio imaginaba que alguien cercano, muy próximo a él, pudiera ser un agente doble. Eso encajaba en el guion de una película, pero era imposible, o casi, que ocurriera en la realidad.

Un sábado, sentado en una sala de cine, con Ortiz a su derecha y Urbano una butaca más allá, les comentó, en tono de confidencia, que había avanzado bastante en su monografía, pero se había estancado porque le faltaba conocer el contenido de un documento importante. Los dos le preguntaron al unísono cuál era.

—El organigrama del servicio.

—¿No hablabas de captación y adquisición inconsciente? —preguntó Urbano.

—Explico cómo obtener colaboradores sin identificarse como agente de un servicio. Pero no es lo mismo hacerlo para un área que para otra. Quiero escribir supuestos concretos en virtud del organigrama y, sin ello, el secretario general me lo tirará para atrás.

—Yo ni he olido ese documento —afirmó Urbano.

—Yo lo tengo en mi ordenador —dijo Ortiz—, aunque no puedo dártelo.

—No te preocupes —contestó Beto con celeridad.

—Mujer —añadió Urbano—, déjaselo, que tome notas, es Beto, no un agente coreano.

El guardia civil dio por zanjado el tema, no quería que pareciera que la obligaba a hacer nada que la perturbara; ella se sintió violenta, pero el inicio de la película dejó en suspenso la conversación. Ortiz le estuvo dando vueltas: se lo pedía Beto, su amigo, un compañero que se había jugado la vida en el País Vasco. ¿Qué tenía de malo dejarle ver el organigrama para usarlo para un informe interno? Nadie descubriría que ella se lo había mostrado. Se merecía esa muestra de confianza y cariño, le había cambiado la vida con su amabilidad e interés. No podía negárselo.

Unos días después, mientras bajaban juntos al restaurante, cuando no había nadie alrededor, sin parar de andar, Ortiz acercó su mano izquierda a la derecha de Beto y, ante la sorpresa del hombre, le transfirió un *pendrive*.

El sábado siguiente, el grupo de Juanma se reunió para cenar. Mismo restaurante y menú, atención prudente de los camareros y, como novedad, caras de tensión de los integrantes de la contrainteligencia rusa. Algo había pasado, les afectaba a los cuatro y Beto no tenía ni idea. Podían haber cancelado el encuentro, pero intuyó que nunca lo hacían.

Juanma, el jefe, trató de desviar la atención hacia el guardia civil y este se dedicó a hablar de otros temas.

—Ahora veo mi trabajo de otra forma. Leí que John le Carré llama a Sarrat, la escuela del espionaje inglés, la guardería del Circus. Me he dado cuenta de que mi trabajo es exactamente como el de una guardería: tipos y tipas obsesionados porque un mero funcionario, como yo, les conceda el santo privilegio de saltarse las clases. ¡Tienen tantos problemas y están tan ocupados! —dijo sarcástico, subiendo el tono de voz, agitando las manos y haciendo una pausa para concitar su atención—, que tienen que faltar.

—Allí, en esa guardería escuela —intervino Ana, que también había leído a Le Carré—, es donde están especializados en interrogatorios, ¿verdad?

—Creo que sí.

—Pues a Sokolov yo le haría uno muy especial —dijo Ladis saliéndose del tema.

Ana y Nacho le miraron como si hubiera metido la pata y Juanma habló, como si nada hubiera pasado, dirigiéndose a Beto.

—Sokolov, Petr Sokolov, número tres de la Embajada rusa, representante oficial del SVR, el que viene de vez en cuando a despachar a la Casa.

—¿Por qué os cae tan mal ese tipo? —dijo Beto entrando con los cuernos por delante a ese capote que Ladis había esgrimido.

—Siempre nos ha caído mal —dijo Juanma—, es engreído, chulo y agresivo.

—El muy cabrón —siguió Ladis— no para de hacernos rotos desde que vino hace unos meses.

Juanma cambió de tema, esta vez sin preocuparse de que se notara. Una señal inequívoca de malestar con el tal Sokolov, un tipo interesante, a tener en cuenta para el análisis de caso que estaba preparando.

Pasadas las primeras horas, cuando ya estaban de copas, intentó sonsacarle a Ladis. Solo le veía en esas cenas, necesitaba obtener más información relativa a los rusos. Podía intentarlo cuando otro día quedara a solas con Nacho, pero veía preferible dispersar las fuentes, ofrecía más seguridad a su agente doble.

Ladis bebió mucho, más de lo habitual. Beto actuó de tal forma que cuando todos los demás se fueron, él se quedó. Les hizo un guiño cómplice indicándoles que él se ocuparía de que llegara sano y salvo a su casa. Le dejó hablar de las miserias de la vida, le tranquilizó cuando se cabreó con los tíos de la mesa de al lado, le frenó cuando intentó flirtear con una chica con un novio cachas de dos metros y, finalmente, consiguió sacarle a la calle.

Ladis era consciente del número que había montado en el bar de copas, estaba cabreado.

—Ese hijo puta de Sokolov me ha sacado de una operación. No llevaba mucho tiempo, la verdad, pero la tenía bien encaminada.

—¿Cómo te ha descubierto? —le preguntó Beto, al mismo tiempo que la amenaza de lluvia empezaba a concretarse.

—No lo sé.

—¿Tenéis un topo?

—No digas chorradas, eso es imposible. Investigaba la vinculación de una mafia rusa asentada en Andalucía con el SVR.

—¿Qué pinta Sokolov en eso? ¿Por qué le odias?

Eso era lo que el experto en Rusia necesitaba, alguien que le diera alas para descargar su malestar. No paró de hablar en un buen rato. Empezó cuando las primeras gotas de lluvia cayeron desde las nubes negras que tapaban la luna y concluyó cuando el cielo rompió en un estallido de venganza que parecía querer inundarlo todo.

Un mes antes, Sokolov había celebrado el contacto habitual con su enlace de la División de Inteligencia Exterior y se había interesado por la información que le pudiera pasar sobre las mafias de su país que actuaban en España. Desde Moscú estaban intentando acabar con ellas, especialmente con la Tambovskaya, una de las organizaciones más peligrosas del mundo. Ladis paró su relato al notar a Beto despistado: caminaba pendiente de la lluvia.

—A ver, profesor…

—Trabajo en la Escuela, pero no soy profesor.

—Pues a ver lo que seas. Yo me estaba infiltrando en la Tambovskaya y lo estaba haciendo precisamente para probar sus vinculaciones con el SVR…

—Cuyo representante en Madrid es Sokolov. Tranquilo, te sigo.

—Al llegarle la información a Juanma, se mosqueó, sabía lo altanero y farolero que es el ruso, pero interesarse por el asunto podía suponer que conocían mi infiltración. Pensaron en extraerme, porque quizás me habían descubierto, y optaron por esperar.

Después, cuando ya jarreaba, Ladis añadió que estaba convencido de que los estadounidenses de la CIA le habían filtrado a Juanma, no hacía mucho, el acercamiento de una mujer rusa a un diputado de Izquierda Unida para que se convirtiera en agente de influencia y defendiera públicamente sus intereses.

—¡No me jodas! —dijo Beto mirando al cielo, por lo que no quedó claro si le sorprendía la operación rusa o el aguacero, que los obligó a cobijarse en el hueco de un portal.

—Creemos, aunque con Juanma no hablamos de este tema, que la CIA tiene un topo en la Embajada rusa y los americanos nos pasan algunos temas que les interesan y nos benefician, siempre y cuando su hombre no levante sospechas.

—Me he perdido —dijo Beto—, ¿qué tiene que ver lo de Sokolov con lo del tipo de Izquierda Unida?

—Nada, nuestro mundo es un embrollo total. ¿Te imaginas que el cabrón de Sokolov fuera el colaborador de la CIA que les cuenta los trapicheos de los espías de la embajada?

—Ladis, céntrate y déjate de conspiraciones.

Ladis empezaba a hablar con menos pasión, con más distancia, pero sin censurarse lo más mínimo. El silencio de la noche, acompañado del impacto de la fría lluvia desbocada, había conseguido tranquilizarle. Miraba a Beto con sosiego, ansioso por terminar de expulsar las sensaciones negativas que le bloqueaban. Mejor hacerlo con él, ajeno a su mundo: le comprendería mejor.

—¡Vaya juego más jodido!, no me extraña que veas fantasmas persiguiéndote por todas partes, pero si los ves esta noche, tranquilo, son producto del alcohol. —Beto gritó para hacerse oír—. Estás metido en una partida en la que no tienes voz ni voto.

—Eso es lo mejor que me han dicho, gracias, amigo —le ofreció su mano para estrecharla y lo hizo con fuerza rabiosa—. Esta misma semana, ha vuelto Sokolov a la sede, le ha preguntado a su enlace en el servicio si tenía algo sobre los Tambovskaya y tras recibir el no por respuesta, le ha transmitido que ellos han recibido una información sobre alguien de un grupo desconocido que estaría tratando de infiltrarse. Sin más datos, el cabrón me señala y esconde la mano.

—¡Qué apasionante es el juego del espionaje! —soltó Beto volviendo a la acera y dejando que el agua cayera sobre él—. Soy asturiano y esta mierda de lluvia me produce risa.

Ladis le imitó y se echó a reír.

—Yo no soy asturiano y espero que los truenos y relámpagos de tu tierra montañosa caigan todos sobre Sokolov.

—Que Dios te oiga y el diablo sea sordo.

37

Beto vivía en un piso pequeño, suficiente para él, en el barrio de Usera. Cuando supo que no iba a volver a Perú, comprobó que su bajada de sueldo iba a ser sustancial. En el camino de Lima a Madrid perdió todos los pluses y beneficios por estar destinado en el extranjero. Ganaba más que si estuviera en la Guardia Civil, pero el sueldo se le quedaba ajustado, injustamente ajustado, teniendo en cuenta los motivos bastardos que habían provocado su regreso a España. Cuando se quejó en el Departamento de Recursos Humanos, le miraron con desdén, quién se había creído que era para ir con esas ínfulas de grandeza y pretender ganar más que los compañeros que hacían su mismo trabajo.

El edificio de su casa era antiguo, sin ascensor, cerca del Hospital 12 de Octubre, con vecinos de cierta edad a los que saludaba amablemente. Su piso, el tercero izquierda, contaba con dos habitaciones, una era el dormitorio y la otra la había convertido en su centro neurálgico, en el que una vez que traspasaba la puerta sentía una energía interior que le llevaba a convertirse en su personaje ficticio, al estilo de los de Le Carré. Pensar, interpretar e imaginar como un comediante era su forma de dar vida al agente doble que sus amigos de la contrainteligencia rusa pensaban que nunca existiría.

Llevaba acumulando información desde principios de año, aprendiendo cómo actuaba la contrainteligencia, analizando los comportamientos del SVR, del GRU y del FSB rusos y, sobre todo, evidenciando las deficiencias de seguridad interna del servicio.

La monografía iba viento en popa, le estaba quedando un trabajo inteligente y original hablando sobre las fuentes que le habían llevado a triunfar en sus dos destinos fuera de la capital. Esa parte la tenía controlada, no le preocupaba el resultado, quedaría perfecto.

En lo que quería impresionar a los mandos, especialmente a Juanma, era en el contenido del supuesto práctico que iba a añadir sobre los graves déficits de seguridad que un agente doble al servicio de Rusia podía aprovechar para hacerle al servicio un boquete inimaginable.

Para hacerlo lo más real posible y que no pudieran pillarle, había diseñado que la iniciativa de la captación no partiera del servicio secreto ruso —había elegido al SVR para su ejercicio—, sino que fuera el agente el que contactara con los rusos, lo que en el lenguaje del espionaje llamaban un «cliente sin reserva».

Era sábado por la tarde, las cortinas del cuarto estaban corridas, como siempre, aunque al dar las ventanas a un patio interior, no era para que impidieran la entrada de la luz. Colocó el ordenador portátil en la mesa camilla, se sentó, subió la falda y dejó que el brasero le calentara las piernas. En las paredes cubiertas con papel pintado de flores, había cuatro pizarras de corcho que había ido llenando con pósits a lo largo del año. En la primera, a su derecha, estaba el listado de documentos de interés que había conseguido para los rusos. En la siguiente, el perfil de Petr Sokolov, el delegado del SVR a quien deseaba convertir en su contacto. En la tercera, los fallos de seguridad detectados. Y en la última, los argumentos que el agente doble podía esgrimir para justificar la traición. Esta pizarra estaba presidida por un trozo de hoja en la que había escrito con letras mayúsculas el alias con el que el agente doble se identificaría, porque en los contactos iniciales era muy importante que los rusos desconocieran su auténtica identidad. El nombre elegido era Tiberio.

Había decidido que el primer contacto fuera una carta dirigida a Sokolov en la que se propondría como agente doble, acompañada de una parte de la documentación. Esa tarde, había decidido redactar la misiva.

Tiberio era un directivo del servicio, un nivel superior en la escala funcionarial, imprescindible para que le tomaran en serio. No podía utilizar a alguien sin estudios, del nivel más bajo, como él, incluso los rusos le despreciarían. Amparándose en una supuesta solvencia profesional, utilizando un tono serio y formal, debía demostrarles que la documentación que adjuntaba era de alta calidad, anticipo de los papeles que podría conseguir en el futuro y que justificarían sobradamente lo que pensaba pedirles.

Le había dado muchas vueltas a los motivos que impulsarían a Tiberio en su traición y desde el principio tuvo claro que, si no apostaba por el dinero, los rusos no le creerían. Era una de las causas que, según la doctrina de la contrainteligencia, motivaban la traición. Había leído en varios textos que existían cuatro tipos de vulnerabilidades y que todas las personas tienen, en mayor o menor medida, una de ellas. Pensó en la ideología, quizás debería citarla, pero no le parecía que pudiera sustentar por sí sola el ofrecimiento. «Soy una persona de izquierdas —escribió en un bosquejo— y hago esto por mi posición personal contra la política exterior de Estados Unidos». Luego estaba la coacción, la descartó porque al tomar Tiberio la iniciativa carecería de sentido. Y, finalmente, aparecía el ego, eso de sentirse más importante e inteligente que los demás, lo que tampoco le pareció un argumento persuasivo para los rusos.

Dudó sobre la cifra a pedir, tuvo en cuenta los comentarios de sus amigos de contrainteligencia un día que sacó el tema y lo cobrado por algunos agentes dobles famosos. Tuvo que introducir una variante para el caso de Tiberio: les iba a vender toda la información de la que disponía a lo sumo en dos tacadas. Contando con la posibilidad de que quisieran regatear, fijó una cifra alta, asequible, que no les disuadiera de participar en el juego. Ya la había apuntado en rojo en una de las pizarras: 200 000 dólares, unos 150 000 euros.

Se levantó, dejó la falda subida para que el calor del brasero se expandiera por la habitación, y se colocó delante de la pizarra en la que aparecían los documentos que había conseguido. Buscaba aunarlos en grupos por temáticas. El primero que envolvió en un círculo verde podía ser un arranque impresionante: «Quién es quién» en el servicio. Así planteado, cualquier servicio pagaría lo que hiciera falta por conseguirlo.

Después enmarcó lo que llamo «Procedimientos de trabajo de la Casa contra Rusia», un cajón de sastre donde meter métodos que aplicaba la unidad operativa contra sus agentes desplegados en España, casos que habían ocurrido en otros países y operaciones pasadas que habían tenido lugar en España. Le hubiera gustado disponer de más, pero era suficiente para dar credibilidad al ejercicio práctico.

Los otros dos apartados que vio claros eran producto de su análisis sobre la mejor forma de conseguir que los rusos entraran en el juego. Decidió ofrecerles su «Asesoramiento para la penetración de sus agentes en la Casa», diseñado gracias a su experiencia de un año en la Escuela que, al fin, le había servido para algo. También les ofrecería la posibilidad de «Señalarles colaboradores potenciales en el Ministerio de Presidencia, Defensa, Interior y Asuntos Exteriores». Era un tiro al aire sin mucha pólvora, aunque le ayudaba a cuadrar la carta, a darle empaque, a que resultara imprescindible contestar que sí y asumir el pago de los 200 000 dólares.

La estructura de la misiva de Tiberio para Sokolov era muy importante y necesitaba incluir datos tangibles que revelaran operaciones en marcha, que le hicieran palpar la importancia de convertirle de inmediato en agente doble. Le iba a exponer dos situaciones de alto peligro para su servicio en España. Estaban en marcha y se las había sacado a sus amigos de la contrainteligencia rusa, por lo que parecía seguro del daño que su conocimiento podría producir al servicio y de la alegría que despertaría en el SVR. La primera era la captación de un catedrático de Aeroespacial y otros científicos en la Universidad de Alcalá de Henares, y la otra el chantaje al que estaban sometiendo a un político de la oposición para convertirlo en agente de influencia al servicio de Moscú.

Volvió a sentarse y empezó a redactar: «Soy un directivo del Cesid con interés de comunicarle su disposición a colaborar con el servicio y el país al que usted representa. (…) Esta misiva tiene como objetivo servir de carta de intenciones sobre mi posición personal. Desde esta perspectiva, le manifiesto mi disposición a una colaboración profesional. (…) Les adjunto varias informaciones que considero importantes para sus intereses, así como diversa documentación para su valoración. (…) Me ofrezco a cesar en el servicio y trabajar para ustedes en otros países o bien constituir una empresa u organización que me permita obtener para ustedes el tipo de información que sea de su interés o desarrollar las acciones de influencia que estimen oportuno. (…) La condición previa para materializar formalmente dicha relación pasa por recibir, a cambio de esta primera entrega de documentación, la cantidad de 200 000 dólares norteamericanos en efectivo. Este pago servirá para que mi familia pueda contar con un fondo de reserva en el supuesto de que me suceda cualquier tipo de eventualidad en un futuro. (…) Solo hay juego si ustedes quieren jugarlo».

Añadió los procedimientos para ponerse en contacto y comunicarse, y le recalcó a Sokolov que mantendría el anonimato hasta que no solventaran situaciones que estaban causando un grave daño a la seguridad de Rusia. Firmó Tiberio, imprimió la carta y metió todo en un gran sobre, tras limpiar cada hoja con cuidado para que no aparecieran sus huellas dactilares.

Lo introdujo en una bolsa y lo metió en el armario donde tenía guardados los papeles extraviados u olvidados en el servicio que habían terminado en su casa. Cuando acabara la monografía, adjuntaría el sobre y los diversos añadidos que estaba escribiendo sobre la forma en que por fallos de seguridad había conseguido cada uno de los documentos. «Tiberio, has hecho un trabajo impresionante. En unas semanas lo entregarás y se quedarán pasmados», se dijo a sí mismo.

38

Centro penitenciario de Estremera, Madrid, 2008

Marcos Quiroga tenía una duda que le corroía desde el inicio del relato y, por una vez, decidió cortar la narración de Beto dando dos golpes en el cristal. Después, escribió su pregunta en el cuaderno y se la enseñó pegada a ese muro infranqueable que los separaba.

—En ningún momento has mencionado información relativa a los agentes dobles rusos que trabajaban o habían trabajado en España.

—Nunca he sabido nada de eso —le contestó siguiendo la costumbre de escribir primero y mostrar después la hoja, para que los micrófonos instalados por el servicio secreto, de los que tenía certeza, no les captaran.

—Han publicado que delataste a varios y han dejado entrever que a alguno pudieron matarle.

—¡¡Mentira!! —escribió rodeando la palabra de admiraciones, en una hoja que arrancó disgustado para que su amigo notara su rabia.

—Un diario en Inglaterra te ha acusado de tener las manos manchadas de sangre —insistió Marcos, empeñado en contárselo, por si no lo sabía, y no en ponerle de los nervios, que es lo que estaba consiguiendo.

—La historia es tal y como te la cuento, sin florituras ni invenciones. Cometí errores, no estoy especialmente orgulloso de algunas de las cosas que hice, pero nadie ha muerto por mi culpa. —Su caligrafía se había vuelto más rotunda, menos redonda, más agresiva.

—Hablan del caso de Sergei Skripal, un coronel del GRU al que los rusos pillaron después de estar varios años trabajando para el espionaje inglés. Dicen que tú revelaste su identidad tras robar documentos en la sede central de tu servicio.

—¡¡Mentira cochina!! —Le escribió mostrándole una hoja rota al arrancarla con violencia del cuaderno.

—También cuenta un periódico español que a otro de los que delataste, un tipo del GRU que intentó en Madrid, sin éxito, convertirse en agente doble, lo mataron después de torturarle en Moscú. Dicen que eres un traidor, un judas.

—No me llames traidor—dijo Beto, muy enfadado, fuera de sí.

—Tranquilízate, te lo cuento por si aquí encerrado no te llegan esas noticias. He leído un artículo de Graham Greene en defensa de su amigo Kim Philby, cuando le acusaron de enviar hombres a la muerte mientras era agente doble. Parece ser, tú lo sabrás mejor, que existe la certeza de que un espía soviético llamado Volkov quiso desertar del KGB y pasarse a los ingleses en 1945. Philby se enteró, le delató y acabó muerto. Greene dice que no se puede llorar ante su destino porque estaba traicionando a su país por motivos tal vez menos idealistas que los de Philby.

—Conocía esa historia, a mí no me afecta porque nunca he tenido que delatar a nadie. Pero te diré algo: esto es un juego, cada uno elige sus cartas y las juega. Pero la mano, el que las reparte, el que lo controla, tiene la potestad de cambiar las reglas y acabar con quien haga falta.

Marcos le creyó, estaba decidido a defender en cualquier foro la inocencia de su amigo, pasara lo que pasara. Le conocía bien, habían compartido muchos momentos malos y complicados. Entendía que sus enemigos eran muy poderosos, capaces de hacer cualquier cosa para hundirle. Escribió en una hoja algo que no era secreto y podía haberlo dicho en voz alta, pero después de tantos meses de comunicarse por esa vía ya no sabía qué era secreto y qué no: «Ok, termina la historia».

39

Seis años antes, 2002

Había llegado el momento para Beto de mirar a la vida con otra cara, más risueña y optimista. Debía abandonar la melancolía, cambiar el gesto huraño que con frecuencia le había poseído, dejar de contrariarse por el daño que los jefes le habían infligido y empezar a disfrutar de una nueva apuesta vital. No sabía a dónde le llevaría, pero merecía la pena correr el riesgo.

¿Era esa vida en la Cuesta de las Perdices la que quería llevar a los treinta y siete años y hasta el día lejano de su jubilación? ¿Quería seguir quejándose de su aburrido trabajo en Madrid? Se había mirado al espejo de la realidad y había dicho no.

La monografía que iba a presentar sería el último envite que pondría encima de la mesa de los mandos del servicio. Si no salía adelante, si no servía para que le reconocieran lo exitoso de sus métodos y capacidades, si no le destinaban a un puesto adecuado a su talento, buscaría otras alternativas más estimulantes. Su preferida, tenía un gusanillo revoloteando dentro de sí desde hacía años, era crear su propio centro de mediación en conflictos, para lo que estaba sobradamente preparado tras su experiencia en el País Vasco.

En el arranque del nuevo año decidió introducir una actividad estimulante. Carecía de ahorros como para comprarse una casa, pero sí le daba para alquilar un piso barato en la playa. Como asturiano prefería el clima del norte, el agua helada del mar para refrescarse, pero le parecía más cercano y fácil buscar algo en Valencia. Su objetivo era salir del trabajo los viernes, ponerse al volante del coche, hiciera frío o calor, y largarse a una ciudad con playa, en la que nadie le conociera y, en un ambiente distinto, relajarse. Como no le importaba conducir de noche, se imaginaba iniciar el camino de regreso a las cinco de la madrugada de los lunes para llegar directamente a la Escuela. Un fin de semana aprovechado al máximo.

Un viernes se fue a Valencia a visitar pisos de alquiler. No quería el centro, ni zonas caras, ni vistas a la playa, prefería el extrarradio, barrios obreros donde la gente te ignora y no se mete en tu vida. Si le apetecía bañarse en el mar, en diez minutos podría acercarse en coche. Le gustó el barrio de Benicalap, la zona norte, de los más poblados. Deseaba crear su reducto, un sitio para aislarse del mundanal ruido, donde nadie supiera su paradero y pasara desapercibido. Para ello, iba a priorizar un arrendador privado que no hiciera muchas preguntas.

Llegó tarde, encontró habitación en una pensión familiar, tomó copas hasta las tantas y al día siguiente, a las nueve en punto, estaba en la primera cita programada. En la quinta encontró lo que buscaba: una señora, por encima de los setenta, alquilaba un piso junto al suyo y deseaba un inquilino que pagara puntualmente el último día del mes y fuera de total confianza. Tenía otros candidatos, le dijo, y no le sonó a invención: era tan económico que le parecía lógico. Se la ganó al enseñarle su carné de guardia civil y pedirle un silencio cómplice, ETA a veces buscaba objetivos en la zona costera de Levante. Con las llaves en la mano y tres meses de adelanto pagados en efectivo, empezaba una nueva vida.

El último sábado del mes de febrero asistió a la cena con los agentes de la contra. El mismo crujiente cordero y la misma ensalada sencilla los acompañaron durante un par dc horas, y al final se marcharon a un bar de copas para clientela más tranquila, sin música estruendosa. Salvo casos puntuales, mantenían alejados los temas delicados. La mayor parte del tiempo lo invertían en charlar sobre la vida frívola, los viajes, los compañeros petardos, la política y el dinero que se merecían y no llegaba a sus cuentas corrientes.

Esa noche, Beto tenía un objetivo prioritario en su punto de mira: hablar con Juanma para promover su cambio de destino. Había hecho una prospección previa para comprobar la viabilidad con Nacho, Ana y Ladis. Deseaba salir de la Escuela, se aburría, podía cumplir misiones más apasionantes. Le entendieron, le mostraron su apoyo, incluso se integraron en un frente común para no desfallecer hasta conseguir que se fuera con ellos. Le habían mencionado el tema a su jefe y esa noche le tocaba el turno a él. Imaginaba que el anexo que había hecho a la monografía sobre los problemas de seguridad y la presencia de un agente doble ruso, su amigo imaginario Tiberio, jugarían a su favor. Pero antes de entregarle una copia a Juanma, necesitaba plantearle directamente el tema. Aprovechó un momento en el que los dos estaban sentados juntos, Nacho se había ido al baño, y Ana y Ladis estaban imbuidos en su propia conversación.

—Sé que estos capullos te han hablado de mi cambio de área, pero no les hagas caso, son unos pesados —le dijo Beto con un *gin-tonic* en la mano.

—¿Te gustaría venirte o no te gustaría?

—Me encantaría —cedió el guardia civil—, no aguanto más en la Escuela. Necesito motivación.

—Ahora no tenemos hueco, pero imagino que pronto lo habrá. Ya había pensado en ti antes de que estos petardos iniciaran la campaña a tu favor, pero si tienes un poco de paciencia yo me encargo de que te vengas.

—No sabes lo que te lo agradezco.

—Es de justicia que estés en un puesto que cubra tus expectativas y en el que desarrolles tus cualidades.

—No te arrepentirás, pronto te daré una grata sorpresa.

—¿Qué pasa?

—Nada que te pueda adelantar.

La vida finalmente le sonreía, veía los colores con los que el sol iluminaba cada rincón de su vida, la mala suerte estaba aparcada lejos de él, en cualquier momento podía regresar, pero no pensaría en ella.

La imaginación le daba vueltas en el tema del supuesto que había montado con Tiberio. Le faltaba algo, necesitaba que estuviera perfecto, que Juanma al leerlo se entusiasmara y si no tenía un hueco para él en su área, lo abriera a bastonazos.

Llegó a la conclusión de que debía añadir una segunda carta a Sokolov, continuación de la anterior, en la que diera un paso adelante en su ofrecimiento de colaboración y en la que añadiera nuevos documentos.

Se sentó de nuevo en la mesa camilla, también era sábado y también la luz era artificial. Quería transmitirle al representante del SVR en España que, en el tiempo pasado desde la anterior misiva, nadie había descubierto su acercamiento. Estaba exagerando su acceso a la información, pero Sokolov lo desconocía.

Desde la carta anterior, Tiberio había depurado el sistema de comunicación con los rusos para las citas clandestinas, lo que le quería transmitir como prueba de su seriedad. Ahora sería imposible que los servicios de seguridad detectaran sus encuentros, al menos, en lo que a él se refería.

Otro asunto que justificaba una segunda carta era su valía futura. Tiberio había trabajado para conseguir un destino que los beneficiara, lo que los tendría que animar a arriesgar y apostar por su captación. No era solo la información que ya tenía a su disposición, sino la que podría entregarles en el futuro cuando le destinaran a la contrainteligencia rusa.

Beto estaba preocupado por el único aspecto que podía salir mal en la conversión de Tiberio en agente doble. La experiencia demostraba que ser un cliente sin reserva, despertaba desconfianza en el receptor de la iniciativa, muchísimo más que cuando el acercamiento lo iniciaba el servicio deseoso de captar a un agente enemigo. Sospechaba que el agente que se ofrecía era parte de una argucia del adversario, que empezaba sacrificando documentos de inteligencia valiosos como cebo para convencerles de su buena fe, para posteriormente enviarles una ensalada de información e intoxicación difícilmente detectable. El que pretendía cambiar de bando debería someterse a un intenso escrutinio por parte de aquellos a los que decía querer servir. Si no quedaban satisfechos plenamente con su sinceridad, aunque existieran solo muy pequeños recelos, tendían a no cerrar el trato. Eso era mejor a errar, porque el daño recibido podría llegar a ser espantoso.

Beto escribió la segunda carta en marzo, pero decidió no poner la fecha: «Estimado señor Sokolov: desde mi anterior comunicación se han producido diversos acontecimientos relevantes que me aconsejan actualizar (…) la información más importante a la que tengo acceso tendría para ustedes un gran interés estratégico. (…) Le anuncio que existe la probabilidad de que ocupe, próximamente, algún puesto de responsabilidad en el servicio secreto español, en ámbitos que pudieran ser de su interés…».

Terminada la redacción, releyó el texto varias veces, se levantó a echar un vistazo a las pizarras, sacó la bolsa donde había guardado una copia de la primera carta y se sentó a analizar las dos juntas. Se concentró en un punto del techo, después miró el teclado del ordenador, seleccionó todo el texto y lo borró. Decidió no incluir esa segunda carta.

40

Beto y sus tres mil compañeros se fueron a dormir una noche trabajando en un servicio secreto llamado Cesid y se levantaron al día siguiente en el CNI. Jorge Dezcallar, el director nombrado unos meses antes, había llevado a cabo una profunda reforma, que perseguía introducir una nueva forma de trabajar y los incardinó en la legalidad designando a un juez del Tribunal Supremo para que autorizara sus misiones más conflictivas, como las intervenciones telefónicas y las penetraciones clandestinas en domicilios.

El primer civil al mando había conseguido que el Gobierno del Partido Popular aprobara en mayo la reforma de la institución y, a renglón seguido, llevó a cabo cambios profundos en el organigrama. El primero fue el cese del secretario general y su sustitución por una mujer, Virtudes Martín, profundamente conocedora de una división, la de contrainteligencia, que había dirigido varios años. Posteriormente, llegaron algunos otros nombramientos importantes.

El puesto de Beto en la Escuela no se vio afectado, era un simple peón sin responsabilidades. Pero todo lo que llevaba planeando en el último año se fue al traste. La llegada de la nueva secretaria general significó que la tendría que entregar a ella la monografía. Imaginaba que, al no participar en el encargo, no le prestaría demasiada atención. Si antes tenía dudas sobre si incluir el ejercicio práctico, ahora optó por no meterse en líos: no había tratado con ella, desconocía cómo reaccionaría y era mejor no arriesgarse.

La posterior destitución de Juanma sí que le supuso un buen mazazo. Sus planes, programados con tanto detenimiento, se habían estrellado contra un muro. Ya no servía de nada haber hecho una investigación para detectar fallos en la seguridad interna, haber corrido riesgos para obtener alguna información y haber inventado a Tiberio para probar cómo un agente doble podía sacar partido a esos errores garrafales. No olvidaba que todo el esfuerzo había tenido un único fin: impresionar a Juanma, demostrarle que en el futuro podrían brotarle agentes dobles, y conseguir que le valorara y acelerara su traslado a la contrainteligencia rusa.

La secretaria general tardó más de un mes en convocarle a su despacho, un retraso lógico porque acababa de tomar posesión y debía resolver un gran número de cuestiones. Apenas estuvo diez minutos en su despacho. Le hizo entrega de las cerca de 400 hojas encuadernadas de la monografía que le había encargado su antecesor. La jefa había oído hablar de sus misiones en el País Vasco y Perú, le regaló buenas palabras de cara a su futuro y le pidió tiempo para resolver «asuntos más importantes». Estuvo a un tris de contestarle que para él ese era el asunto importante. No volvió a hablar con ella.

En su casa, guardó disciplinadamente los pósits con los que había ordenado su investigación y los metió en carpetas, descolgó las pizarras, selló las bolsas con todo el material y decidió mandarlo al reino de los olvidos. Le había servido para estar ocupado y levantar el ánimo desde su regreso de Perú.

Se enfocó hacia el futuro, debía salir de la Escuela como fuera, buscarse otros mentores y disfrutar, siempre que pudiera, de sus escapadas solitarias a Valencia. Con el paso de los meses había ido controlando el barrio de Benicalap y también el resto de la ciudad. Muchos fines de semana se los pasaba allí y no paraba de ir de un sitio a otro. Tenía varios grupos de amigos, algunas chicas festejantes y ratos para leer y ver películas, siempre que podía de espionaje. Allí era libre, lejos de los problemas del trabajo. Sentía que en la capital del Turia había acabado su mala suerte.

Un día, mucho tiempo después, tuvo la fatalidad de que le pillara un control de alcoholemia. Era de madrugada, volvía a casa después de haber ingerido una mezcla copiosa de cerveza y vino. Cuando quiso darse cuenta, le habían encapsulado y no había forma de escapar. Visualizó el grave contratiempo: le podían quitar el carné de conducir y durante un montón de meses se le complicaría de una manera tremenda ir a trabajar y poder viajar a Valencia. Empezó a sentir la tensión por su mala suerte, intentó pensar cómo evitarlo y solo se le ocurrió una opción.

Cuando le tocó el turno, bajó la ventanilla y el policía local le saludó con amabilidad impostada. Le enseñó una boquilla guardada en celofán y le informó de lo que se le venía encima. No se negó, pero cuando empezaba el trámite le entregó su identificación oficial del servicio, que llevaba foto, sin nombre y apellidos, solo su número de agente, y lo acompañó con el carné de identidad. Una mezcla que al policía debería servirle para unir datos y confirmar que estaba delante de un miembro del servicio secreto.

—Vengo de trabajar, estoy en una misión que me exigía beber. No podía volver en taxi.

La tasa de alcohol era muy alta, lo que le supondría abandonar el coche allí, llevarse una multa y, más adelante, un juez le quitaría el carné de conducir.

—Sin duda se ha excedido mucho en la bebida —le comunicó el policía local—, tengo que sancionarle.

—Me gustaría hablar con su superior, mis circunstancias son especiales.

—No tengo autoridad para...

—¿Puedo hablar con su jefe?, por favor.

La situación era grave, pero el mando accedió a dejarle ir sin dar parte, aunque a cambio tomaron nota de sus datos para corroborar la veracidad de su historia. Beto se tranquilizó un poco, no del todo. Había confiado en salir airoso de la sanción, pero se enfrentaba a un problema posterior: si llamaban a la Casa, en el servicio sabrían que se había identificado como agente cumpliendo una misión, cuando nunca debería haberlo hecho. Además, les había mostrado el carné con su identidad operativa. A la semana siguiente, la Policía Local de Valencia telefoneó al servicio. Y, unos días después, su jefe le echó la bronca y le informó de que estudiaría si tomaba medidas disciplinarias.

El viernes por la noche de la semana siguiente, Beto quedó con Nacho.

—Te noto preocupado, desembucha —le dijo su amigo a los diez minutos de sentarse en una mesa de su taberna andaluza preferida llena de pósteres y motivos de la fiesta taurina.

—El otro día me pillaron en un control de alcoholemia, iba hasta arriba.

—¡No jodas! ¿No pudiste escaparte?

—Lo tenían estudiado los muy cabrones de los municipales —prefería no hacer mención de que había ocurrido en su reducto de Valencia.

—¿Te quedas sin carné?

—Me puse nervioso y la cagué.

—¡Madre del amor hermoso!, cuéntame.

—Lo único que se me ocurrió fue identificarme como agente, para que no me pillaran, les enseñé el carné operativo.

A Nacho se le cambió la cara. Lo que había hecho era muy grave, con suerte quedaría en una pequeña sanción, pero si intervenían los del Servicio de Seguridad investigarían toda su vida y durante una larga temporada debería ser el más bueno de la clase.

41

2004

Beto llevaba tres años asistiendo a las cenas con los cuatro miembros de la contrainteligencia rusa. En un primer momento, era el único invitado de fuera de esa área, hasta que Juanma fue cesado y no por eso dejó de acudir. Cuatro hombres y una mujer reunidos para disfrutar sin control de unos encuentros que nadie había descubierto.

El guardia civil había estado a punto de conseguir el traslado para compartir con ellos la lucha contra los rusos, pero la suerte le había sido esquiva. A pesar de ello, no había parado de hacer movimientos que le aproximaran a su objetivo, ahora un acercamiento a un agente influyente que pudiera recomendarle, luego hacer la vista gorda a la ausencia de un alumno de la contra que se había saltado una clase. Todo valía para agenciarse recomendaciones, pero ni con esas. El monográfico tampoco le había abierto puertas: la secretaria general nunca le hizo ningún comentario y un día se lo encontró archivado en la biblioteca del Departamento de Doctrina.

Comieron en abundancia y bebieron en exceso, lo habitual. A la hora de los cafés, el camarero apareció con una tarta con una vela y la depositó delante de él. No era su cumpleaños.

—Tenemos algo que celebrar, especialmente tú —le dijo Nacho—. Pero es secreto, no puedes decírselo a nadie.

—¿Me habéis conseguido una cita con Angelina Jolie?

—Ya quisieras —le dijo Ana—, renuncia, con esa calva que tienes no la conseguirás nunca.

Ladis, Nacho y Ana dirigieron su mirada a Juanma, que sonreía maliciosamente. Beto le miró expectante mientras su corazón se aceleraba presintiendo la noticia.

—Estos tres cabronazos —comenzó señalando a sus otros amigos— no han parado de presionar a su nuevo jefe para que te vayas con ellos y lo han conseguido.

—Vamos, Juanma —intervino Ladis—, no lo habríamos logrado sin tu ayuda.

Entonces sí, sopló la vela. Lo hizo con tanta intensidad que las virutas de chocolate de la superficie acabaron en la camisa de Nacho, sentado enfrente de él. Con el chupito de pacharán, Beto se sinceró.

—Ya lo daba por imposible, creía que me pasaría el resto de mi vida en la Escuela.

—Eso no es verdad —dijo Ana—, te habrías ido antes.

—De hecho, tengo avanzados mis planes para cuando me largue.

—¿Crearás la ONG esa?

—No sé si será ONG o no, tengo que buscar la figura jurídica, pero me dedicaré a la mediación. Sé mucho y practiqué en el País Vasco, puedo ganarme la vida con ello.

—Aparca esa historia, pero ya —dijo Juanma—. Con lo que nos ha costado que entres en la contra, ya puedes estar muchos años allí haciendo la vida imposible a los rusos.

Los temas burocráticos del servicio secreto iban despacio, mucho más de lo que le hubiera gustado a Beto. Una cosa era que el responsable de pedir su traslado hubiera decidido adjudicarle una posición que tenía libre y otra que Recursos Humanos tuviera la agilidad necesaria para que empezara en solo unos días.

Antes de que le comunicaran oficialmente el traslado, ocurrió en España una de las mayores desgracias de la época. El 11 de marzo, a las 7:39, tres bombas estallaron en un tren procedente de Guadalajara que llegaba a la estación de Atocha. Tres minutos después, otras cuatro explotaron en otro tren que circulaba a 500 metros de esa parada, a la altura de la calle Téllez. Al mismo tiempo, se registraban otras dos explosiones en las estaciones de El Pozo y Santa Eugenia. Fallecieron 193 personas y más de 2000 resultaron heridas.

Fue una locura en los edificios de la Cuesta de las Perdices, muchos se volcaron en buscar información sobre los desconocidos terroristas responsables de aquella matanza. Otros, como Beto, asistieron al espectáculo desde la distancia, gracias a las emisoras de radio y televisión. En las horas posteriores a los ataques, no llegaron datos a las divisiones sin implicación directa en la investigación. Se limitaron a asistir al mismo debate que el resto de españoles: ¿ha sido ETA o el terrorismo yihadista?

El guardia civil aprovechó esa noche para hablar con amigos de otras áreas y fue armando un puzle bastante excéntrico. Desde Antiterrorismo le llegó la información de que el servicio había estado enviando alertas en los últimos meses a la Policía solicitando que buscaran a un grupo de yihadistas, encabezados por Allekema Lamari, un peligroso terrorista procedente del GIA argelino, que, tras pasar por la cárcel, había salido aún más radicalizado amenazando con vengarse de España. Beto se quedó sorprendido, descolocado, cuando le explicaron que la última alerta lanzada por el servicio era de tres o cuatro días antes. No tardó en quedar con Nacho, no entendía lo que estaba pasando.

—¿Me puedes explicar la razón por la que, habiendo lanzado una alerta por un posible atentado yihadista, a las pocas horas el director informa al presidente de que no se sabe si ha sido ETA o los yihadistas?

—Es que no nos creemos ni nuestras propias informaciones.

—El Gobierno ha intentado convencer a la gente desde el primer momento de que ha sido ETA, cuando ya sospechaban de los yihadistas.

—¡Anda que nosotros!, hemos hecho lo que ha ordenado el Gobierno. ¿Dónde queda eso de entregar la información que tenemos y allá ellos lo que hagan? Nada, nos dicen lo que tenemos que escribir y ya está.

—¿Llegamos a tanto? ¿Tú crees?

—Un amigo de Terrorismo Internacional me ha contado que el director de Inteligencia, Manuel Villar, les encargó elaborar un informe que expusiera por qué los yihadistas no podían ser los autores de los atentados, para enviárselo al presidente. ¿Sabes quién se lo había pedido? —Era una pregunta retórica, pero él mismo la contestó—: el palacio de la Moncloa.

—No me jodas, ¿se negaron? —preguntó Beto asombrado.

—Lo grave es que no, se pusieron a la tarea.

Estos comportamientos desmoralizaron a una parte de los agentes y, entre ellos, a Beto. ¿A quién servía realmente el servicio? Se percató una vez más de que el juego, como un ente aparte, por encima de todos los jugadores, contando con aquellos leales capaces de hacer cualquier cosa por mantener su estatus o subir peldaños, había decidido que el servicio se pusiera a trabajar en apoyo de los que estaban en el poder. Pasadas unas pocas fechas, tras el cambio de Gobierno, se ratificó en su reflexión cuando vio cómo el mismo servicio que había seguido órdenes de un ejecutivo conservador, se alineaba sin problema al lado de otro de izquierdas y modificaba su propio discurso anterior para maquillar la versión de lo sucedido. Así convencían a los recién llegados de que ellos habían ofrecido una información objetiva y de calidad, que habían alertado previamente de la amenaza yihadista, pero no quisieron hacerles caso.

Le crecieron las dudas sobre su trabajo: ¿qué hacía en un centro donde en cada momento se buscaba la sombra del árbol más frondoso y se sacrificaba, si hacía falta, el deber de informar con objetividad de las conclusiones a las que llegaban los especialistas? Estaba profundamente decepcionado.

Todavía tuvieron que pasar dos semanas antes de que le comunicaran su traslado al Área de Contrainteligencia de Rusia. No había acabado el mes de marzo y fue uno de sus días más felices en la sede central. Solo sus tres amigos allí destinados sabían lo que lo había deseado y ninguno de ellos formó un equipo de bienvenida, no era cosa de dejar patente los esfuerzos por llevarle.

El jefe, un tipo rocoso vestido con chaqueta verde, cadena de oro al cuello y pulseras a juego, con ademanes de gánster, le recibió con una mezcla de confianza y esperanza.

—Tienes la oportunidad de demostrar tus habilidades, como lo has hecho en el País Vasco y Perú.

—Gracias por la oportunidad, no te defraudaré.

—Es un trabajo en equipo, nada de individualismos, el tiempo determinará adónde puedes llegar y cuáles son los tipos de trabajo que puedes realizar.

—Me parece perfecto. —Estaba tan obnubilado por verse allí que daba la sensación de que se había vuelto tonto, todo le parecía bien.

—Desde mañana pasarás un tiempo, espero que poco, poniéndote al día del funcionamiento del área y de los métodos de trabajo.

—Me encantará. —Beto le escuchaba con los pelos de los brazos erizados por la emoción y la cara de alegría contenida.

—Más adelante te integrarás en un grupo que vigila las actividades de una mafia en Galicia.

—Me parece perfecto.

—¿Estarías dispuesto a integrarte en grupos de apoyo en la calle para ir practicando?

—Por supuesto que sí.

—Si creemos que puede ser seguro para ti, ¿aceptarías infiltrarte en bandas?

—Nada me gustaría más.

No había pasado una semana cuando un tipo trajeado con aspecto de guardia civil se le acercó mientras estaba en su mesa estudiando conceptos y tácticas de la contrainteligencia. Pertenecía al Servicio de Seguridad y le entregó en mano la notificación oficial de la apertura de un expediente interno. No se había olvidado de su metedura de pata en Valencia, pero casi. Ya era coincidencia que le anunciaran una investigación cuando acababa de llegar a su destino dorado.

Los de seguridad eran perros de presa, te agarraban con sus mandíbulas y no te soltaban hasta que desfallecías. Siempre te encontraban algo y, aunque no lo hicieran, le habían pillado en un error y el castigo llegaría. Tener que desnudar toda su vida y justificarla no era agradable, pero es que coincidía con la sensación ácida de que el servicio, al que le había dado todo, por el que se había jugado la vida, no representaba los valores que le impulsaron a entrar. Lo que pasó el 11-M le hizo ver la realidad, aunque algo similar le había pasado en el País Vasco cuando su información la utilizaron para acabar con su amigo Marcos y con un destacado miembro del Gobierno como Rafael Vera.

Lo estuvo pensando un par de días, releyó los apuntes que había tomado de cara a crear una empresa de mediación, lo consultó con algunos amigos y terminó decidiendo que ni siquiera haber conquistado su sueño de un destino en la contrainteligencia, con mayores perspectivas de futuro, equilibraba la balanza de esos aspectos negativos que le habían hartado.

Pidió la baja voluntaria que su nuevo jefe, tras escuchar sus argumentos, no entendió. Tampoco lo hicieron sus amigos, ni en ese momento ni en la posterior cena dedicada monográficamente a echarle la bronca por una decisión que veían errónea.

—Por una falta no te van a echar —le dijo Juanma—, vale que te sancionen, que te miren hasta el culo, pero eso se pasa. Que te queda una mancha en el expediente, pues qué le vas a hacer, la próxima vez si bebes, no conduzcas.

—Eres un capullo. —Nacho, como los demás, estaba decepcionado con él, no le veía sentido a su decisión—. Has estado como loco por trabajar con nosotros, sin contar lo que hemos tenido que hacer, y ahora nos cuentas que en el 11-M el servicio mintió para servir al Gobierno. Si fuera verdad, ¿qué coño nos importa? ¿En qué afecta a nuestro puto trabajo?

Tras solicitar la baja, el Servicio de Seguridad paralizó y archivó el expediente, la investigación ya no tenía sentido, el agente se iba y carecían de jurisdicción sobre él.

El 22 de abril de 2004, trece años y un mes después de ingresar en la Casa, Beto Romero salió por última vez de la sede. Estaba convencido de que su decisión era acertada. Dejaba atrás el mundo del espionaje, renunció a regresar a la Guardia Civil y empezaba una carrera en el mundo civil. Poco a poco, fue rompiendo los lazos con aquellos compañeros del mundo de las sombras.

LIBRO 2

LA HISTORIA,
SEGÚN LA VERSIÓN
DE LOS ALTOS MANDOS DEL CNI

42

El cambio de Gobierno tras los atentados del 11-M llevó a un relevo en la dirección del CNI. El elegido no fue un militar, como lo habían sido casi todos, ni un diplomático como su antecesor. Fue un ingeniero que había trabajado tiempo atrás en temas de agricultura con el nuevo ministro de Defensa, ajeno a los asuntos de inteligencia. Un novato que pronto aprendió que los tejemanejes del espionaje se podían superar siempre que te rodearas de mentores expertos y, por encima de todo, de confianza.

José Cortés llevaba un año en el cargo cuando un día, con un hueco en su apretada agenda, su secretaria le anunció que el director de Inteligencia y otros dos directivos querían verle. Extrañado, le contestó que entraran. Villar era el número tres, solo por detrás de la secretaria general, más volcada en temas burocráticos. Un tipo listo que le había ayudado a aprender el manejo de la inteligencia, aunque soportaba mal la progresiva independencia que su jefe iba adquiriendo con el paso del tiempo. Su apariencia gris, respaldada por sus trajes discretos, sus gafas comunes de concha y su hablar sin estridencias, no se correspondía con su brillantez. Era el sagaz espía de aspecto inocuo, el más listo y hábil del edificio, lo que en el servicio secreto era un grado.

—Hola, Manuel, ¿pasa algo? —le preguntó el director parapetado detrás de su escritorio, mientras por precaución cerraba la carpeta que estaba leyendo, como le habían recomendado hacer cuando entrara cualquier visita.

—Director, tenemos un problema grave.

—Debe serlo cuando venís tres a contármelo.

Pulido y De la Nieta eran dos altos cargos a las órdenes de Villar. Siempre iban vestidos iguales —chaquetas azules, pantalones grises y zapatos granates de flecos— y eran la antítesis de unos gemelos: Pulido medía cerca de dos metros, de piel blanca como la nieve, y De la Nieta apenas llegaba al metro sesenta y para mantener su tono de piel morena cualquier otro habría tenido que pasarse la vida esquiando.

—No he podido compartir este tema con nadie fuera de mi gente de máxima confianza. Como oficiales de inteligencia, con veinticinco años de antigüedad, conocen entre los dos a todo el personal. Y eso nos va a ser muy útil.

—Te escucho.

—Tenemos la certeza de que está saliendo descontroladamente información de la Casa, el problema de seguridad más grande en toda nuestra historia.

—No os quedéis de pie, acercar una silla más y sentaros.

El escritorio del director era de estilo clásico de caoba, el mismo tono del revestimiento de madera de las paredes. El contraste lo ponían el suelo enmoquetado en tono marfil y la gran bandera de España situada a su derecha. A las dos sillas dispuestas para las visitas, sumaron una tercera procedente de la mesa de reuniones.

—No sabemos quién o quiénes lo están haciendo —siguió Villar—, ni cómo, ni nada de nada.

—¿Cómo os habéis enterado?

—Hace poco. Sergei Skripal, alias «Inmediato», un coronel del GRU colaborador del MI6, no se presentó a una reunión programada, investigaron su paradero y ha desaparecido. Los ingleses creen que le delataron y le tienen preso en Rusia.

—¿Qué tenemos que ver nosotros? —Cortés estaba desconcertado, era la primera vez que se enfrentaba a un tema tan delicado de ese calado.

—Estuvo destinado en Madrid, venía con frecuencia por la ciudad y ayudamos en su captación. Director. —Villar no pudo evitar que se adueñara de él un gesto de crispación—. «Inmediato» es la tercera fuente en caer relacionada con nosotros. Agencias extranjeras aliadas están convencidas de que tenemos un boquete enorme. Nos han avisado: o hacemos algo o nos pondrán en cuarentena en el intercambio de información.

Cortés se contagió de la tensión que le transmitían. Había indicios claros de que un trabajador de esa sede estaba filtrando información altamente sensible. Había oído hablar de los cinco topos de Cambridge y de otros casos, pero había sido fuera de ese despacho, en películas y libros.

—Tener uno de nuestros agentes al servicio del enemigo —intervino Pulido—, que el enemigo nos haya penetrado, es el más pernicioso de los virus que podía invadirnos.

—Les ha pasado a todos los servicios importantes —siguió De la Nieta en un intento por concienciar al director de la gravedad del asunto—. A nosotros nunca.

—Hasta ahora —le corrigió Pulido.

—Es un asunto —retomó Villar el hilo de la conversación— al que de manera inmediata deberíamos hacer frente con total firmeza.

Los tres visitantes acababan de colocar el camión de la manguera cerca del edificio en llamas, aunque no podían activarlo hasta que el director ordenara abrir el grifo del agua.

Cortés era un hombre precavido, desde su llegada a ese mundo de sombras no tomaba decisiones sin haberse asesorado convenientemente. Era la forma de afrontar su bisoñez cuando el cargo que ocupaba no le permitía delegar. Como cazador experto, sabía que dependía de él tomar la decisión para iniciar una cacería, que si se desarrollara en campo abierto comandaría con soltura, pero al ser en un medio nuevo, como el espionaje, desconocía su liturgia. Ellos eran los profesionales y no le quedaba más remedio que seguir sus pautas, al menos al principio.

—Pongámonos en marcha ya mismo. ¿Qué dice la doctrina que hay que hacer en estos casos?

—Lo más urgente es crear un grupo especial dentro del servicio, tres personas con cadena de mando propia que me reportarán a mí directamente, a los que buscaremos una base operativa sin uso para que trabajen aislados, sin que nadie lo sepa.

—También tendrán hilo directo conmigo.

—No hace falta director, tú tienes mucho trabajo.

—Tendrán hilo directo conmigo —dijo cambiando el tono a uno imperativo—, todos sus informes llegarán a mi mesa al mismo tiempo que a la tuya.

—Como quieras.

—Cuéntame cómo vamos a descubrir al topo.

Villar le explicó que, a grandes rasgos, primero tendrían que estudiar los indicios conocidos y buscar otros que señalaran la presencia del topo. Esos indicios deberían indicarles el espacio donde trabajaba habitualmente y los permitiría elaborar una lista de sospechosos. Ahí comenzaría la labor más intensa: reconstruir la vida completa de cada uno de ellos, empezando por su historia familiar, lo que hizo y sintió en cada momento de su vida, su ingreso en el servicio y la carrera que lleva hasta la actualidad.

—Aparecerán las vulnerabilidades que le han impulsado a ofrecerse a los rusos o las que utilizaron los rusos para captarle.

—¿Cuánto tiempo se suele tardar en identificarle?

—No hay una pauta. A Kim Philby, el espía inglés que trabajo para los rusos…

—Ya sé quién es Philby.

—Perdón, tuvieron la certeza a los treinta años, que fue cuando huyó, o le dejaron huir para evitarse el escarnio público. Es como buscar una aguja en un pajar, si tienes suerte te la clavas en el pie los primeros días, en caso contrario es muy complicado encontrar pruebas incriminatorias.

—¿En quiénes has pensado para llevar a cabo la investigación?

—Dos de ellos me acompañan. Javier Pulido fue experto en Rusia, lleva unos años fuera de allí, pero conoce a una gran parte de los posibles investigados. Daniel de la Nieta es uno de los responsables del Servicio de Seguridad, muy importante en la investigación, pues tendrá que encargar y coordinar las indagaciones especialmente discretas sobre una lista de sospechosos que pensamos puede ser amplia. La tercera será Valvanera Donate, es de mi absoluta confianza, pertenece a la Brigada Operativa de Apoyo, es una policía acostumbrada a investigar, con acceso directo y fácil a la documentación del ministro del Interior.

El silencio del director supuso una aprobación al equipo. Intentaba pensar con rapidez para plantear las dudas más urgentes; el tema le había empezado a agobiar.

—¿Qué pudo haber llevado al topo a traicionarnos?

—A nosotros y a su país —matizó Villar—. Suele ser el dinero. Manejamos información muy valiosa en el mercado negro. En un momento de debilidad ves la posibilidad de sacarle beneficio y te tiras al río.

—Llevar una vida doble es complicado.

—Cierto, pero en esta profesión la aventura, el riesgo, es un incentivo. Nuestro hombre, o nuestra mujer, ha recibido los halagos de los rusos, le han valorado como nadie, le han prometido el oro y el moro, y le han garantizado que nunca le descubriremos.

—O —intervino Pulido— han descubierto que es pedófilo, nosotros no lo sabemos, y le han coaccionado para colaborar a cambio de guardar el secreto.

—Además —siguió De la Nieta—, para endulzarle la situación, cada vez que le ven y les entrega papeles, le sueltan, por ejemplo, 3000 euros.

—Hablando de dinero. —Villar todavía tenía un asunto pendiente de resolver—. Necesitamos disponer de recursos sin límite y evitar que los de financiero nos controlen.

—Tú serás el responsable de los gastos y dispondréis de todo lo que haga falta.

—También necesitamos acceso al archivo y a cualquier base de datos.

—Encárgate tú, cuentas con mi firma, que nadie se entere. Si me preguntan, negaré conoceros.

—Gracias, director. Mientras buscamos la infraestructura y los medios necesarios, necesitaríamos reunirnos los implicados contigo para analizar algunos asuntos y dejar claras las reglas de actuación. Para evitar mosqueos y filtraciones, deberíamos buscar un lugar fuera de la sede, lejos de la vista de la gente y de cualquier cotilla indiscreto.

—Conozco el sitio perfecto —dijo Cortés—. Vivo en el campo y nadie va a enterarse de la reunión.

43

La vivienda de José Cortés era un chalé en un paraje solitario del norte de Madrid, rodeado de un amplio terreno. Tras ocupar la dirección, se convirtió para el Servicio de Seguridad en una ventaja de cara a planificar su protección. Los árboles frondosos, no centenarios, pero casi, entorpecían cualquier intento de captar imágenes del interior y la valla perimetral de metro y medio de altura era disuasiva, a pesar de lo cual decidieron electrificarla.

Esa mañana de sábado, cercana la llegada del agosto sofocante típico de la capital, el termómetro marcaba 35 grados y Cortés decidió evitar la terraza, más apropiada para las horas con luna, y celebrar la reunión en el amplio salón con aire acondicionado, decorado con trofeos de cabezas disecadas de jabalíes y ciervos. Un ambiente propicio para poner en marcha la persecución del traidor.

—Traidora, traidor o traidores —empezó matizando Villar, vestido como el resto con ropa informal. No solo porque fuera sábado y estuvieran en mitad del campo, no querían transmitir la idea de que iban a trabajar. Habían empezado a convivir con una situación en la que nadie, amigos o enemigos, era de fiar. Cualquiera podía ser el topo, cualquiera podía ser su amigo, cualquiera podía irse de la lengua. Para no dar pistas de una reunión de alto nivel en fin de semana, síntoma de problemas graves, el director había anunciado el día anterior a sus escoltas que no iba a salir y les había dado el día libre.

Se habían sentado en un ambiente con sillones y sofás estilo campero en forma de U, con una amplia mesa baja de madera rústica en el centro. El propio Cortés les había servido un café con leche de dos termos muy grandes que había dejado preparados su mujer, a la que había invitado a desaparecer y no regresar hasta por la noche. Dos bandejas de cruasanes pequeños permanecían a la expectativa.

Villar había hablado el primero, un gesto de la persona que iba a conducir la operación. Había comprado una pizarra blanca imantada con trípode y media docena de rotuladores de colores variados. Estaba bien que el director se implicara, pero prefería no sentirse atado por él cuando empezara la investigación. Debía limitarse a apoyarles y a levantarles las barreras que surgieran. Unos meses después de su llegada, había notado su inclinación por potenciar las actuaciones de la rama operativa del servicio, apreciaba el riesgo que corrían y se mostraba desdeñoso con las labores de inteligencia, como si él actuara de freno para obtener información de mayor calidad. Sabía que Cortés pasaba mucho tiempo con el jefe de la unidad operativa, intuía que este le comía la oreja con las bondades de su trabajo arriesgado y ponía en cuestión su labor directiva.

—Vamos a sentar las bases de la operación más ardua y frágil de la historia del servicio. Vosotros tres vais a llevar el día a día y hoy se trata de que pongamos en común la información con el director, para que sepa cómo vamos a actuar.

Antes de empezar, Villar había presentado a Valvanera Donate, diez años en el servicio y otros quince en la Policía. La había seleccionado por sus probadas dotes para la investigación y para sacar más rendimiento a la BOA.

A Cortés le pareció una burócrata prudente de las que le gustaba rodearse al director de Inteligencia. Una cuarentona que estrechaba la mano con fuerza, de mirada perspicaz y segura de sí misma. Primero se había sentado en el sofá de tres plazas, entre Pulido y De la Nieta, y después, con discreción, se había cambiado a un sillón, donde transmitía una imagen más autónoma. O, quizás, lo había hecho porque no se sentía a gusto entre dos militares que apreciaban a la Guardia Civil y les costaba entenderse con la Policía. O, también quizás, una mujer guapa y fuerte, independiente, sin temor a nada, nota esas miradas despreciativas de algunos que se creen superiores por el mero hecho de ser hombres.

—Necesito que me expliquéis vuestro punto de partida y los primeros pasos —dijo el director marcando también su territorio—. En adelante, quiero ir conociendo los avances y, si no se producen, al menos los pasos que estáis dando.

Metódico, ordenado y previsor, Villar se levantó para situarse junto a la pizarra que había colocado como si fuera el acento de la U donde los demás estaban sentados. Cogió un rotulador negro y escribió en el encabezamiento una frase: «Lo que ya sabemos». Estaba de espaldas al balcón, con el director a su derecha, Pulido y De la Nieta enfrente y Donate a su izquierda. Se impuso el silencio y empezó a hablar dirigiéndose a Cortés. Había tres hechos graves que delataban la existencia del traidor. El primero, dijo tras escribir el número uno en la pizarra, era la detención en Moscú de un oficial del GRU, Dimitri Kovalev, que había estado destinado en su embajada en Madrid, se les había ofrecido como agente doble y no le habían aceptado. Sabían por la CIA que había sido torturado y asesinado.

—¿Por qué rechazamos a Kovalev? —preguntó Cortés por curiosidad.

—No ofrecía suficientes garantías de seguridad —respondió mientras escribía el apellido y al lado la palabra muerto.

—¿Pensasteis que nos estaba tendiendo una trampa?

—No teníamos suficientes garantías de su honestidad. En estos casos es mejor no iniciar una operación que pueda terminar dañándonos.

Villar se mesó la barba, perfectamente recortada, tras sentirse cuestionado. Lo meditó unos segundos y no dejó pasar el tema.

—Uno de los grandes agentes dobles rusos al servicio de Occidente, Penkovsky, se ofreció a los americanos, tampoco fue aceptado en un primer momento, luego salvó al mundo de una guerra y finalmente lo descubrieron y ejecutaron. Cuando nosotros consideramos a Kovalev un posible agente provocador, lo lógico es que no hubiera pasado nada, no podíamos prever que uno de los nuestros lo delatara.

Cortés pareció distraído con un pensamiento ajeno y Villar pasó al punto 2 tras escribir el número en la pizarra. Sergei Skripal, otro agente del GRU, también destinado en su embajada en Madrid, había sido captado en 1995 por los ingleses con ayuda del servicio español. Tras regresar a su país, había seguido colaborando incluso tras abandonar en 1999 el espionaje militar por problemas médicos. Todo había ido bien durante los primeros diez años, no había levantado la mínima sospecha en los servicios de seguridad rusos. Hacía algo más de un mes, tenía una cita de seguridad con su controlador y no apareció. La investigación del MI6 los llevó a descubrir que le habían encerrado en los sótanos de la Lubianka, la cárcel más cruel de toda Rusia.

Villar escribió: «Skripal, detenido». Miró al director, que no abrió la boca, y pasó al caso número tres. Un colaborador ruso, vinculado a la división de contrainteligencia del servicio, había desaparecido un año antes en su país sin dejar rastro, lo buscaron durante semanas y hasta llegaron a pedir ayuda al MI6 y la CIA. Cuando ya estaban desesperados, «nos llegó la información», dijo resaltando las cuatro palabras, de que había sido detenido por corrupción.

—Manuel, sé claro —le pidió el director.

—No tenemos la certeza de que el FSB descubriera que colaboraba con nosotros y en ningún momento hemos podido acercarnos a él. Si fuera un hecho aislado, nos cabría la duda del motivo de la detención, pero con un traidor entre nosotros tenemos que incluirlo dentro de los posibles daños que nos ha producido.

Cortés preguntaba, obtenía la respuesta, y no se empeñaba en discutir, solo quería entender.

—Un asesinado y dos detenidos —dijo—. ¿Qué más tenemos?

—No lo sabemos.

—¿Cómo que no lo sabemos?

—Necesitamos poner en marcha la investigación, la iniciaremos en el archivo: vamos a estudiar todas las operaciones que no hayan salido bien en los últimos años relacionadas con los rusos. Después, elaboraremos un listado con los implicados directa o indirectamente e incluiremos a los que hayan tenido acceso a la documentación de cada caso.

—Saldrán un montón.

—Dependerá del número de operaciones sospechosas, pero seguro que sí. Después habrá que cruzar datos y posteriormente cribar. A las personas que aparezcan vinculadas, de una u otra forma, a la mayoría de ellas, las investigaremos. Para exonerar a cualquiera, no deberemos encontrar nada en su vida privada y pública que nos haga presumir que podría haber cambiado de bando.

—Antes de llegar a esa conclusión —intervino Donate con el mismo tono pausado que Villar—, hará falta utilizar acciones intrusivas en la intimidad de los sospechosos: vigilar sus movimientos, escuchar sus conversaciones dentro y fuera de la oficina, entrar en sus despachos y domicilios, corroborar quiénes son sus amigos o si tienen hábitos conflictivos no declarados. Pero también chequearemos si tienen cuentas bancarias ocultas o si han falseado el pago de sus impuestos.

A Cortés le pareció una mujer tranquila, hablaba sin agresividad mirándole a los ojos. Le acababa de avisar de que iban a instalar la operación en un lugar situado más allá de la línea roja que separaba lo legal de lo ilegal, iban a recurrir a cualquier medida para sorprender al traidor. A diario, los agentes no se andaban con remilgos para conseguir la información, pero en esta ocasión querían hacerle partícipe de que iban a utilizar cualquier medio técnico o personal a su alcance contra los sospechosos, compañeros del servicio. Era una situación desagradable: entrar en la vida de agentes inocentes que saldrían indemnes de su escrutinio, pero cuyos secretos más íntimos podrían quedar al descubierto. Donate le estaba alertando y, quizás, alguno de ellos lo estaría grabando sin habérselo advertido por si algún día él les echaba en cara alguna de sus actuaciones. El magistrado del Tribunal Supremo adscrito al servicio secreto, no debía recibir ninguna solicitud relacionada con esa investigación, porque no había forma de encajarla con la ley que protege los derechos de todos los españoles.

—Tomo nota, Valvanera. Entiendo el peligro que supone el agente doble.

—El trabajo de Pulido, De la Nieta y Donate debe ser prioritario sobre cualquier otro —exigió Villar—. Están muy capacitados, pero necesitan anonimato total, ayuda sin límite y que nadie cuestione lo que pidan.

—Dalo por hecho.

—Ten en cuenta, director, que tendrán que elaborar para cada sospechoso el cuadro completo de su vida, remontándose a su infancia. Para ello, alguien sin conocimiento del caso deberá entrevistar a decenas de personas que en algún momento lo conocieron.

—¿De la unidad operativa o del Servicio de Seguridad?

—De la Nieta es uno de los más altos directivos del Servicio de Seguridad, sus hombres están acostumbrados a seguir de incógnito a agentes adiestrados para detectar contra vigilancias y pueden esgrimir la excusa habitual de que están llevando a cabo un escrutinio rutinario de naturaleza positiva.

—Vamos a perseguir a un traidor que trabaja en temas rusos. ¿Podremos mantener el secreto?

—Correremos un riesgo alto, no cabe duda. Una gran parte de las personas que vamos a entrevistar trabajan en el servicio. Es gente lista a la que le costará creerse cualquier pretexto, pero también es gente disciplinada que conoce las reglas del juego. Una de ellas es que la seguridad está por encima de todo y nadie puede meterse en temas que no le incumben.

—Cuantas más personas del servicio toquéis para hablar del tema, el riesgo de una filtración será mayor —dijo Cortés—. El topo ha participado en el asesinato de un agente y desconocemos si alguno de los otros dos puede morir. Si se siente cercado, parará las filtraciones y huirá.

—Por eso hacemos una investigación secreta. Y, por eso, es muy importante que hoy estés aquí, director, y asumas lo que va a pasar. Eres la cabeza visible del servicio y las repercusiones públicas irán contra ti y contra el Gobierno. A nosotros nos podrás cesar, pero la ley protege nuestras identidades.

—Entiendo. El responsable máximo de que nuestros secretos estén llegando a los rusos soy yo.

—Si lo hacemos bien, nos damos prisa, nadie se entera de esta investigación, cogemos al traidor y se lo entregamos a un juez, el éxito será del servicio y de su principal representante, tú.

Cortés no dejaba de mirar a Villar, de pie junto a la pizarra que había comprado para escribir únicamente nueve palabras. Su director de Inteligencia, como decía su madre, no daba puntada sin hilo. Había montado aquel paripé para implicarle en la búsqueda del traidor y para presionarle para que le diera absoluta libertad durante la cacería. Dada su inexperiencia en el mundo del espionaje, estaba en una tesitura en la que no le quedaba otra que desempeñar de inicio un papel secundario en el juego que iba a dirigir Villar. La actitud del número tres del servicio, heredado de la etapa anterior, le confirmaba la sospecha de que conocía desde hacía tiempo la existencia de un topo, había preferido mirar para otro lado para evitarse líos y solo había abierto el melón ante la posibilidad real de que otros servicios de inteligencia le puntearan y presionaran directamente al director. En un perfecto ejercicio de manipulación y equilibrismo, se había puesto al frente del pelotón en la carrera ciclista, guardándose para sí la posibilidad de culpar de caídas y fracasos al líder de su equipo, que se limitaba a seguir su estela. Siempre había sabido que Villar era un tipo sutil e ingenioso que sabía, como también decía su madre, nadar y guardar la ropa.

De momento, asumió su papel de espantapájaros, pero que no se confiara: él podía hacerse el tonto mientras le interesara, pero ya se vería en qué quedaba el posible escándalo que se les avecinaba. Esa mañana, decidió dejar que Villar pronunciara la última palabra.

—Hay que hacer cualquier cosa para evitar que se sepa que estamos persiguiendo a un topo. Ese día, habremos perdido la guerra.

44

Villar empezó a llamarles los tres mosqueteros cuando antes de irse de vacaciones, a primeros de agosto, se reunieron por primera vez en la base que los había conseguido en la calle Cardenal Herrera Oria de Madrid, un chalé, en desuso en ese momento, utilizado anteriormente por la unidad operativa. Solo ellos cuatro y el director conocerían su paradero durante los próximos meses, ni siquiera la secretaria general, la número dos, recibió información. Ventajas de una empresa acostumbrada al secretismo.

El aire acondicionado no funcionó durante todo el mes y el dinero para el aprovisionamiento de víveres esenciales, a comprar con los fondos reservados, sujeto a control económico de los burócratas de la Casa, no llegó por culpa de la ausencia de las firmas requeridas para su aprobación. Acompañados de ventiladores a toda potencia y con la nevera ocupada únicamente por los gratuitos cubos de hielo, Pulido, Donate y De la Nieta comenzaron la investigación disponiendo únicamente de una copia del archivo de las operaciones vinculadas con Rusia referidas a los últimos cuatro años. Los tres graves sucesos de los que partían ocurrieron durante los dos años anteriores, lo que les hacía presagiar que el traidor no había comenzado a filtrar información mucho tiempo atrás. Si no llegaban a nada en un primer momento, o descubrían que llevaba una larga actividad, echarían un vistazo más atrás.

Villar les facilitó copias microfilmadas que podrían estudiar desde los tres ordenadores con pantallas de 32 pulgadas que había sisado de una partida adquirida para la división de Economía. Había estado varias semanas preparando la investigación antes de prevenir al director y le había dado tiempo a resolver los principales problemas de funcionamiento.

Los tres directivos se repartieron la mesa extensible de madera sobre la que pilotaba la distribución del salón, diseñada para diez comensales. Pulido y De la Nieta se quedaron con los cabeceros y Donate ocupó el centro, en el lado que le permitía mirar hacia el balcón por el que entraba la luz con intensidad. Cada uno sacó de las cajas su equipo informático y el material de librería, y los dos hombres cambiaron las sillas de cuatro patas por unas de despacho con ruedas que encontraron en otras habitaciones. Cuando Donate intentó copiarles, ya no quedaban más. Los dos desviaron la mirada cuando volvió de la búsqueda infructuosa y ella echó de menos un «quédate con la mía», aunque nunca la habría aceptado.

Su jefe estuvo un rato con ellos ayudándoles a colocarse, después les entregó tres *pendrives* con las microfichas, les invitó a llamarle a cualquier hora del día o de la noche y los animó a dar caza al hombre o mujer que tanto daño y desprestigio les estaba provocando. Antes de irse les recordó lo que ya les había explicado individualmente: Donate coordinaría las indagaciones por su experiencia adquirida en la Policía, pero los tres eran mosqueteros en idénticas condiciones.

—Vamos a distribuirnos los años —dijo Donate en cuanto se quedaron solos— y a buscar aquellas operaciones que no salieron bien por circunstancias extrañas.

El trabajo fue ingente. Lento al principio, hasta familiarizarse con la redacción de los informes, y más rápido en cuanto asimilaron las claves para encontrar las pistas. Los primeros días, complicados por la tensión provocada por el trabajo peliagudo y la incomodidad del lugar, enfrentaron sus personalidades antagónicas.

Pulido y De la Nieta eran muy amigos, educados en la Academia Militar de Zaragoza, coincidían en una visión de la vida en la que primaban valores como el honor, la lealtad, la disciplina y el patriotismo.

Donate era una policía formada en el respeto a los derechos de cualquier ciudadano y ponía énfasis en la honestidad, la integridad y el servicio a los demás. Militares y policías convivían en el servicio secreto, sus ideales eran similares, pero tendían a poner énfasis en sus diferencias y a ver los defectos del otro bando. Los hombres no estaban de acuerdo en que ella dirigiera las indagaciones, se lo habían comentado a Villar, quien escuchó sus quejas con atención y no les hizo caso.

Pasaron diez incómodos días antes de que De la Nieta alertara del primer caso extraño que podía encajar en su búsqueda.

—Escuchad —dijo rompiendo el habitual silencio de la sala, que solo desaparecía cuando paraban a tomar café de la máquina que había llevado Pulido—. En octubre de 2001, un catedrático de Aeroespacial de la Universidad de Alcalá de Henares invita a dar una conferencia en su aula a un diplomático ruso.

—¿Qué hay de extraño en eso? —preguntó Pulido—. He visto montones de casos en los que intentan abrir vínculos con universidades.

—Ten paciencia, Javier. Dos agentes operativos le siguen hasta dentro de la universidad, uno escucha sentado entre el público sus doctas palabras y al finalizar ve cómo en el pasillo el catedrático pide a un alumno italiano de Erasmus que se acerque para presentarle al diplomático. El informe especifica que el chico es reticente, pero se acerca.

—¿Reticente a conocer a un diplomático ruso? —preguntó Donate.

—Eso dicen, esa actitud extraña en un estudiante les hace sospechar. Uno de los agentes al rato ve cómo el chico se acerca al coche del ruso y cómo por una rendija, que se ha quedado abierta en la ventana, tira un sobre al asiento.

—Era un ilegal —afirmó Pulido, convencido.

—Eso es lo que ellos deducen. Posteriormente, investigan y descubren que ese alumno era quien había dado el nombre del diplomático ruso al catedrático, lo cual termina de explicar que no quisiera que los vieran juntos ni un minuto.

—¿Qué es lo que pasó que no cuadra? —preguntó Donate.

—Verás, Valvanera. Unos meses después, ya en febrero de 2002, cuando teníamos al joven absolutamente controlado, de repente cambió sus hábitos y regresó a Italia, aunque había pedido ampliar su estancia científica por otros cuatro meses.

—Si se hubiera producido la filtración —concluyó Pulido—, esa habría sido la forma más inteligente para retirar al activo sin llamar la atención. Sin duda era un ilegal, tenía previsto seguir en España haciendo labores de correo, pero alguien alertó al espionaje ruso de que había sido descubierto y lo sacaron sin precipitación.

No habían pasado dos horas cuando De la Nieta volvió a romper el silencio, solo perturbado por el ruido de los ventiladores.

—¡La madre que me parió! —gritó con la vista fija en la pantalla—. A comienzos de 2002 nuestro topo estaba desatado. La fecha de esta otra operación se solapa con la anterior.

—Quizás fue el momento en el que empezó a operar —sugirió Donate.

—Puede ser. Se trata del acercamiento de una administrativa de la embajada, supuesta administrativa, añadiría yo, más parece una agente del SVR, a un diputado del partido Izquierda Unida. Según el informe, pretendía convertirlo en un agente de influencia para que defendiera las ideas y proyectos de Rusia en temas militares.

—¿Qué pasó? —preguntó Pulido ansioso.

—De la noche a la mañana, la chica se alejó del asesor. Indagaron, el comunista se había enamorado de ella y tampoco él entendía lo que podía haber pasado. Más tarde, ella se limitó a explicarle, muy en secreto, que en la embajada le habían prohibido seguir con la relación.

—Estos fracasos pueden tener una justificación más compleja. Estamos dando por sentado que hay un topo detrás, pero en realidad no podemos descartar otros motivos.

—Tienes razón —adujo Donate—, pero encajan en nuestra hipótesis y pueden ayudarnos en la búsqueda.

Esos dos descubrimientos, el mismo día, animaron al equipo de mosqueteros. Al día siguiente, los dos militares estaban haciéndose un café en la cocina cuando llegó la policía.

—Hemos decidido —dijo Pulido en nombre de los dos— que es mejor cambiar la distribución por años que estamos siguiendo y centrarnos los tres en el 2002, desde la fecha en que Daniel lo dejó ayer.

—Ya veo que los famosos gemelos habéis estado decidiendo por vuestra cuenta los siguientes pasos.

—No nos jode que nos llamen así, ya nos lo decían en la academia. Si pretendías cachondearte, gracia fallida.

—Sois como el punto y la I, como el blanco y el negro, y cuando os quitáis los pantalones chinos grises os ponéis de acuerdo para sustituirlos por vaqueros azules idénticos. No os parecéis en nada, pero hacéis lo posible en ser los hermanos Zipi y Zape.

—¿A ti qué te importa? —intervino molesto De la Nieta—. Tienes cerca de cincuenta años y siempre vas con camisas en las que se te ve el sujetador y con pantalones ajustados para no pasar desapercibida.

—Ya ha aparecido el machista de turno. El mirón que te vigila a escondidas, el que echa en cara a las mujeres que vayamos provocando, cuando el pecado está en tus ojos, no en cómo yo me visto. Si vuelves a hacerme un comentario de ese tipo, a mis cuarenta y cinco años, que no cincuenta, te doy una paliza.

—Somos un equipo —dijo Pulido en tono conciliador, mientras, en un gesto de nerviosismo, se metía el lado derecho de la camisa por dentro del pantalón, aunque siempre lo llevaba por fuera—, los tres.

—No lo parece, me habéis recibido con un «hemos decidido» y aquí las órdenes las imparto yo.

—Lo que estamos haciendo —reculó De la Nieta— es contarte nuestra opinión.

—No os gusta recibir órdenes de una policía, sois dos militares con canas y ganas —dijo mirando desafiante a De la Nieta—, pero así es la vida: estamos persiguiendo a un delincuente y Villar ha primado a la persona que más sabe de eso, de perseguir.

—Llevo unos cuantos años en el Servicio de Seguridad —aclaró De la Nieta.

—Por eso estás aquí, tienes acceso directo a los investigadores que nos harán el trabajo de campo. Y tú, Javier —le señaló con el dedo índice con una uña corroída, sin pintar—, controlas el tema de Rusia, eres imprescindible. Y yo estoy aquí para guiar al equipo por el camino que nos debe llevar a cazar al traidor.

—En este mundo, en el que tú trabajas como poli, los que sabemos jugar el juego somos los oficiales de inteligencia —volvió al ataque De la Nieta.

—Creéis que por ser militares y, sobre todo, machirulos, lo sabéis todo —dijo Donate sin encresparse, despreciándoles.

—Espero que todas las riojanas no sean tan agresivas como tú —intervino Pulido intentando relajar el ambiente.

—¿Quién te ha dicho a ti que yo sea riojana? —exclamó extrañada.

—Pensé que llamándote Valvanera…

—Soy la octava de nueve hermanos y a mi madre le encantaba el nombre. Se lo intentó poner a una de mis hermanas, pero la disuadieron y cuando llegué yo no lo consultó con nadie. Todos me llaman Val o Valva, excepto ella que pronuncia siempre la versión larga.

Los tres se miraron sorprendidos por los derroteros que había tomado la conversación en apenas unos minutos. Pulido sirvió un café corto con leche muy caliente, como le gustaba a Donate, y se lo entregó.

—No tenemos por qué llevarnos bien fuera del curro —dijo—, pero aquí es importante que caminemos unidos para encontrar al objetivo. Dejemos de lado lo que nos separa y hagamos nuestro trabajo. ¿Te parece, Val?

—Perfecto, Javier.

Rcordenaron la búsqueda para encontrar operaciones que hubieran salido mal en el año 2002. Solo tardaron unos días en dar con nuevos hallazgos. Según llegaron al mes de diciembre y al inicio de

2003, aparecieron dos más que les parecieron evidentes. En la primera, un funcionario ruso con el que la contrainteligencia había iniciado un contacto en Madrid, aunque era muy pronto para saber si daría resultado, fue enviado de regreso a Moscú. En la segunda, un agente del servicio recién destinado a la Embajada española en Rusia, que todavía debería estar fuera del radar del vigilante FSB, hizo su primer acercamiento a un objetivo local y fue descubierto. Había anotaciones en los dosieres que mencionaban lo inexplicable del suceso y apuntaban a posibles fugas de información. En ningún momento, sin embargo, nadie abrió unas diligencias informativas, como tampoco se puso en marcha en los casos detectados a principios de 2002. Un fallo imperdonable.

Villar regresó a la base a finales de agosto y le pusieron al día de sus descubrimientos. Con los cuatro nuevos desastres descubiertos en 2002 y 2003, sumados al asesinato y las dos detenciones, disponían de siete casos en los que hurgar. Si seguían buscando podrían encontrar más, pero decidieron dar un paso adelante y explotar la información disponible. El topo seguía actuando y necesitaban sacarle de la circulación cuanto antes.

El director de Inteligencia notó que su equipo de mosqueteros había ganado en organización y respeto, eran evidentes las tensiones entre los dos hombres y la mujer, pero no se habían tirado los trastos a la cabeza, al menos no como para haberle llamado de urgencia, uno de sus temores durante las vacaciones que él había podido disfrutar.

Los mosqueteros no quisieron mostrarle a Villar la discordancia de sus ritmos cardiacos: se repelían, no se gustaban, pero habían llegado a un pacto tácito de no agresión complicado de cumplir. De momento, habían elaborado un listado con los nombres de todas las personas involucradas en cada caso —oficiales de inteligencia, oficiales HUMINT y de reclutamiento, operativos, analistas—, le pidieron a Villar el registro de funcionarios de cualquier nivel que habían consultado *a posteriori* los informes, le preguntaron qué trato debían otorgar a los altos mandos del servicio, jefes de división y área—él incluido— y le mencionaron la necesidad de poner nombre y apellidos a los seudónimos que habían guiado sus pasos hasta ese momento.

Mientras hablaban para pasar a una segunda fase, Donate no pudo evitar que le recorriera un escalofrío al sentir que su trabajo iba a dejar atrás los fríos hechos e iba a pasar a tratar con personas, con compañeros, alguno de los cuales conocería, en cuyas vidas iban a entrar a saco. La tarea era compleja: no podían parar hasta descartar del todo que fueran agentes dobles, con dos lealtades, una real con el espionaje ruso y otra ficticia con ellos. Tras haber estudiado investigaciones similares de servicios de inteligencia extranjeros, había comprobado que al no encontrar evidencias como en un asesinato, se dejaban llevar por la intuición. No había querido comentarlo con los gemelos, pero ella rechazaba esa parte en la que los espías defendían que alguien era culpable porque todo apuntaba a que lo había hecho. Para ella, si no había pruebas concluyentes, no debía haber acusación.

45

Octubre de 2005

La investigación sobre Ana Lozano, especialista HUMINT dedicada a la obtención de información a través de fuentes humanas, destinada en el Área de Contrainteligencia de Rusia, encendió las luces de alarma y, por primera vez, los tres mosqueteros estuvieron de acuerdo en la relevancia de los síntomas detectados: albergaba graves motivos para estar traicionando al servicio.

Tras más de dos meses de arduo trabajo, la aparición de un candidato era como sacar la cabeza del agua y poder llenar los pulmones de aire. Sabían que les iba a costar dar con el traidor, aunque a veces se les ponía cuesta arriba aceptar de buena gana un absorbente trabajo que parecía conducirles a ninguna parte.

Donate sostenía con tirantez las riendas de la investigación para que no se le sublevaran los gemelos, como siempre los llamaba en sus pensamientos. Había encargado a Pulido la elaboración de la lista con las personas que habían mantenido cualquier tipo de contacto con las operaciones sospechosas. Había trabajado varios años en la lucha contra las actividades de los rusos y podía señalar a quienes conocieran el contenido, aparecieran o no en los informes: organizadores, ejecutores, analistas, redactores o, incluso, secretarios y secretarias que tecleaban la documentación. Aparecían veintiocho sospechosos, encabezados por el director de Inteligencia.

—Quitamos a Villar, ¿no? —preguntó sarcástico al concluir la compleja elaboración.

—Ya sabes que sí.

—Pero dejamos a jefes de división y área.

—Fuera de él, ponemos en cuestión a cualquiera que esté vinculado con las irregularidades encontradas desde 2002.

—Quizás antes de esa fecha era durmiente, estaba destinado en otra división —dijo De la Nieta, que, como Pulido, no dejaba pasar una ocasión para darle lecciones de espionaje a la policía— y lo activaron al conseguir el destino que buscaban.

Era una lista extensa, les exigiría un esfuerzo extraordinario explorar sus vidas a la búsqueda de comportamientos irregulares, cambio de hábitos o ingresos extras injustificables, que pusieran en evidencia una debilidad que podía haber sido aprovechada por los rusos. Escogieron primero a los que habían tenido una relación mayor con los casos y pusieron en marcha operaciones de Control Integral de Relaciones. De la Nieta dirigió los equipos del Servicio de Seguridad que ampliaron datos sobre los expedientes personales para posteriormente vigilar sus actividades dentro y fuera de la sede central sin pedir, por supuesto, órdenes judiciales que nunca habrían obtenido. En el interior de la sede, instalaron cámaras ocultas en sus lugares de trabajo, piratearon sus teléfonos y ordenadores, identificaron a los compañeros con quienes se relacionaban y registraron sus mesas y coches, y, en estos últimos, instalaron balizas de seguimiento. En el exterior, los vigilaron las veinticuatro horas del día, sin entrar en sus domicilios —era una línea roja que no traspasarían sin contar previamente con la autorización de los altos mandos— y hablaron con sus amigos y allegados.

Paralelamente, para ser más operativos, Donate se encargó de poner en marcha a la BOA para buscar en archivos y conseguir cualquier información relevante sobre cada uno de ellos: datos de cuentas bancarias, declaraciones de la renta, facturas de gas, agua y electricidad que estuvieran a sus nombres, viajes que hubieran realizado por España y el extranjero, propiedades o multas de tráfico. Investigaciones exhaustivas que no dejaban fuera de sus dardos nada que pudiera conducirles a encontrar al malnacido que les estaba vendiendo al mejor postor.

Los tres mosqueteros abandonaron momentáneamente el resto de sus quehaceres y empezaron a leer detenidamente en sus pantallas el extenso informe sobre Ana Lozano. Licenciada en Derecho, estaba especializada en su rama humanitaria y había profundizado en el caso ruso, su mérito diferenciador para ficharla. Su hoja de servicio era buena, llevaba nueve años en la contrainteligencia rusa y sus informes anuales eran muy positivos, rubricados por los dos jefes con los que había trabajado.

Vivía sola, no se la había visto en compañía de personas vinculadas a Rusia, de domingo a jueves llevaba una vida monacal dominada por sus muchas horas de trabajo y el fin de semana salía con amigos y gente dispar, alguno de los cuales a veces acababa la noche en su casa. En las fotos que acompañaban el dosier parecía discreta, con aspecto de chica buena, y por su historial sabían que era osada, metódica y poco habladora. Nunca había tenido problemas, se llevaba bien con sus compañeros y, en las grabaciones sonoras interceptadas, usaba un lenguaje despreciativo cuando hablaba de los objetivos rusos. Sin embargo, era una agente con debilidades no declaradas.

Hablaron con Villar, les anunció que acudiría al día siguiente en compañía del director. No quería que el jefe máximo se sintiera apartado del caso, no le convenía. Él le había ido pasando información relevante, como el número total de sospechosos, al margen de pedirle numerosas autorizaciones para llevar a cabo intromisiones en la privacidad de los agentes que iban investigando.

Para mantener el secreto imprescindible sobre la búsqueda, Cortés se desplazó con Villar a la base en su coche particular, sin chóferes ni escoltas. Los cinco se sentaron en un lado de la mesa del salón, con el director en el cabecero, el director de Inteligencia a su derecha y los mamotretos de ordenadores aparcados en una sala cercana. Sin preámbulos, Donate explicó lo que se habían encontrado y les aportó referencias que aparecían en algunas microfichas que habían impreso para ellos. La vigilancia sobre Ana Lozano no había aportado una vinculación con nada ni nadie que sonara en idioma ruso.

—Vaya al grano, Valvanera —ordenó Cortés—, si no existen pruebas que la vinculen con los servicios secretos rusos, ¿por qué creen que puede ser la traidora?

—Su vida privada está llena de ocultamientos al servicio. Todos tenemos que pasar unos controles muy estrictos antes de entrar, en los que se revisa cada detalle de nuestras vidas. Ella mintió varias veces.

—Si lleva casi diez años aquí, ¿por qué razón no se ha descubierto antes?

—Nunca había sido investigada.

—Los criterios que usamos en el Servicio de Seguridad —intervino De la Nieta— son…

—¿Usted por qué está siempre tan negro? —le cortó Cortés.

—Es mi tono de piel, director. —Paró un momento y al ver que el director no hacía más comentarios, siguió—: En seguridad atendemos los casos prioritarios que van surgiendo, entre los que hay una ingente cantidad de candidatos a ser nuevos funcionarios. Además, periódicamente, hacemos un control aleatorio sobre los que llevan tiempo aquí.

—No hace falta que me dé explicaciones, ya sé que les falta personal. El hecho es que no vinculamos a Lozano con los rusos, pero al ser deshonesta sospechamos de ella.

—En esta fase de la investigación –intervino Villar—, si no se produce una carambola y pillamos una reunión de un agente con personal de la Embajada rusa, es muy complicado atestiguar esa vinculación. Nos tenemos que guiar por este tipo de comportamientos inadecuados. A partir de ellos, debemos actuar para conseguir pruebas más determinantes.

—¿Qué proponéis? —preguntó Cortés dirigiendo la mirada a Donate.

—Lo único que no hemos hecho, entrar en su casa para buscar documentos internos o material técnico que le hayan cedido los rusos para espiarnos, robar información y transmitirla.

—También creemos —intervino Pulido—, al margen de que encontremos pruebas en su casa, que necesitaríamos interrogarla, quizás consigamos que se rompa y cante.

Cortés se quedó pensativo, le pasaban por la cabeza las mismas dudas que ya habrían visitado a los cuatro profesionales. Le hubiera encantado encontrar otra forma de proceder menos intrusiva. Algunos llamarían caza de brujas a lo que estaban haciendo y tendrían razón. Quizás Ana Lozano fuera una traidora y cualquier acción contra ella finalmente quedará justificada.

Aprobó recurrir a la unidad operativa, eran los mejores para llevar a cabo el asalto de un piso sin que nadie se enterara. La orden, con la palabra urgente añadida, la escribió Villar alegando que una agente del servicio había sido descubierta relacionándose sigilosamente con alguien de la Embajada del Reino Unido. Un informante aseguraba que la podían haber captado. Había que entrar en su casa y encontrar cualquier pista de esa colaboración.

Cinco días después, un equipo operativo realizó a mediodía la penetración clandestina en el piso alquilado por la joven, en el que podrían haber entrado dando una patada en la puerta, pero optaron por la vía más discreta de utilizar la copia de la llave que el cerrajero de la unidad había sacado dos días antes. Por si acaso, había instalado una cámara de seguridad, que debía estar conectada a la corriente, al entrar apagaron el automático y actuaron con la intensa luz que entraba por los ventanales. Se distribuyeron por cuartos, hicieron fotos previas con cámaras Polaroid de todo lo que tocaban con las manos enguantadas, para dejarlo después en la misma posición, abrieron puertas de armarios y cajones, buscaron compartimentos ocultos en paredes y suelos, y, tras casi dos horas, salieron. Podían haberse prolongado, dado que la inquilina estaba en su puesto de trabajo y les habrían alertado si hubiera decidido volver a casa de repente.

El jefe de la unidad telefoneó directamente a Villar al poco de acabar la exploración para adelantarle que no habían encontrado nada, no había pruebas de que el objetivo estuviera conectado con otro servicio de inteligencia.

Dos días después, a las siete de la tarde, Ana Lozano se subió a su utilitario aparcado en el garaje subterráneo de la sede para regresar a casa y se dirigió a la puerta de salida. Un agente de seguridad le pidió que parara y, cuando lo hizo, vio acercarse a un hombre bajito y muy moreno, de unos cincuenta años.

—Pertenezco al Servicio de Seguridad, tenemos que hablar con usted ahora mismo.

—¿Qué pasa? ¿He hecho algo malo?

—Vamos a hablar a una de nuestras bases. ¿Le parece bien?

—No entiendo.

—Lo hará pronto. Me subo a su coche y le indico a dónde vamos.

Fueron hasta una base distinta a la que utilizaban los tres mosqueteros, obsesionados con proteger su intimidad. La chica intentó establecer una conversación, conseguir alguna pista sobre lo que pasaba, mostrar su extrañeza, pero De la Nieta había perdido el habla.

Veinte minutos después, entraron en un chalé, también sin ocupar, que pasó por ser una base del Servicio de Seguridad, el organismo interno del que cualquier agente podía esperar que se inmiscuyera en su vida y ante el que no podía hacer más que aguantar el chaparrón.

En la sala, sucia y abandonada, solo había una mesa con dos sillas y enfrente, a medio metro, otra silla huérfana donde se sentó la investigada. Donate y De la Nieta ocuparon sus asientos, mientras Pulido, al que era fácil que hubiera reconocido, estaba en una habitación cercana controlando la grabación del interrogatorio.

46

Ana Lozano tenía treinta y cuatro años, llena de brío, flequillo y media melena recogida por un rulo para retirarse los pelos molestos de la cara, pantalones vaqueros, camisa cómoda y gesto sorprendido. En cuanto entró en la habitación con aspecto ruinoso, su mirada educada en la seguridad personal identificó la ubicación de cada mueble, los rasgos de la pareja de desconocidos sentados enfrente y dedujo que había más personas en otras habitaciones, alguna de ellas grabando cada palabra de lo que dijera.

—Me llamo María —empezó Valvanera— y quiero que entienda que está aquí por voluntad propia y puede irse cuando quiera.

—¿No estoy retenida?

—Ni mucho menos. Queremos hablar con usted sobre unas discrepancias surgidas en una investigación aleatoria, llevada a cabo por el Servicio de Seguridad.

—¿Discrepancias? ¿Qué discrepancias?

—Me llamo Juan —dijo Daniel— y quiero que sepa que se le ha abierto un expediente que cerraremos tras esta conversación y se lo pasaremos a la secretaria general para que adopte las medidas oportunas contra usted, si no conseguimos respuestas convincentes. De su sinceridad dependerá todo.

—Siempre he actuado con lealtad al servicio, nunca me he saltado las normas —recitó—. De la calidad de mi trabajo pueden hablar mis jefes y compañeros. ¿Han hablado ya con ellos?

En otra habitación, con el mismo olor a cerrado y ambiente vicia-do, por mucho ambientador que hubieran esparcido, Pulido tenía co-locados unos auriculares donde escuchaba la conversación que estaba viendo en una pantalla de ordenador, transmitida por varias cámaras que él manejaba y le permitían, en ese momento, contemplar un pri-mer plano de la cara de la mujer. No le parecía el semblante de una culpable, pero acababan de empezar el interrogatorio, habría tiempo para analizar sus reacciones ante las evidencias que iban a esgrimir sus compañeros. Donate había propuesto enfrentarse cara a cara con Ana, pero De la Nieta y él se habían empeñado en que sería mejor un interrogatorio a dos, a lo que había tenido que ceder la que llamaban Milady de Winter, la antagonista de los mosqueteros, espía del carde-nal Richelieu, una tipa inteligente, peligrosa, sibilina y guapa.

—Las preguntas las hacemos nosotros, funcionaria —dijo en to-no autoritario y despectivo Donate—. Lleva tiempo engañándonos, ha sido una mala decisión no ser sincera con el servicio.

La primera, directa al estómago. Nada de ir poco a poco cercan-do al sospechoso. La táctica de la policía era sembrar el pánico en el primer momento. Si era la traidora, su cabeza debía afrontar la sensa-ción de haber sido descubierta, sentirse una presa sin escapatoria, desconocer cómo habían llegado hasta ella, ignorar las pruebas exac-tas con las que iban a machacarla. Había llegado su fin, tenía la posi-bilidad liberatoria de soltar la presión insoportable que conlleva una doble vida. Era preferible reconocerlo todo, aunque le costara años de cárcel. Había aceptado el chantaje de los rusos y su dinero porque no le había quedado otra salida, pero no descansaría hasta que todo fuera un triste recuerdo del pasado.

—Yo no les he engañado, soy leal.

Pulido vio en la pantalla que en su rostro aparecían y desapare-cían pequeñas arrugas en los ojos por una especie de tensión sin con-trol. Lo de fingir durante tanto tiempo le debía haber afectado. Había optado por dar respuestas claras, una decisión inteligente, posible-mente meditada largo tiempo, en espera de descifrar si las evidencias que poseían podían ser suficientes para encerrarla en un calabozo y tirar la llave.

Donate y De la Nieta habían pactado desenvainar sus sables y mostrar que iban a por ella, pero esconder al principio las pruebas con las que podían derrotarla. Eran suficientes para arrinconarla, para acabar con ella, pero no para acusarla de nada conectado con su traición al servicio de los rusos. Ana superó el primer impacto como una buena contendiente, mostró signos de incertidumbre apenas detectables y ejerció un autocontrol mayor del previsto. Pasadas un par de horas de tanteo sin apenas progresos, Donate optó por un receso.

Se reunieron con Pulido, muy crítico con la táctica empleada hasta ese momento.

—Para desgastarla después de un día de trabajo, está bien. Pero si seguís así no vais a avanzar. Lozano es una experta, lleva años pasando por situaciones con tipos bastante más peligrosos que vosotros.

—¿No te hemos parecido suficientemente duros? —respondió Donate con disgusto.

—Sin duda. Esa dureza con otra persona sería más eficaz, no con ella. Lleva tiempo conviviendo con sus mentiras y, si es nuestro topo, ha tenido años para preparar las respuestas.

—¿Qué aconsejas, Javier? —preguntó De la Nieta.

—Ir al grano, sacarla de quicio, esgrimir lo que tenemos, amenazar con acabar con ella. Miradla —dijo señalando la pantalla de su ordenador—, no ha puesto cara de «yo no he sido» en ningún momento, sabe que tenemos algo y está esperando a que lo mostremos.

Volvieron al salón. Donate se sentó en su silla, al lado de De la Nieta, miró a Ana unos segundos y modificó radicalmente la dirección sus preguntas.

—¿Qué tal fue la relación con sus padres durante los años que vivió con ellos?

El cambio de tercio sorprendió a Ana, pero reaccionó con celeridad, Pulido lo notó en el primer plano de su cara.

—Mi padre no es el mejor padre, no lo fue nunca. Mi madre estaba sometida a él, muy bien cuando estaba sola conmigo, mal si estaba él delante.

—¿Le pegaba?… su padre.

—A veces.

—¿A veces o con frecuencia?

—Depende del significado que usted dé a esas palabras.

—¿Su padre le pegaba una vez al mes, una vez a la semana, todos los días? —El tono incisivo y descarado de Donate pretendía molestarla.

—Depende de la época.

—¿Le dejaba marcas de esas que veían las profesoras en el colegio?

—No. Se cabreaba con cualquier motivo y me pegaba, pero no recuerdo lo de las marcas.

—¿No recuerda o no quiere recordar?

—No recuerdo, señora. —Ana acababa de ampliar la distancia mental con sus interrogadores.

—Tuvo problemas graves con su padre y un día, cuando tenía quince años, le dio una buena paliza. ¿Se acuerda de esos golpes o también le falla la memoria?

—Me acuerdo perfectamente.

—Se acordará también de que usted le pegó una buena tunda a él.

—Tampoco fue para tanto.

—¿Seguro que no fue para tanto? —Donate subió el tono de voz y volvió la mirada a su compañero—. Se lo tuvieron que llevar al hospital.

—Le empujé, se cayó para atrás y se dio en la cabeza con el canto de una mesa, mala suerte.

—La nariz rota también fue por el canto.

—¿De qué me quiere acusar? —preguntó Ana, manteniendo el mismo volumen de voz, aunque había comenzado a gesticular con las manos cuando hablaba, según comprobó Pulido en el cuarto cercano.

—De nada, eso ya fue juzgado.

—Lo conté cuando me hicieron las entrevistas previas a la admisión en el servicio.

—Correcto, lo hizo, pero sin dar un montón de detalles importantes, básicos, como que el juez de menores la absolvió, pero antes tuvo que acudir al psicólogo.

—¿Eso es importante?

—Lo es. ¿De qué habló con el psicólogo?

—De nada trascendental, de mi padre violento.

—¿Le contó la razón de su violencia?

Pulido observó por primera vez una señal de tensión: Ana se quitó el rulo del pelo y se lo colocó en la muñeca como si fuera una pulsera.

—Era un borracho.

—¿Solo eso?

—Me obligó a dar muchas vueltas, quería entender la razón por la que le había contestado en ese momento y, sin embargo, había tragado tantos años. Me costó hacerle entender que una cosa es pegar a una niña y otra abusar de una cría de quince años que llevaba dos practicando boxeo.

—¿Sabe que ocultar información al Servicio de Seguridad es como mentir?

—Nunca he ocultado información.

De nuevo cogió la goma y se hizo una coleta, tensándose el pelo más que en la anterior ocasión. Mientras lo hacía, dirigió la mirada a De la Nieta, que estaba distraído, mirando el teléfono preocupado por otros temas, como si lo que estaba ocurriendo fuera exclusivamente una discusión entre las dos mujeres.

—He releído varias veces el expediente de su captación: no figura por ningún lado una referencia a que haya sido atendida por un psicólogo.

—Nadie me preguntó por ello, no me pareció importante, fueron solo cinco sesiones.

Pulido anotó en un cuaderno que había dado la respuesta con seguridad, sabía que en algún momento de su carrera se la podían formular y la había interiorizado. Muchos agentes ocultaban detalles similares a ese, con la esperanza de que nunca se descubrieran. En su día, no los comentaron con los reclutadores porque pensaron que un servicio secreto no aceptaría a alguien tratado por un loquero.

—Es una falta grave, una ocultación intencionada.

Ana no dijo nada, era mejor ser dueña de su silencio. Lo que sí hizo fue girar la cabeza cuando el hombre que dijo llamarse Juan intervino finalmente. Estaba sentado detrás de una tosca mesa de madera que alguien se debía haber dejado olvidada en aquel chalé destartalado que no encajaba en una base activa del Servicio de Seguridad. Compañeros que habían tratado con esa unidad hablaban de un edificio funcionarial, nada parecido a aquello.

—Por si no tiene claro lo que es ocultar información, se lo recuerdo: callar lo que se sabe o disfrazar la verdad. Hemos avanzado algo. Como verá, aquí no hay poli bueno, poli malo. Solo queremos saber si ha mentido al servicio y, en el caso de que lo haya hecho, si con esa mentira ha puesto en riesgo nuestra seguridad y, por lo tanto, la del país.

Paró un momento, pero Ana seguía adosada al arma del silencio.

—Hasta ahora no nos ha dicho la verdad —siguió De la Nieta—, calla datos y hechos para no decirnos, por ejemplo, ¿por qué su padre estaba borracho aquel día? ¿Por qué usted, justo ese día, le devolvió los golpes?

—Estaba borracho un día sí y otro también.

—Si contesto yo a la pregunta, el expediente en su contra será más perjudicial.

Ana dudó un momento, quizás la habían pillado o quizás iban de farol. ¿Por qué la hacían pasar por ese trago y no la acusaban abiertamente? Se había equivocado, pero nadie merecía esa tortura. Optó por no responder.

47

—Usted le dio una paliza a su padre, casi lo mata, porque le reprochó que fuera lesbiana —le lanzó con dureza Donate, retomando el interrogatorio.

—Es mi intimidad —se quejó Ana Lozano.

—Cuando entra en el servicio acepta que no la tiene para nosotros.

—Llevamos dos mentiras —añadió más pausado De la Nieta—, estuvo en el psicólogo y es lesbiana.

—Puede ser lo que quiera —siguió Donate—, pero no puede ocultárselo al servicio. Lo sabe perfectamente.

Pulido notó dureza en el rostro de Ana, debía de ser un gesto similar al que puso años antes cuando le lanzó un puñetazo vengativo a su padre directo al mentón.

—¿Qué más nos oculta? —inquirió De la Nieta sin agresividad, intentando que Ana tomara la dirección de delatarse.

—No tengo nada que decir. —Se cerró en banda, perdiendo la mirada retadora y pasando a otra meditabunda.

—Es mejor que colabore —siguió el hombre—, lo tendríamos en cuenta. Queremos entender, yo la entiendo, a veces no contamos cosas en el servicio porque pensamos que no son importantes. Luego nos damos cuenta de su trascendencia y es muy jodido dar marcha atrás.

Ana había dejado de estar en aquella sala llena de recuerdos dolorosos de la parte de su vida que no tenía por qué ocultar, pero que, al trabajar para la Casa, se había visto forzada a silenciar. En algún momento se lo podían echar en cara, pero a esa tipa, a esa que se había inventado el nombre de María, si la pillaba por la calle, la iba a enseñar a no ser tan prepotente.

—Ocultar que fue tratada de un problema mental y, especialmente, su tendencia sexual, le provocó una vulnerabilidad de la que quizás alguien se ha aprovechado —dijo Donate—. Este es el momento de que se sincere, podemos ayudarla, estamos aquí para ayudarla.

Ana se esperaba cualquier cosa menos que la investigación a la que la habían sometido, una investigación injusta que no se merecía, los llevara a descubrir el más grande de sus secretos, el que la había martirizado durante los últimos tiempos. No estaba dispuesta a revelarlo, no así, no a esa bruja que no tenía media leche.

—Sabemos, Ana —siguió De la Nieta intentando aportar una visión más comprensiva y cercana a ella—, que no debe ser muy agradable tu situación; preferirías liberarte de la presión, quitarte la manipulación de encima. Seguro que aceptaste porque no te quedaba otra.

—Así ocurrió —afirmó Ana, al mismo tiempo que sus manos repetían el proceso protagonizado por un rulo que pasaba de su pelo a su muñeca—. No sé cómo se han enterado, pero es mejor poner fin a esta situación.

Desde la improvisada sala de grabación, Pulido cerró el puño y pegó un derechazo en el aire. La tenían, en menos de tres meses habían dado caza a la traidora, un topo de manual. Solo quedaba saber cómo se enteraron los rusos de sus problemas psicológicos y de su preferencia por las mujeres, y de que no había comentado nada en el servicio. Y, mucho más importante, cuáles eran todos y cada uno de los documentos que había sustraído. Antes de salir de allí la harían una oferta que podría dar un giro a la situación: convertirse en triple agente. Hacerles creer a los que la habían chantajeado que seguía colaborando con ellos y en realidad pasarles información falsa que ellos elaborarían para intoxicarles. Alejó un poco la imagen, ya no estaba tan interesado en su cara como en los ademanes de su cuerpo.

—Empecemos por el principio —dijo De la Nieta—. Cuéntanos, ¿cómo se acercaron los rusos a ti y quién fue?

Ana cambió el gesto de derrota por uno de incomprensión.

—¿Qué está diciendo de rusos? ¿De qué mierda está hablando?

—Vamos a ver —preguntó Donate—, ¿a qué situación quieres poner fin?

—No sé por qué me relacionan con los rusos, me paso la vida persiguiéndolos y jamás aceptaría un chantaje. Es una compañera del servicio con la que salí, a la que descubrí, por casualidad, vinculada al mundo de la droga. Me amenazó con delatar mi tendencia sexual si denunciaba sus trapicheos.

*　*　*

Tres semanas después, sábado por la noche, Ana fue a buscar su coche al garaje pasadas las siete de la tarde. Se subió al Audi rojo de ocho años, con el pelo suelto, vestido rojo de flores, zapatos de tacón y bolso mini. Puso el intermitente para salir del aparcamiento, esperó a que no pasaran vehículos en ninguno de los dos sentidos, pegó un volantazo y atravesó la línea continua para evitarse dar una vuelta a la manzana y así coger el camino más corto hacia su destino. Eso era, al menos, lo que esperaba que creyeran los agentes que podían estar siguiéndola, pero a los que llevaba quince días sin detectar.

A esa primera maniobra siguieron otras. Tras recorrer ocho kilómetros dentro de la autopista interior M-30, la abandonó y aparcó el coche cerca del estadio del Atlético de Madrid, que celebraba partido esa noche. Entró en un bar con buena pinta, se pidió una tónica y luego pasó al baño con una bolsa que había cogido del coche. Al salir, llevaba una coleta, unos pantalones azules, una camisa hueso, unas manoletinas y un enorme bolso. Se subió a un autobús y a las nueve y media llegaba al restaurante donde la esperaban sus compañeros de la contrainteligencia rusa, a los que había alertado de que esa noche adoptaran las medidas de precaución adecuadas a una cita clandestina.

—¿Qué te pasa? —inquirió Nacho Rey en cuanto la vio aparecer—. ¿Qué has hecho?

—¿Te persigue alguna novia nueva? —se sumó con pitorreo Juanma Landa, su antiguo jefe.

—Tranquilos —dijo Ladis Larrea—, se ha dado cuenta de que lo suyo son los tíos y me va a proponer relaciones.

Ana se desplomó sobre la silla y cambió su gesto acelerado por una cara de preocupación extrema. Los miró con seriedad, sin intención de devolverles los comentarios jocosos a los que ese día no veía ninguna gracia. Los tres se sintieron descolocados. Pidieron la comida, hablaron de trivialidades hasta que les pusieron sobre la mesa el cordero y la ensalada, y solo entonces la chica les contó el interrogatorio al que había sido sometida por el Servicio de Seguridad.

—Tras invitarme amablemente a someterme al detector de mentiras, y se supone que lo pasé, como no podía ser de otra forma, me ordenaron guardar silencio sobre las eternas horas que pasamos juntos. Nadie debe conocer nuestra conversación, como definieron el interrogatorio, iban a poner mi expediente en manos de la secretaria general, pero si no trascendía lo que había sucedido, cabía la posibilidad de que recomendaran una sanción, pero no me expulsaran.

—¿Te van a echar porque te gustan las tías? —preguntó Nacho—, pues que me echen a mí porque también me gustan.

—No digas gilipolleces, es nuestra amiga, pero se lo ocultó al servicio —dijo Juanma—. Es una vulnerabilidad no declarada, pueden hacerlo.

—¡Vaya chorrada! —se solidarizó Ladis—, es una de las mejores agentes de la contra. Si ella se va, me voy yo también.

—El que no tiene que decir chorradas eres tú —le reconvino su antiguo jefe, antes de dirigirse a Ana—. Hay algo más que te preocupa, ¿verdad?

—Me interrogaron una tía y un tío que no conocía, supuestamente del Servicio de Seguridad.

—¿Te dijeron sus nombres?

—María y Juan, nada. Me interrogaron en un chalé que olía a polvo y abandono. Me acosaron con mi vida privada, aunque desde el principio su objetivo era otro: creían que yo era un topo de los rusos.

—¿Solo porque habían descubierto tus vulnerabilidades no declaradas? —preguntó Juanma.

—No lo sé, pero vi la decepción en sus rostros cuando se dieron cuenta de que no era una agente doble.

—¿El cuestionario del polígrafo por dónde fue?

—Yo había reconocido lo del psicólogo y lo de mi sexualidad, no tenía sentido que me preguntaran por esos temas. Solo querían comprobar lo de los rusos.

—Era lo único que ellos desconocían desde el primer momento —dijo Nacho—, la única información que buscaban.

—Otra cosa —siguió Ana—. Al final del interrogatorio, en un ambiente que ellos montaron como más relajado, buscando quizás que bajara la guardia, me preguntaron sobre la misión del diplomático ruso que fue a dar una conferencia a la Universidad de Alcalá de Henares y el Erasmus italiano que hacía de mensajero.

—¿Qué te preguntaron? —dijo Nacho.

—Querían conocer mi participación y la del resto de los agentes.

—En esa misión, no sé si os acordáis —siguió Nacho—, teníamos la sospecha de que el italiano era un ilegal y de la noche a la mañana se fue a Italia. Nunca nos lo explicamos. ¿Quizás piensan que tú le advertiste?

—No te equivoques, Nacho —dijo Juanma, que en el momento de aquel suceso era el jefe de la unidad—, creen que hay un topo y podemos ser cualquiera de nosotros. Antes o después vendrán a interrogarnos. Es mejor que lo que nos ha contado Ana no salga de aquí.

48

Febrero de 2006

Las Navidades supusieron una ruptura, las primeras y únicas vacaciones que los mosqueteros se habían tomado durante todo el año. Durante cinco meses, habían estado haciendo un inmenso esfuerzo plagado de tensiones que no había ofrecido resultados. El traidor seguía suelto y carecían de pistas sobre su identidad. La etapa más dura la vivieron tras estar convencidos de que Ana Lozano era la protagonista de su búsqueda. Carecían de pruebas concluyentes incriminatorias, pero llegaron a estar persuadidos durante su interrogatorio de que ella misma delataría su implicación. Habría sido demasiado fácil.

Se separaron a mediados de diciembre para un descanso de tres semanas impuesto por el director, que los veía cansados, y en sus hogares no se sintieron reconfortados. Valvanera, la que menos. Aprovechó para volcarse en sus dos hijos. No les había prestado demasiada atención en los últimos meses e intentó resarcirles. Para su desgracia, los dos jóvenes en la edad del pavo se habían acostumbrado a recurrir a su padre y ante el manifiesto deseo de su madre de pedir perdón por su ausencia, se centraron en sacarle todo el dinero posible y la oportunidad de llegar más tarde a casa, ya que eran vacaciones. Su marido, un policía de oficina que había abandonado la actividad frenética en la calle a causa de un infarto, asumió complaciente los primeros días su deseo de recuperar el tiempo perdido y terminó harto de esa perniciosa relación con los chicos.

—Dentro de unos días vas a volver a desaparecer y entonces yo tendré que convivir con dos fieras a las que se lo has consentido todo.

No dijo nada, era más que evidente que su marido la conocía mejor que nadie. Durante los diez años que ejerció como inspectora de Policía, cuando no conseguía resolver un caso, se abstraía de todo y era incapaz de prestar atención a ningún otro asunto. No le gustaba analizar lo que pasó como una cuestión de suerte, pero la verdad fue que la enfermedad de Lucas, su amor de la academia de Policía, y su apuesta por disfrutar de la vida tras salir del hospital, salvó su matrimonio y ofreció una vida estable a sus hijos. Ella solicitó un destino en la BOA con la promesa de tomarse el trabajo también con más tranquilidad. No esperaba volver a las andadas hasta que Villar, al que había ayudado puntualmente en algunas misiones, le pidió el favor personal de que lo abandonara todo durante una temporada para meterse de lleno en una misión secreta. Podía salir bien o mal, pero sería muy importante para su carrera. El hecho era que había vuelto a sentir la pasión por la investigación, no lo podía remediar: en su vida no había nada fuera de la caza del topo.

Su marido lo sabía y sus hijos lo sabían. El chico y la chica se habían entregado a su padre y le habían sumado el papel de madre. El policía que había sido el amor de su vida, que había cortado con el mundo, que había optado por una vida más tranquila y familiar, supo que su mujer había vuelto a engancharse a la parte más colérica de la profesión y que no les haría caso a ninguno de los tres durante el tiempo que durara ese caso enigmático que tenía entre manos y del que no conocía el mínimo detalle, lo que aún los había distanciado más. Después vendrían otros. Cuidaría de los niños hasta que la pequeña llegara a los dieciocho años y después les daría la alternativa de irse a vivir con él y con la compañera de trabajo, con la que llevaba dos meses saliendo en secreto. Una aventura iniciada con la tranquilidad de saber que hiciera lo que hiciera su mujer no se enteraría de nada.

Valvanera de Winter y los gemelos, como se caricaturizaban unos a otros, volvieron tras la fiesta de Reyes, y retomaron la investigación sobre la lista de sospechosos. El director les había aconsejado cambiar de método y dedicarse a investigar todos a la vez al mismo sospechoso, era un procedimiento más lento, pero más seguro: lo que uno no ve, es posible que otro lo capte al instante. Eso aumentó la competencia entre los dos equipos y los roces fueron más frecuentes.

Ese día de febrero comenzó con los dos militares haciéndose un café en la cocina y con Pulido comentando sus problemas personales con su mujer.

—Mira que Concha sabía dónde me metía cuando hace quince años le conté la oferta para entrar en la Casa. Le avisé que nunca, bajo ningún concepto, podría comentar lo que estuviera haciendo. Me lo exigían y yo, personalmente, también prefería que estuviera al margen. Que sí, que sí, sin problemas —dijo imitando una voz más suave—. Pues ya se ha hartado.

—No me jodas, si Concha es una tía cojonuda.

—Lo es, o lo era, no lo sé. Se ha vuelto una amargada. Está empeñada en verme amantes por todos lados.

—Es que tú, Javier, siempre has tenido una tendencia a perseguir faldas. Ya en la academia de Zaragoza tirabas los trastos a cualquiera que te cruzaras dando un paseo por el Tubo y acababas en cualquier bar invitando a una chica guapa, fea o mediopensionista.

—Era joven.

—Que soy yo, tu amigo Daniel —dijo agitándole el cuerpo con las dos manos—. Que te gustan las churris más que comer con los dedos.

—Eso es pasado, te lo juro. Desde que estamos aquí no tenemos tiempo ni para unas copas, con Valvanera de Winter al acecho permanente.

—Concha se ha cansado, dale mimos y estate más pendiente de ella.

—Pero si llego a casa derrengado, sin fuerzas para otra cosa que no sea ver una peli y dormir.

—Y ella interpreta que estás teniendo una aventura.

—¿Por qué no venís Inma y tú a casa este fin de semana y se lo dices? Quizás a ti te crea, cuéntale que estamos en un caso muy importante.

—¿A quién tiene que contarle Daniel que estamos en un caso importante? —dijo Donate interrumpiendo la conversación, mientras entraba en la cocina.

—Mi mujer lleva un tiempo mosqueada —contestó Javier—, las relaciones son complicadas por culpa del servicio.

—¿Las tuyas también, Daniel?

—Las mías menos, mi mujer trabaja en la Casa desde antes de que yo llegara, su padre es militar, ya retirado, y la recomendó.

—Entonces, algo le cuentas.

—No debemos, pero sí, le he dicho que estoy con Javier y con una policía que nos toca mucho las narices.

Donate rio y los gemelos se sumaron.

—Me pintas como una bruja para que no piense que llegas tarde al trabajo ocupado en darme masajes.

—Ser un agente casado es muy complicado, aquí se divorcia todo el mundo.

Dos horas después, Donate dio la voz de alarma. Estaban analizando la información recibida sobre la investigación del Servicio de Seguridad a Adara Trelles, una oficial de inteligencia experta en Rusia, destinada en ese momento en el departamento de Relaciones Públicas.

—Acabo de encontrar algo raro, algo de lo que tirar. Tengo que investigar un dato y saber si la carambola es posible.

—Cuéntanos —pidió De la Nieta.

—Me voy a la calle, es más rápido y seguro que lo haga yo misma.

Pulido se levantó como un rayo y se puso la chaqueta colocada en el respaldo de la silla.

—Te acompaño sí o sí. Necesitas chófer y quizás un tipo soso que te ayude.

—¿No vendrás a vigilarme?

—Tranquila —soltó De la Nieta—, querrá ligar contigo.

Se subieron al deportivo BMW Zeta3 biplaza de Pulido, prueba evidente de que no había tenido hijos, y emprendieron camino al barrio de Fuencarral. El militar intentó sacarle alguna información y le remitió a después de la entrevista.

—Es probable que no sea nada. Hace tiempo aprendí a seguir corazonadas si estás perdido y careces de pistas.

Un gran conversador como Pulido, fuera de la oficina en la que discutían por todo y lejos de la mirada controladora de Daniel, se relajó y le preguntó por su experiencia como policía en la resolución de casos. ¿Había tenido retos tan grandes como el que ellos se traían entre manos?

—Este delito se parece a los de guante blanco que investigaba, delincuentes ansiosos por forrarse o situarse en posiciones de poder. Sin poder recurrir a la violencia, sus armas son el engaño, el fraude o el abuso de posición dominante.

Pulido notó cómo su compañera entraba en un terreno de confort: había sido muy feliz los años que pasó en la Policía, había perseguido a muchos malos vestidos de traje y corbata, gente prepotente con derecho a delinquir porque en su mundo el más listo era el triunfador. A la cárcel iban los pringados, los navajeros, los que no tenían dónde caerse muertos.

—Este caso es un espanto para cualquier investigador, por eso me motiva especialmente. Nuestro objetivo es alguien que no sabemos si le incita el dinero o la venganza, si la clave está en una debilidad que ha permitido que le chantajeen o si él ha buscado a los rusos —siguió la policía—. Desconocemos si es hombre o mujer, hemos elaborado una lista de sospechosos, pero no tenemos la certeza de haberlos incluido a todos. La investigación sobre el terreno no la llevamos a cabo nosotros mismos, la hacen otros que podrán ser muy buenos, nadie lo duda, pero nos aleja de los escenarios donde se ha podido cometer el delito.

—A muy pocos se los detiene con las manos en la masa. En casos como el nuestro, hay mucha intuición, muchas pistas y muchos descartes.

—Conozco la teoría oficial del servicio: si quitamos a todos los que no pueden haber sido, el que queda es el culpable. Si yo, policía, voy a un juez con eso, me saca a patadas de su despacho.

—Es que nunca vas a ir a un juez hasta que tengas montado el caso y dispongas de pruebas para meter en la cárcel al sospechoso.

—¿Y si no las conseguimos? Si creemos que es un tipo y no podemos demostrarlo.

—Lo echamos del servicio y le hacemos la vida imposible el resto de sus días.

Pulido siguió las indicaciones de Donate y paró en la puerta de una comisaría. La mujer le pidió que escondiera «este coche tan discreto» y cuando acabara le mandaría un mensaje por el teléfono. Había muchas zonas verdes por allí cerca, podría aparcar sin problema.

Cuarenta minutos después, mientras el militar se tomaba una copa de vino blanco en un bar desde el que podía vigilar su BMW, recibió el aviso y no se puso en marcha antes beberse de un trago lo que quedaba. Cuando entró en el coche, Donate estaba muy excitada.

—Tenemos algo —contó mientras le animaba a alejarse de allí—, es poco, pero un hilo del que tirar. El segundo apellido de Adara Trelles es Melgar y no solo coincide con el de un importante político del Partido Comunista, están emparentados, es su tío. Estuvo exiliado y apreciaba mucho a la Unión Soviética.

—¡Ahí va! —exhaló sorprendido Pulido.

—Obviamente, tenemos que profundizar en el tema.

—No aparece en su expediente.

—No, pero me disgustaría volver a arrasar a otra mujer por no haberlo declarado al entrar.

—Valva, es un síntoma de ocultamiento.

—Javier, no seas cuadriculado. No estamos investigando las vidas de los agentes, de eso que se ocupen otros. El tema puede ser grave porque a mi fuente, un viejo compañero que estuvo infiltrado entre los comunistas hace muchos años, le suena una chica joven, sobrina del político, que pululaba por allí.

49

De la Nieta intentó sustituir a Pulido en la siguiente reunión que había montado Donate, pero no tuvo suerte.

—Pensará que queremos controlar sus movimientos. Me ha aceptado como compañero, ¡no jodas!

—No tardará en descubrir que eres un murciano de Totana.

—A mucho honra y honor —respondió Pulido a la gracia de su amigo que se avecinaba.

—Totanero, borracho y embustero.

El día anterior, al rememorar la época del final del franquismo y el inicio de la Transición a la democracia, el viejo policía le había hablado a Donate de un joven con el que Adara Trelles Melgar iba mucho, que dirigía las Juventudes Comunistas y se metía en todos los fregados. Se llamaba Rodrigo Fajardo y lo describió gracias a que su memoria fotográfica se mantenía a pleno rendimiento: un chico alto con flequillo negro azabache que se apartaba continuamente de la cara, acudía a las manifestaciones prohibidas con un ejemplar enrollado de *Cambio 16* en la mano derecha y siempre daba el primer salto en las manifestaciones al grito de «amnistía, libertad», momento en el que el resto de jóvenes interrumpía la circulación y los grises sacaban las porras de sus fundas para liarse a golpes con ellos.

Como en aquel tiempo estudiaba Derecho, Donate le calculó alrededor de cuarenta y cinco años y encargó a un compañero de la BOA que intentara localizarle. En cuanto detalló la petición, el policía curioseó sobre su desaparición en los últimos meses, no le contestó, con diplomacia, y se limitó a demandarle que resolviera la consulta con urgencia y no trascendiera. En unas horas la recibió: había más sujetos con ese nombre y apellido de los previstos, pero solo uno trabajaba en un despacho de abogados laboralistas.

No necesitaba a nadie para seguir la pista, pero se evitaba problemas futuros con Villar si no parecía demasiado individualista. Anunció ante los gemelos la cita con Fajardo y no le puso pegas a Pulido cuando se apuntó.

—¿El abogado ha aceptado la reunión sin poner trabas? —preguntó su compañero cuando conducía su BMW hacia la avenida de América.

—No tiene ni idea del motivo. Su secretaria ha tardado unos minutos en consultarle la petición y me ha hecho hueco con rapidez. Nadie le podrá echar en cara que no colabora con la policía.

Dejaron el coche en un aparcamiento y se dirigieron los dos al encuentro. Un edificio antiguo, bien mantenido, y una segunda planta entera para el bufete. Una recepcionista, resolutiva, sin sonrisa forzada, les guio hasta una sala de reuniones de techos muy altos, con una mesa larga muy baqueteada y las paredes invadidas por fotos de manifestaciones y huelgas. Diez minutos después, apareció un señor cerca de los cincuenta, totalmente calvo, con un traje hecho a medida y la apariencia de estar muy ocupado.

—Gracias por recibirnos —dijo Donate mientras se sentaba en un lado de la mesa junto a Pulido y dejaba la cabecera a Fajardo.

—Tenía urgencia por verme, pues bien, aquí estoy. Usted dirá.

—Estamos buceando en el pasado, buscamos a una persona que usted conoció hace unos treinta años.

—¿Quién es?

—Le puedo pedir absoluta discreción.

—Me lo puede pedir, pero no le garantizo que lo haga si no me da buenas razones.

—¿Conoce a Adara Trelles?

El abogado meditó la respuesta.

—Dejamos de tener contacto en los setenta, era una chica inteligente, comprometida y bonita, pero la perdí la pista, no puedo ayudarles.

—Háblenos de sus recuerdos, por favor.

Donate estaba muy cerca de Fajardo, la presencia policial no le amedrentaba lo más mínimo.

—El final del franquismo fue una época comprometida para los que militábamos en la resistencia. Los socialistas seguían siendo los mismos señoritos de años atrás, pero los comunistas nos la jugábamos cada día. Yo era secretario general de las Juventudes Comunistas, lo que en aquellos años suponía muchos palos, interrogatorios crueles y temporadas en la cárcel. Ustedes de eso no saben, claro.

Los dos guardaron silencio, estaba bien que Fajardo construyera su propio relato si les ofrecía información sobre la mujer, lo demás carecía de importancia.

—Adara no tendría más de dieciséis años cuando se nos unió. Era una niña con cuerpo de mujer. Al salir de casa, se cambiaba en el descansillo de la escalera la ropa de pija por otra de revolucionaria. No ocultaba que en su familia eran de derechas, pero ella se sentía comunista. En su primera manifestación se acobardó al ver aproximarse a los grises con cascos y salió corriendo a buscar la boca de Metro más cercana. Más tarde, se pegaba a mí y compartíamos las leches que nos daban.

—¿De dónde le venían las ideas comunistas? —preguntó Pulido atreviéndose a intervenir.

—Tardé en enterarme de que era sobrina de Melgar, el dirigente histórico de nuestro partido que tuvo que huir de España tras la Guerra Civil. No me lo dijo ella, lo dedujo una compañera cuando rellenó su ficha de afiliación.

—¿Fueron muy amigos? —preguntó Donate.

—¿Qué pasa con Adara? ¿Ha hecho algo malo?

—No se lo podemos comentar, es un tema familiar, estamos obligados a preservar su intimidad. —Donate intentó ajustar la mentira al máximo nivel de credibilidad, para que Fajardo siguiera colaborando y no diera la voz de alarma cuando ellos salieran de allí.

El abogado dudaba, no terminaba de creerse lo que le contaban.

—Me gustaba Adara, pero me gustaba más la militancia política. Eso fue lo que nos unió, los dos queríamos la revolución, acabar con los fascistas, vivíamos peligrosamente, estábamos dispuestos a darlo todo por nuestros ideales.

—Ha dicho que perdió el contacto con ella, ¿cuándo fue, más o menos?

—No lo recuerdo bien, seguro que antes de la victoria de Felipe González en el 82, quizás a finales de los setenta, cada vez venía menos. Lo que sí recuerdo a la perfección es que un día no acudió a una reunión importante y no volví a saber nada de ella. Pregunté a su mejor amiga y no supo darme explicaciones.

—¿Recuerda cómo se llamaba?

—Sí, claro. Sandy, Sandra —hizo memoria después de tantos años— González. Me la encontré hace años, trabajaba como economista en Telefónica.

Antes de concluir la reunión, Donate le pidió discreción y, en todo caso, que esperara unos días antes de comentarlo con alguien, «por el bien de Adara».

—No es por su bien —afirmó Fajardo cuando ya estaban despidiéndose en la puerta.

—No lo es, pero sí para la Justicia —le estrechó la mano y le formuló una última pregunta—. ¿Qué recuerdo le ha quedado de ella?

—Era una buena chica, pero mis recuerdos me pertenecen. Sí, les contaré una obsesión divertida que tenía: siempre se ponía pestañas postizas, aunque les aseguro que no le hacían falta.

Con el viento soplando a su favor, por una vez en la investigación, Donate consiguió contactar con Sandra con una sola llamada: descuelgan rápido en la centralita de Telefónica, le pasan al despacho de la mujer, se identifica como policía y le explica la necesidad de charlar con ella con urgencia, «tranquila, no tiene que ver con usted, sino con una persona que conoció hace años», y cierra una cita en un bar cercano a la Gran Vía a las seis de la tarde, cuando concluye su jornada laboral.

La tasca con muebles minimalistas, en una pequeña calle alejada de los ambientes por los que circulaban los turistas de la capital, era más tranquila de lo imaginable a esa hora. Los tres estaban muy pegados en una mesita de madera junto a una pared con un inmenso espejo en el que se veían reflejados. Sandra no esperó para preguntarles a quién buscaban y cuando escuchó el nombre de Adara Trelles, no mostró extrañeza.

—Es la única desaparecida que hay en mi vida.

A Donate su aspecto le pareció el de una ejecutiva de multinacional, pero no tardó en descubrir la personalidad de una antisistema.

—¿Qué pasó?

—Éramos muy colegas, estudiábamos juntas la carrera coñazo, íbamos con el mismo grupo de insoportables amigos, compartimos hasta un novio cañón, nos peleábamos al mismo tiempo con nuestros insoportables viejos, yo qué sé. Prácticamente vivíamos juntas.

—Estaban afiliadas al mismo partido político.

—Éramos muy rojas.

—¿Usted también iba a manifestaciones violentas? —intervino Pulido en un tono que resultó un poco agresivo.

—A ver, que de eso ha pasado mucho tiempo.

—Mi compañero —intervino Donate— quiere decir si llevaba usted una vida arriesgada, típica de la juventud de esos años.

—Nos enfrentábamos un poquito a los grises, pero en cuanto se acercaban salíamos corriendo.

—¿Adara desapareció de un día para otro?

—Estábamos en el penúltimo año de carrera y me anunció, como si no fuera algo trascendental para nuestra amistad, que la acabaría en Londres. Después, dejó el partido y durante los meses siguientes sufrió una profunda transformación. Dejó de ser rebelde, dejó de liarse con tíos de izquierdas y pasó a relacionarse con gente de chaqueta, ya sabe —dijo sacudiendo las manos—, los que llamábamos pijos. Llegó el verano, se fue con sus padres de vacaciones, o eso me dijo, y perdimos el contacto para siempre.

Sandra les contó que intentó contactarla por teléfono, que fue a verla a casa de sus padres en varias ocasiones, pero no le quisieron transmitir sus mensajes, solo le dijeron que se había ido a estudiar al extranjero y que la dejara en paz. Se apostó cerca de su portal durante dos días por si la veía salir, pero nada. Habló con todos los amigos compartidos, también sin resultado. Pasados unos meses, llegó a la conclusión de que Adara no quería saber nada de ella y un chico, con el que empezó a salir, la convenció de que su amiga estaba en su derecho a desaparecer.

—En aquellos años, ¿usted era una comunista convencida? —preguntó Pulido con más suavidad que en la anterior ocasión.

—Lo era, lo seguí siendo después y lo soy ahora.

—La Adara que usted conoció era…

—Aún más comunista. Yo estaba con Carrillo en lo del Eurocomunismo, más democrático, pero ella era más partidaria del modelo soviético. Era tan radical que su padre la amenazó con romper si seguía las ideas del hermano de su madre. Imagino que sabrán que Adara era sobrina de Melgar.

Tras subir al BMW de Pulido, que Donate no le permitió descapotar ni en broma, decidieron acercarse a hablar con Daniel y al día siguiente hacerlo con Villar y Cortés para encargarle a la unidad operativa un Control Integral de Relaciones sobre Adara Trelles. No era una mera ocultación de información sobre un tío republicano exiliado tras la Guerra Civil, es que había sido una comunista prosoviética convencida, que siendo agente no solo había conocido de primera mano la lucha del servicio contra los rusos, sino que había estado destinada como jefa de estación en Moscú durante cuatro años.

50

—Imagino que esta es mi silla.

—Imaginas bien, Adara.

Trelles acababa de entrar en la base que el equipo de mosqueteros había utilizado una única vez, cuando entrevistaron a Ana Lozano. Para esta ocasión, habían dispuesto una mesa cuadrada de madera de un metro y dos sillas, delante de una había una carpeta que incluía el historial de la sospechosa, que Donate había dejado allí un rato antes.

Habían tardado tres semanas en convocarla, les hubiera gustado hacerlo antes, pero los trámites habían llevado más tiempo del que esperaban y habían surgido novedades que sembraron cizaña en el equipo.

Tras reunirse con Sandra González, su amiga de juventud, cuyo testimonio terminó de cuadrarles las sospechas, Donate y Pulido se fueron a la base para hablar con De la Nieta y aunar consensos. Se había marchado y los dos decidieron poner en marcha el proceso de investigación contra la supuesta traidora. Pulido, sin la presencia de su amigo, se sintió liberado de su animadversión contra su común enemiga, Valvanera, y empezó a ser él mismo, un tipo agradable que intentaba tomarse la vida con alegría. Durante las dos horas que estuvieron preparando la documentación oficial, se rieron juntos por primera vez, gastaron bromas y terminaron telefoneando juntos a De la Nieta para adelantarle sus planes, como si formaran un equipo compenetrado.

Al día siguiente, Cortés y Villar acudieron a la base. Notaron una inhabitual sintonía entre los tres, especialmente entre Pulido y Donate. Habían llegado a pensar que sus discrepancias eran tan grandes que en algún momento llegarían a las manos. Escucharon sus argumentos sobre Trelles, Villar les lanzó un «adelante» y el director se mostró remiso.

—Podemos volver a patinar, deberíais estudiar más a fondo su expediente. Antes de meter a los operativos en su casa, en su vida, deberíamos tener algo más concluyente.

El resto se quedó sorprendido por sus dudas, nada que ver con el asombro que les provocó el cambio de criterio de Pulido.

—Creo que puede tener razón, director, esta mañana he revisado las vinculaciones de Trelles con las operaciones sospechosas de haberse filtrado a los rusos y hay varias en las que su participación no está nada clara.

Donate, a la que Pulido llamaba con frecuencia Valva, se quedó petrificada. De la Nieta estaba seguro de que no había oído bien o que a su amigo le había dado un arranque de locura. Villar no había estado en las discusiones previas y reaccionó con la rapidez que a ellos dos les faltó.

—¿Qué dices? Disponéis de más indicios que con Lozano, Trelles tiene un pasado de admiración a los soviéticos que le habría impedido entrar en la Casa si el Servicio de Seguridad hubiera hecho bien su trabajo —mientras hablaba aumentaba su enojo—. Ha estado siempre en temas rusos, fue agregada de Información en Moscú. ¿Qué más quieres? Vuestro deber es demostrar que es el topo y evitar que siga vendiendo nuestros secretos.

Cortés tenía suficientes problemas en otros terrenos como para implicarse en esa decisión operativa y llevar la contraria a su director de Inteligencia. Nadie rechistaba y pidió los papeles para firmar la orden para controlar veinticuatro horas al día las actividades de Trelles. Cuando se quedaron solos, Pulido se limitó a defender ante Donate y De la Nieta su derecho a cambiar de postura y se negó a darles más explicaciones.

Las investigaciones ofrecieron una cantidad ingente de documentos mostrando su solvencia económica, una vida tranquila con un marido médico y tres hijos estudiando todavía en el colegio, discreción en sus conversaciones telefónicas, ningún documento del servicio oculto en su ordenador y casa, y nada de cámaras fotográficas en miniatura. Solo tenía un hábito interpretable en modo confabulación: salía a caminar sola, acompañada por unos horribles zapatos de marcha de color marrón, partiendo de puntos distintos de los alrededores de la ciudad, a los que se acercaba en coche. Una coartada perfecta para cargar y descargar mensajes en buzones secretos pactados con los rusos.

Aplicando los criterios internos, su pasado comunista no declarado era suficiente argumento para abrirla un expediente por falta de lealtad. Lo que no habían encontrado eran pruebas definitivas de que hubiera alertado a los rusos de las siete operaciones fracasadas del servicio, que habían costado en Moscú la vida a Dimitri Kovalev y a dos personas la cárcel en penosas condiciones, una de ellas, Sergei Skripal, el principal motivo de las continuas presiones del MI6.

Tras un nuevo encuentro con los altos mandos del servicio, el director autorizó el interrogatorio, no sin antes esperar la opinión de Pulido, que se limitó a devolverle la mirada en silencio sin separar los labios.

Donate no supo cómo interpretar la tranquilidad con la que Pulido se borró del interrogatorio y asumió su papel secundario, en el cuarto de al lado, con las cámaras y el sonido. Tampoco entendió, ya lo pensaría más adelante, que De la Nieta se pasara diez minutos haciendo alegaciones de la conveniencia de que la entrevista la hiciera ella sola, cuando en la anterior con Lozano estuvo peleando sin cuartel hasta conseguir estar presente.

En esta ocasión, introdujeron algunos cambios previos al interrogatorio. El día anterior, le advirtieron a Adara que debía acudir, por sus medios, a un encuentro «de trámite» con el Servicio de Seguridad. Corrían el riesgo de que decidiera huir y si acababa en Rusia el

343

follón sería mayúsculo. Para evitarlo, encargaron una vigilancia especial desde el momento en que le llegó la comunicación: una cámara escondida en su ordenador, todos sus teléfonos pinchados, un localizador oculto en su coche y un equipo operativo pegado a ella, con la pretensión de ser invisible. Detrás de la advertencia, reinaba la voluntad de ponerla nerviosa.

Cuando Trelles saludó a Donate, la presencia de su hoja de servicios sobre la mesa hablaba de que se le venía encima una revisión de su vida como espía; la reunión en un chalé con tan mala pinta le advertía de una investigación enigmática y la familiaridad del trato le alertaba de que debía estar atenta a las manipulaciones de la mujer que iba a reunirse con ella.

Donate captó que Trelles llegaba preparada para navegar por el tempestuoso mundo de las tinieblas, sintió inseguridad por el extraño comportamiento de los gemelos y se centró en su análisis previo: sus pasos debían ir guiados por el deseo de escuchar, sin prejuicios previos, lo que Adara quisiera contarle.

51

Eran las diez en punto de la mañana. Las persianas bajadas aislaban del exterior y la única iluminación procedía de una potente lámpara de pie, enfocada hacia la mesa donde estaban sentadas las dos mujeres, que creaba en el salón un ambiente tenebroso que ocultaba cualquier tipo de distracción. Solo veían con claridad a su oponente, sentada al otro lado de la mesa. Delante de Donate estaba la carpeta con el nombre de la investigada en la cubierta y Trelles había sacado un cuaderno verde a estrenar con el nombre de Harrods en la portada, los grandes almacenes londinenses donde lo había comprado, y una pluma Dupont. Los había colocado con armonía delante de ella, dando impresión de exquisito orden.

Donate puso énfasis al presentarse en mencionar su nombre, «Valvanera, todo el mundo me llama Val o Valva». Trabajaba en el servicio desde hacía diez años, aunque Trelles notó que dejó en el aire su destino concreto. Investigaban expedientes de funcionarios en los que, por distintos motivos, habían encontrado vacíos que no encajaban. Trelles supo que ocultaba información valiosa, quizás era un nuevo departamento para examinar a los agentes de una forma aleatoria, quizás alguien se había quejado de ella o, quizás, querían echarla y no sabían cómo. Aceptó jugar el juego, era una postura menos hostil, dejaba entrever que no tenía miedo a nada.

—Gracias por las explicaciones, Valvanera. Me gustaría conocer el motivo que os ha llevado a pedirme que viniera.

—Queremos comprobar tu lealtad al servicio, lo hemos hecho con otros funcionarios y lo haremos con algunos más. Es un trabajo encargado por el director, del que no podrás comentar nada a nadie.

Pulido y De la Nieta estaban cerca de ellas, en la sala de seguimiento, a la que habían sumado un segundo monitor. En el nuevo aparecía el plano completo de las dos mujeres y en el otro se veía la cara de Trelles. Si la relación entre ellos no hubiera sido tensa, habrían comentado su aspecto sano de deportista, su mirada astuta, su pelo atractivamente dominado por las canas, el traje de chaqueta sin pretensión de parecer demasiado elegante y hasta habrían detectado las pestañas postizas. Era el tipo de mujer madura que a los dos les gustaba. Pero ninguno había pronunciado una sola palabra, estaban especialmente nerviosos y no querían que lo que había pasado entre ellos se convirtiera en una rencilla que acabara con una larguísima amistad. Entendían la lealtad como la obligatoriedad de apoyar a la otra persona al margen de la gravedad de sus actos, aunque obligaba, en sentido contrario, a no ocultar nada al otro que pudiera colocarle en una situación embarazosa. Pulido actuaba como si estuviera solo en la habitación, mientras De la Nieta le dedicaba, de vez en cuando, miradas furtivas de odio. Nunca se lo perdonaría.

Donate, seria, cordial, abrió la carpeta y comenzó a narrar la historia de la investigada partiendo del momento de su reclutamiento. Lo tenía escrito delante, pero apenas lo miraba. Daba datos y fechas, mencionaba momentos de su pasado, incluso anécdotas de su vida, que Trelles nunca había contado a nadie que trabajara allí. Estaba demostrándola que conocía su vida a la perfección, no se le escapaba ningún detalle; un intento de conseguir por métodos nada agresivos una superioridad sobre la persona que estaba al otro lado de la mesa, con el objetivo de introducir en su cabeza el pensamiento de que la conocía mejor que ella misma.

Descolocada en un primer momento, Trelles no tardó en percatarse de la táctica de acoso y derribo. Su larga experiencia en el servicio le permitía interpretar cómo jugaba el equipo contrario, lo que no implicaba que pudiera hacer frente satisfactoriamente y evitar lo que fuera que estaba tramando. Veía cómo se acercaban los golpes, el daño era menor del buscado, aunque era incapaz de montar una estrategia poderosa de reacción. Desconocía la clave, necesitaba saber las pruebas que poseían para acusarla y, de momento, solo funcionaba la máquina que expandía bruma sobre su vida. La quería pillar en contradicción, como en todos los test psicológicos de personalidad que había realizado en su vida. Mientras se pudiera, lo más seguro siempre era contar la verdad.

La policía miraba todo el rato a Trelles buscando reacciones que no esperaba encontrar en un primer momento. Imaginaba su larga experiencia en ambientes tremendamente hostiles: durante los últimos años en Madrid, si era una agente rusa, o cuando estuvo destinada en Moscú, si no lo era, rodeada de enemigos ansiosos por pillarla llevando a cabo actividades prohibidas.

Entendía el despiste de su antiguo amigo Rodrigo al ver que una mujer tan guapa, por entonces con una juventud esplendorosa, se empeñara en ponerse pestañas postizas. Al verla guardar silencio, también le vino a la cabeza la obsesión de su amiga Sandra por contactar con ella y su desesperación por el silencio infinito con el que respondió a su preocupación por lo que podía estar sufriendo.

En ningún momento del extenso relato, aparentemente interminable por la suma de detalles, Donate mencionó las fuentes que había utilizado, aunque Trelles pudiera deducir la presencia de conocidos con los que habían conversado ella o los miembros del Servicio de Seguridad. Estaba bien que lo creyera, debía tener claro que lo sabían absolutamente todo sobre su vida.

Era cerca de la una de la tarde cuando pararon. Trelles no había hecho ni una sola anotación en su cuaderno y había contestado con disposición a todas las preguntas formuladas por su interrogadora. No se había extendido, había añadido detalles en las repreguntas y si la había pedido más precisión lo había intentado, aunque los años pasados habían alejado o hecho desaparecer algunos recuerdos.

Donate le ofreció un refresco o un café, y Trelles se conformó con un vaso de agua, fría si pudiera ser, algo imposible porque habían encendido la nevera el día anterior y no habían pensado en esa posibilidad ni en hacer hielos. La policía dejó sola a la investigada, que se levantó para desentumecer los músculos, y ella se fue a hablar con los gemelos.

Se quedó de pie en la sala de seguimiento y esperó los comentarios de sus compañeros. Para De la Nieta, la sospechosa se mantenía a la expectativa y todo iba según lo previsto, incluida una llamada de Villar para interesarse por la marcha del interrogatorio. Pulido opinó que iba bien y Valvanera llevaba el control del interrogatorio.

—No tenemos ninguna prueba decisiva de que sea una agente doble, no será tan tonta como para incriminarse. Me temo que el veredicto final, como tantas veces, será una cuestión de opiniones.

—¿Algún día me contarás la razón por la que la defiendes tanto? —le lanzó combativa Donate.

—No la defiendo —contestó enfadado—, mi obligación como profesional es decir siempre lo que pienso y fundamentarlo.

Donate no le hizo caso y pasó a mirar a De la Nieta.

—Quizás tú tengas remordimientos algún día por lo que estás callando, aunque no, nunca vas a traicionar a tu gemelo.

Se dio la vuelta y salió de la sala antes de que le contestara el afectado por su dardo. Regresó al salón, invitó a Trelles a sentarse, le preguntó si quería que pidieran algo de comida y, ante su negativa, siguieron con la narración de la historia, las preguntas y las respuestas.

Lo que habían hablado en el bloque anterior perfilaba a una agente entregada a su trabajo para descubrir las posturas de los Gobiernos rusos que podían influir en sus relaciones con España y detectar sus acciones hostiles. Era una mujer cuyos informes internos, elaborados por sus jefes elogiando su labor, formaban un expediente personal intachable.

—Adara, el último año de tu carrera no lo estudiaste en Madrid y te fuiste al extranjero. ¿Es correcto? —La pregunta no parecía maliciosa, al menos en la forma de plantearla.

—Estuve en Londres, todavía no se llevaba mucho, mis padres tuvieron visión de futuro y aportaron solidez a mi carrera.

—¿Qué tal te llevabas con tus padres?

—Muy bien, eran unos buenos padres.

—¿Discutías con ellos?

Adara entendió por dónde venía Donate y contestó con la misma rapidez de las veces anteriores.

—Mi madre era muy protectora, mi padre, como militar, estaba acostumbrado al ordeno y mando y, sí, discutíamos bastante.

—¿Por cosas concretas?

—En aquel entonces, como todos los jóvenes, yo era progresista y mi padre, muy carca. La política lo dominaba todo.

—En el cuestionario que rellenaste al entrar, ¿te preguntaron si eras progresista o conservadora?

—No había preguntas sobre tu ideología.

—Yo creo que sí preguntaban si eras comunista o tenías relación con comunistas.

—Lo siento, Valvanera, no recuerdo que me hicieran esa pregunta. Han pasado más de veinte años.

—También te pidieron que escribieras el nombre de todas aquellas personas con las que mantuvieras relación en mundos como el del periodismo, la política o gente de otros países.

—Sé que eso se lo requieren a los candidatos que entran ahora, pero no recuerdo que me lo formularan a mí. Me hicieron miles de preguntas, a veces las leía muy rápido y pasaba porque no las entendía o no me daba tiempo. Las pruebas eran psicológicamente intensas.

Donate se levantó, se acercó a un armario empotrado blanco, abrió un cajón lleno de papeles y sacó una carpeta. La podía haber tenido sobre la mesa, pero esos segundos creaban un ambiente de tensión.

—Mientes, Adara, engañaste al servicio al negar, por una parte, vinculaciones con los comunistas y, por otra, al olvidar citar a los comunistas que conocías, entre ellos, a tu propio tío.

Puso el documento con la reproducción de sus contestaciones junto a su libreta y pluma, pero Trelles no hizo ademán de leerlo. Se quedó mirando a Donate y esta permaneció en pie dejando que el silencio creara un vacío acusador. Después, siguió.

—Es motivo para la apertura de un expediente sancionador.

Trelles veía venir las siguientes escenas, no podía ni quería hacer nada. Era preferible guardar silencio que moverse en un barrizal en el que cualquier intervención podía hundirla más.

—¿No tienes nada que decir? —preguntó la policía—. ¿Asumes que mentiste?

—No mentí, al menos no intencionadamente.

Donate revisó el expediente y le mostró una hoja con la fotocopia de su afiliación al Partido Comunista treinta años atrás.

—Fue un error de juventud —dijo tras mirarla durante un par de segundos—, soñaba con un mundo mejor. No creí que fuera importante mencionarlo, ya había cerrado esa etapa.

—¿Sabes quién es Rodrigo Fajardo?

—Claro, un amigo de aquella época en la que milité en las Juventudes Comunistas.

—¿Tuviste una relación con él?

—Era muy joven, él representaba los ideales de la lucha de clases. Era guapo, valiente y gozaba de poder.

—¿Has tenido trato con él en el último mes?

—Para nada.

—¿Estás segura? ¿Quieres cambiar la respuesta? —Donate no presionaba en las formas, aunque Trelles sintiera que trataba de arrinconarla.

—Totalmente segura.

—Tienes una llamada en tu móvil, de hace unas semanas, de un tal Rodri. —Esta vez no preguntó, afirmó.

—Me has preguntado si he tenido trato con él y no lo he tenido. Me telefoneó y no le contesté.

—¿Me puedes explicar la razón?

—Estoy casada, tengo hijos, es normal no atender la llamada de un antiguo novio.

—¿Hace cuánto que no le ves?

—Rompí con el antes de marcharme a Londres.

—En esa época no había móviles.

—Hace muchos años, cuando sí los había, me mandó un mensaje, quería hablar conmigo, tampoco le hice caso.

—Sí, grabaste su número, en lugar de bloquearlo.

—Nunca digas de esta agua no beberé.

—Ya —respondió escéptica Donate—, no te lo crees ni tú.

Trelles fue a contestar, pero Donate la frenó con un gesto de la mano.

—Alguien podría interpretar que el abogado podría ser un agente ruso que te avisó de que íbamos a por ti.

—Desconozco lo que ha sido de Rodri, pero yo no trabajo para los comunistas.

—Ser una buena agente doble implica crearse una historia falsa y aceptable, con la que engañar al servicio que te acoge de buena fe. El inglés Kim Philby era comunista antes de la Segunda Guerra Mundial, como tú. Fue captado por el servicio secreto ruso en la universidad, como tú —repitió el gesto con la mano para que no la interrumpiera—. Le aceptaron en el espionaje de su país porque no descubrieron su antigua militancia comunista, como tú. Estuvo un montón de años robando secretos y entregándoselos al principal enemigo de su país, como tú. Y, al final, ¿sabes lo que pasó? Lo mismo que te va a pasar a ti.

—¿Voy a huir a Rusia?

—No, todavía. Te vamos a echar con deshonor por habernos ocultado una información de vital importancia. —Donate no elevó la voz, pero aumentó la dosis de agresividad—. Saldrás de aquí, pero en cada momento de cada día sabrás que te estamos vigilando. Un día no conseguirás un trabajo y sospecharás, acertadamente, que la Casa ha hecho que no te contrataran. Y espero que pronto, tendrás que huir a Rusia, donde ni tu marido ni tus hijos querrán ir a verte. Bueno, seguro que Rodri sí irá.

—Buscas un agente doble y no soy yo —contestó Trelles alterada—. Tenías treinta o cuarenta candidatos, quizás más, estabas segura de que estaría entre ellos y ahora te das cuenta de que no tienes nada. Los has descartado a todos y careces de pruebas contra mí, solo tienes suposiciones, conjeturas, pero como no es ninguno de los demás, tu lógica te dice que tengo que ser yo.

—Nunca debiste entrar aquí, no con tus antecedentes. Los servicios adoptan precauciones, filtros de seguridad para disminuir las posibilidades de ser engañados por un traidor. Por eso, con el paso de los años, se montan controles a los que todos somos sometidos, porque podemos haber cambiado por culpa de cualquier tipo de problema personal. Tu engaño fue consciente y utilizaste a tu padre. Nunca habías cedido a sus presiones y, mira tú, de repente, haces lo mismo que Philby, un traidor al que seguro idolatras: utilizó al suyo para dejar de ser oficialmente comunista y simuló ser fascista. Tú no eras una comunista normal, eras una radical, prosoviética, y pasaste a ser una chica progresista, rojilla, pero poco. Eras estudiante, tenías a tu tío, con sus buenas relaciones en Moscú, les habló de ti, te facilitó convertirte en un agente del KGB, luego ellos dictaminaron que te convirtieras en espía del servicio secreto español, una jugada maestra. Amparada por un padre muy de derechas, llegado el momento, utilizó a sus amigos del servicio para facilitarte la entrada. Él sabía que habiendo sido de ultraizquierda no ibas a entrar y, por eso, al recomendarte habló de veleidades progres, pero ya sanadas, por suerte para él y para España.

—Valvanera, vas a cometer una tremenda injusticia. Has investigado a fondo mi vida, has conseguido dejar en evidencia mis deslices del pasado, lo que me pondrá muy difícil seguir en activo. Habrás cercenado la carrera de una inocente y vas a seguir teniendo un agente doble pululando por la Casa.

A Donate ese último «Valvanera», pronunciado sin rencor, humanizando al verdugo que le iba a meter la cabeza en una soga colgada del techo y después iba a hacer desaparecer el suelo que le sujetaba al mundo del espionaje, le produjo una sensación agridulce. No había pruebas decisivas, como había adelantado Pulido, y si no las habían conseguido ya con todos los medios personales y técnicos desplegados, sería complicado hallarlas en el futuro.

Se quedaba con la sensación de que acababa de descubrir al topo, pero no se podía presentar delante del director y del director de Inteligencia sugiriendo el cierre de la investigación, simplemente porque no podía poner la mano en el fuego y asegurar que no había otro agente responsable del robo de la documentación. Se acercaba el verano, el primer aniversario del inicio de la búsqueda, y seguían careciendo de pruebas decisivas contra nadie. ¿Y si la única simulación real de Trelles residía en sus pestañas postizas? Ella estaba convencida de que era un topo, pero carecía de pruebas determinantes.

52

Los meses transcurrieron hasta final de 2006 entre la desesperanza, la impotencia y el mal ambiente. Año y medio buscando a un traidor sin conseguir identificarle, sin más pistas de la fuga de información de las que ya disponían al inicio de la operación. ¿Detectó la persecución y había parado la filtración de datos? ¿Había encontrado un agujero de seguridad diferente para sacar la información robada? ¿Los rusos habían dejado de reaccionar ante las revelaciones enviadas por el agente doble para evitar su detención?, o, simplemente, ¿lo habían reconvertido en un durmiente y no lo activarían hasta pasada la tempestad?

Villar había puesto al equipo de mosqueteros en marcha y se sentía responsable de sus actuaciones. No es que hubiera esperado una resolución rápida, pero tampoco se imaginaba el paso de tanto tiempo y carecer de la mínima pista fiable. El caso de la última sospechosa, Adara Trelles, había sido la muestra de los daños colaterales que producían estas investigaciones. Donate le había expresado su convencimiento de que tenía todas las papeletas para ser la traidora, encajaba perfectamente en ese rol. Su afirmación le había resultado chocante: la policía educada para no acusar a nadie sin pruebas concluyentes daba pábulo al juego de las sospechas, amparándose en las mentiras y olvidos de la acusada de hacía más de veinte años. Trelles había sido reconvenida y sancionada merecidamente por saltarse los mecanismos de seguridad interna, algo que siempre había sabido que pasaría si la pillaban. No por ser una agente doble, lo que además la habría llevado a prisión.

El abatimiento invadió al equipo tras no consumar su segundo intento serio de dar caza al traidor. Villar los notó descolocados, no sabían cómo jugar la prórroga del partido. Todo lo que habían hecho hasta ese momento, había servido de poco. Sospechaba que habían cometido errores esenciales desde el inicio de la investigación y no habían sido capaces de detectarlos.

Además, debía soportar la presión de varios servicios de inteligencia aliados que habían limitado el intercambio de información porque desconfiaban de ellos. El jefe del MI6 británico, John Scarlett, no había parado de presionar al director Cortés ante la necesidad imperiosa de cazar al malnacido que había delatado a Sergei. Durante 2006, el doble agente ruso había sido juzgado, condenado por alta traición y se estaba pudriendo en prisión. Cortés le garantizó reiteradamente que habían puesto todos los medios para cazarle y aprovechó para recordarle, siguiendo indicaciones de su director de Inteligencia, que en otros casos se había podido pillar al desleal gracias a la denuncia de otro agente doble. Quizás una filtración procedente de un agente ruso los ayudaría a identificarle.

Villar impuso a los mosqueteros un replanteamiento sobre la búsqueda. Debían ampliarla, introducir condicionantes distintos, ver el problema desde nuevos ángulos, revisar a todos y cada uno de los integrantes del área de Rusia, aunque no parecieran sospechosos, y analizar indicios considerados de escaso valor hasta ese momento. Dejó de ser imprescindible haber mantenido contacto directo con las operaciones que habían llegado a conocimiento de los rusos e, incluso, había que echar un vistazo a los exagentes, quizás el culpable se había ido.

En enero, a la vuelta de las vacaciones, De la Nieta se encontró una llamada telefónica de Donate cuando iba camino de la base. Le pidió que se acercara a una cafetería de Las Tablas, le pillaba de camino y, por favor, que no se lo contara a Pulido.

Eran las ocho y media de la mañana, el sitio era un bar alemán con asientos acolchados colocados a cada lado de las mesas, recordando la distribución de un tren. Donate ya estaba sentada cuando llegó su compañero. Pidieron un café y, tras servírselo, la policía fue al grano.

—No tiene sentido que sigamos trabajando los tres en el caso. No confío en vosotros y lo mejor es que pidáis el traslado, en caso contrario lo haré yo.

—¿Pedirás el traslado?

—Contaré que no sois trigo limpio, que me di cuenta cuando lo de Adara.

—Ya veremos lo que te dice Villar.

—No sé lo que dirá, con quien iré a hablar será con Cortés.

—¿Qué pretendes?

—Apoyasteis a Adara para que se librara de la cárcel, no puedo trabajar con vosotros.

—Yo no hice nada.

—Eres tan culpable como Javier, ser independiente te duró dos días, imagino que te contó su secreto y ganó la lealtad entre machos.

—No fue así.

—Lo fue y lo sabes.

—Ahora no podemos abandonar, llevamos año y medio dejándonos la vida, tenemos que encontrar al traidor, es lo más importante.

—No vamos a dar con él, no me fío de vosotros. He llegado a pensar que ya sabéis quién es y no queréis que se sepa, ¡pobrecito, si no es mala persona!

—Eso es una chorrada.

—Daniel, es mejor que presentéis la renuncia, los dos, inventaros algo. Aceptaré vuestra decisión como si fuera nueva para mí, hasta lloraré si hace falta, incluso os organizaré una comida de despedida.

—No lo hagas, espera al menos a que hable con Javier.

Durante las anteriores Navidades, alejada del trabajo, Donate le había dado vueltas al tema mientras organizaba festejos, compraba el cariño de sus hijos con cualquier prebenda y no entendía que en esa época de relax su marido, al que le apetecía abrazar y sentirle como en los tiempos de recién casados, estuviera especialmente huraño. Mejor, pensó, es un egoísta que no se da cuenta por lo que estoy pasando. En el país había un tipo o una tipa muy peligroso vendiendo secretos de Estado y a ella le habían encomendado descubrirlo, era lo que iba a hacer, no había nada más importante. Sería duro, pero para conseguirlo todo pasaba por crear un equipo de confianza y recuperar la iniciativa. Esperaba haber asustado a Daniel, que los gemelos se largaran y le dejaran montar su propio grupo. Una forma de reiniciar la investigación con posibilidades de concluirla satisfactoriamente.

Tras lanzar el órdago, Donate trabajó todo el día con sus compañeros, como siempre salieron a comer cada uno por su cuenta y, por la tarde, Daniel alegó un compromiso para marcharse antes. En cuanto desapareció, Pulido arrastró su silla de ruedas hasta colocarla a medio metro de ella.

—Cometí un error muy grave con Adara del que estoy profundamente arrepentido.

Las palabras con las que pedía perdón provocaron que Donate volviera la mirada y viera su gesto compungido, nada habitual en él. Giró su silla para ponerse frente a él y cruzó las piernas.

—Hace años —continuó— tuve una breve relación con ella, estábamos en temas rusos, teníamos problemas en el área, no podíamos contar nada a nuestras parejas y, al final, el hombro amigo en el que lloras se convierte en la vía de escape para relajarte y ser un poco más feliz.

Donate no dijo nada, suponía que la historia no acababa allí. En el servicio ese tipo de relaciones clandestinas se repetían continuamente, las separaciones eran demasiado habituales. Tenía que haber algo más.

—Cuando estás con alguien de la Casa —siguió Pulido—, te sientes liberado, ni se te pasa por la cabeza la posibilidad de que no puedas hablar de todo, de la misma forma que no te desahogas con tu mujer. Con los compañeros no existen tantas trabas y, si además compartes una relación, todo es mucho mejor.

Donate se quedó con la boca abierta, no tanto por la indudable metedura de pata de su compañero, como por el intento de justificarlo. Le dejó terminar.

—Cometí un error, pero solo fue un error, lo podría haber cometido cualquiera.

La mujer se hartó.

—Le desvelaste misiones que ella desconocía, seguro que le hablaste de espías rusos que estabais intentando captar y de agentes nuestros que pensabais infiltrar, y cosas así.

Pulido se quedó con cara de carnero degollado.

—Eres un hijo de puta. Tu pecado no es tan grave como el de Adara, pero igual de pernicioso. Desvelaste información a otro agente, ¡joder!, eso no se puede permitir.

—Lo hacemos todos, seguro que tú también.

—Yo nunca lo he hecho —dijo gritando y tensando los músculos de los brazos—, sé lo que es el secretismo, por eso el servicio está compartimentado, por eso cada uno tenemos un nivel de acceso a la información, incluso dentro de la misma área.

—Me equivoqué, lo siento.

—También Adara se equivocó y la han castigado. Por eso no querías que la investigaran a fondo. No por ella, por ti. Y no solo porque le desvelaras secretos que pudo haber pasado a los espías rusos: llevas toda la vida contándoselos ilegalmente a compañeros y esos compañeros contándotelos a ti. Habías dado por seguro que no pasaba nada y ahora te has dado cuenta de tu error, de tu puto error.

—Adara nunca vendió información a los rusos, estoy seguro.

—No lo estás.

—Tú tampoco de que lo hiciera.

—Pero acabo de descubrir algo que no hemos tenido en cuenta, que tú sabías desde hace tiempo: esta casa no sabe guardar secretos, seguro que hay bastantes agentes que cuando salen a tomar copas con otros agentes hablan de su trabajo sin tapujos. Mencionan datos, dan nombres…

—¿Por qué vamos a desconfiar de amigos que conocemos de toda la vida? Amigos que han pasado los mismos controles de seguridad que tú.

—Y, ¿por qué vas a desconfiar de la mujer con la que te acuestas?

—Ya te he dicho que me equivoqué, me he disculpado.

—Ahora, ¿qué hacemos? Cualquiera puede ser el agente doble.

—No es tan fácil. Hay que estar en los sitios, ver los documentos. Además, Villar ha quitado todos los límites al campo de investigación. Cualquiera del área de Rusia va a estar bajo nuestra lupa. Ya no es imprescindible haber tenido contacto directo con las operaciones que llegaron a los rusos.

—Albergué por un momento la sensación de que podías llegar a caerme bien. Por suerte te terminaste comportando como lo que eres: un cabrón capaz de cualquier cosa. No te importó utilizar tu amistad para mantener callado a Daniel, ha sido tu amigo durante mucho tiempo, hoy todavía lo es, ya veremos mañana. Con oficiales de inteligencia como tú, este servicio nunca llegará a nada.

53

—Le encontré por casualidad, Nacho desconocía que había quedado con una amiga empeñada en ir a una peluquería en el paseo de San Francisco de Sales, donde te dan las mejores mechas de Madrid. Soy catalana, saben —explicó sonriendo con su marcado acento de Lérida—, llevaba solo unos pocos años en Madrid, y mi amiga, que es de aquí, se lo conoce todo. Al principio yo no quería ir, pensaba que sería muy caro y en casa estábamos pasando una racha que íbamos justitos, entonces ella se empeñó en invitarme. El hecho es que yo iba hacia la peluquería, recuerdo que había aparcado el coche en la calle Julián Romea, cuando en la acera de enfrente vi a Nacho. Estaba parado en la puerta del Vips, parecía estar esperando a alguien. No le dije nada, seguí andando para cruzar por un paso de cebra que había un poco más adelante y darle una sorpresa De repente, lo que creí ver me dejó helada, no era posible, incluso dudé de que fuera mi marido, aunque sin duda era él, llevaba la ropa que le había escogido, como hago cada mañana. Él no me vio porque solo tenía ojos para una chica que se aproximaba por el otro lado, le hizo un gesto con la cabeza y, en lugar de esperarla, se metió en el Vips. La chica rubia, muy alta, una piel blanquísima, cara de eslava, tardó apenas unos segundos en ir detrás de él.

Donate y De la Nieta estaban escuchando la narración de Montse en el mismo local donde ocurrió la escena unos años atrás. Habían leído su declaración en un informe firmado por un miembro del Servicio de Seguridad. Decidieron escucharla personalmente y a la policía se le ocurrió la idea de quedar con ella en el lugar donde pasó todo. Llegaron un rato antes, buscaron una mesa y no tardaron en verla aparecer con un vestido elegante, un bolso de marca y un peinado de peluquería. Estaba sorprendida de que la hubieran vuelto a llamar cuando ya había contado los hechos ante el jefe de su marido y, de nuevo, ante la agente que hizo una investigación. Ellos le animaron a repetirla porque habían reabierto el caso, eso sí, le pidieron que no lo comentara con su marido. Se lo prometió encantada, le parecía una gran idea.

—Dudé si me había equivocado, quizás Nacho no la miraba a ella. Aproveché que no pasaban coches, crucé un poco a lo loco y me aproximé a la puerta de cristal del local. Ustedes me entenderán: no podía imaginar a mi marido engañándome, me sentía descompuesta. Estaba decidida a montarle un pollo de narices, aunque me encontré con algo desconcertante. Desde la calle vi a Nacho en la tienda del local mirando libros y a ella alejada, en otro lado, donde los productos de comida, de esos que te puedes llevar para regalar. Pensé, quizás no se conocen. Pasaron, diría yo, cinco minutos y mi marido se dirigió a la cafetería, yo entré en el establecimiento y de lejos le vi sentado al fondo del local leyendo un periódico, justo allí —señaló la zona más alejada—. Se había quitado la cazadora y la tenía colocada junto a él, en el banco corrido pegado a la pared. Encima había colocado un libro que ya llevaba cuando estaba en la calle, seguro que no lo había comprado aquí. Se acercó una camarera, le pidió algo y con cierta rapidez tenía una taza de café encima de la mesa. Mientras, la chica joven que había llamado mi atención seguía dando vueltas por la tienda hasta que pasó también a esta zona, se sentó a una mesa junto a la que estaba Nacho, metió la mano por debajo del abrigo que los separaba y él hizo lo mismo. Imagino que durante unos segundos hicieron manitas a escondidas, claro, yo eso no lo podía ver —dijo Montse, poniendo énfasis en que su narración estaba ajustada a la realidad—, y luego actuaron como si no se conocieran. Al rato, ella se levantó y cogió el libro que estaba sobre la cazadora de mi marido. Para ser exactos, no me percaté de ese detalle hasta un momento después, cuando vino hacia donde yo estaba, me puse nerviosa y no pude evitar tropezarme con ella y se le cayó el libro. Por suerte, Nacho no podía contemplar la escena desde donde estaba sentado. Me disculpé por mi despiste ante la chica, mucho más joven que mi marido, y me contestó que no pasaba nada con acento ruso. —Se paró un momento y concluyó tajante—. Les aseguro que era ruso.

Donate y De la Nieta la sometieron a un interrogatorio liviano, su testimonio había sido suficientemente revelador respecto a la denuncia que formuló, por iniciativa propia, sobre el encuentro clandestino de su marido, Nacho Rey, con una agente de la embajada rusa. Había pasado mucho tiempo y su relato pormenorizado hablaba de su buena memoria. Regresaron a la base, casi sin intercambiar comentarios entre ellos, donde los esperaba Pulido.

—Es una gran actriz, ha mejorado con el tiempo —respondió De la Nieta—. Para darle más credibilidad a su relato original, ha añadido detalles de ambiente que no incluyó en sus primeras declaraciones ante nuestros compañeros.

—En la investigación de seguridad posterior, quedó demostrado que Rey llevaba desde tiempo antes una vida de crápula —siguió Donate—, unas cuantas mujeres ratificaron haber estado con él y recordaron a su esposa controladora llamándole continuamente.

—Ya antes, le había seguido y en una ocasión le montó un pollo en un bar, escena ratificada por un camarero, que recordaba perfectamente aquella bronca.

—Montse no menciona para nada que ya estaban haciendo vidas separadas —siguió la policía—, deberías haberla visto, Javier, es genial cómo explica que cada mañana le elige la ropa, ¡a un sargento del Ejército!

—He leído en el expediente —intervino Pulido— que le mostraron fotos de personal de la embajada y de otras mujeres vinculadas a los rusos, pero no reconoció a la agente con la que mantenía una relación.

—Rey siempre negó haber tenido una novia rusa —añadió De la Nieta—, pasó por el polígrafo y dieron su respuesta por buena sin ningún reparo.

—Lo más duro del caso —dijo Donate—, al menos a mí me lo parece, es que los dos siguen viviendo juntos, entiendo que por el niño y porque separados vivirían peor. Manda narices que ella intentara acabar con su carrera inventándose que era un agente doble.

—Menos mal que no lo hizo bien —añadió De la Nieta— y la investigación de mi gente de seguridad le salvó.

—Lo que no entiendo —dijo Pulido, disgustado— es que estemos dedicando nuestro tiempo a volver a examinar estos casos que ya estaban clarísimos y cerradísimos.

—Sí, lo entiendes —le corrigió la policía.

Donate recapituló cuál era su situación. En unos meses cumplirían dos años del inicio de una búsqueda que les había conducido a varios destinos y ninguno acertado. Se habían colado en las vidas de centenares de compañeros sin su permiso, no para echar una ojeada, sino para arramplar con los detalles más sórdidos y descubrir si sus debilidades, manías, vicios u obsesiones los habían conducido a convertirse en topos. Por suerte, la inmensa mayoría de ellos no tenía ni idea del viaje que los tres habían hecho por sus secretos más íntimos. Cuando en el futuro se cruzasen por los pasillos, jamás mencionarían lo que sabían de ellos, más por vergüenza que por otra cosa. Por errores cometidos por agentes en el pasado, que ellos habían desenterrado, que no habría pasado nada porque hubieran seguido ocultos, el servicio había abierto algunos expedientes sancionadores.

La policía también recordó que habían metido las narices en el incidente de la supuesta novia rusa de Nacho Rey, un caso cerrado, porque se habían quedado sin hilos de los que tirar. Tras una reunión con Villar, habían recurrido a echar una nueva mirada, supuestamente más imaginativa, a sucesos carentes de trascendencia en su momento. Era un recurso desesperado, el último, que al principio acometieron con ánimo, pero ya no se dejaban engatusar: no los llevaba a ningún sitio.

De la Nieta escuchaba con atención las palabras de Donate, en la que últimamente pensaba más como su compañera Valvanera que como Milady de Winter. Estaban desesperados, era cierto, pero ella y Javier más. Cuando peor se llevaban, cuando se habían tirado a la cabeza todos los trastos, cuando ya no se podían soportar, de repente descubrió, por casualidad, que los dos habían iniciado una relación, sin duda impulsada por la necesidad de hacer frente juntos a la ansiedad por los fracasos continuos en la búsqueda del renegado que tan bien se escondía. Se enteró una noche cuando le telefoneó Concha, la esposa de Javier.

—Hola, Daniel, perdona que te moleste. ¿Puedes darme la dirección del hotel de Barcelona donde hoy se queda Javi?

—Perdona, no te entiendo.

—Perdona tú, sé que no debería saberlo, pero a Javi le gusta que me quede tranquila y me ha contado que se le había complicado el trabajo y no le daba tiempo para regresar a casa. No le cuentes que te lo he dicho, sé que no debería habérmelo contado.

—Tranquila, no se lo comentaré. —Entendió perfectamente el lío en el que le acababa de meter, aunque al mismo tiempo había recibido una información que su amigo nunca descubriría que sabía—. Mándale un mensaje por el teléfono, seguro que puede leerlo, y si no está ocupado, te contestará.

Al día siguiente, Valvanera apareció un poco más tarde de lo habitual y Javier, a los cinco minutos. Supo que habían tenido una noche intensa y habían solucionado el problema de la tensión sexual no resuelta y el del estrés acumulado. Los tres se habían convertido en los guardianes de la moral del servicio, daban lecciones de integridad y de cumplimiento de las normas y, cuando les interesaba, eran los primeros en saltárselas.

Estar tan cerca del descalabro había afectado a su moral. Iban deambulando por la vida, simulando que estaban a punto de encontrar una solución. Cuando se enfrentaban a la realidad, contemplaban el precipicio al que les tirarían si no se producía un milagro y evitaban que el traidor siguiera campando a sus anchas. Antes o después, el fracaso los llevaría al despido o al ostracismo, y pondrían a buscar a otros.

* * *

Las relaciones entre el director Cortés y el director de Inteligencia Villar habían ido enfriándose con el paso de los meses hasta basarse exclusivamente en la utilidad. Villar era muy bueno en su trabajo y ejecutaba con cierta calidad y garantía el día a día. Cortés había aprendido los manejos del servicio de inteligencia, conocido con detalle al personal, interiorizado el funcionamiento del mundo del espionaje y empezado a aplicar sus propios criterios de actuación, distantes de los de Villar. Le veía como alguien resolutivo y experto, pero un freno a sus planes de futuro. Quería dar más poder y libertad de actuación a las unidades operativas en detrimento del control que ejercían sobre ellos los oficiales de inteligencia, justamente lo contrario de lo que defendía Villar con uñas y dientes.

Todavía no podía prescindir de él. Las razones eran varias, una de ellas residía en la caza del traidor. Cesar a Villar en ese momento supondría renunciar al directivo que llevaba cerca de dos años dirigiendo la indagación y recibiendo la inmensa mayoría de las quejas de servicios aliados, especialmente Gran Bretaña y Estados Unidos.

Habían celebrado una junta de dirección y al finalizar le pidió que le acompañara a su despacho. El tiempo pasaba sin resultados, estaba convencido de que los mosqueteros estaban bloqueados.

—No tengo noticias que darte —le contestó Villar—, están revisando todos los casos que no habíamos tenido en cuenta en un primer momento, eso lleva su tiempo.

—Los dos sabemos que no tienen nada y, lo que es peor, no vamos a conseguirlo por este camino. Scarlett, el director del MI6, me llamó ayer, quieren vengarse de los rusos por el caso Skripal y necesitan cuanto antes que encontremos algo.

—¡Que se jodan!, lo nuestro es peor, tenemos un boquete que cada día se hace más grande. Los ingleses nos lo están haciendo pagar, en cuanto les pedimos algo relacionado con Rusia nos bloquean la información porque, dicen, no somos un servicio seguro.

—Haz algo Manuel, actúa, no podemos soportar más esta situación.

*   *   *

Por primera vez en muchos años, la cena de ese mes la trasladaron a un restaurante de Pozuelo que contaba con un comedor apartado del resto del local. Hicieron la reserva para un jueves, a nombre del inventado señor Gómez. Lo único que no se atrevieron a modificar fue el menú de cordero y ensalada. Nacho Rey tuvo la iniciativa y utilizó mensajes escritos con bolígrafo en trozos de papel y los entregó con discreción de mano a mano. Juanma, el antiguo jefe del área, Ladis y Ana no necesitaban contestar. La reunión se iba a celebrar sí o sí, a la misma hora de siempre, en el nuevo sitio y la asistencia era inexcusable.

Los cuatro amigos no tardaron en invitar a Nacho a explicar el motivo de haber convertido la reunión en aún más oculta. Les comentó que una mujer y un hombre habían interrogado «a mi amada Montse» sobre la denuncia que presentó contra él años antes. Los tres se quedaron helados, Juanma más que todos.

—El expediente se cerró, estoy seguro porque yo lo puse en marcha. No solo tú, Nacho, vosotros, Ladis y Ana, también sabéis, porque lo hablamos un día, que Montse me lo contó todo y pedí al Servicio de Seguridad una investigación en profundidad; era lo mejor para cerrar bien el caso.

—Lo habrán reabierto —intervino Ladis—, no deben dar con el topo. Fracasaron con Ana y ahora van a por ti, Nacho. Dentro de poco a por mí y terminarán con Juanma.

—Deben estar muy desesperados para reabrir algo tan putrefacto como lo de Montse —siguió Juanma—, los de seguridad no tuvieron la mínima duda de su deseo de venganza.

—Mi interrogatorio fue muy desagradable —dijo Ana con amargura—. Que te acusen injustamente de trabajar para el enemigo es lo peor. Aparece alguien empeñado en arruinarte la vida simplemente por errores que cometiste en el pasado, sin conexión con ese rollo. Te aplastan con un rodillo, te amargan la vida y como si nada; «es mi trabajo», dicen los cabrones.

—Ya sabéis que Adara Trelles ha sido sancionada con dureza —dijo Juanma—. Me cuentan que también tiene que ver con lo de Rusia.

—Si ella fuera el topo, la habrían enviado a prisión —matizó Ana—, los de seguridad no perdonan.

—¿De verdad creéis que alguno de nuestros compañeros puede ser un agente doble? —preguntó Ladis.

Los otros tres se miraron, dudaron y Juanma contestó:

—Si hay un topo, sin duda le conocemos, pero es muy difícil identificarlo. Os acordáis cuando mantuvimos la discusión con Beto, nosotros sosteníamos que nunca habíamos tenido uno porque nuestras medidas de seguridad eran muy buenas. Él sostenía lo contrario. Fijaros como cambian las películas: él tenía razón.

—Todavía no lo han descubierto —añadió Ana—, quizás no exista y se lo han inventado.

—Dos de nosotros ya hemos sido investigados —concluyó Nacho—, a ver quién es el siguiente.

54

La frialdad y el mal genio de Tatiana Morozov eran famosos entre sus compañeros del SVR destinados en la Embajada rusa en Madrid. El Servicio de Inteligencia Exterior era el principal responsable de llevar a cabo en suelo español las operaciones necesarias para recolectar información. No era tan famoso ni tan agresivo como el militar GRU, del que no se sentían compañeros, más bien rivales. A sus treinta y cinco años, Morozov ejercía como miembro de la agregaduría cultural, lo que le abría un abanico de posibilidades para moverse por suelo español, con cierta justificación, para relacionarse con el variado mundo de las artes.

Tres meses antes, estuvo presente en el cóctel de la delegación china posterior a la presentación de un espectáculo artístico, organizado para conmemorar el aniversario del establecimiento de relaciones con España. Le acompañó su esposo, siempre dispuesto a ayudarla a ofrecer un aspecto menos agresivo y no parecer una espía a punto de cazar a su presa. Si alguien tan fiel al régimen como Mijail, hijo de un coronel laureado de la aviación rusa, descubriera que esa tarde estaba dando cobertura a una colaboradora del espionaje francés, no habría dudado en denunciarla al embajador, por mucho que la quisiera y estuviera disfrutando de su estancia en Madrid.

Como desconocía la doble cara de su esposa, la noche anterior, abrazados desnudos, tras una apasionada sesión amorosa, escuchó, entre divertido y sorprendido, su propuesta para el día siguiente.

—Me encantaría que me ayudaras —le planteó mientras tenía apoyada la cabeza en su pecho.

—En lo que tú quieras, mi amor.

—Mañana tengo un contacto clandestino.

—¿Te aprovechas de lo agotado que me has dejado para pedir algo inconfesable? —dijo sorprendido.

—No digas tonterías, pero sí es inconfesable, al menos nadie en mi trabajo lo puede saber, me echarían.

—Tatiana, me excitan las situaciones de peligro, como a ti, pero a ver si vamos a pasarnos y a acabar en una cárcel española.

—Son más cómodas que las rusas.

—No digas tonterías. Si algo sale mal, se enfadarán. —Mijail verbalizó su preocupación, más allá de que todo fuera uno de sus juegos.

—Todo irá bien si haces exactamente lo que te diga —le tranquilizó Tatiana.

Iba a seguir poniendo pegas, pero ella cambió de postura, se puso encima de él, selló sus labios con un beso intenso y luego le susurró al oído: «Eres lo mejor de mi vida».

Mijail había aceptado la dualidad de su esposa: le daba miedo la espía, convertida en diplomática, despegada y dura en horario laboral, y era dichoso con la esposa cariñosa y ardiente, que regresaba a casa todos los días. Aceptó su propuesta como si fuera el juego de la recompensa: si salía bien, ella se sentiría orgullosa de él y por la noche le abrazaría con la pasión que tanto le enloquecía.

La fiesta multitudinaria en varios salones del mismo teatro permitía un cierto anonimato, aunque Tatiana se las agenció para estar cerca de varios políticos españoles vinculados al mundo cultural. En un momento pactado, se acercó a saludar a un concejal del ayuntamiento y dejó solo a su esposo, que se dirigió al guardarropa para dejar el bolso de su mujer. Se dirigió en inglés a la encargada con la frase aprendida.

—¿Puedo dejarlo? No quiero que me pase como en Burdeos: también me lo dejó mi esposa y me tiré encima una copa de vino rosado.

—No se preocupe, es muy frecuente.

Acabada la fiesta, recogidas sus pertenencias del guardarropa, regresaron a casa. Antes de que su esposo se sintiera liberado de ojos escrutadores y se abalanzara sobre el bolso, Tatiana había extraído una microficha de un compartimento secreto, sin que él lo viera, y esperó a que rebuscara en su interior.

—La nota sigue aquí —dijo decepcionado—, nadie la ha retirado.

—A veces pasa, no te preocupes. Quizás podrías ayudarme otro día.

El mensaje secreto le pedía que indagara sobre un agente del servicio español que estaba pasando información a alguien de la embajada. Cualquier dato que pudiera llevar a su localización sería bien recibido.

No le gustó nada el encargo, tendría que acabar con una fuente que suministraba información útil para su país y traería la consiguiente investigación para detectar si alguien había podido filtrar su identidad. Un nuevo riesgo, a sumar a los muchos que ya corría para obtener lo que quería de los franceses. El dinero que le pagaban merecía mucho la pena, estaba ahorrando para su futuro, para el de Mijail y el de sus hijos, si algún día terminaban llegando. Por cada entrega de información, por cada favor cumplido, le entregaban un sobre con mil euros en efectivo y le ingresaban cinco mil en la cuenta que le habían abierto en Malta.

No la sonaba que un espía español les estuviera pasando información. Nadie se lo había mencionado y nunca le habían pedido que interviniera en alguna operación relacionada, aunque fuera para jugar un papel de liebre y despistar a los pesados agentes españoles que, con frecuencia, los perseguían para conocer sus movimientos. Pasado sin ningún resultado el primer mes de indagaciones prudentes, centró su atención en la sala donde seguro que podría encontrar datos, un lugar al que no debía acercarse mucho para evitar llamar la atención: el archivo del SVR. Empezó a buscar la rutina que mantenía la encargada, a las órdenes directas del jefe de la delegación. El habitáculo estaba en el ala que ocupaba su servicio en el edificio de la embajada, en la calle Velázquez, en el lujoso barrio de El Viso. Sus instalaciones eran mucho más funcionales, austeras y tristes que las de la parte de la misión a la que podían tener acceso los visitantes: espacios amplios, elegantes y ceremoniales, en los que destacaban las pinturas de maestros rusos como Ilia Glazunov.

Tatiana hacía una guardia de veinticuatro horas cada dos semanas. El día que le tocaba, permanecía toda la noche sin compañía en las instalaciones, con la única vigilancia de cámaras que enviaban las señales al cuarto de seguridad instalado fuera de su zona de trabajo.

Si quería cobrar un plus de los franceses por cumplir el encargo, no la quedaba otra opción que entrar en el archivo, buscar si existía el topo español y fotografiar los documentos. La información se guardaba en un disco duro extraíble conectado a un ordenador sin conexión a la red. Descubrir la clave de acceso, solo conocida por la encargada, le pareció una tarea demasiado comprometida que la podía delatar: nadie podía inmiscuirse en temas que no le afectaban. La única alternativa era el archivo documental, guardado en dos torres de metal, con cajones profundos, mucho menos protegidos, cerrados con candados. Allí se conservaban los documentos originales relacionados con operaciones en marcha.

Tardó un par de semanas en inventarse un motivo convincente para que su jefe le aconsejara recurrir al archivo sin que fuera ella quien lo solicitara. Debía pedir por teléfono el papel a la encargada, pero dijo que acudiría personalmente para acelerar el proceso. Quedó como una trabajadora diligente, nada que llamara negativamente la atención.

La visita a la sala más discreta del SVR fue muy instructiva. Tantas amenazas a quien no cumpliera estrictamente las normas, recibidas desde el primer día de academia en Moscú, habían llevado a Tatiana a devanarse los sesos para planificar cómo descubrir la combinación de los candados. Un tiempo desperdiciado. Olga, la responsable, una señora antipática, esposa de un consejero de la embajada, había decidido por su cuenta suprimir la medida de seguridad. Cuando le habló de ese detalle con amabilidad, le contestó que nadie entraba allí y eran un engorro: «Papeluchos inútiles que nadie consulta, usted es la primera que viene este mes».

Tatiana no tenía prisa, conocía el riesgo, era preferible tardar más antes de dar un paso en falso y ser descubierta. Lo había pactado con los franceses: ninguna de sus acciones debía ponerla en peligro y ella no cometería una sola imprudencia que pudiera delatarla. Si conseguía robar documentos referidos al doble agente español, les pediría más dinero de lo habitual, estaba siendo especialmente complicado. Su principal preocupación pasó a ser una cámara colocada en el techo que apuntaba al pasillo, donde en los laterales había varios despachos y, al fondo, la puerta del archivo.

Su frialdad y su fama de agresiva habían creado cierta prevención en una parte de sus compañeros. Un día, tras una reunión, sin el jefe delante, charló con dos, más antiguos que ella en la delegación.

—Hay una cosa que no entiendo, ¿para qué sirve tener una cámara en un pasillo por el que solo pasamos nosotros?

—Los de seguridad —le comentó uno con intención de impresionarla— quieren tener pruebas de dónde estamos cada uno en todo momento, por si algún día pasa algo.

—Se han olvidado —dijo el otro bajando el tono de voz— de que en el lado derecho los despachos están comunicados y se puede pasar de uno a otro sin que se enteren.

Ahora sí que no entendía nada: la seguridad estaba dirigida a los asaltantes procedentes del exterior, que presuntamente desconocerían ese detalle, pero no habían contemplado un ataque desde el interior. ¡Pésima seguridad!

Todo se había vuelto factible. Tatiana no se confió y el primer día que le tocaba guardia llevó a cabo una simulación que sirviera también para testar a los de seguridad, por si estaban mirando las pantallas. A las dos de la madrugada se despidió el último agente, aguardó casi una hora y dio un paseo para comprobar la seguridad, algo inusual que no había hecho nunca. Al llegar al pasillo, se metió en el primer despacho y apretó el interruptor de la luz. En lugar de salir, utilizó la puerta de comunicación dos veces, apagando y encendiendo para que se viera en la grabación y, a la tercera, entró en el archivo dejando iluminado el cuarto anterior. Sacó una pequeña linterna, poca claridad, pero suficiente, se acercó al archivador y abrió el cajón de arriba. La información estaba guardada por el nombre de los casos. Alguno le sonaba, de la mayor parte no tenía ni idea. Cambió sobre la marcha el plan de empezar la búsqueda otro día y se puso manos a la obra. Casi todas estaban vinculadas con España, por lo que se lo tomó con cierta paciencia. Sin sacar del todo las carpetas, miraba el contenido y cuando comprobaba la falta de relación con su objetivo, pasaba a la siguiente. De vez en cuando paraba para escuchar si algo interrumpía el silencio que le acompañaba. A la media hora decidió dejarlo, no porque sus pulsaciones se hubieran acelerado, que seguían a sesenta por minuto, sino porque prefería no correr demasiados riesgos. Salió por la puerta del despacho con la luz encendida, como si siempre hubiera estado allí.

Los días siguientes aguardó en vano algún tipo de reacción de los de seguridad. No hizo nada hasta su siguiente guardia. Confirmó el regreso a casa de todos sus compañeros, dejó pasar una hora y repitió la escenificación, aunque en esta ocasión la luz que dejó encendida fue la del segundo despacho. Siguió leyendo carpetas, partiendo de donde lo había dejado la vez anterior. Concluyó la primera cajonera, pasó a la segunda y se prolongó demasiado tiempo, casi tres cuartos de hora. Tampoco obtuvo resultado y nadie reparó en que su comportamiento hubiera sido extraño. Contaba a su favor con que esas oficinas no eran individuales, había cuatro mesas en cada una y los cajones cerrados con llave sí cumplían las normas. Y, como descubriría más adelante, los de seguridad no se metían en las manías de los agentes del SVR en sus dependencias.

No la apetecía tener que repetir una vez más el asalto al archivo, le daba hasta vergüenza que nadie se hubiera enterado. Con la misma tranquilidad que el primer día, dos semanas después, repitió los pasos y al final se lanzó con avidez a revisar lo que le restaba por ver de la segunda cajonera. Cinco minutos después apareció una carpeta titulada «Operación carta de intenciones». Había bastante documentación, sacó la primera hoja y comenzó a leer buscando claves: «Señor Sokolov: Soy un directivo del Cesid (…) Disposición a colaborar con el servicio y el país al que usted representa (…) Esta misiva tiene como objetivo servir de carta de intenciones (…) Les adjunto varias informaciones que considero importantes para sus intereses (…) Me ofrezco a cesar en el servicio y trabajar para ustedes en otros países (…) La condición previa son 200 000 dólares norteamericanos en efectivo».

Sin duda, era a él a quien buscaban los franceses. Revisó con rapidez el resto de los documentos y fotografió cinco de ellos con su teléfono móvil. Lo dejó todo tal y como se lo había encontrado, y salió con la parsimonia que a muchos espantaba.

Metida en su despacho, leyó con detenimiento los folios de la «Operación carta de intenciones». El agente doble decía llamarse Tiberio, parecía un alias. Por ningún sitio se mencionaba su auténtica identidad ni el seudónimo que le había puesto el SVR, sin duda aparecería en la documentación guardada en el disco duro, que ella no pensaba violar. Aparecían datos de contacto y seguimiento que podían identificarle o, al menos, aproximarle a él. Meditó su táctica: ¿cómo filtrar esa información a los franceses, que antes o después se la pasarían a los españoles, y que no tardarían en dar caza al traidor? Su propia vida dependía de la discreción de los franceses, se había puesto en sus manos, confiaba en ellos y, a pesar de todo, siempre procuraba que nada de lo que les entregaba condujera hasta ella. Desconocía qué podían hacer los españoles con esa documentación, con tal de detener al topo cometerían cualquier imprudencia. Tomó la decisión: borró cuatro de los cinco documentos y solo dejó en su móvil las imágenes de la carta de Tiberio a Sokolov. En su cabeza repitió: «Peter Yakovlevich Sokolov», el anterior jefe del SVR en la embajada, a quien no llegó a conocer. Pertenecía al pasado, no podría haber represalias contra él.

Avisaría a los franceses y les dejaría en el buzón secreto compartido la carta. Cualquier servicio secreto con una buena investigación debería poder detener al traidor. Nadie la descubriría y difícilmente sospecharían de una filtración procedente de la embajada. Estaba a salvo.

55

La carta de Tiberio a Sokolov tardó dos semanas en llegar a Villar, se la entregó en mano el delegado en España de la DGSE, la Dirección General de Seguridad Exterior. El francés no comentó detalles de cómo la habían obtenido y al director de Inteligencia ni se le ocurrió preguntar. Hacía tiempo que, ante la desesperación por no conseguir pistas para identificar al agente doble, se había sincerado lo justo con varios colegas de agencias importantes, que conocían la situación que estaban atravesando, y les solicitó que incluyeran un producto en la «lista de la compra»: si tenéis acceso a agentes rusos, pedidles datos sobre nuestro traidor. Nada en el mundo de los secretos es gratis y estaban dispuestos a devolver la valiosa ayuda cuando así lo solicitara el proveedor de la información.

Tras quedarse solo, leyó con pavor la forma en que uno de sus agentes vendía su alma a cambio de dinero. Analizó el perfil del sujeto con el que seguramente se habría cruzado por los pasillos de esa sede y se dio cuenta de algunos de los graves fallos que habían cometido durante la investigación. Tenía en las manos una copia de la misiva con el ofrecimiento a los rusos y seguía sin poder identificarle. Le pidió a su secretaria que cerrara una reunión urgente con el director y a la vuelta de la comida, las cuatro de la tarde, entró en su despacho.

Cortés no se imaginaba lo que incluía la carpeta que Villar llevaba en la mano. Sus preocupaciones eran otras, tan importantes como controlar la vida de una amante del rey para que la relación no tuviera repercusiones políticas para el país.

—Director —dijo su visita sin poder evitar que se le escapara una sonrisa de satisfacción—, tengo la evidencia que tanto hemos buscado, nos va a llevar hasta el topo.

Cortés reaccionó como un manchego socarrón, mientras le señalaba la silla para que se sentara.

—Después de dos años es tarde para encargar unos fuegos artificiales.

—El hombre de la DGSE me ha traído la carta que el traidor envió al SVR ofreciéndose a colaborar a cambio de 200 000 dólares. Es un cliente sin reserva, no fue captado por los rusos, él mismo se ofreció a venderles nuestros secretos.

Le pasó una copia de la misiva y le contempló mientras la leía. De vez en cuando, paraba, subía un poco la cabeza y sus ojos miraban a Villar con el brillo de la sorpresa. Era una carta tremendamente enervante, sin valores, sin respeto por nada. Hablaba de un tipejo capaz de vender a su madre a cambio de veinte monedas.

—¡Les ofreció el listado completo de agentes de la Casa! —exclamó Cortés asombrado—. ¿Qué tipo de persona machaca a sus compañeros de esta forma? ¿Por qué nos odia tanto? ¿Por qué quería vengarse? ¿Qué le hemos hecho? Nos está haciendo un daño muchísimo mayor del que podíamos imaginar.

—Parece un agente de la contrainteligencia, como suponíamos, destinado en el área de Rusia. Debe ser un directivo, un cualquiera no tiene acceso a la vez a los organigramas, al listado de personal o al plan de seguridad documental.

—¿Cómo damos con él?

—Los mosqueteros no solo tendrán que cambiar su mirada sobre el caso, deberán buscar agentes con acceso a un nivel de información más alto, que serán pocos. Redacta muy bien, con cierto estilo, esa también será una pista.

Villar creía que los franceses habían captado a un agente ruso, él pensaba en la embajada en Madrid, pero no descartaba que viviera en Moscú. En cualquier caso, le recordó al director que por nada del mundo alguien debía sospechar que el documento lo había robado la DGSE. Lo último sería que su fuente pagara las consecuencias.

* * *

El documento subió la moral de los mosqueteros, tras unos meses en los que habían estado perdiendo el tiempo miserablemente importunando a inocentes. Delante de sus ojos aparecieron pistas nuevas: Tiberio, el firmante de la carta, disponía de acceso a información secreta de más alto nivel de lo que imaginaban y su actividad había comenzado entre el 28 de agosto de 2000 y el 3 de octubre de 2003, el tiempo que Sokolov estuvo como consejero de la Embajada de Rusia en España. Un tercer hecho los descolocó y preocupó todavía más: si en un primer contacto había ofrecido esa información, posteriormente podía haberles vendido hasta el corazón del servicio.

Apremiados por el estímulo de reiniciar la caza con el arma recién llegada, retomaron el listado original de agentes de la División de Contrainteligencia, lo limitaron a los que conocían los intereses rusos y tacharon a los que no podían tener acceso a la documentación restringida sobre el servicio, de un valor incalculable, que el traidor ofrecía sobre organigramas, claves internas o delegaciones en el exterior. Quedaron muy pocos, todos directivos y mandos.

—Le estoy dando vueltas a la carta —dijo Donate haciendo frente al nuevo desafío—, creo que debemos contemplar una alternativa: el topo puede carecer de acceso directo a toda esa información.

—¿Planteas que lo hubiera robado todo? —preguntó De la Nieta—. Es una tarea sumamente difícil, exige tener llegada a muchos departamentos, complicado si no eres un alto jefe, y después tienes que robarla, aún más complicado.

—No es imposible.

—También existe otra posibilidad —añadió Pulido—, que no fuera un solo agente doble, sino dos o más, de distintas áreas, que se hubieran unido para cometer la fechoría.

—Esperemos que no —dijo De la Nieta echándose las manos a la cabeza—. Si sospecharan que estábamos a punto de pillarles y se largaran a Rusia, los titulares de los periódicos serían demoledores: tres topos del CNI huyen tras años de robar secretos de Estado, estuvieron dos años buscándolos y tres ineptos no los encontraron.

—Hay un elemento destacado que nos abre una nueva vía —siguió Donate—: el estilo personal del mensaje a Sokolov. Villar tiene razón, muestra a un agente listo, con una cultura densa, seguridad en sí mismo y sumamente inteligente.

—No tiene sentido que hubiera modificado su manera de redactar —remató De la Nieta—, nunca pensaría que el texto podría llegar a manos de la Casa.

Les surgieron nuevas preguntas: ¿habría alguien en el servicio que pudiera vincular esos datos sobre su personalidad, su forma de ser y la manera culta de expresarse, a un agente con experiencia en temas rusos y acceso a informaciones de otras áreas? Decidieron hacer una prospección y charlar con mandos que habían trabajado en esas parcelas. Confeccionaron una pequeña lista y a los tres primeros los convocaron de urgencia para el día siguiente. Sin tiempo para acondicionar la discreta base de los interrogatorios, eligieron una sala de recibir que estaba en la entrada de la sede central.

El primero con el que hablaron fue Juanma Landa, el que fuera jefe de la contrainteligencia rusa. Le entrevistaron Donate y Pulido sin agresividad, contándole abiertamente que buscaban un topo, pues imaginaban que, con el tiempo que había pasado, habría mucha gente que conocería sus pesquisas y él sería uno de ellos.

—Les agradezco la sinceridad, no es que en esta casa se sepa todo, es que es imposible ocultar una cacería que debe durar ya mucho tiempo.

—Nos hemos visto obligados a investigar a mucha gente —dijo Pulido sin entrar a discutir el uso para la ocasión del término cacería—, pero usted nunca ha estado en la lista.

—Imagino que mi vida les ha resultado aburrida, mis cuentas corrientes insignificantes y mi rutina familiar soporíferamente feliz.

—Algo así —dijo Donate con sequedad—. Cada uno hacemos nuestro trabajo lo mejor que sabemos, lo que no quita que haya habido daños colaterales.

—Seguro que no me han hecho venir para justificarse —señaló Juanma, cortando la conversación en un tono borde, del que se arrepintió al momento.

Pulido le habló del agente doble, del tremendo daño que estaba haciendo. Le explicó, utilizando medias verdades, que no tenían claro si le habían captado los rusos o si se había ofrecido a cambio de dinero. Que para llevar varios años engañando a todos los que le rodeaban, había que tener los nervios templados y ser avispado e inteligente. En ese momento, les gustaría escuchar lo que alguien como él opinaba, un jefe que había estado en contacto con muchos protagonistas de la lucha contra los rusos.

El discurso de Juanma fue templado, nunca creyó que entre su gente pudiera surgir un traidor, le parecía el peor comportamiento que podía mantener una persona y desde que corrieron rumores de que había un topo, le dio vueltas a quién podría ser. Sentía no poder ayudarles, «no he encontrado ni una sola persona que encajara en el perfil». Quizás se debía a que, mientras estuvo en el área de Rusia, siempre tuvo la certeza de que ellos eran distintos a otros servicios de inteligencia y su idiosincrasia hacía que la gente no traicionara a España y a la Casa por dinero o venganza.

—Un día discutí con un compañero del Departamento de Doctrina y hasta apostamos sobre si era posible o no que tuviéramos un topo. Hoy, él habría ganado.

—¿Por qué consideraba su compañero que era posible que pudiera haber un agente doble entre nosotros? —preguntó perspicaz Donate.

—Es uno de los tipos más listos que he conocido, pena que dejara el servicio. Leía mucho, le gustaban los libros de espionaje, defendía que los agentes dobles podían darse en cualquier parte, había estudiado su comportamiento. Me ofrecía mil argumentos, pero, inocente de mí, yo creía en nuestros valores.

—¿A qué se dedicaba?

—Era experto en captación de fuentes humanas, especializado en la adquisición inconsciente, lo que él hizo durante muchos años. Elaboró una monografía sobre el tema para la secretaria general, debe estar por ahí. Fue uno de nuestros mejores hombres sobre el terreno.

Un agente listo que se relacionaba con gente del área de Rusia sin ser su competencia. Al salir del encuentro, Donate miró fijamente a Pulido y este supo perfectamente el motivo. Igual que él se había ido de la lengua con Trelles y otras personas, desvelándoles información, quizás el agente doble se había aprovechado de ese gran error metido como un virus dentro del ADN del servicio.

Ordenaron buscar con urgencia la monografía. Unas horas después, un motorista se la llevó a la base y se lanzaron a leerla: mismo estilo, misma solvencia. También pidieron su expediente del servicio. De sus bocas solo salieron expresiones como ¡madre mía!, ¡Dios santo!, o ¡la madre que le parió! Ninguno de los tres albergó la mínima duda. Alberto Romero era el traidor. Tocaba demostrarlo, una tarea peliaguda.

56

Durante los dos últimos años, Cortés y Villar habían permanecido parapetados entre las bambalinas de la investigación fantaseando sobre cómo jugarían su papel estelar cuando pillaran al traidor. Había llegado el momento de cobrar el protagonismo que exigía la resolución de una situación extremadamente delicada.

Villar pensaba mover sus cartas con astucia para conseguir el control final de lo que se les venía encima y evitar sorpresas desagradables que estropearan el éxito tan buscado. Era imprescindible actuar con decisión en la búsqueda de pruebas y con prudencia para armar una causa judicial sólida que garantizara una larga condena a ese agente que había violado su juramento de lealtad al servicio secreto. En la resolución debían ser muy agresivos, sin compasión: todos los integrantes de la Casa debían recibir una lección ejemplarizante.

Cortés había estado sometido a la presión de otros servicios, que había crecido en los últimos meses. Solo le había confesado sus inquietudes al ministro de Defensa, su jefe en el Gobierno, quien le exigió una conclusión rápida y discreta para no levantarse una mañana con la desagradable noticia de que tenían un topo y desconocían su identidad. «Necesitas explicar su detención —le recomendó—, tienes que pasar a la historia como el director que dio caza a un agente doble de los rusos». A partir de ese momento, participaría activamente en la conclusión del caso.

Villar sabía que el momento exigía un cambio de táctica. No era lo mismo utilizar las técnicas de investigación especiales cuando eran exclusivamente de uso interno y carecían de repercusión en el exterior, como habían hecho hasta ese momento, que manejarlas contra un ex agente al que pretendían llevar ante un juez para que lo metiera en la cárcel y, si era posible, tirara la llave por un desagüe. Se iban a mover por lo que en el mundo civil consideraban la línea que separa lo legal de lo ilegal y era de vital importancia que, a ojos de la Justicia y de la opinión pública que iba a estar pendiente, cumplieran escrupulosamente la ley o, al menos, lo pareciera. El servicio estaba por encima de todo, el país era lo más importante, y ese cabrón, pensaba Villar, debía quedar aniquilado públicamente.

La baraja estaba en manos de Cortés, él repartiría juego, tomaría las decisiones y, en última instancia, decidiría. Pero él marcaría los pasos a dar que debían llevar en volandas a Alberto Romero a ser detenido, juzgado y condenado. Los mosqueteros perderían su limitado poder de decisión, pero seguirían siendo la fuerza de choque. Habían empezado como un equipo de tres soldados enfrentados por sus fuertes personalidades y habían acabado con Donate y Pulido convertidos en festejantes. Se lo había contado De la Nieta, su infiltrado en el equipo, el que le había estado relatando todo el tiempo las interioridades.

—Desde este momento —le ordenó—, quiero una copia en mi ordenador de los resultados de cada informe que pidáis, en el mismo momento que os llegue. Nada se hará sin mi consentimiento.

Villar empezó a leer la hoja de servicios de Alberto Romero con fruición en el momento que sonó el teléfono; era su secretaria. Le pidió que nadie le molestara en varias horas, quería concentrarse en la vida del topo, desentrañar las claves de su actuación. Con un bolígrafo rojo en la mano subrayó asturiano, huérfano, Guardia Civil y cuartel de Intxaurrondo. Unas líneas más abajo, encontró la primera clave del personaje: en San Sebastián destacó en las labores de información, uno de sus mandos alertó al servicio de sus dotes y lo captaron porque necesitaban introducirse en el mundo político vasco por su relación con el terrorismo. Leyó los informes anuales de Espadas, su mando directo, y entendió algo con rapidez: era un agente curtido en captación de fuentes humanas. Carecía de estudios universitarios, no era ni siquiera sargento, pero Espadas le consideraba insustituible.

Le encargaron infiltrarse en el Centro de Investigación de Conflictos, una organización especializada en la mediación. Su valía y humanidad impresionó tanto a Quiroga, el director, que le convirtió en su segundo. Beto, como le llamaban, consiguió una cantidad ingente de información sobre los contactos con ETA, y exprimió también a Herri Batasuna y a otros partidos vascos, incluido el PNV. La misión fue un rotundo éxito con un final inesperado y desagradable: un libro desveló que la agencia de noticias que le servía de tapadera pertenecía a la Casa y tuvieron que extraerle precipitadamente. Una suerte disponer de un agente tan avezado, pensó Villar. ¿Cómo pudo torcerse? ¿Cómo el servicio no se dio cuenta de su valía? ¿Por qué dejamos que se perdiera para la causa?

Su regreso a Madrid, siguió leyendo, provocó varios informes de sus nuevos mandos, denunciando su postura inconformista: no estaba satisfecho con el trabajo encargado y no paraba de quejarse. ¿Cómo no iba a estar molesto?, dedujo, un tío que ha demostrado ser tan bueno en labores de campo y lo encerramos en un despacho para hacer trabajo burocrático.

Finalmente, le encontraron un destino en Perú, allí se amoldó con rapidez y el agregado del servicio le encargó infiltrarse en Perú Posible, el partido de Alejandro Toledo. La narración de los siguientes meses dejó a Villar de nuevo gratamente sorprendido: consiguió infiltrarse en el núcleo duro de Toledo y se convirtió en un asesor importante de su campaña electoral para la presidencia. Llegó, otra vez, más lejos de lo que nadie hubiera imaginado. Y cuando lo había conseguido, le ocurrió algo parecido a lo del País Vasco: su tapadera era endeble, un periodista sospechó de él y tuvo fácil identificarle al estar destinado en la Embajada española y trabajar como adjunto al delegado del servicio. Se armó un gran revuelo, eso lo recordaba, tuvo que regresar a España, pero su jefe en Lima hizo un informe alabando su trabajo de altísima calidad.

Villar empezaba a entender lo que había motivado la traición de Beto y se imaginó el siguiente capítulo. Era previsible, aunque nadie lo detectó, que la necesidad imperiosa de permanecer un tiempo escondido, desaparecido, en la sede central, en el congelador, le quemara, le desquiciara, se viera infravalorado. A un tipo tan listo no le puedes dar tantas horas de holganza porque piensa y surgen ideas: si su servicio no le valora adecuadamente, quizás otros lo hagan. Es el germen de la traición. El Departamento de Doctrina le dejó muchas horas libres y las llenó utilizando sus habilidades interpersonales para hacerse amigo de los agentes de la contrainteligencia rusa y conseguir que le destinaran allí para ejecutar su venganza contra la Casa.

En ese tiempo, aparecieron incongruencias en un tipo de carácter estable, independiente, no rebelde, a veces demasiado parlanchín, según habían escrito algunos mandos que le trataron. Le abrieron un expediente disciplinario por un suceso ocurrido en un control de carretera de la Policía Local en Valencia. A veces los agentes hacen tonterías, pensó Villar, como consecuencia de esa situación contestataria.

Cerca del final, descubrió un boquete en la historia. Romero consiguió ir a la ansiada área de Rusia, un destino plagado de secretos que le pagarían a buen precio, pero a los pocos días pidió la baja. Villar rebuscó en el informe y releyó hasta dar con la respuesta: Romero no quiso que el Servicio de Seguridad le investigara por si descubría que trabajaba para los rusos. Tenía sentido: abandonó para limpiar sus huellas, seguir en el anonimato y trabajar con más libertad para ellos. Nadie se percató de lo que pasaba: un agente insatisfecho que no sabían dónde colocar, ni qué hacer con él, comete una infracción de la que podía haber salido con una sanción mediana, opta por largarse para evitar que le investiguen y le abren la puerta de salida de par en par.

Terminada la lectura, firmó un escrito en el que ordenaba buscar las huellas que hubiera sobre las actividades de Alberto Romero en registros públicos y privados y se lo envió a De la Nieta para que se lo hiciera llegar al Servicio de Seguridad. Especificaba la máxima urgencia, una forma de conminarles a dejar lo que estaban haciendo y dedicarse al tema.

El primero en aparecer fue el informe del perito caligráfico del servicio. Le habían enviado para analizar la carta a Sokolov conseguida por el espionaje francés y la monografía sobre fuentes inconscientes. El estudio de autoría determinó que los dos documentos habían sido escritos por la misma persona en un porcentaje cercano al 90 %. Los mosqueteros lo celebraron más que Villar: los primeros necesitaban más pruebas contrastadas para mantener la fe, mientras el director de Inteligencia estaba convencido de su culpabilidad y solo le restaba disponer de los elementos probatorios necesarios para cerrar el caso.

Varios informes tardaron en llegarles apenas un par de días. El de la cuenta corriente de Romero, abierta en un banco vasco mientras estuvo destinado en San Sebastián, reflejaba los movimientos históricos. El agente del Servicio de Seguridad le había pedido a su contacto en una sucursal importante «todos los movimientos de su cuenta desde Adán y Eva» y este había hecho el trabajo en unos minutos, sin preguntar los motivos de la investigación, sin remordimientos, pues estaba haciendo un servicio al país, y sin olvidar que al día siguiente se encontraría, en el buzón de casa, un sobre con un fajo de billetes.

El primer vistazo a tantos años de movimientos bancarios demostraba que el investigado había vivido siempre de su sueldo, no había ingresos sospechosos en ningún momento. Era la economía habitual de un guardia civil, que por estar destinado en la Casa había aumentado su sueldo y más aún cuando estuvo viviendo en Perú. Lo que les llamó la atención fue que tras solicitar su baja voluntaria en 2004, no aparecía el cobro de ninguna actividad y que teniendo en cuenta sus limitados ahorros, su cuenta se había quedado prácticamente paralizada.

No tardaron mucho en encontrar una justificación que aunara su falta de ingresos en los últimos tres años y que hubiera seguido viviendo con normalidad. En el registro civil aparecía que había contraído matrimonio en 2006 con una mujer canaria.

Las declaraciones de la renta aportaron información útil. Encontraron su domicilio actual en el Puerto de la Cruz, una ciudad perteneciente a la isla de Tenerife. En la ingente cantidad de datos que les facilitó el colaborador del Ministerio de Hacienda, en este caso a cambio de un sueldo mensual que llevaba años cobrando, aparecían todas sus declaraciones de la renta, pero también un dato novedoso: una señora de Valencia declaraba ingresos por haberle alquilado su segunda vivienda al investigado. El acuerdo entre ambos se firmó cuando Beto estaba destinado en Madrid.

57

A los pocos días de haber comenzado a indagar en la vida de Romero, Villar les anunció a los mosqueteros una reunión en su base. La mesa de comedor fue, como otras veces, el lugar del encuentro. Momentos antes, retiraron sus ordenadores a un cuarto interior en el que también habían conseguido que les pusieran una estantería para carpetas y papeles. La cabecera la ocupó Villar, con los gemelos a un lado, y Valvanera de Winter en el otro.

—¿En qué momento estamos? —preguntó sin rodeos el director de Inteligencia.

—Todos los datos le señalan —dijo De la Nieta—, es el amargado de libro que quiere vengarse de un servicio que no reconoce lo mucho que vale y, además, se saca un dinerito.

—Cosechó grandes éxitos en el País Vasco y Lima, pero no digirió que terminaran mal. Al regresar a la sede central, si no tenía estudios, no podía cumplir misiones para las que no estaba preparado. —Pulido se identificaba plenamente con la que suponía la postura del servicio—. No debía ser buen estudiante, pero eso no es culpa nuestra. Ni siquiera intentó hacerse suboficial.

—No le dio tiempo —matizó Donate—, le captaron cuando era un guardia civil muy joven. Nunca imaginó que tras haber demostrado lo bueno que era, no le iban a dar responsabilidades mayores por no haber hecho una carrera.

—Descubierto —Pulido no prestó atención a los comentarios de su amiga íntima—, con sus fotos circulando por la prensa, no le pudimos dar otro destino en la calle, eso es comprensible. Fuera de ese trabajo, no era nadie, no estaba capacitado.

—Defiendes —dijo la policía tranquila, pero con dureza— que en la planificación de las operaciones no tienen nada que aportar los agentes que conocen sobradamente lo que va a pasar en cada momento, que saben la reacción de los malos, que han sido capaces de solucionar sobre la marcha las grandes incógnitas de una misión. Nos estás contando que los oficiales de inteligencia que siguen las misiones por fotos y audios, y todo lo que saben de táctica y estrategia es por la lectura de libros, lo hacen mucho mejor. ¿Eso es lo que piensas?

—Está bien —zanjó la disputa Villar—, lo que se hizo bien o mal será tema de debate otro día. Lo importante es conocer sus motivaciones: se sentía increíblemente bueno, despreciado e infravalorado. ¿Estamos de acuerdo?

—También está el tema del dinero —intervino De la Nieta—, creo que aparece porque tiene que aparecer, nadie capta a un agente doble solo por sus ideas o su malestar, y Beto lo sabía. Estoy seguro de que no le hizo ascos al dinero, lo utilizaría para su vida fuera de aquí, pero lo cobraría en efectivo y no hay forma de seguirle el rastro.

Los cuatro exploraron otro tema que le preocupaba a Villar: ¿había actuado en solitario o había contado con algún tipo de ayuda? Beto solo había estado destinado en temas de Rusia unos pocos días, mucho tiempo después de enviar la carta a Sokolov, en la que hacía un despliegue preocupante de la documentación en su poder. Alguien se la había facilitado o le había ayudado a robarla.

—Tenéis que charlar —ordenó Villar— con todos sus amigos y los que trabajaron cerca de él.

—El único que aparece en el listado de llamadas que nos ha facilitado la compañía telefónica es Ignacio Rey —explicó Pulido—, a día de hoy sigue en contrainteligencia rusa.

—Ya le investigamos, tenemos un dosier sobre él, salió indemne —añadió Donate.

—Volved a él y después a todos los demás con los que se relacionó, tanto tras su regreso de Perú, como en la etapa anterior, más corta, que pasó aquí tras salir del País Vasco. Distribuiros el trabajo como queráis, pero en unos días tenéis que darme noticias. Se acerca el verano, hay que detenerle antes de agosto. Necesitamos saber cómo le llegaba la información.

Los mosqueteros aceptaron la presión. Ese día no pararon hasta concluir un plan intensivo de reuniones con todos los que habían tenido contacto con el investigado. El pretexto sería de nuevo un control aleatorio del Servicio de Seguridad. De la Nieta lo organizó precipitadamente de madrugada, para algo estaba allí destinado y le hacían caso sin formular preguntas inconvenientes.

Para ser más rápidos, decidieron volver a celebrarlas en las estancias situadas en el edificio de seguridad de la entrada trasera de la sede central. Los primeros señalados aparecieron a las ocho de la mañana: al entrar en coche no se les abrió la barrera. Un miembro del Servicio de Seguridad les condujo a las salas de interrogatorio donde les esperaban los mosqueteros. Por la tarde, a la hora de la salida, repitieron la interceptación. Durante tres días, un total de trece hombres y mujeres hablaron sobre su relación con Beto bajo la amenaza de expulsión si comentaban el encuentro. No hizo falta controlar sus teléfonos por si avisaban a su antiguo amigo, la unidad operativa había iniciado ya un control integral de relaciones sobre el investigado y los teléfonos de él, su mujer y sus suegros, todos localizados en Tenerife, habían sido intervenidos. Dos equipos estaban dedicados a investigar sus actividades y seguían cada uno de sus movimientos.

Habían acordado no mencionar en las charlas la palabra Rusia y centrarse en la posibilidad de que Beto se hubiera llevado algún tipo de información, sin especificar cuál. También buscaban perfilar mejor los rasgos del personaje, sus motivaciones, amistades, sueños y capacidades.

Mentir en esas situaciones era desaconsejable. Al servicio no se le ocultaba nada, era la condición para trabajar allí: pillarte implicaba que tenías algo que ocultar. Lo sabían desde el curso de iniciación: la seguridad era trascendental, al igual que la lealtad y la confianza.

Cuando el Servicio de Seguridad te interrogaba solo debías recurrir a la mentira cuando fueras culpable. Incluso si habías hecho algo mal, era mejor reconocerlo y acotar los daños. Esa fue la constante de las entrevistas: la colaboración. Casi todos guardaban una opinión favorable de Beto y a ninguno se le ocurrió no responder a las preguntas, algo inimaginable en otras empresas.

Las cámaras ocultas en las paredes de cada cuarto grabaron en primer lugar a Rejón y Urbano, los dos hombres con los que Beto compartió despacho en Madrid tras su salida del País Vasco. El suboficial se despachó a gusto.

—Llegó con ínfulas de grandeza: «He triunfado en la misión y merezco que me coloquéis en un altar». No estaba hecho para los trabajos administrativos, carecía de estudios, su única academia había sido la de la Guardia Civil, no se quería mezclar con la plebe. No encajaba y, sabe, cuando intenté disciplinarlo, se saltó el conducto reglamentario y se fue a hablar con Gacha, el jefe del área. No se lo va a creer: para comunicarse con él le puso un mensajito de papel entre los dos platos en los que iba a comer. Era así, tenía que conseguir lo que quisiera. Se fue y ya no volví a saber de él.

Urbano fue mucho más amable. Pulido, su entrevistador, le tuvo que tirar de la lengua para que hablase de la vida privada que compartieron.

—Fue un gran amigo, siempre se portó muy bien conmigo. Se le veía con mundo, no como yo. Cuando regresó de Perú, me presentó a Blanca Ortiz y ahora vivimos juntos, tranquilo, lo hemos declarado a nuestros jefes. Ella trabajaba con él en Doctrina, los dos teníamos una situación amorosa complicada y nos ayudó, ¡qué gran tipo! No entiendo que se pudiera llevar documentos, era honesto, atento con los demás. Bueno, un poco contrariado con el trabajo de poca altura que le daban, sí que estaba. Yo le animaba a disfrutar, era un tío muy listo. Se esforzó mucho en la monografía que le había encargado la secretaria general, siempre tenía que quedarle todo perfecto. A todos nos pedía ayuda, quería hacerla lo más real posible. ¿Si yo le ayudé? No podía, mi acceso a información es muy pequeño, pero pregúntele a Blanca, a ella también le pidió colaboración.

Pulido vio un hilo del que tirar, se lo comentó al resto del equipo y la hicieron acudir de inmediato con una llamada directa y personal de De la Nieta a su despacho, alegó urgencia y le ordenó no comentarlo ni siquiera con su jefe. Cuando apareció, para transmitirle tranquilidad, Pulido le habló de Urbano, su pareja, él les había dado su nombre y habían querido comprobar su versión.

—Beto es un gran chico, encantador y amable. Siempre estuvo preocupado por todos, sí, sí, por mí también. Mi jefe, Garicano, es un gran trabajador, siempre echa más horas de las exigibles, es muy paternal conmigo. Creo que le debió decir algo y él hizo de mi felicidad su objetivo. ¿Que si le ayudé?, pues claro, siempre que pude. No es que me pidiera grandes cosas, que tratara bien a Urbano, que le hiciera algún recado a él cuando estaba agobiado. ¿Que si le entregué documentos secretos? Pues no, bueno sí, pero eran para la monografía que estaba preparando para la secretaria general. Estaba haciendo un caso práctico, sabe, y necesitaba información para que el alto mando se enterara de los peligros de seguridad que corremos. Nadie me ordenó que lo hiciera, pero era un trabajo para la Casa, no iba a salir de aquí. ¡Ay, madre!, ¿me equivoqué?

A Juanma Landa, exjefe de la contrainteligencia rusa, que les había dado el nombre de Beto, le cambiaron la historia y fueron más directos, más claros: ¿tú, o alguien a quien conocieras, pudisteis entregarle documentación a Beto por descuido? Donate pensó en el grave error cometido por Pulido durante su relación con Trelles y añadió: «A veces nos vamos de la lengua con compañeros, nos ha pasado a todos».

—Uno de mis agentes le conoció haciendo un curso, estaba arrinconado en Doctrina. Era un genio en el trabajo de campo, un tío interesante, encantador, muy culto. No me mires así, claro que a veces cuando estábamos varios compañeros hablábamos del trabajo, de las operaciones que nos traíamos entre manos. Joder, era un compañero, el servicio le había encomendado infiltrarse en el entorno de ETA y había confiado en él para mandarlo a Perú, donde, si le dejan, podía haberse convertido en ministro con Alejandro Toledo. Si los altos mandos confiaban en él, ¡cómo íbamos a pensar nosotros que era un agente doble! Pero no, no le dimos ni un solo documento, eso es un tema distinto.

Los datos iban acumulándose. Nacho Rey fue uno de los últimos en aparecer por las improvisadas salas de interrogatorio. Pulido le dio por hecho que, al ser el mejor amigo de Beto en el servicio, le habría contado operaciones pasadas y presentes con los rusos. También le mencionó que imaginaba que Landa le habría avisado del contenido de su entrevista, le parecía bien, así ya sabía lo que ellos sabían.

—Me siento traicionado, no me pega que Beto sea un agente doble, pero a veces comentábamos incidencias, él me contaba cotilleos y yo le respondía con historias nuestras. Lo que sí recuerdo, ahora que miro nuestra relación con otros ojos, es que en un par de ocasiones apareció en el despacho que comparto con Ladis y Ana, en el momento en el que yo salía, y alegaba que había quedado con mis compañeros. Como era de confianza, le dejaba solo y no guardaba bajo llave los documentos con los que estábamos trabajando. No es justificación, pero era un agente de confianza. ¿Que si le he vuelto a ver? Al principio sí, luego ya no. Me enteré de que se casó con una canaria y hace más de año, o año y medio, que ni hablamos por teléfono.

La unidad operativa había empezado a enviar un informe diario de su trabajo en Tenerife. Transmitían la sensación de que Beto no se sentía vigilado, no habían percibido intentos para descubrir si le seguían. Cada mañana acudía a un local en Puerto de la Cruz, donde estaba la sede de su ONG Centro de Mediación en Conflictos de Tenerife. Le habían fotografiado en la calle con su mujer, periodista, y con sus suegros, una pareja muy respetada en la isla, a cuya casa acudía con frecuencia. Se movía mucho, le habían visto en el ayuntamiento, en diversas organizaciones cívicas y charlando con mucha gente. En ningún momento habían detectado relaciones con personajes sospechosos. Llevaban pocos días, les quedaba pillarle en alguna reunión conflictiva o si le telefoneaba alguien vinculado con el mundo de Rusia. También estaban pendientes de una orden para entrar en su domicilio, el de sus suegros y en la oficina, para buscar documentos o equipos técnicos que le implicaran en el delito. De momento, los mandos les habían negado estos asaltos.

58

La reunión se celebró a primeros de julio en la base. Cortés convocó al director de Inteligencia y a los mosqueteros. Había llegado el momento de encajar las piezas y adoptar algunas decisiones importantes. En la mesa guardaron el estricto protocolo: el director se sentó en la presidencia con aire circunspecto, Villar a su derecha con su gesto frío habitual, junto a él Donate y enfrente los gemelos, los tres con cara relajada y un poco de satisfacción.

—Tenemos al traidor metido en nuestra red —empezó Cortés—. Habéis hecho un buen trabajo estos dos años encerrados aquí y ahora hay que atraparlo. Villar y yo hemos estado debatiendo el siguiente paso y, antes de nada, queríamos escucharos. ¿Empiezas tú, Valvanera?

—No tenemos duda de que es él y de que utilizó a sus amigos y contactos para robar la información. Nadie en la Casa, que podamos demostrar, le ayudó conscientemente, lo que encaja en su perfil individualista. Lo bueno es que, al salir del servicio en marzo de 2004, ya no pudo llevarse más documentos. Si siguió colaborando con el enemigo, fue en otras parcelas.

—Esto deja en vuestras manos la decisión —dijo De la Nieta señalando a Cortés y Villar— sobre si tomar medidas contra todos los que inconscientemente, pecando de imprudencia, colaboraron en el robo de la información, sin ellos esto no habría ocurrido.

—Yo era partidario de intervenir —dijo el director—, no se puede dejar pasar una violación de la seguridad de tal magnitud, aunque los implicados sean diez o doce. Pero Manuel me ha dado sus argumentos y lo vamos a dejar pasar. Nos vamos a centrar en el topo.

—En cuanto esté detenido —siguió Villar—, vamos a cambiar las normas de seguridad, van a ser mucho más duras y todo el mundo entenderá el motivo. No volverá a suceder.

Pulido siguió con el análisis del grupo. Explicó que Beto no había seguido manteniendo contactos con personal del servicio y luego se fijó en un aspecto que podía parecer anecdótico.

—Los tres coincidimos en que engañó con éxito a mucha gente en sus trabajos en el País Vasco y Perú, y que también lo hizo en Madrid, como quiso. Se le infravaloró en su estancia en la sede central y nadie vio lo que podía pasar, porque en el servicio a todos se nos supone la lealtad. Nos hemos enterado, por el testimonio de varios de sus compañeros, de que es un apasionado de la literatura de espionaje y de las figuras de los agentes dobles. Es un tema de psicólogos, está claro, pero nos atrevemos a defender que se conjugaron varios factores que le condujeron a la traición: muy listo, incomprendido, no podía cumplir sus sueños de espía y los quiso realizar por su cuenta. Todo eso nos lleva a una conclusión: está tranquilo y relajado en Tenerife sin sospechar que le hemos identificado, está seguro de que ha demostrado ser mejor que todos nosotros y piensa que nunca seremos capaces de pillarle.

—Lo que nos da una gran ventaja; el que va sobrado, el que se cree el más listo de la clase, es el que comete los errores más tontos —concluyó Villar—. Mi pregunta es: ¿podemos detenerle ya?

—Nosotros lo recomendamos —defendió De la Nieta, tras mirar a Donate y Pulido—. Tenemos un examen caligráfico que le señala con claridad, el testimonio de varios compañeros que le ayudaron a conseguir documentos que figuran en la carta enviada a Sokolov y, lo que es gravísimo, le relataron operaciones en marcha que terminaron en fracaso, porque él alertó a los rusos. Y, sobre todo, tenemos esa carta en la que ofrece las joyas de la corona de la Casa, una patente violación de la seguridad nacional y de nuestro estatuto. Además, necesitaba alejarse de Madrid para mantener una relación tranquila con los rusos y para ello alquiló una casa en Valencia. Cuando la Policía Local le pilló en el control de alcoholemia, se puso nervioso porque iba a dejar una huella de sus actividades, no quería que nos enteráramos, trató como colegas a los municipales para impresionarlos y que fueran condescendientes. Por suerte, no lo consiguió.

El director miró a Villar para que explicara lo que le había comentado a él la tarde anterior.

—Tenemos la certeza de que ha sido Beto, no es una percepción, es la realidad. Lo que no tenemos claro son las pruebas contundentes para que un juez lo meta en la cárcel y, casi tan importante, para que la opinión pública lo condene desde el momento que se sepa lo que ha hecho. Con un buen abogado, y os aseguro que lo tendrá, sembrará la duda y por mucho que hablemos con los jueces, no será fácil ganar.

Lo ideal, siguió explicando, hubiera sido que le pillaran con las manos en la masa: entregando documentos a Sokolov y recibiendo a cambio el dinero. Pero, cuando empezaron la investigación, el agregado ruso ya había salido de España y Beto carecía de acceso a información clasificada dado que había abandonado el servicio.

—Si ofrecemos los testimonios de sus compañeros, nos obligaría a hacerles declarar a todos en las diligencias previas ante el juez y más tarde en el juicio. Muchos le ayudaron, pero no hay pruebas contundentes de que la inmensa mayoría de los papeles que ofreció a los rusos se los facilitaran ellos. Sin olvidarnos de algo importante que podría volverse en nuestra contra: cualquier juez, al escuchar el testimonio de los nuestros, podría acusarlos también a ellos por revelación de secretos o qué sé yo.

—Eso sí que sería otro escándalo —matizó el director.

Villar siguió comentando que lo de Valencia seguro que había ocurrido como lo había descrito De la Nieta, pero eran conjeturas, sin evidencias.

—La conclusión del servicio es que es un agente doble, sin duda. Si se lo explicamos a cualquier otro servicio de inteligencia, llegarían a la misma conclusión. Pero es insuficiente para jueces y periodistas.

—El dilema —siguió Cortés— es que tenemos a un tipo culpable, sabemos que es culpable, pero necesitamos que lo encierren y salir indemnes, incluso reforzados. Tenemos que presentar ante los medios de comunicación un relato claro, sin aristas, enfocado exclusivamente en él, sin espacio para que digan «qué malos son estos», bien al contrario, «qué bien han hecho su trabajo deteniendo a ese capullo traidor».

—Nos queda ordenar una penetración clandestina en su casa —sugirió Donate—, no sé por qué las hemos ordenado a unos cuantos de nuestros investigados y a él no.

—Es muy difícil que pillen a un grupo operativo entrando en una vivienda —respondió Villar—, pero en el supuesto de que pasara, nos habríamos cargado una investigación de dos años y ya no tendríamos manera de meterle mano.

—Algo podremos hacer —dijo Pulido.

—Solo nos queda arriesgar y llevar adelante el proceso legal confiando en esos errores que pueden cometer las personas más inteligentes. Si no los ha cometido, entonces utilizaremos todo lo que habéis aportado para intentar meterle en la cárcel el mayor tiempo posible. Lo aderezaremos con el apoyo de los jueces, si les podemos convencer del tremendo daño que ha provocado al país y de que debe estar en la cárcel. Y lo condimentaremos con filtraciones adecuadas a la prensa y el buen hacer de algunos periodistas amigos.

—Cuéntales lo que esperas encontrar en su oficina o en casa —le animó Cortés.

—Podría salvarnos si, como suponemos, no ha cambiado de ordenador y la carta que mandó a Sokolov la escribió allí, lo cual es bastante probable. Tenemos en nómina como colaborador a uno de los mayores expertos informáticos forenses y es capaz de recuperar documentos borrados y hacerlo de forma absolutamente legal a los ojos de los jueces.

—Desconocía que eso se pudiera hacer. —De la Nieta quedó sorprendido.

—Hay más. Los documentos que robó y entregó a los rusos puede tenerlos guardados en algún lado. Si está tan seguro de lo bueno que es y de que nunca le vamos a descubrir, quizás tenga escondidos algunos. Si es así, los encontraremos cuando vayamos a detenerle si el juez nos concede órdenes de registro para sus casas.

—Eso es lo que vamos a hacer —concluyó Cortés— y quería que vosotros fuerais los primeros en saberlo. Ya he hablado con el fiscal general del Estado, al que previamente había telefoneado el ministro de Defensa. Le conté la historia y me puso en contacto con su número dos. He hablado con ella, acompañado por el jurídico del servicio. Nos ha explicado cómo debemos proceder para hacer que cada una de nuestras actuaciones sea legal y podamos conseguir una condena que no tire para atrás ni el Tribunal Supremo. Nos ha garantizado su respaldo en todo momento. Ahora vamos a poner en marcha una maquinaria en la que pediremos que las detenciones e intervenciones necesarias las lleve a cabo nuestra BOA, contigo, Valvanera, al frente. Le tocará instruir al juez que esté de guardia en Tenerife y esperemos que no dude en meter al traidor en la cárcel. Luego le traerán a Madrid y espero que no vuelva a salir en muchos años. Con suerte, ganaremos con facilidad la guerra en los tribunales y con la prensa, sin suerte la lucharemos con más dificultad, pero más ahínco, y también la ganaremos.

59

La piscina más grande del archipiélago canario es el Lago Martiánez, situada en el norte de Tenerife, en el Puerto de la Cruz. Allí, en el paseo marítimo, junto a una piscina deliciosamente enorme y varias pequeñas, quedaron a cenar los mosqueteros. Donate iba a participar en la intervención, y Pulido y De la Nieta se iban a quedar en retaguardia, pero por nada del mundo se habrían perdido los preparativos de la detención del ladrón de documentos y responsable de la muerte del agente ruso Kovalev en Moscú y del descubrimiento de Sergei Skripal, el topo al servicio de los ingleses.

Rodeado de turistas disfrutones, la mayoría nacionales, pues los extranjeros prefieren el sur de la isla, encontraron acomodo en una de las terrazas, en la que no llamaron la atención gracias al moreno intenso de De la Nieta. Por dos votos contra uno, rechazaron la propuesta de Pulido de abrir una botella de champán. «Todavía no es el momento», le explicaron.

Donate les describió el despliegue de policías de la BOA procedentes de Madrid, ayudados por personal de dos comisarías de Santa Cruz. A los primeros les había explicado lo que tenían que buscar cuando procedieran a los registros, mientras los segundos se limitarían a realizar funciones de seguridad.

Iba a ser su gran día y en la cena hablaron sin tapujos sobre los dos años pasados.

—Estamos felices, es lógico —dijo con sinceridad De la Nieta—, aunque vosotros sabéis, tan bien como yo, que el éxito no ha sido cosa nuestra. No hemos sido capaces de identificarle, si no nos filtran la carta, no le habríamos cogido.

—El cabrón se lo montó muy bien —concedió Pulido—. Llevaba tres años fuera, solo estuvo destinado en temas de Rusia unos días y no tuvo nada que ver con los documentos que, desde el principio, podíamos asegurar que había filtrado.

—¿Creéis que la carta la robó un colaborador de los ingleses, como nos han dicho, o de otro servicio?

—Quizás la CIA tenía un doble agente, incluso el propio Sokolov, y no nos lo filtró hasta que nadie podía relacionar la aparición del documento con su topo.

—Nunca le habríamos cogido sin esa ayuda —recapituló Donate sin poder evitar un gesto de amargura—, a cambio hemos jodido la vida de algunos inocentes.

—No eran inocentes —corrigió sus palabras De la Nieta—. No se comportaron como debían, unos más y otros menos. Los que le filtraron información que acabó en manos de los rusos, nunca debieron hacerlo, y lo saben. Y los que tenían manchas en su pasado, jugaron con fuego y lo han pagado. Sabían lo que les podía pasar.

—Cuando un pecado lo cometen muchos y solo lo pagan algunos... —La policía fijó la mirada en Pulido—... no es justo.

—Denúnciame —respondió molesto el afectado por su comentario—. Si te sientes mejor, denúnciame.

—Los dos sabéis perfectamente a lo que me refiero.

Cenaron y a las once se retiraron a su hotel, Donate debía levantarse a las cuatro de la mañana. En el ascensor, a ella le tocaba bajarse la primera, hizo ademán de salir, dio marcha atrás y, delante de De la Nieta, besó en los labios a Pulido.

*   *   *

A las seis y media de la mañana, el despliegue policial sustituyó al de la unidad operativa del servicio, que durante toda la noche había garantizado que Beto no se escapara. El edificio de tres plantas, una vivienda por cada una, había estado tranquilo. En el segundo piso dormían los Romero.

La sorpresa de Donate fue tremenda cuando llegó, al ver a Pulido junto a otros policías.

—Tranquila, no te cabrees, son órdenes de Villar, tú sigues al mando y yo oficialmente no estoy. Quiere que esté al lado de Beto cuando sea detenido, por si dice algo que nos pueda ser de utilidad.

—Para eso estoy yo.

—Tú te ocupas de todo y yo me pego a él como una lapa.

Esperaron a las siete en punto, la hora acordada, para tocar el timbre. No se oyó nada en un par de minutos y luego escucharon el sonido de unas chanclas dirigirse a la puerta. Alguien miró por la mirilla y sin darle tiempo a preguntar, Donate habló:

—Policía, abra de inmediato o entramos a la fuerza.

La puerta se abrió y Beto apareció vistiendo únicamente un pantalón corto de pijama.

—¿Qué pasa? ¿Qué hacen aquí?

—Alberto Romero, queda detenido —anunció Donate, después señaló al que estaba a su lado, y le dijo—: inspector, póngale las esposas.

El policía, alto y de gran fortaleza, con la placa colgando del cuello, entró acompañado de Pulido, le sujetaron las manos por delante y se lo llevaron al cuarto de estar. Su esposa apareció preguntando muy nerviosa qué pasaba.

—Acabamos de detener a su marido —le informó Donate.

—¿Qué ha hecho?, si es guardia civil.

—Era guardia civil y ha cometido un grave delito. Traemos una orden de registro.

Hasta ocho policías entraron en el piso y se distribuyeron por los cuartos sin esperar órdenes ni consentimientos. Un teléfono móvil sonó en el dormitorio y uno de los agentes avisó a la esposa, que se acercó al cuarto y tardó menos de un minuto en volver y dirigirse a Donate, esta vez con malas formas.

—¿Qué están haciendo? ¿Por qué quieren registrar la casa de mis padres?

—El juez nos ha autorizado.

—¿Qué buscan?

—No puedo darle esa información —respondió la policía templada, había estado en muchos registros y entendía el desconcierto de los familiares—. Si colaboran, todo es más rápido.

—¿Puedo hablar con mi marido?

—Lo siento, ahora no.

Donate fue al cuarto de estar donde Beto estaba sentado en una silla apartada, con el policía de aspecto disuasivo enfrente y Pulido junto a él.

—Tenemos una orden para entrar en su oficina, si nos da voluntariamente la llave mejor, en caso contrario tiraremos la puerta.

—En la consola de la entrada, hay un llavero con solo dos llaves.

La policía hizo un gesto a un compañero para que las cogiera. Beto subió el tono de voz dirigiéndose a Pulido.

—Ustedes son de la BOA, han venido desde Madrid, no tienen acento canario.

—No le puedo responder, pero ya sabe que...

—Todo lo que diga podrá ser utilizado en mi contra.

—Eso mismo.

—Escúcheme bien: no he hecho nada, no sé de qué me acusan —pronunció cada palabra por separado—. Se han equivocado. Pero usted sí puede decirme qué tienen contra mí, sabe que no puedo estropearles nada y no hablaré hasta que me manden un abogado.

—Entre otras cosas, de traición.

—¡Vaya con la BOA!, ¿quién les ha engañado?

Había pasado media hora cuando Donate recibió una llamada desde el piso de los suegros. Un compañero le informó de que habían encontrado documentos del servicio secreto escondidos en un armario, dentro de una carpeta con el título «recibos». Poco después, uno de los compañeros encargados de registrar el despacho del traidor descubrió más papeles con el sello de la Casa.

Donate se sintió desconcertada con la actitud del detenido. Al enterarse del descubrimiento de documentos en el domicilio de los padres de su mujer, reaccionó cabreado, molesto, haciendo aspavientos con las manos. Por el contrario, un rato después aparecieron más papeles en su casa y ni se inmutó, su silencio fue total.

Les llevó cinco horas revisar con todo detalle los más de cien metros cuadrados del hogar, romper baldosas del baño y agujerear paredes en las que sospecharon que podría haber escondites. Más tarde, permitieron que Beto se vistiera y se lo llevaron a comisaría, mientras las cajas con los documentos localizados y sus equipos electrónicos los metieron en una furgoneta para ir a la delegación del servicio en Santa Cruz, donde esperaba De la Nieta junto a varios ingenieros informáticos. Cuando Donate les llamó para contarles que iban para allá, solo les hizo un comentario: «Tenía razón Villar, los más listos cometen las mayores torpezas».

*   *   *

Cortés había esperado toda la mañana hasta que le confirmaron que habían encontrado documentos en las viviendas registradas. Con esa información, que inclinaba la balanza de su lado y dejaba a Beto en una postura de debilidad extrema, decidió convocar un consejo de dirección e informarles oficialmente de la operación, que solo le había adelantado a tres personas. Habló de gran éxito, a la espera de conocer los detalles: «Lo importante es que hemos desenmascarado al agente doble».

Bien entrada la tarde, Villar se acercó a hablar con él. Habían encontrado en papel una gran cantidad de documentos robados al servicio y el forense informático había descubierto en el ordenador portátil más escritos con el sello de secreto y, lo más importante, la carta enviada a Sokolov.

—No acaba ahí. Ha encontrado una segunda carta del traidor al ruso, que había borrado, que le implica aún más. En ella, reitera su ofrecimiento, le ofrece más información y le cuenta con tranquilidad que en la Casa no nos habíamos enterado de su ofrecimiento. Ah, hay una frase impactante. Te la leo: «Solo hay juego si ustedes quieren jugarlo».

—Genial, hemos conseguido pruebas vitales para el juez —dijo el director con alborozo—. Nos ha hecho pasar dos años horribles y ahora vamos a remontar. Tenemos que aprovechar para demostrar a la gente que somos un gran servicio.

—¿Qué quieres hacer? —dijo Villar, sorprendido; sentía que Cortés había cambiado el paso.

—Voy a convocar para mañana mismo, a primera hora, una rueda de prensa, para contar la detención antes de que se filtre. Los servicios de inteligencia extranjeros, que tanto nos han presionado, y los rusos, que nos han jodido, van a ver cómo vendemos al mundo nuestro éxito. Y de paso, de cara a dentro, vamos a demostrar a los periodistas y a todos los españoles que lo hemos hecho de una forma inmejorable.

—Director —siguió Villar con prudencia, como siempre sin alterar el gesto, defendiendo un tipo de comportamiento tradicional—, en esta casa no hacemos ruedas de prensa, no comentamos los temas que nos afectan, no al menos abiertamente.

—Pues ya es hora de que se haga. Siempre nos vapulean por los errores filtrados a la prensa. Ahora vamos a reventar las ganas de muchos de ponernos verdes por la presencia de un topo en nuestras filas y a explicar nuestro gran trabajo para detenerle.

—Es mejor mantener nuestra línea de silencio, nos permite no responder cuando hay noticias que nos perjudican o cuando no nos interesa entrar en un tema.

—Te he escuchado, la decisión está tomada. Es lo mejor para el servicio y lo voy a hacer.

Villar no dijo nada. Si lo hubiera hecho, en lugar de abandonar el cargo dos meses después, lo habría hecho en unos días.

*   *   *

Al día siguiente, Cortés ofreció en la sede del servicio de inteligencia la primera rueda de prensa de su historia. En la cabecera de una gran mesa redonda, con la bandera del CNI detrás, parapetado tras micrófonos verdes, rojos, azules, amarillos y grises, con los logos de las más importantes cadenas de radio y televisión, se dirigió a los periodistas con el orgullo del trabajo bien hecho.

Para evitar malas interpretaciones y rumores, explicó, estaba allí para informarles de que «tras dos años de una complicada y exhaustiva investigación que ha culminado con éxito, ayer fue detenido en Tenerife el exmiembro del servicio Alberto Romero».

Su detención y puesta a disposición judicial había sido posible gracias a una investigación interna «que yo mismo ordené poner en marcha en julio de 2005, ante una serie de indicios», que le hicieron sospechar que se estaba produciendo una fuga de información. Una investigación «muy difícil y compleja», que llevó a poner el asunto en manos de los jueces, «tal y como debe ser en un Estado democrático y de derecho», quienes determinaron su detención y quienes decidirán sobre su enjuiciamiento.

«La detención de Romero es un logro y un éxito muy importante para el servicio», reseñó a los periodistas, a quienes detalló que dos años era poco tiempo para haberlo detenido, que había sido el traidor quien se ofreció a un servicio de inteligencia extranjero, lo que dificultó su captura, y que habían delimitado el daño ocasionado.

Reconoció que las informaciones «facilitadas por este individuo» habían causado daños internos en el centro, pero se sintió orgulloso de cómo se había resuelto todo: «Si bien la existencia de un caso de traición en el seno de un servicio de inteligencia constituye un fracaso para la institución, puedo afirmar con orgullo que el servicio ha actuado con responsabilidad, rapidez, eficacia y transparencia».

En ningún momento mencionó las palabras Rusia o ruso, aunque ese día, y en adelante, estuvieron presentes en las entradillas de todos los informativos. El delegado del SVR, ante la preocupación de su gente sobre las represalias que el Gobierno español podía adoptar contra ellos, les comentó que esperaba ser el único expulsado. Unos días después habló por teléfono con el director del servicio español y este le comunicó que no se preocupara, ya habían pasado página.

Con quien Cortés se reunió al día siguiente en un almuerzo fue con John Scarlett, el director del MI6. Vino expresamente a Madrid para conocer los detalles que habían llevado a la detención y a brindar con champán por el encarcelamiento del traidor que había delatado a Sergei Skripal, su agente doble del GRU, que se estaba pudriendo en una cárcel rusa. Lo que el inglés no le dijo a su colega, era que su servicio secreto, en colaboración con el MI5, llevaban doce años con una operación en marcha bautizada como «Matrimonio». Su objetivo era dar caza a un topo al servicio del espionaje ruso. No lo habían conseguido hasta ese momento y no lo consiguieron nunca.

LIBRO 3

LA HISTORIA,
SEGÚN LA VERSIÓN
DE UN PERIODISTA DE INVESTIGACIÓN

60

Beto fue trasladado a primera hora de la mañana, desde los calabozos de la comisaría, a los juzgados de Puerto de la Cruz. Escoltado por varios policías, iba vestido con un polo naranja y pantalones vaqueros, las manos esposadas por delante y el rostro oculto bajo una chaqueta. Era la primera imagen que se difundía de él tras hacerse pública su identidad el día anterior, desvelada en rueda de prensa. El vídeo, emitido por las televisiones, fue el que contempló lejos de allí, en San Sebastián, Marcos Quiroga, el responsable del Centro de Investigación de Conflictos.

Allí, en un cuarto del sótano, sin ventanas, casi sin amueblar, con una mesa y cuatro sillas, y un par de estanterías hasta el techo con libros jurídicos, pendiente de que la jueza del juzgado de Primera Instancia e Instrucción número 3 de la ciudad le llamara para prestar declaración, le permitieron recibir la visita de su mujer, gracias a las gestiones previas de su abogado de oficio. Carecían de intimidad, un policía con camisa de manga corta permanecía apostado junto a la puerta y, lo que para el antiguo espía era casi peor, el abogado estaba sentado junto a su mujer, al otro lado de la mesa. No le hacía gracia la presencia de extraños, nunca se había fiado de la gente y, en ese momento, aún menos. Sería precavido, no le quedaba otra que hablar delante de intrusos.

María Jesús Artiles tenía cuarenta años, dos menos que Beto, era natural del Puerto de la Cruz, donde habían nacido sus padres. Era periodista, una profesión que su marido había ejercido muchos años como tapadera para sus actividades. Al impacto de la detención, ella había sumado que allí se conocían todos y los vecinos, sorprendidos, se preguntaban qué delito gravísimo habría cometido para que le detuvieran con ese despliegue policial nunca visto y que, además de su casa y su oficina, registraran la vivienda de sus suegros.

Beto intentó besarla y el policía le recordó que nada de contacto físico. Puso los brazos encima de la mesa con las esposas aprisionando sus muñecas, acortó la distancia entre los dos y habló:

—Siento que estés pasando por esto, amor; todo es mentira, no te creas nada de lo que digan. Me han detenido por algún motivo que desconozco, es injusto.

—Me he ido unos días con mis padres, no hacen otra cosa que preguntarme qué has hecho.

—Tranquilízales, todo saldrá bien. Cree solo lo que yo te diga. —La veía compungida, evitando perder el control y llorar—. Todo saldrá bien. Ellos son muy poderosos y durante un tiempo no voy a tener forma de defenderme.

—¿Quiénes son ellos? ¿Qué quieren de ti?

—Se han inventado que vendí información a los rusos. No es verdad, te lo aseguro.

—¿Por qué se lo inventan?

—Todavía no lo sé, lo descubriré.

—No me has dicho quiénes son ellos.

Miró al abogado de oficio sentado junto a María Jesús, serio, y al policía, de pie, simulando no prestar atención.

—Tendremos tiempo para hablarlo. Lo más urgente es que me busques un abogado penalista de Madrid, debe ser muy bueno, no debe temer a la autoridad, a los poderosos, y, si es posible, que sea defensor de los derechos humanos.

Le habían concedido cinco minutos y, en cuanto se cumplieron, el policía le ordenó levantarse, abrió la puerta para que entrara otro compañero también de uniforme y, sin despedidas, se lo llevaron a declarar.

La jueza le recibió en su despacho funcional, atiborrado de carpetas con papeles por todas partes, donde ya esperaba el fiscal, que parecía ajeno a la situación, y su abogado, que le señaló la silla donde debía sentarse. La responsable de la instrucción le formuló las preguntas pertinentes sobre si le habían leído sus derechos, si sabía de lo que le acusaban y le anunció que iba a tomarle declaración. Un secretario judicial, colocado en una mesa supletoria, tomaría nota en un ordenador.

El fiscal, tras cederle la palabra la jueza, empezó recordando que se le imputaban delitos de traición y subsidiariamente de descubrimiento y revelación de secretos relativos a la defensa nacional. Después, pasó a formularle la primera de una larga ristra de preguntas que le habían hecho llegar desde Madrid y que él había estado revisando y actualizando durante la noche anterior.

—Me acojo a mi derecho a no declarar, ni a esta, ni a ninguna otra de sus preguntas.

El fiscal las leyó todas, la jueza quiso formular algunas más y recordarle lo que conllevaba su silencio. Intervino también su abogado, con brevedad, para echar un capote innecesario a su defendido y la jueza terminó anunciando que iba a decretar prisión comunicada y sin fianza.

El proceso duró toda la mañana y hubo un momento en el que Beto desenchufó de formalismos inútiles para su futuro: sabía a la perfección que el caso pasaría a un juzgado en Madrid, donde el servicio tuviera más facilidad para presionar a los jueces y evitarse sorpresas incómodas. Pensó en la desagradable situación de dos días antes. Le pillaron desprevenido, no había notado el seguimiento que debería llevar activo varias semanas; fue un fallo haberse relajado, años antes no le habría pasado.

El estupor del primer momento no fue lo peor, lo que no olvidaría el resto de su vida fue la cara anonadada de María Jesús al ver su piso invadido por policías y cómo le esposaban. Cuando le sentaron en el cuarto de estar, fue consciente de que iba en pantalón corto, se sintió desnudo, violada su intimidad. La llamada de sus suegros anunciando la presencia policial también en su hogar supuso un nuevo golpe violento, como si sus antiguos mandos del servicio le concedieran la importancia negada en los años que le tuvieron enclaustrado en la sede central.

Rememoraba a cámara lenta lo que había pasado mientras le llegaban de fondo los sonidos de la sala judicial, sin que fuera capaz de entender lo que decían; tampoco le importaba. La secuencia de la detención siguió avanzando en sus pensamientos: uno de los policías que le custodiaba salió de la habitación y el otro se le acercó y le habló muy bajito, en tono grave, amenazante. En ese momento, fue como si alguien subiera el sonido de la sala del juzgado y no le permitiera escuchar sus palabras, por mucho que se esforzaba en recordarlas. Notaba que al evocarlo, al igual que dos días antes, se le erizaban los pelos de los brazos, se le aceleraba el corazón y, sin llegar a poner cara al policía, contemplaba su propia mirada de odio, antipatía, rencor. De repente, le vino a la cabeza una frase que había escuchado en una película: «Es un juego peligroso en el que no puedes perder».

61

Agosto de 2007

Lucas Aller estaba dedicado en cuerpo y alma al derecho y a la abogacía. Le encantaba el trabajo intelectual y la investigación científica, lo que le llevaba a dedicar una parte de su jornada a la Universidad Complutense, donde impartía clases de Derecho Penal y Derecho Penal Internacional. Su línea de investigación estaba centrada en la defensa de los derechos humanos. Trabajador impenitente, el resto del día, y unas cuantas horas más, lo invertía en el despacho de abogados que dirigía. No medía su trabajo por los juicios ganados, sino por la ayuda prestada a la defensa de causas justas.

Ese día de agosto, había acudido a la prisión de Alcalá-Meco, en la localidad madrileña de Alcalá de Henares, para mantener la primera reunión a solas y decidir si aceptaba la defensa de Alberto Romero. Se lo había pedido su mujer, que había viajado expresamente desde Tenerife a Madrid para hablar con él. Según ella, su marido necesitaba un abogado sin miedo a enfrentarse a los poderosos.

Aller era una persona seria a la que le costaba esbozar una sonrisa en su papel de abogado, pero no paraba de derrochar amabilidad y simpatía cuando ejercía de maestro de estudiantes. Le encantaba la agudeza desenfadada de Groucho Marx y creía que un buen defensor debía proteger la verdad del cliente, hacer que se sintiera defendido y conseguir una confianza recíproca, aunque exigía respeto a la necesaria independencia del letrado.

Los dos lados del locutorio rectangular estaban separados por un cristal blindado que le iba a permitir ver a Romero sin contacto físico y hablar a través de un hueco habilitado. Cuando le vio entrar en la sala de visitas, con ninguno de los habitáculos de alrededor ocupados, le pareció un tipo fornido, mirada escrutadora, manos crispadas y con pelo escaso, todo lo contrario que él, que lo tenía tan abundante, a sus cuarenta años, que apenas se le veía la frente. Iniciada la conversación, se encontró con un tipo educado, pero distante. Notó falta de confianza, poco habitual entre sus defendidos, ansiosos por encomendarse a él, de quien dependía que pudieran alcanzar la libertad. Su defendido apareció con un cuaderno y un bolígrafo, escribió algo, arrancó la hoja y la pegó contra el cristal.

—Están grabando la conversación, ten cuidado.

Aller estaba acostumbrado a tratar con clientes a los que acusaban de ser unos paranoicos y, tras estudiar sus sumarios y conocer los sufrimientos que habían padecido, solía descubrir personas sensatas y muy cuerdas. Había representado a varios opositores perseguidos por las dictaduras militares latinoamericanas y a personas tildadas por algunas democracias de delincuentes porque no aceptaban las normas oscuras que, por ejemplo, protegían el secreto de las cuentas bancarias suizas que escondían dinero procedente de todo tipo de delincuencia.

La conversación se convirtió en un intercambio de mensajes escritos sazonados con palabras inocuas.

—Beto, ¿puedo llamarte Beto? —escribió Aller—, te acusan de traición, de cobrar a cambio de entregar información a los rusos.

—Es mentira, no tienen pruebas de nada.

El abogado conocía perfectamente la diferencia entre la mentira y la no existencia de pruebas. Ante un tribunal lo importante eran las pruebas y las debía aportar el denunciante.

—Encontraron documentos incriminatorios en los registros —anotó Aller.

A la mente del espía regresó ese extraño videoclip sin ritmo, a veces en blanco y negro, que había empezado a atormentarle durante su larga declaración ante la jueza de Puerto de la Cruz. Esa escena en la que, sentado en el cuarto de estar de su casa, escuchaba cómo iban descubriendo en su despacho abundante documentación secreta y también en casa de sus suegros. O esa otra en la que un policía le susurraba al oído palabras envenenadas. Notó un respingo, no podía digerir lo que había pasado. Tenía la sensación de que otros habían pasado a controlar su vida. ¿Qué más le podría pasar?

—Sí —fue su lacónica respuesta.

—Eso es estar en posesión de secretos relativos a la defensa nacional.

—Tengo una justificación.

—¿Cuál?

—Te la diré más adelante —Beto prefirió explicarlo de viva voz—, antes tienes que aceptar mi caso. María Jesús me ha dicho que lo estabas valorando.

—¿Por qué quieres que yo te defienda?

—Cualquier abogado no sirve para esta causa. Me gustó tu intervención cuando me trasladaron desde Tenerife y me llevaron hasta el juez de Madrid.

Ocurrió unos días antes. Aller, sin conocer a su defendido, con los escasos antecedentes que le había adelantado su esposa, acudió a los juzgados de plaza de Castilla, al número 48, para atenderle en su declaración. Era periodo de vacaciones y estaba el sustituto. En cuanto lo tuvo enfrente, antes de la llegada de su defendido, le lanzó un comentario desafiante:

—Señoría, me podría adelantar a qué prisión va a mandar a mi defendido, para que su familia pueda ir yendo hacia allí.

El juez se molestó por la pregunta impertinente, ponía en cuestión que la decisión la tomara él después del trámite que todavía no había empezado; presuponía que se la habían dictado.

—Señor letrado, sabe perfectamente que antes tengo que tomar declaración al detenido y escuchar a las partes. Después, adoptaré la decisión más oportuna sobre si ingresa en prisión o no.

Aller sabía perfectamente que en ese momento iba a primar el interés del servicio de inteligencia y del Gobierno, y que el juez estaba simulando una independencia de la que carecía. Así que le reformuló la pregunta, con unas formas exageradamente respetuosas. Consiguió enervarle, que le mirara mal, que le llamara la atención, pero le dio igual: tras la declaración de su defendido, la repitió por tercera vez. Como esperaba, no consiguió una respuesta hasta que, pasada la diligencia, el juez valoró que había transcurrido el tiempo suficiente para una meditación acorde con los hechos. Pero Aller sí consiguió su objetivo: unas semanas después, al llegar el titular del juzgado, el sustituto le transmitió que el letrado del espía era un tipo duro con el que había que tener cuidado y le iba a dar muchos problemas.

—El servicio va a presionar —siguió Beto justificando por qué le había elegido—, a todo perro pichichi, como dice uno de por aquí. Jueces, fiscales, testigos y al abogado que me defienda. Si no llevas una vida estable, te darán caza. Si no eres intrépido, te darán caza. Si eres corrupto, te darán caza. Me han dicho que tú eres un gran abogado y osado. Pero te digo algo: van a manipular todo lo que puedan, que pueden, y no van a parar hasta conseguir que esté unos cuantos años en la cárcel.

—¿Cómo sabes que van a hacer trampas?

—No solo porque haya trabajado allí y sé cómo se las gastan. Ya me las han hecho.

Aller escribió en un folio.

—¿Qué trampas?

Beto le habló.

—Vamos a tener mucho tiempo para hablar. ¿Has visto la película *Spy Games*, de Robert Redford y Brad Pitt?

—No, ¿debería?

—Es importante que lo hagas. Entenderás mejor dónde te vas a meter.

—Adelántame algo.

—El título, *Juego de espías*, es el fiel reflejo de lo que pasa en mi mundo cuando algo sale mal y los mandos tienen que solucionarlo como sea. A un agente de la CIA le pillan en China y la agencia estadounidense tiene veinticuatro horas para reconocer que es un espía de los suyos, que ha ejecutado una operación fallida, con todo lo negativo de desprestigio que supone para su país, o lo ejecutarán. En esa tesitura, el fin justifica los medios, todo vale para conseguir el objetivo del propio servicio y de su Gobierno, nada está prohibido. Y no estoy hablando de salvar la vida del agente detenido, sino de dejar que lo maten. De poco sirven esos valores que gente como tú defendéis.

—Como los derechos humanos.

—Efectivamente, abogado.

*   *   *

Aller salió convencido de que la causa de Beto le iba a suponer un reto estimulante. Iba a ser un cliente complicado, de esos a los que debería sacarle la información necesaria con sacacorchos. Iba a tener que lidiar con un ex agente del servicio de inteligencia encarcelado, un tipo astuto, con la sensación, sin duda real, de que iban a por él con toda la fuerza del poder omnímodo, sin importarles las normas de un Estado de derecho y utilizando técnicas especiales que les permitieran controlar a cualquiera que intentara hacerles frente. Por otro lado, él debía tener claro quién era el enemigo. Conocía, por otros clientes, las actuaciones de los servicios secretos que en las dictaduras latinoamericanas habían perseguido, torturado y asesinado a cualquiera que se opusiera a las juntas militares. Debía ponerse la tirita antes de que le saliera la herida: montaría medidas de seguridad en el bufete para que nadie entrara a colocar micrófonos y, de vez en cuando, como ya había hecho en casos igual de conflictivos, encargaría barridos electrónicos no solo en su despacho, también en el coche.

En las semanas siguientes empezó a analizar las variantes del caso y buscó jurisprudencia. Confirmó que iba a ser el primer juicio en España por un delito de traición, jamás habían pillado a un agente doble al servicio de los rusos.

Una de las principales claves del caso residía en los documentos secretos que la Policía había encontrado en poder de Beto. Con rapidez, solicitó al juzgado verlos y no pudo: el servicio secreto se había adueñado de ellos alegando que eran información clasificada. Decidió que montaría alegaciones, buscaría argumentos, haría lo imposible por leerlos, porque había identificado su principal problema: eran pruebas. Le mosqueó que Beto también mostrara interés por conocerlos y, mucho más, que no quisiera hacerle una relación de los papeles que habían estado en su poder. Se limitó a esbozar un gesto de «si tú supieras lo que de verdad pasó», sin hacer el mínimo además de poner sonido o tinta a esos pensamientos que, como abogado, le hubieran ayudado mucho.

Beto le transmitía la información con cuentagotas, solo cuando pensaba que le era imprescindible para avanzar en la defensa. A pesar de ello, Aller no tardó en darse cuenta de que podía hacer frente a la parte de las acusaciones referidas a que era un agente doble al servicio de los rusos. En asuntos como el cobro de 200 000 dólares a cambio de los papeles secretos, el espía no entró en el fondo de la cuestión, pero le explicó que no podrían atestiguar la transacción: solo se pagan en efectivo o en cuentas en paraísos fiscales, imposibles de rastrear. Si no pillas in fraganti el intercambio, no hay forma de demostrar nada en un juzgado. En esa misma estela, el servicio secreto no podría demostrar que él, o cualquier otro, hubiera entregado los documentos a los rusos.

En el asunto que sí le aportó información fue en el de las dos cartas que escribió al agregado Sokolov, que las usaría el fiscal para intentar acreditar la intención de traicionar a su país. Beto le contó la historia de la monografía encargada por el secretario general sobre captación de fuentes y la idea que se le ocurrió un día, hablando con gente del área de contrainteligencia rusa, de añadir un caso práctico. Nunca habían tenido un traidor en el servicio y estaban convencidos de que nunca lo tendrían. Él quiso demostrarles su error aportando pruebas concluyentes, pero cuando fue a entregar la monografía con el análisis de caso, se habían producido cambios importantes en el servicio, no estaba el mismo responsable de la lucha contra los rusos y decidió no incluirlo. Al abogado le pareció un argumento convincente para crear en los magistrados una duda razonable: era normal que un agente como Beto, con grandes misiones exitosas a sus espaldas, se llevara los informes a casa para hacer un caso práctico y luego se le olvidara devolverlos.

Uno de los protagonismos fundamentales en el proceso le correspondía al juez instructor del 48, Melchor Rodríguez. Dado lo complicado del caso, los grandes vacíos y peculiaridades de los contendientes, Aller se pasaba con frecuencia por allí para interesarse por la marcha de las diligencias y presionar para que atendieran sus demandas. Un día, al entrar en el juzgado, en la parte donde trabajaban los oficiales y el secretario, estaba el juez despidiéndose de dos tipos con apariencia siniestra. Solo alcanzó a oír su despedida:

—Cualquier cosa que necesite, nos lo dice.

Al ver la cara de incomodidad de Rodríguez por su aparición no prevista, Aller les espetó:

—Espero que esa ayuda que el CNI le está ofreciendo al juez, también me sirva a mí para ejercer la defensa.

62

Dos años y medio después, 25 de enero de 2010

—Nos van a follar.

Aller se lo dijo al oído, sin dejar escapar ninguna mueca que permitiera interpretar el mensaje privado que acababa de mandar a los ojos escrutadores de su entorno. Beto llegaba con la impresión de haber triunfado en su actuación y el comentario le dejó chafado.

Era la conclusión de una jornada especialmente importante para los dos. A primera hora, Aller, vestido con toga y la tranquilidad que ofrece la experiencia en los tribunales, había notado la frialdad de Beto, sentado junto a él y frente a los tres magistrados de la Audiencia Provincial de Madrid que presidían el juicio oral que iba a comenzar. El antiguo agente, en perfecto estado de revista, traje, camisa y corbata azules, semblante grave y folios en blanco sobre la mesa, llevaba mucho tiempo encarcelado y ansiaba salir.

Aller estaba convencido de que podía conseguir una sentencia favorable, en caso contrario habría renunciado a la defensa, a pesar de los innumerables obstáculos que les habían colocado en el camino. Todo el proceso había sido un desastre, el servicio secreto exigía a todas las partes una profesión de fe: ellos habían actuado correctamente y habían respetado escrupulosamente las leyes. Él lo ponía en cuestión, era su papel de defensor. Varias veces se había indignado delante del juez instructor: no le dejaban ver los documentos del servicio secreto desclasificados por el Gobierno, no tenía acceso a los resultados de la investigación de seguridad realizada por el propio servicio antes de la detención, ni siquiera le entregaron una copia de la orden dictada por el juez del Tribunal Supremo adscrito al CNI para permitirles esa indagación.

El abogado del Estado hacía todo lo que le decían desde el servicio secreto, lo único lógico dado que actuaba como una especie de acusación particular. La fiscal también estaba entregada a la causa y no había querido discutir con Aller sobre el trámite en el que era más que evidente que no se salvaguardaban los derechos del procesado. Carecía de sentido en una democracia plena como la española, que pasaran esas evidentes irregularidades y todos los participantes en el proceso miraran para otro lado.

La prensa no estaba presente en la sala, los garantes de la limpieza habían sido apartados alegando la necesidad de proteger la seguridad del Estado. Magistrados, fiscal y abogado del Estado se habían aliado para celebrar el juicio a puerta cerrada: perseguían que los medios no asistieran al espectáculo manipulado organizado por el servicio secreto. Aunque, cuando abogado y defendido se sentaron pendientes del inicio, los dos aún creían en el buen funcionamiento de la Justicia. Fue un error del que se darían cuenta más adelante: sin los periodistas encargados de controlar el poder, siempre es mucho más fácil manipular el proceso.

Beto protagonizó el arranque de la primera sesión, su testimonio marcaría el devenir del juicio. La Fiscalía y la abogacía del Estado actuaron coordinadas en sus interrogatorios. Beto demostró agilidad mental y desplegó las formas de un funcionario público sin nada que esconder. La dureza de algunas preguntas no consiguieron alterarle, ni siquiera las muecas de la fiscal, dudando de la veracidad de sus palabras.

—Hice un anexo a la memoria que me habían encargado —respondió el antiguo espía a una de sus preguntas— para evidenciar las deficiencias del servicio en el tema de la seguridad.

—¿Y usted quién era, qué estatus tenía, para hacer ese trabajo sin que nadie se lo hubiera encargado?

—Protesto, señoría —intervino el abogado con la exclusiva intención de dar un respiro a su defendido y pinchar a la otra parte—, la agresividad de la fiscal está fuera de lugar.

—Aceptada —dijo con rapidez uno de los magistrados—. La fiscal guardará las formas exigidas por este tribunal.

Fue en este momento, al respaldar su solicitud, cuando Aller notó algo especialmente extraño. Esperó otra ocasión para confirmar su intuición.

—¿Reconoce que los documentos que aparecen en el sumario fueron requisados durante el registro policial en su casa y en la de sus suegros? —preguntó la fiscal.

—Sí, señora.

—¿Habían llegado ahí por arte de magia o los había robado usted de la sede central traicionando la confianza que habían depositado sus jefes en usted?

—Me los llevé para seguir trabajando en mi casa en el anexo de la monografía de la que le he hablado.

—¿Por qué no los devolvió? ¿Quizás tenía la intención de vendérselos a una potencia extranjera?

—Eso no es cierto.

—¿Qué no es cierto?, que no los devolvió o que pretendía venderlos.

—Todo el mundo se llevaba documentos a casa.

—Eso se lo preguntaremos a sus jefes, pero le adelanto que ratificarán que es falso y usted lo sabe.

—Protesto —volvió a intervenir el abogado—, la fiscal está sacando conclusiones interpretando lo que dice mi defendido.

Con un tono insolente, Aller se había extralimitado con intención.

—Aceptada la protesta, le pedimos a la fiscal que deje al acusado intervenir con libertad.

Todo el interrogatorio siguió en la misma línea y Aller comprobó que daba igual que se pasara un montón, hiciera preguntas impertinentes o insistiera en sus quejas con mala educación. Los jueces se lo iban a permitir todo. Pretendían en recursos futuros, o ante los medios de comunicación, que no pudiera argumentar la parcialidad del tribunal. Eso le llevó a susurrarle al oído a Beto cuando regresó del estrado, se sentó junto a él y le pregunto qué tal había estado: «Nos van a follar». A partir de ese momento, esa sensación se apoderó de los dos y se incrementó durante el resto de las sesiones.

Otras veces, la estrategia de la fiscal y el abogado del Estado los animaba a pensar que la sentencia podía no ser tan mala como parecía. Ocurrió cuando los dos enemigos a batir aparcaron en algunos momentos el que parecía el tema central: la existencia de una trama rusa. Durante el interrogatorio a Beto, Aller se había dado cuenta de que pusieron énfasis en los documentos que, según ellos, había sustraído ilegalmente, pero en ningún momento entraron en el tema de la venta. La traición es un delito de actividad, no de resultados, por lo tanto, les bastaba demostrar la intención, aunque no pudieran acreditar la entrega de documentos y el cobro.

Un momento clave del juicio fue la declaración del director del servicio secreto. Era el primero de los testimonios de muchos integrantes del espionaje y, al ser el jefe, marcaría la línea a seguir. Aller veía a José Cortés como un testigo victorioso, que se marcó un triunfo con la rueda de prensa posterior a la detención y echaría toda la mierda que pudiera sobre su defendido. Beto no le conocía de nada, para él serían más complicadas las declaraciones de agentes en activo, con algunos de los cuales había mantenido relaciones personales. Sus deducciones fueron erróneas. Sentados los dos en el banco de los acusados, apareció Cortés y él contempló cómo le miraba Beto. Nunca le había visto así, con los ojos bien abiertos, los músculos de la cara tensos, frotándose las manos. Era odio y ganas contenidas de despedazarle. Si él estuviera frente al antiguo espía, se habría sentido amenazado. Pensó en decirle algo, coger a su defendido por el brazo para transmitirle tranquilidad, pero desistió. O conocía al director por algún motivo, o le responsabilizaba de lo que estaba sufriendo, o algo había pasado que él desconocía.

—¿Ocurre algo? —le preguntó con una mano delante de la boca para que nadie leyera sus labios.

—Estoy bien, no te preocupes.

El día anterior, con esa manía de Beto de contarle la información a cuentagotas, le animó a que le preguntara a Cortés si había encargado un CIR sobre él en Puerto de la Cruz, que incluyera una penetración clandestina en su casa.

—¿Un qué?

—Un CIR, un Control Integral de Relaciones.

—¿Piensas que entraron en tu casa antes del registro policial?

—No lo pienso, lo sé. Y también en la de mis suegros y en mi oficina.

—Eso es gravísimo, ¿por qué no me lo habías contado antes?

—Te lo cuento ahora.

—Eso es ilegal.

—Lo sé, pero nunca vamos a poder demostrarlo.

—¿Por qué sabes que te hicieron un CIR?

—A cualquier persona que supone una amenaza, el servicio se lo hace. Lo sabemos todos los que hemos trabajado allí.

—Si habían revisado anteriormente tu casa, cuando entraron los policías ya sabían que tenías los papeles y dónde estaban.

—Correcto.

—Y también en casa de tus suegros.

Aller sometió al director del servicio a un interrogatorio sólido e intenso. Amparado en la constatación de que podía extralimitarse sin que el tribunal le reprendiera, le convirtió en su más encarnizado enemigo. Aunque a mitad de las preguntas tuvo que bajar el diapasón ante la reprimenda del magistrado.

—¿Pidió usted una orden a su magistrado del Tribunal Supremo para entrar en el domicilio de mi defendido?

—Eso, letrado, es secreto de Estado.

—¿Ordenó usted entrar en el domicilio de mi defendido antes de que fuera registrado por la Policía?

—No puedo contestar a nada que esté dentro de la Ley de Secretos Oficiales.

—¿Encargó usted un CIR sobre Alberto Romero?

—No le puedo decir que sí o que no porque cometería un delito por violar la seguridad del Estado.

Cortés, como los demás agentes que declararon, solo le contestó a una de cada cinco preguntas y apeló a su obligación legal de guardar silencio sobre las actuaciones que podían beneficiar a su defendido. Aller lo llevó fatal, se quejaba continuamente a los magistrados y hacía comentarios sarcásticos a la fiscal y al abogado del Estado, los grandes beneficiados por la *omertá* impuesta en la sala. Perseguía que los dos vieran la injusticia a la que estaban dando cobertura, aunque sabía que no iban a cambiar su postura. Eran dos buenos juristas, a los que él respetaba, sin nada que hacer ante las presiones de sus jefes y de los mandos del servicio secreto.

Un día fue a hablar con uno de los magistrados, había sido una de sus peores jornadas. Los agentes que declararon habían contado lo pactado con la parte acusadora para resquebrajar el testimonio de su defendido, pero cuando él preguntaba se parapetaban siempre tras el «secreto de Estado» o la «seguridad del Estado». Acabó pidiéndole en confianza una opinión sobre la posibilidad de plantear al Tribunal Supremo en el futuro que presentara una demanda de inconstitucionalidad a la Ley de Secretos Oficiales. Al final, desistió: no iba a servir para nada.

El juicio fue un paripé y nadie le convencería de lo contrario. Lo basaron todo en los documentos incautados y especialmente en las dos cartas escritas al jefe de estación del SVR en España. Con eso montaron una causa en el tribunal y otra en los medios de comunicación. «El listado de personal por orden alfabético» hablaba de un agente con poco respeto por sus compañeros, las «15 hojas relativas al organigrama completo del CNI» dibujaban a un agente que odiaba a sus jefes y «agentes dobles en las delegaciones del GRU y del SVR en España» hablaban de un tipo capaz de traicionar a cualquiera sin pensar en que podía ser asesinado o encarcelado, como le había pasado a varios agentes extranjeros.

El colmo de los colmos ocurrió cuando las partes formularon sus conclusiones finales. El abogado del Estado propuso un castigo ejemplar para el acusado, lo que dejó alucinado a Aller, que saltó porque en una democracia esa petición estaba fuera de lugar, por mucho que el servicio secreto le hubiera presionado para que fuera cruel en su argumentación.

Al finalizar el juicio, lejos de la sala, se fueron a una habitación en la que sospechaban que no había micrófonos, aunque, incluso si los hubiera, ya les daba igual. El abogado se quitó la toga y como el ciudadano Lucas Aller le preguntó a Beto:

—Todo ha concluido, ahora quiero hacerte la pregunta del millón. Un tío tan inteligente como tú, ¿cómo cometiste la torpeza de quedarte con todos esos papeles?

El antiguo espía le miró con la duda en su interior. Le debía mucho a aquel hombre, había soportado las presiones, se había enfrentado al poder para defenderle, no había desfallecido en ningún momento. Pero había cosas que no podía contar, no al menos en su totalidad.

—Me llevé documentos, fue una tontería, es cierto. Te aseguro que todos los agentes lo hacen, muchos referidos a operaciones en las que han participado. ¿Para qué? Para protegerse por si el servicio les hace una jugada y tienen que defenderse.

—Es un buen motivo. Lo entendería si te hubieras llevado algunos, pero ¿tantos?

Beto dudó un momento, cruzó la mirada con el abogado.

—¿Tú crees, de verdad, que iba a esconder documentos en casa de mis suegros? Si me pillaban los de casa, ¿qué más daba que hubiera varios más?

—Me estás diciendo que colocaron documentos en casa de tus suegros.

—No he dicho eso. Hay ciertas cosas que por tu bien, por tu integridad, es mejor que no sepas.

—No te he contado que vi la película que me recomendaste, la de *Juego de espías*.

—¿Te gustó?

—Estuvo bien. Me ha venido a la cabeza una frase.

—Te la digo yo: «Nunca te creas que tú juegas el juego, es el juego el que juega contigo».

63

Villar viajó a Madrid, dejando atrás la ciudad de París, a la que había sido destinado tras su cese en el puesto de director de Inteligencia. Cortés le había invitado a regresar con urgencia. El día anterior se había hecho pública la sentencia que condenaba a doce años de prisión a Alberto Romero por un delito de traición.

El director quería compartir con él el éxito de la sentencia, los dos se habían juramentado para descubrir al topo y habían conseguido meterlo en la cárcel. En su despacho, sentado junto a la bandera de España izada en un mástil, le pasó una copia de la sentencia y mientras le dejaba echar una ojeada pidió a su secretaria desayuno para cinco.

—Ya ves, no creían que conseguiríamos acusarle de trabajar para los rusos y ahí está condenado: es un traidor.

—Aunque no lo hubieran reconocido, lo es. Nos traicionó a nosotros y a su país.

—Casi se nos escapa —recordó Cortés.

—Pero no se nos escapó.

—En el proceso judicial tuvimos que olvidarnos de contar que primero tuvimos en nuestro poder la carta que envió al ruso y más tarde le localizamos a él.

—Bueno —matizó un Villar descreído—, los tribunales están para impartir justicia y en este caso lo han hecho.

—También tuvimos que intervenir en el procedimiento…

—Nunca lo hacemos por nuestros intereses, sino por los del país —destacó Villar frente a las palabras que pensaba iba a pronunciar el director—. Sabemos que alguien es culpable y hacemos lo que sea necesario para que pague las consecuencias de sus actos.

—Mucha gente aquí dentro me ha dado las gracias. Yo te las doy a ti, hicimos un buen trabajo. Incluidas las maniobras para garantizar la condena.

—Director, somos el servicio de inteligencia, fuera y dentro de estas instalaciones todo el mundo debe saber que no tenemos límites para conseguir nuestros objetivos, que son los de España.

Sonó el teléfono que estaba sobre la mesa, era la secretaria.

—Diles que pasen y aprovecha para que sirvan el desayuno.

Valvanera Donate, Javier Pulido y Daniel de la Nieta entraron en el despacho y durante unos minutos saludaron a Villar, sorprendidos de verle allí. Después, se sentaron en la mesa de reuniones para compartir unos bollos y un café.

—Pasamos dos años complicados —intervino el director—, mucha tensión y disgustos. Quería celebrar la sentencia con vosotros.

Hablaron como un equipo que se reúne después de mucho tiempo, en el que cada uno ha seguido caminos distintos. Donate, Pulido y De la Nieta habían regresado a sus antiguos puestos y habían compartido con algunos de sus compañeros secretos de la investigación, a pesar de haber acordado esconder la información en el fondo más oscuro de sus mentes.

Durante la celebración del juicio a Beto, tuvieron charlas con otros agentes y los tres, por separado, opinaron que no le caería la pena máxima porque no habían aportado pruebas de que hubiera entregado los papeles a los rusos y hubiera cobrado por ello. Se habían equivocado.

—Tuvimos la suerte de que Beto cometió una torpeza —dijo De la Nieta—. A nadie se le ocurre quedarse con los papeles que te incriminan. Ahora podría estar libre.

—Fue prepotencia, seguridad extrema en sí mismo, se valoraba más de lo que realmente vale —añadió Donate.

—Hay que reconocer que actuó con suma inteligencia, casi se nos va de rositas —concluyó Pulido, feliz de haberle dado caza—. Dejó en evidencia nuestras vulnerabilidades, pero ahora lo pagará caro.

—No solo se equivocó en eso —añadió Cortés—, durante el juicio tuvo que improvisar una explicación de por qué se había llevado los documentos y nadie en el tribunal le creyó.

—Sí —intervino De la Nieta—, eso de que había montado un caso práctico para complementar la monografía que le había encargado la secretaria general.

—Su problema —continuó el director con satisfacción— es que no pudo presentar ese ejercicio práctico, ni un boceto del mismo. Si hubiera sido cierto, lo habría guardado con el resto de la documentación.

—El tribunal no se creyó su coartada —concluyó el antiguo director de Inteligencia—, eso es lo que importa.

El optimismo y tranquilidad que se respiraba en ese desayuno de vencedores no entró a valorar la labor de los jueces, la fiscal o el abogado del Estado. Ellos, el servicio, habían jugado el juego mejor que su enemigo. Nadie podía enfrentárseles y pensar que podía ganar.

—En el juicio, el abogado del traidor preguntó a todos los miembros de esta casa, una y otra vez, si le habíamos hecho un CIR —afirmó Donate—. Menos mal que la necesidad del secreto nos ampara.

Villar, que estaba hablando poco, saltó como un rayo, disgustado.

—Se lo acabo de decir al director, nuestros procedimientos son secretos, es básico en el trabajo. Ordenamos la penetración clandestina de la unidad operativa porque no tenemos que funcionar como la Policía. Vosotros, Valvanera, trabajáis para los jueces, vuestro objetivo es meter a los sospechosos en la cárcel, el nuestro es más amplio.

Paró un momento y los miró a los cuatro.

—Hemos entrado en el domicilio de muchos compañeros hasta poder pillar al agente doble. Existían posibilidades ciertas de que esos hombres y mujeres fueran los topos y cuando descubrimos su inocencia no fuimos a pedirles perdón. Aún más, algunos fueron reprendidos y sancionados porque aparecieron otros delitos o incongruencias que habían cometido. En la historia oficial de este caso, en la nuestra, nunca aparecerá que al traidor le hicimos un CIR en su casa, en la de sus suegros y en la oficina, que le colocamos localizadores, cámaras ocultas. Hicimos de todo, sí, porque el juego lo establece así. Cuando él entró en el servicio, aceptó jugar el juego y sus consecuencias. Nunca debió vendernos a los rusos.

El director y los mosqueteros estaban de acuerdo con él. Lo que no entendieron fue su reacción a la defensiva, un tanto virulenta, ante el comentario de Donate. Un hombre tan templado, con un dominio de sí mismo envidiable, se había descontrolado precisamente en el momento del triunfo. Cortés y Pulido imaginaron la causa y guardaron silencio. Era el secreto mejor guardado que De la Nieta y Donate desconocían y así debería ser por el resto de sus vidas.

64

Esa tarde, al terminar el trabajo a las seis, Pulido recogió su coche del *parking* y abandonó la sede de la Cuesta de las Perdices. Al llegar a la plaza de Cristo Rey, en lugar de seguir por la avenida de los Reyes Católicos en dirección a casa, se desvió por Cea Bermúdez, camino de la base en la que hacía tres años había trabajado el equipo de mosqueteros y a la que el servicio no había dado uso.

Al llegar, ella le esperaba en el dormitorio del fondo.

—Valva, ¿llevas tiempo esperando? —gritó desde la puerta.

—Quince minutos, he preparado un par de *gin-tonic* y no podrás repetir porque la botella se ha acabado.

Donate estaba metida en la cama, Pulido se sentó en el borde y la besó en los labios prolongadamente mientras la acariciaba el pelo. Se levantó y empezó a quitarse la chaqueta.

—¡Vaya pedazo de cabrones tú y todos los espías! —le espetó Donate por sorpresa, pillándole desprevenido.

—¿No prefieres que hablemos más tarde y ahora me desnude y te coma con patatas fritas?

—Ya habrá tiempo —respondió la policía señalándole la esquina más próxima de la cama, al mismo tiempo que ella se sentaba y dejaba a la vista una camiseta holgada con la leyenda «Bueno, carallo, bueno»—. Todavía no he superado el *shock* del desayuno en el despacho del director.

—Llevas un montón de años en el servicio —dijo mientras se acomodaba a su lado.

—¿Qué dices?, me he pasado la mayor parte del tiempo haciendo información policial, más o menos todo dentro de la ley. Me la salto, de vez en cuando, pero solo un poco y por buenas causas.

—¿En qué estás pensando?

—En ti, Javier, eres un buen motivo para saltármela un poquito —dijo Donate mientras le guiñaba un ojo.

—Venga Valva, que tu marido está con otra desde hace años y tú te limitas a responderle con la misma moneda.

—Me costó empezar a estar contigo, eso es lo que cuenta. Tú, sin embargo, practicas este deporte de las aventuras desde siempre.

—¿No querrás que rompamos con nuestras parejas y vivamos juntos? Saldría fatal.

—Lo sé, lo paso bien contigo, me ayudas a desenchufar del padre de mis hijos, pero lo que quiero decirte —señaló las palabras de su camiseta con los dos dedos índices—, carallo, que dicen en Galicia, es que da igual que mi marido me traicionara primero, el hecho es que yo también le he traicionado.

—Ya veo, el tema de hoy es la traición. Empiezo yo —Pulido se alejó un poco de ella, se sentó en el vértice más próximo de la cama, abrió los brazos en cruz y declaró, imitando a un actor de teatro—: soy un traidor empedernido, lo reconozco, y mi mujer lo sabe.

—Nunca va a dejarte, la pobre piensa, equivocadamente, que algún día se te pasará. Pero las personas nunca, nunca, dejan de hacer lo que les gusta, conviene o interesa. El ladrón persigue nuevos objetivos para robar, el marido desleal busca aventuras cada vez más estimulantes, el traidor sueña con estar toda la vida engañando sin que le pillen...

—¿Tú qué buscas, Valva?

—Depende. Abrazos de más de seis segundos, detenciones largamente perseguidas, felicitaciones por escrito que me ayuden a ascender. El problema, querido Javier, es que... —dudó, cogió de la mesilla los dos vasos, le entregó uno y provocó un brindis.

—¡Madre mía, la que se me viene encima! —bromeó Pulido sabiendo el manotazo que se estaba ganando por gracioso.

—Es que los dos años de trabajo que pasamos aquí fueron muy duros, nunca había estado en una cacería tan desenfrenada —se quejó.

—Nunca habías perseguido a un delincuente de esa ralea.

—Ni había tenido que trucar las cartas y otras cosas peores para conseguir ganar el juego. Escúchame bien, Javier. A veces utilizo subterfugios para conseguir mis objetivos, no voy a negarlo, pero me molesta enormemente hacer trampas.

—Es lo mismo.

—No es lo mismo —le corrigió la mujer mientras se destapaba, cambiaba de postura en la cama sentándose sobre las piernas desnudas, un poco más cerca de él—. Yo me he educado como policía…

—Yo como militar. Te disgustará mi sinceridad, pero si estoy con mis tropas en una guerra y tengo un prisionero que me puede dar información con la que salvar a cien de mis ciudadanos, lo torturaré hasta donde haga falta para que me la dé.

—¿Hasta matarle?

—Sin duda.

Pulido vio el ademán de disgusto de Donate, cómo volvía a reposar la espalda en el cabecero de la cama y se bajaba la camiseta para cubrirse los muslos. Él se adelantó un poco para alcanzar una de sus manos y envolverla entre las suyas. Esa mujer no solo era preciosa, le encantaba su forma de ser, no lo quería pensar, pero sabía desde hacía tiempo que estaba enamorado de ella.

—Quieres dejar de martirizarme con divagaciones, por favor, y contarme lo que te pasa. ¿Qué he hecho?

Donate remoloneó un poco simulando estar distraída mirando la ventana y finalmente habló.

—Los dos años de la investigación fueron complicados, fuimos al límite, es verdad que nos perseguía la sensación de que un topo estaba desvalijando la Casa y había que quitarle de la circulación. Hicimos muchas cosas amparadas en esa urgencia que, en otras circunstancias, quizás, nos habríamos pensado varias veces.

—No puedes andarte con miramientos con enemigos capaces de infligirte mucho daño.

—Lo acepto. Nos costó identificarle, era difícil explicarle a un juez cómo llegamos a él a través de un documento que alguien les robó a los rusos. Pero en esta historia hay vacíos que me escuecen.

—¿Qué vacíos? —preguntó Pulido sin dejar que ella liberara la mano de entre las suyas.

—Un compañero policía que acudió al juicio me comentó que el día de la declaración del director, al verle Beto le dirigió una mirada de odio.

—¿Cómo querías que le mirara?

—Avergonzado por el daño que había hecho a la institución robando los documentos.

—Era el hombre que le iba a llevar a la cárcel, a mí no me parece extraño.

—Él, siendo culpable, que no lo pongo en duda, tenía algo personal contra Cortés.

—Eso pregúntaselo al director.

—Te lo pregunto a ti.

—Lo desconozco, Valva —dijo soltándole la mano como muestra de disgusto.

—Hay otra cosa que no entiendo —dijo la policía cogiendo su vaso—. ¿Por qué apareciste el día de la detención en casa de Beto? Nunca lo he entendido.

—Ya lo sabes, me lo pidió Villar en el último momento, quería que alguien de confianza estuviera todo el tiempo junto al traidor.

—¿Creían que hacía falta? —preguntó la mujer en un tono que intentaba parecer sincero.

—Pregúntaselo a ellos.

—Te lo pregunto a ti, Javier —dijo cogiéndole, ahora ella, la mano—. Estaba yo, estaba mi gente de la BOA, todos de absoluta confianza.

—No sé qué quieres que te diga. Llegué, le pusimos las esposas y estuve a su lado todo el tiempo hasta que se lo llevaron a comisaría.

—Hubo un momento en el que le pediste al policía que estaba también vigilando a Beto que os dejara cinco minutos.

—¿Me estás acusando de algo, Valva? —Pulido rompió el contacto, se levantó y se puso a pasear por los escasos metros de la habitación.

—Me encantaría que me contaras lo que pasó, no me gusta que mis compañeros me engañen.

—Ya veo, ahora paso a ser tu compañero —dijo molesto parándose en la puerta, el punto más distante de la cama—. En cualquier caso, no te miento.

Donate cambió de táctica, no le importaba cabrear a su Javier, pero no quería llevar la conversación a un punto muerto.

—Otra cosa, durante las horas que estuvimos registrando su casa, estudié el comportamiento de Beto. En su momento no interpreté adecuadamente su reacción cuando su mujer comentó en voz alta que habían encontrado papeles suyos en casa de sus suegros.

—¿Qué reacción tuvo?

—Puso cara de sorpresa contenida, mezclada con un desmesurado malestar.

—Imagino que no esperaba que los encontráramos, por eso los escondería allí.

—Nosotros ya sabíamos que los documentos estaban allí porque los operativos habían entrado en todas las casas y los habían localizado.

—No te sigo Valva, ¿qué quieres decir o insinuar?

—¿No te parece extraño que hubiera guardado tantos documentos, todos los que ofreció a los rusos y más?

—Cometió esa ineptitud, creía que nadie le iba a pillar.

—Sé que es culpable, Javier, se merece doce años de cárcel, aunque el Tribunal Supremo se lo va a rebajar a nueve porque hay una desproporción entre el delito cometido y el tiempo de condena. No me preocupa él, hizo lo que hizo, nosotros cumplimos nuestro papel y ya está.

—Entonces, ¿por qué me das esta paliza en lugar de pedirme que termine de desnudarme y me meta contigo en la cama?

—No me quito de la cabeza que habéis hecho algo que no compartisteis conmigo porque me habría opuesto. —Hizo una pausa estratégica para dar más énfasis a las palabras con las que iba a rematar su queja—. Y tampoco con Daniel.

—¿Le has interrogado a él antes que a mí? ¿También estabas casi desnuda en la cama?

—No te pases…

—Perdona, perdona —se disculpó, se acercó a ella, se sentó de nuevo en la cama y le dio un beso en los labios que no encontró correspondencia.

—Puedo afirmar que no sabe nada —dijo Donate con un gesto muy serio—, tiene las mismas dudas que yo, pero él es un convencido de vuestros métodos, nunca los cuestionaría y jamás te preguntaría nada si antes tú no se lo cuentas. Y sabe, por supuesto, que ni Cortés ni Villar dirán una sola palabra.

—¿Qué ganarías conociendo una información que no necesitas saber y no te aportaría nada? Suponiendo que yo la conociera, claro.

—No haría nada con ella. ¿De verdad no me entiendes? Es un tema moral.

—No puedo ayudarte, Valva.

La policía había llegado hasta ahí y no pensaba abandonar. Paró unos segundos y encontró el camino a seguir.

—Dame una última oportunidad. Te cuento una historia y tú no dices nada, solo me paras si me equivoco gravemente.

—¿Cuánto es gravemente?

—No seas chorra.

—Adelante —dijo mirándola con gesto complaciente.

—Tenemos a Beto cogido, pero necesitamos pruebas para llevárselas al juez.

—Perfecto.

—Cortés y Villar ordenan un CIR que incluye entrada en su piso, en el de sus suegros y en la oficina. No encuentran papeles o encuentran pocos. Por la carta a Sokolov sabemos toda la información que ofreció, se produce una segunda penetración clandestina y le colocan documentos incriminatorios.

—Beto reconoció durante el juicio —dijo Pulido con gesto distante y frío— que los documentos encontrados los tenía él.

—Ahí entras tú. Villar te necesitaba en la detención, muy pegado a Beto. Cuando escucha que han aparecido documentos en casa de su suegro, no se lo puede creer, se da cuenta de que le hemos colocado pruebas para que un tribunal le condene. Sin embargo, no vuelve a sorprenderse en ningún otro momento. ¿Qué te parece mi historia? ¿Quieres que siga?

—Concluye, Valva, ¡vaya imaginación!

—Tras la primera sorpresa con lo de sus suegros, le pides al policía que te acompaña que te dé cinco minutos a solas con él. Entonces le transmites un mensaje claro. —Mira a Pulido, que no mueve un músculo y guarda silencio.

—¿Qué mensaje transmití, Valva?

—Dímelo tú.

Los dos se miraron sin prisas. Pulido, tenso, no detectaba odio en su amante, ni enfado, ni siquiera disgusto. Veía cariño, intento de comprenderle, no de censurarle.

—Soy un oficial de inteligencia, sobre asuntos secretos no puedo comentar ni siquiera con compañeros.

—No sería la primera vez que te vas de la lengua.

—Aprendí esa lección de ti durante la investigación, no volveré a cometer el mismo error.

—Si un agente a tus órdenes algún día se ve en esa situación, ¿qué le recomendarías que dijera?

Pulido se levantó, su Valva no iba a parar hasta que consiguiera lo que andaba buscando. Le dio un sorbo largo a su ginebra con tónica y comentó:

—Le diría que utilizara un tono serio y amenazante, que recorda-ra que Beto se había ofrecido a los rusos con una frase en la que les decía que «solo hay juego si ustedes quieren jugarlo». Le recomenda-ría que le dijera al oído algo como: «No te enfrentes al juego, limítate a jugarlo con las cartas que te han tocado. En caso contrario, dejare-mos que los ingleses se venguen por lo de Skripal y te liquiden».

ACLARACIONES Y AGRADECIMIENTOS

La historia que acabas de leer está inspirada en la vida del único espía español que ha sido condenado por ser agente doble al servicio de los rusos, aunque la realidad es que nunca quedó probado judicialmente que hubiera entregado la información al SVR y que le hubieran pagado, al menos, 200 000 dólares. La traición es un delito de actividad, no de resultado, según me explicó un abogado amigo cuando le planteé numerosas dudas legales sobre el caso. Por lo tanto, a los jueces les bastaba demostrar la intención, no necesitaban atestiguar nada más.

Decidí escribir este episodio vital del espionaje porque al investigarlo en profundidad me encontré con que era una sorprendente y apasionante locura. Roberto Flórez, un infiltrado de éxito en varias operaciones de alto riesgo, siempre ha negado con insistencia haber colaborado con el espionaje de Putin y, en especial, que agentes dobles rusos al servicio de Occidente acabaran muertos o detenidos por su culpa, como es el caso de Sergei Skripal, conocido porque años después el GRU le envenenó en Salisbury, Inglaterra, aunque por suerte no consiguieron matarle ni a él ni a su hija, que le acompañaba en el momento del ataque. En las antípodas de sus argumentos está el CNI: investigó al ladrón de documentos, dieron con Flórez, lo detuvieron y lo entregaron a la Justicia. Nunca albergaron la más mínima duda.

Yo seguí la detención y los acontecimientos posteriores de este libro cuando trabajaba como subdirector en la revista *Interviú*. En ese momento, 2007, empecé a investigar el caso con la dificultad de que la información que me llegaba, que nos llegaba a los periodistas, procedía de la parte oficial con la intención de crear un estado de ánimo en contra de un hombre que había osado traicionar a su país a cambio de veinte monedas, igual que Judas. Leí en ese momento, y mucho más de cara a este libro, cientos de informaciones en medios de toda España y Perú que en su inmensa mayoría recogían una visión negativa y dura sobre el topo, un asturiano sin sentimientos que había vendido a su país.

Me aportó mucho un documental fascinante, *Mudar la piel*, por la visión que una de sus directoras, Ana Schultz (junto a Cristóbal Fernández), ofrece del topo y de la relación que mantuvo con Juan Gutiérrez, su padre, el mediador que lo dio todo por conseguir que Gernika Gogoratuz ayudara a pacificar el País Vasco. Es un personaje con el que he empatizado, un tipo admirable. He leído muchísimo sobre él y sus ideas, he intentado que su personaje, Marcos Quiroga, defendiera un sentido de la mediación en conflictos armados, que consiguió hacerme reflexionar en positivo. Solo hay una idea que, por mucho que le he dado vueltas, no he conseguido asimilar: su aceptación del engaño, de la deslealtad, de la traición, de Flórez, una muestra de una amistad incondicional más allá de la lógica.

Consideré que en la historia de Flórez había muchos claroscuros y pensé que, quizás, si me zambullía en ella, encontraría una perspectiva distinta, más próxima a la realidad. El juego, que dirían algunos de los protagonistas de este libro, había creado una versión de la realidad y todos nos la habíamos creído. En un viaje a Edimburgo, contemplé el castillo de la ciudad, que lo domina todo, desde diversos ángulos, y cada vez me parecía distinto. Una sensación que se asemeja a esta historia: merece la pena verla desde otro punto de vista, con mucha más información y accrcándonos a la vida desconocida del protagonista y de los coprotagonistas de lujo. No pretendo tener toda la razón y acepto lo que decía Mathilde Carré, una espía de varias

444

caras durante la Segunda Guerra Mundial, héroe y traidora, como Flórez: «Nadie ha penetrado en mi verdadera personalidad».

Han sido muchas las fuentes que han accedido a hablar conmigo y me han ayudado a construir esta narración que me ha resultado apasionante. Algunos no han querido, en concreto, Flórez. Desde hace años, en varios momentos, he intentado contactar con él sin éxito. Ahora pienso que tenía un motivo que yo desconocía, hasta que lo descubrí en la fase de investigación.

Hace veintinueve años publiqué *KA: licencia para matar* y nunca pude imaginar que uno de sus pasajes, ocurrido en El Salvador con un agente que utilizaba como tapadera la falsa agencia de noticias Iberia Press, tuviera una repercusión directa en la operación de Flórez, que usaba la misma agencia. Editado por Temas de Hoy, en ese momento conducida por mi amigo Sergio de Otto, publicamos una noticia en el semanario *Tiempo*, de mi también amigo Pedro Páramo, que no afectó demasiado, pero más tarde el diario canario *La Provincia*, con una exclusiva amparada en mi libro, lo reventó.

Afronto los *true crime* desde el punto de partida del periodismo de investigación y a continuación uso la literatura. En esta historia, he modificado los nombres de los protagonistas. Sus vidas, pensamientos y actuaciones pertenecen a la imaginación del autor. He intentado delinearles como yo los veo, no como ellos son en la realidad, y como interpreto que debieron actuar en su momento en virtud de los datos de mi investigación.

A la hora de construir el relato, puse en cuestión todo lo que se había contado y que leí, escuché y vi profusamente. Me alejé de la verdad oficial y de la verdad de parte, y decidí construir tres escenarios distintos: la verdad del condenado por traición, la verdad del servicio de inteligencia que se encuentra vendido a su peor enemigo y la verdad del investigador, yo mismo. Me he sentido a gusto porque me ha permitido reflejar las bondades y maldades de todos los intervinientes, siempre según mi parecer. Cada lector puede decidir a quién creer.

En la literatura del espionaje, hay dos maestros como John le Carré y Daniel Silva, que me encantan, tengo todos sus libros en casa, pero con una perspectiva distinta. Silva, autor de HarperCollins, está al lado, muy cerca, no solo del Mossad israelí que le inspira, sino de los servicios de inteligencia en general. Le Carré, por el contrario, se coloca enfrente del MI6 inglés, y es muy crítico con ellos. Yo estoy, he estado siempre, en la perspectiva de Le Carré, la del control social del poder.

Este libro pude terminarlo gracias a que mis compañeros de la Universidad Villanueva, que tuve que abandonar con mucho dolor, me apoyaron sin condiciones y demostraron eso que dicen los mosqueteros: «Todos para uno y uno para todos». Gracias, Ernesto, Irene, Miguel Ángel, Julio y Alicia. También tuve que dejar a mis queridos alumnos, os echo de menos, seréis grandes periodistas y yo lo veré.

También quiero agradecer a María Blaya y a José Gil García ser mis ojos en Esmirna, la ciudad turca donde Skripal tuvo su último contacto con el MI6 antes de ser detenido. Y a mi mujer, Alicia Gil, paciente lectora en primera instancia de todos mis escritos. Es el mejor de mis sueños hecho realidad.